REFLEJOS
DE UN
CRIMEN

CHRISTI DAUGHERTY

REFLEJOS

DE UN

CRIMEN

Editado por HarperCollins Ibérica, S.A.
Núñez de Balboa, 56
28001 Madrid

Reflejos de un crimen
Título original: Echo Killing
© Christi Daugherty, 2018
© 2018, para esta edición HarperCollins Ibérica, S.A.
© De la traducción del inglés, Carlos Jiménez Arribas

Diseño de cubierta: Diseño Gráfico
Imágenes de cubierta: Getty Images

ISBN: 978-84-9139-229-3

Para Loyall Solomon, que me dio mi primer trabajo
en un periódico y me cambió la vida para siempre.

CAPÍTULO UNO

Era una de noche de tantas.

Hubo al principio como un rayo de esperanza: dos apuñalamientos, un accidente de tráfico que prometía bastante. Pero los navajazos eran solo superficiales y en el choque no murió nadie, pura rutina. Luego llegó la calma.

Para quien lleva la sección de sucesos en un periódico, una noche en calma es un infierno.

Quedaba solo una hora para que cerraran la edición del día siguiente, y Harper McClain estaba sola en la redacción del periódico, rodeada de mesas vacías, sin nada que escribir, abocada a hacer lo que más odiaba en el mundo: rellenar un crucigrama.

La enorme sala se reflejaba en los ventanales del fondo: era un espacio oscuro y abierto, lleno de blancas columnas y de una fila detrás de otra de mesas vacías. Pero Harper ni lo veía siquiera, clavada como tenía la vista en el periódico encima de la mesa. A su vez, las letras, llenas de borrones y rectificaciones, se le clavaban a ella en la mirada, como prueba fehaciente de su fracaso.

—¿Quién iba a tener en su vocabulario una palabra de siete letras que quiere decir «valor rayano en temeridad»? —gruñó en voz alta—. Yo tengo una palabra de cinco letras que quiere decir «valor», hasta ahí llego: es la palabra «valor». No me hacen falta más letras para...

—«Audacia». —La voz atravesó la redacción, vino surcando el aire desde la mesa que ocupaba la directora, en la primera fila.

Harper alzó la vista.

La directora del periódico, Emma Baxter, miraba fijamente la pantalla del ordenador; concentrada en la tarea, mientras blandía un bolígrafo Cross plateado como si fuera una espada pequeña.

—¿Has dicho algo?

—Sí: he dicho una palabra de siete letras que quiere decir «valor rayano en temeridad». —Baxter hablaba sin desviar la vista del monitor—. «Audacia».

La directora del periódico andaría por los cincuenta, y se le notaba más en unas cosas que en otras. Era pequeña y nervuda, y por eso le quedaban tan bien las chaquetas cruzadas de color azul marino. Tenía en la cara angulosa una expresión de desencanto perpetuo, pero es que eso también le quedaba bien. Era la personificación misma de la precisión: lucía unas uñas cortas y parejas, en perfecto estado de revista; la pose erguida y, si le pasabas la mano por el borde del corte a navaja que gastaba, corrías el riesgo de cortarte: le caía sobre la cara un medio flequillo de pelo negro y liso que parecía afilado como una cuchilla.

—¿Y tú cómo diantre sabes eso? —dijo Harper, en vez de darle las gracias—. Es más: ¿tú por qué diantre sabes eso? Cuando una persona es capaz de responder a una pregunta del tipo: «¿Qué palabra de siete letras quiere decir "valor rayano en temeridad?"», es que algo le pasa, y algo grave de verdad, porque yo antes me pego un...

El detector de señales por radio que llevaba prendido en la cintura, y que le rozaba con el codo, volvió a la vida con un cacareo: «Aquí la unidad tres-nueve-siete. Nos ha entrado una alerta nueve con posibilidad de alerta seis».

Harper no acabó la frase y ladeó la cabeza para aguzar el oído.

—Por esta vez, te pasaré por alto el desacato —dijo Baxter sintiéndose magnánima. Pero es que a Harper ya se le había olvidado lo de la «audacia».

Sonó el teléfono que tenía encima de la mesa y lo cogió en el acto.

—Miles —dijo—. ¿Has oído el tiroteo?

—Sí, señora. Era una noche tranquila, pero se ha complicado de repente. Te recojo a la puerta en cinco minutos. —Con su acento de Tennessee, repasaba suavemente cada palabra, la pronunciaba de manera meliflua.

Harper, que ya llevaba enganchado a la cinturilla de los pantalones negros el detector de señales de frecuencia para interceptar los avisos de la policía, recogió el resto de sus cosas con presteza: la chaqueta negra que había dejado en el respaldo de la silla, y que se puso con un meneo de los hombros; una libreta estrecha y un bolígrafo que se metió en el bolsillo; y en el otro, el pase de prensa y el teléfono.

Y así atravesó, a paso vivo, la redacción del periódico.

Baxter ladeó la cabeza y alzó la ceja al verla pasar.

—Un tiroteo en Broad Street —dijo Harper sin detenerse—. Puede que haya heridos; y Miles y yo vamos allí derechos, a ver qué podemos averiguar.

Baxter echó mano del teléfono para alertar a los de la mesa de redacción.

—Si hay que sacarlo en la portada —dijo—, tengo que saberlo como muy tarde a las once y media.

—No hace falta que me lo recuerdes.

Salió de la redacción y accedió a un pasillo ancho y bien iluminado, al final del cual una escalera llevaba directamente a la entrada del edificio. Las palabras de la directora del periódico quedaron flotando en la estela que dejó la reportera a su paso.

—Cuando vuelvas, podemos hablar, si quieres, de esa actitud tuya.

A Baxter le encantaba amenazar con lo de la actitud a sus reporteros; así que Harper ni siquiera se preocupó.

El vigilante de seguridad de recepción tenía cara de sueño, y ni levantó la vista de la pequeña pantalla alojada encima de la mesa cuando

Harper apretó el botón verde de salida, presa de una gran impaciencia. Por fin, salió a toda prisa del edificio a la vaporosa noche.

Llevaban dos semanas de un mes de junio que había traído de la mano días sofocantes. Por la noche, daba algo de tregua, pero no demasiada. Y Harper sintió en ese momento la caricia aterciopelada del aire; de un espesor tal que, si se le clavaba un tenedor, casi cabría esperar que no cayera al suelo. No era la típica humedad de Savannah: se parecía más a respirar debajo del agua.

Cuando llueve en verano en Georgia, eso son palabras mayores: la lluvia se te puede llevar el coche, la casa, todas las esperanzas y los sueños que albergas; y Harper alzó la vista hacia las nubes grises que pasaban a toda prisa por delante del gajo de luna, como si quisiera preguntarles cuándo empezaría a caer agua. Pero el cielo no soltó prenda.

Las oficinas del periódico estaban alojadas en un laberíntico edificio centenario de tres plantas que ocupaba media manzana en Bay Street, tan cerca del río Savannah y su lento cauce que se olía la vegetación ribereña, y era posible oír los enormes motores de los cargueros que lo surcaban pesadamente antes de salir al mar. El letrero de neón con aquellas dos palabras, *DAILY NEWS*, lanzaba sus rojos destellos desde la azotea; y debía de ser una de las últimas cosas que veían los marineros antes de que se abriera ante ellos toda la inmensidad del océano Atlántico.

Calle abajo, la cúpula dorada del ayuntamiento brillaba incluso a aquella hora tardía; y por una abertura entre los edificios, Harper distinguió la calzada adoquinada que llevaba directamente al borde del agua.

Siempre había vivido en Savannah; o sea, que llevaba años acostumbrada a su arquitectura anterior a la guerra civil estadounidense, y ya no prestaba atención a los más señeros edificios. Tanto eso como las plazas llenas de verdor de la ciudad y los incontables monumentos en memoria de tantos otros y olvidados generales de la guerra civil era algo que daba por sentado: estaba ahí y punto.

Por eso, el entorno no le mereció ni una sola mirada mientras esperaba, nerviosa, sin poder dejar quieta una pierna. Entonces sintió el chisporroteo del detector de señales: pedían la presencia urgente de ambulancias; y habían mandado refuerzos.

—Venga, Miles —dijo con un susurro, y miró la hora en el reloj de pulsera.

La noche en calma le permitía oír el distante ulular de las sirenas en el preciso instante en que un Mustang negro giró en la esquina y vino a toda pastilla hacia ella, cegándola con la luz de los faros. Cuando llegó a su altura, el coche se detuvo; mas no así el motor, que siguió llenando el aire denso de grandes acelerones.

Harper abrió inmediatamente la puerta y montó de un salto.

—Arranca —dijo, y se abrochó el cinturón de seguridad.

Hubo un chirrido de neumáticos y el coche se alejó a toda prisa.

Una vez dentro, vio que el Mustang era un festival de voces: Miles tenía un receptor prendido en el cinturón; otro, montado en el salpicadero, encajado en el espacio que en otros coches ocuparía el aparato de radio; y un tercero, detrás de la palanca de cambios. Cada uno sintonizaba un canal: por uno le entraba la frecuencia principal de la policía; otro vigilaba el canal secundario que los polis utilizaban para sus chascarrillos. Y el tercero estaba conectado con el servicio de ambulancias y bomberos.

Era como entrar en un cuarto pequeño y lleno de gente: sentirse rodeado de veinte personas por lo menos que hablaban todas a la vez. Ella ya estaba acostumbrada, aunque le costara siempre un par de segundos poner orden en aquella cacofonía.

—¿Qué tenemos? —preguntó, y arrugó la frente.

—Nada nuevo. —Miles seguía con la vista al frente—. La ambulancia está en camino. Y yo, esperando que pongan al día el parte.

Miles Jackson, el fotógrafo, era alto y delgado; tenía la piel tostada y un pulcro corte de pelo al rape. Durante mucho tiempo, fue uno de los fotógrafos del periódico; hasta hacía unos años, cuando los echaron a todos. Desde entonces, era *free lance* y trabajaba para

13

el mejor postor. Lo mismo cubría una boda un sábado por la tarde que un asesinato unas horas después.

«Si pagan bien, lo hago», se preciaba de decir.

Tenía una sonrisa burlona; le gustaba conducir deprisa. De hecho, doblaba el límite permitido cuando giraron para entrar en Oglethorpe Avenue, lo que hizo que culeara el coche. Miles soltó un improperio que solo oyó el cuello de su camisa y sujetó con fuerza el volante.

—¿Es que este cacharro no puede ir más rápido? —soltó Harper, y se agarró fuerte al asa que colgaba encima de la puerta.

—¡Qué graciosa! —dijo Miles, con los dientes apretados, mientras recuperaba el control del vehículo.

Dejaron atrás el parque Forsyth; en cuyo centro, una enorme fuente de mármol lanzaba chorros como un cancán gigante que caía en la pileta de piedra. Y Harper ladeó la cabeza y aguzó el oído, atenta a las voces del detector.

—¿Conocen el paradero de los atacantes? —preguntó.

Miles dijo que no con la cabeza y añadió:

—Les perdieron el rastro en los bloques de protección oficial.

Justo en ese momento, se encendió una luz del detector sintonizado con la señal que usaban los policías para hablar entre ellos extraoficialmente; y una voz de bajo profundo soltó con un gruñido:

—Aquí uno-cuatro. Unidad tres-nueve-siete: ¿a qué nos enfrentamos exactamente?

Miles y Harper se miraron: catorce era el código que tenía asignado el teniente Robert Smith, al frente de la brigada de homicidios. Miles bajó el volumen de los otros detectores.

—Teniente, hay un muerto y dos heridos —respondió el agente desde la escena del crimen. Estaba nervioso y eso hacía que alzara la voz una octava. Hablaba tan rápido que le contagió a Harper su alta dosis de adrenalina—. Pandilleros; tres pistoleros, todos se han dado a la fuga.

Como no quería oír más, Harper sacó el teléfono móvil y llamó a la redacción. Baxter respondió al primer tono de llamada.

—Es un asesinato —dijo la reportera sin más preámbulo—. Pero podría ser un ajuste de cuentas.

—Maldita sea. —Se oían los golpes que daba la directora contra la mesa con el bolígrafo cromado en plata. *Taptaptaptap*—. Llámame en cuanto sepas algo más. —Y colgó. Harper se guardó el teléfono en el bolsillo y reclinó la espalda contra el asiento.

—Como el muerto sea un pandillero, no lo sacará en la portada.

—Vale, pues crucemos los dedos porque sea una pobre ama de casa —apuntó Miles, justo cuando giraban en la esquina de Broad Street.

Harper dijo que sí con la cabeza, sin apartar los ojos del frente. Luego añadió:

—Soñar es gratis.

En los primeros planos que se conservan de Savannah, llama la atención lo simétrico del trazado lineal de sus calles, como si lo hubiera hecho alguien que padeciera un trastorno obsesivo-compulsivo, con Broad Street en el extremo oriental. Todo lo que quedaba fuera de esa cuadrícula perfecta, por los cuatro puntos cardinales, aparecía representado como un gran vacío de color verde oscuro que en la leyenda correspondía a las palabras *Antiguos campos de arroz*, transcritas con la precisión tipográfica de un cartógrafo del siglo XIX.

En la actualidad, la parte ordenada del centro permanece intacta, pero los campos de arroz han desaparecido dando lugar a los nada vistosos barrios en los que la ciudad se ha desbordado. Y Broad Street traza ahora una trepidante línea recta entre la preciosa Savannah de postal y las zonas en las que Harper y Miles pasan la mayor parte de la noche cuando están de servicio.

Según conducían hacia el oeste, iban desapareciendo las magníficas mansiones, de cuyo jardín delantero se enseñoreaban grandes árboles, cubiertos de líquenes grisáceos; y proliferaban, en su lugar, las fachadas de pintura descascarillada, los jardines de vegetación infecta y las vallas baratas de metal.

En este barrio ya no había plazas con abundantes zonas verdes que rompieran la monotonía de las apelotonadas casas; ni fuentes de chorros rumorosos debajo de las ramas de los robles. En vez de eso, todo eran edificios de apartamentos, feos y cochambrosos, en los que se hacinaba la gente, unos encima de otros; y, en vez de árboles, tenían delante aceras agrietadas, iluminadas por los letreros de neón de colores chillones que anunciaban establecimientos de comida rápida y tiendas de todo a cien.

Había mucha gente en la calle, y los camellos hacían su agosto a aquella hora. Miles no apartaba las manos del volante; pero tenía los ojos bien abiertos y escrutaba los edificios a uno y otro lado de la calzada. Él era mayor que Harper, tendría unos cuarenta años. Acabó como fotógrafo después de pasarse muchos años en Memphis, hacía ya tiempo, donde llevaba una vida muy distinta.

—Yo era oficinista —le contó una vez a Harper, mientras desmontaba la cámara con dedos cuidadosos—. Me pasaba el día entre papeles y ganaba mucho dinero. Tenía una casa grande, una mujer bonita, el lote completo. Pero esa vida no era para mí.

Siempre le había gustado hacer fotos y sabía que tenía buen ojo. Un día se matriculó en un curso de fotografía, por hacer algo, dijo.

—Después de eso me picó el gusanillo.

Por lo que Harper había ido sabiendo, al año de acabar el curso, dejó el trabajo y a la mujer, y empezó de cero. A Savannah llegó por un congreso de hombres de negocios, y se le metió dentro, dijo. El ritmo lento de la vida allí; la belleza sedosa y dulce de la ciudad. La curva larga que hace el río. Dijo que para él era como un cuento de hadas. Así que allí que vino, para que ese sueño se hiciera realidad. Y empezaron los dos en el periódico el mismo año: Harper, de becaria; Miles, como fotógrafo en el turno de noche. Siete años más tarde, todavía veía la ciudad con ojos de forastero. Le encantaban los cafés en los que se sentía como en casa; y que las camareras lo llamaran «cariño». Nada como coger el coche y llegarse hasta la isla Tybee para contemplar atardeceres; o sentarse al lado del agua en River Street a ver pasar los barcos. Por lo que respectaba a Harper, ella ni se acordaba de cuándo fue la última vez que hizo algo así. Llevaba toda la vida en Savannah: para ella, era su casa y nada más.

Vieron, unos metros por delante de ellos, las luces azules, y el aspecto de funesta discoteca que le daban a la calle.

—Vamos allá —murmuró Miles, y llevó el pie al pedal del freno.

Harper miró el resplandor y contó cuatro coches patrulla y, al menos, tres vehículos sin distintivos. Detrás de ellos, llegó picando rueda una ambulancia con la sirena a todo volumen, y Miles se apartó a un lado para dejarle paso.

—Será mejor dejar aquí el coche —dijo, y apagó el motor.

Harper miró su reloj: eran las once y doce minutos; o sea, que tenía veintitrés minutos para avisar a Baxter de que no lanzara todavía la portada. Entonces empezó a latirle el corazón de una forma que le resultaba harto conocida. Porque a ella le iban los casos de asesinato; hay quien diría que la obsesionaban, más bien. Pero es que había razones para ello, aunque no le gustara mucho hablar del tema.

Miles cogió el equipo que traía en el maletero, pero Harper fue incapaz de esperar un minuto más.

—Nos vemos allí ahora.

Salió del coche de un salto y se dirigió a la escena del crimen —con la libreta en una mano y el bolígrafo en la otra—, a todo correr hacia las luces relampagueantes.

CAPÍTULO DOS

En la calle, el aire húmedo y cálido olía al humo de los tubos de escape y a otra cosa: algo metálico que era difícil definir, como el miedo. El resplandor de las luces de emergencia era cegador en la oscuridad de la noche; y Harper no vio el cuerpo tendido en la calzada hasta que no rebasó la línea de los coches de policía. Si a uno lo disparan mientras va corriendo, la caída es a plomo: las piernas adoptan ángulos inverosímiles, las manos quedan por encima de la cabeza y hay como un revuelo de ropa alrededor del cuerpo abatido; talmente como si se hubiera precipitado desde las alturas.

Este estaba corriendo cuando lo dispararon.

Harper sacó la libreta y apuntó lo que vio: pantalones vaqueros y unas Nike, una camiseta holgada que había quedado remangada sobre el torso, de carnes magras y piel oscura. Un charco de sangre de forma irregular salpicaba el pavimento debajo del cuerpo. No se le veía la cara. La ambulancia aparcada al lado tenía la puerta de atrás abierta, y un chorro de luz inundaba la calle. El personal médico se empleaba a fondo con las dos víctimas del tiroteo que seguían vivas: les aplicaban vías para inyectarles fluidos vitales; paraban la hemorragia de otros fluidos. Habían llegado un poco tarde, eso sí: pues todo estaba lleno de sangre. Al parecer, los heridos eran dos adolescentes; y el que Harper tenía más cerca guardaba todavía en las mejillas esa grasa que presentan los niños en sus facciones. Y llevaban la misma ropa que el muerto: camisetas, vaqueros y Nike a juego.

Harper tomaba notas, pero desde lejos: haciendo todo lo posible por pasar desapercibida. Entonces llegó Miles por el otro lado de la calle e hincó una rodilla en tierra para hacerle una foto al cadáver. Debía tener cuidado: el periódico no aceptaría ninguna foto en la que se notara demasiado que estaba muerto. Así que buscó una posición que le permitiera sacar la mano del chico, uno de cuyos dedos había quedado señalando un punto indeterminado, algo perdido ya para siempre.

Luego vio venir a dos hombres en la distancia. Vestían trajes baratos y no apartaban los ojos del suelo, demorando el paso adrede. Escuchaban los dos lo que les decía un agente de uniforme que señalaba aquí y allá, y hablaba animadamente. En cuanto los conoces un poco, a los detectives de policía se los ve a la legua. Harper puso cuidado en no pisar la sangre y fue hacia ellos por el borde de la calzada. Los conocía a ambos de verlos en la escena del crimen en asesinatos previos. El detective Ledbetter era bajito y regordete, se estaba quedando calvo y tenía una sonrisa amable. El otro detective era Larry Blazer: alto y delgado, lucía una mata de pelo rubio y le sentaban bien las canas que le iban saliendo. Una mataría por esos pómulos, y por esos ojos como dos monedas de cobre que traspasaban con la mirada. Todas las reporteras de televisión estaban locas por él; pero Harper lo hallaba frío y pagado de sí mismo, como todos los hombres que son atractivos y lo saben y se aprovechan de ello. Estaban absortos en su trabajo y ninguno la vio acercarse entre las sombras; hasta que los tuvo tan cerca que pudo oír lo que decían.

—Los que les dispararon salieron de los bloques Anderson de protección oficial. No hay quien haga hablar a los heridos, y no sabemos de qué se conocían, pero fue un ataque premeditado —decía el policía de uniforme, justo cuando ella llegaba a su altura—. Alguien mandó que los mataran.

Estaba muy verde —puede que incluso fuera su primer tiroteo— y le salían las palabras a chorro, producto de los nervios. A diferencia de él, Blazer ponía cuidado en hablar despacio, como si quisiera transmitir cierta calma y que el otro se contagiara de ella.

—Dices que los heridos te contaron que los pistoleros salieron corriendo los tres juntos, ¿tienen alguna idea de adónde se podían dirigir?

El agente negó con la cabeza.

—Solo dijeron que por ahí. —Y señaló el edificio que tenían delante, sin precisar exactamente el punto.

Ledbetter dijo algo que Harper no oyó y la reportera dio un paso para acercarse más. Como estaba oscuro, no vio la botella de tercio de cerveza en la calzada, al lado del bordillo, todavía con parte del líquido dentro; pero era imposible que no oyeran el ruido que hizo al pisarla. Y, al darse cuenta de que había delatado su presencia, puso cara de fastidio. Los polis alzaron la vista. Blazer fue el que la vio primero y entrecerró los ojos.

—Ojo —dijo—, que ya tenemos aquí a la prensa.

Harper dio un paso atrás y se quedó parada, haciendo gala de su mejor cautela; con la esperanza de que fuera Ledbetter el detective al mando. Pero fue Blazer el que avanzó hacia ella. «Mierda», pensó.

—Señorita McClain. —Hablaba sin alterarse, con un raro deje neutro en la voz—. Qué sorpresa encontrármela en plena escena de este asesinato que queda dentro de mi jurisdicción. No me diga que ha sido usted testigo.

Era alto, más de uno ochenta y cinco, y se valió de ello para intimidarla y quedar por encima de su cabeza. Pero Harper medía más de uno setenta y cinco y no se amilanaba así como así.

—Usted perdone, detective —dijo con un tono que procuró que fuera respetuoso a la vez que contrito—. Es que como no había cinta de balizamiento... Pero no quería molestar.

—Ya veo. —La miró detenidamente, sin ocultar su disgusto—.

Pues para no querer molestar, está usted ocupando un espacio que no le corresponde a ningún periodista, y derramando muestras de su ADN por todas partes.

¿A quién quería engañar? Porque en realidad no tenían intención de llevarse de allí prueba alguna: a los polis no les importaba nada un pandillero muerto, todavía menos que a Baxter. Harper parpadeó y puso cara de no haber roto un plato en la vida.

—Sé que tienen tarea —dijo con su tono más dulce—, pero ¿podría por favor darme algún dato para la edición de la mañana y así me quito de en medio? ¿Los nombres de las víctimas quizá? ¿O el número de sospechosos?

—Acabamos de empezar con la investigación. —Blazer recitó la cantinela de siempre, en un tono que venía a indicar que la tenía calada—. Cualquier cosa que le dijera en estos momentos sería prematuro. Todavía no hemos identificado el cadáver, ni siquiera se ha notificado a la familia. Y le voy a tener que pedir a usted que salga de aquí inmediatamente.

Estaba claro que no le iba a revelar ningún dato. Pero Harper lo apuró un poco más:

—Detective, ¿se trata de un episodio más en la guerra entre bandas por el control de la droga? ¿Tienen los vecinos motivos para estar preocupados?

Blazer cargó el peso sobre los talones y luego dejó caer las puntas de los pies al suelo. La miró detenidamente, con una intensidad que a Harper no le gustó nada.

—A ver, McClain: esta chusma de medio pelo entró en el territorio de otra chusma de más nivel, que a su vez les hizo ver lo pésima idea que era. ¿Por qué no pone eso en ese periódico de mala muerte para el que trabaja? —Harper abrió la boca para responder, pero él la cortó en seco—. Era una pregunta retórica. No hay declaraciones oficiales en este punto de la investigación. Y ahora, si hace el favor, váyase al carajo y no me pise más la escena del crimen si no quiere que la arreste.

Entonces Harper tuvo la prudencia de no ponerse a discutir: alzó las manos en señal de rendición y se alejó de allí.

Cuando pasó al lado de la ambulancia, vio a Miles apoyado en ella con total familiaridad, pasando en el visor de la cámara las fotos que había hecho.

—Blazer es el que lleva el caso, o sea que vuelvo con las manos vacías —dijo Harper en tono sombrío—. Ese hombre me tiene el mismo aprecio que si yo fuera un chancro que le hubiera salido.

Miles se puso derecho, le indicó que le siguiera y fueron los dos hacia el Mustang.

—Le hice las fotos de la boda a la que está al frente del equipo médico en el dispositivo de emergencia —dijo sin alzar la voz, cuando ya nadie podía oírlos—. Le rebajé el precio. O sea, que me debía un favor.

Harper lo tomó del brazo.

—¿No me digas que tienes identificado al muerto?

—Eso y más. —Le mostró un papelito que tenía arrugado en una mano—. Lo tengo todo: Melissa se lo pasó en grande de luna de miel y estaba hoy muy parlanchina.

—Eres mi héroe —dijo Harper, e hizo como que le daba un puñetazo en el brazo—. ¿Qué tenemos?

Miles aguzó la vista para leer lo que él mismo había escrito.

—El muerto se llamaba Levon Williams, tenía diecinueve años y acababa de terminar el bachillerato en el instituto de Savannah Sur, donde jugó en el equipo de béisbol. Según tengo entendido, era un bateador de primera. Pero también, al parecer, estaba empezando a pasar cada vez más heroína. Los heridos son socios suyos. Y los sospechosos, tres varones de raza negra, de complexión delgada: dos de ellos, de estatura alta, vestían camisetas y vaqueros; y el tercero, bajito y rechoncho, llevaba un pañuelo al cuello. Tienen todos alrededor de veinte años, o menos, y se sospecha que pertenecen a la banda de Savannah Este. —Miles le alcanzó el papel a Harper—. Ahí lo tienes todo.

Harper pasó la vista rápidamente por lo garabateado y no vio nada que mereciera la portada del periódico. Y una vez en el Mustang, llamó a Baxter y le dio la mala noticia.

—Maldita sea —dijo la directora cuando oyó el resumen—. Vente para acá y lo escribes: lo sacaremos en la página seis. Menos da una piedra.

Miles arrancó el coche justo cuando Harper colgaba.

—¿Página seis? —aventuró el fotógrafo.

Harper dobló el papelito y se lo llevó al bolsillo.

—Allí enterrado.

Él alzó los hombros con indiferencia:

—A veces se gana y a veces se pierde.

Giró el volante y ya iba a incorporarse a la calzada, cuando tuvo que frenar en seco para dejar paso a una furgoneta blanca con las palabras *FORENSE DEL CONDADO*, esmaltadas en luctuoso color negro en un lateral.

—Ya está aquí el carrito de los helados —apuntó Miles.

Harper ni siquiera alzó la vista: tomaba notas para el artículo que tenía que escribir cuando volviera a la redacción. Pasó la furgoneta y Miles llevó el coche al otro carril de la calzada con un preciso giro del volante. Llevaban recorridos solo unos cientos de metros, cuando el habitáculo se colmó de una voz que decía sin aliento:

—Unidad cinco-seis-ocho, estamos persiguiendo a los sospechosos de Broad Street.

Harper dejó de escribir en el acto. Y Miles levantó el pie del acelerador. Se quedaron los dos mirando el receptor de señales.

—Recibido, unidad cinco-seis-ocho —respondieron con toda la calma desde centralita—. Confírmemelo, por favor: ¿se refiere a los sospechosos del tiroteo en Broad?

—Afirmativo —dijo el policía entre grandes jadeos, con un

temblor en la voz: iba corriendo—. Tres varones, se dirigen al sur por la calle 39 —gritó—. Dos altos y uno bajo con un pañuelo.

Harper oía el ruido que hacía la operaria al introducir los datos en el ordenador con dedos ágiles. La reconoció por la voz: era Sarah la que estaba de guardia en la centralita, y hacía muy bien su trabajo.

—A todas las unidades: hay que cubrir a la unidad cinco-seis-ocho; a la zaga de los sospechosos de un tiroteo que van hacia el sur por la 39.

Sarah lo decía con voz neutra, como si estuviera leyendo la receta de una tarta casera. Pero lo que decía le metió a Harper la urgencia en el cuerpo. Entonces miró a Miles.

—Eso está a cinco manzanas de aquí.

—Recibido. —Cambió de marcha y pisó el acelerador. El Mustang respondió con un crujido de neumáticos, y a él se le dibujó una sonrisa en las comisuras de la boca cuando giró hacia la 39.

—Venga: a salir en portada.

CAPÍTULO TRES

Iban por las calles oscuras, a la búsqueda de los sospechosos, y Harper no apartaba la vista de la ventanilla mientras daba golpes con impaciencia en la libreta. No tenían mucho tiempo. Incluso si todo salía a pedir de boca, Baxter tendría que retrasar la última edición. La gente normal y corriente seguro que pensaba en la víctima, tirada en el suelo en la escena del crimen, cuya vida había acabado en un instante de violencia. Pero Harper ya tenía la mente en otra parte: ahora solo hacía falta saber quién lo había matado. Porque así había sido siempre: a Harper no es que le preocuparan los asesinatos, es que le fascinaban. Lo sabía todo acerca de la mecánica del homicidio. Sabía, por ejemplo, qué estarían haciendo en ese mismo instante los detectives en la oficina del forense. Cómo le darían la noticia a la familia de la víctima, y cómo reaccionaría esta cuando se enterara. Sabía cómo funcionaba la maquinaria del gobierno, el clic preciso que haría todo el sistema cuando echara a andar, y cómo consumiría las vidas de todos aquellos implicados. Lo sabía, pero no solo porque escribiera sobre ello: es que lo había vivido.

Le cambió la vida a los doce años. Y fue entonces cuando empezó en embrión su carrera periodística, su misma vida, y la obsesión que sentía por el crimen: en un solo día, hacía ya quince años de todo ello. Hay momentos que se imprimen con tanta fuerza en la memoria que una retiene cada golpe de aliento que dio entonces, y no se borra nunca. Casi siempre son malos momentos. Harper recordaba, como si acabara de pasarle, cada segundo de aquel día en el que murió su madre; lo recordaba, y lo vivía, tantas veces como quisiera. Podía tomar aquellas horas, ponerlas en un rollo de cinta mental y proyectarlas como una película. Se veía a sí misma, como un ser pequeño y rápido, confiado en que su mundo nunca cambiaría. Tan contenta y afortunada, de camino a casa, al volver del colegio; totalmente inconsciente de que aquella vida que había llevado hasta entonces ya nunca volvería.

Son las tres horas y treinta y cinco minutos de la tarde, y la pequeña Harper, de doce años de edad, abre de golpe la puerta de la valla, que se cierra luego con un chasquido metálico del pestillo.

15:36 – Sube deprisa los escalones, halla la puerta abierta y, una vez dentro, la cierra con un golpetazo que resuena entre las paredes de la casa. ¡Dios!, lo ve tan nítido y reciente, tan lleno de color. Exclama entonces: «¿Mamá?, tengo un hambre que me muero». Pero no hay respuesta.

15:37 – Asoma la cabeza por el hueco de la escalera y grita: «¡¿Mamá?!». Todavía no se preocupa; y va canturreando mientras pasa revista a la sala de estar, al comedor.

15:38 – Entra en la cocina.

Y aquí es cuando la etapa dulce de la niñez concluye para ella. Porque allí hay más color: no solo el amarillo de las paredes y los tarritos de tonos vívidos, y las botellas de color azul, y dorado, y la pintura verde. Sino rojo. Rojo por todas partes. Un rojo que salpica las paredes y la encimera; que forma un charco debajo del cuerpo desnudo de su madre. Es el rojo que llena de horror sus recuerdos y la deja traumatizada; unas secuelas de las que nunca se recuperará del todo. Y en esa película que proyecta en su memoria, el tiempo se para en ese preciso instante: y son las 15:38 durante mucho tiempo.

En la siguiente toma de la película, sale corriendo a cámara lenta hacia su madre, se escurre en la sangre, pierde el equilibrio. Abre la boca para llenarse de aire los pulmones, pero es como si le hubieran dado una patada en el estómago. Le duele todo el cuerpo, y no hay aire, nada de aire, hasta que cae al suelo y sus escuálidas rodillas chapotean en la sangre. Fue la primera vez y la única que le entró miedo de tocar a su madre. Adelanta una mano temblorosa para rozar la piel pálida y tersa del hombro. Pero enseguida la aparta, en un acto reflejo. Porque está tan fría. Hay alguien que llora en la distancia. «¿Mamá? ¡¿Mamá?!». Alguien que sucumbe, por fin, en un débil lamento: «¿Mami?». Ahora sí que sabe que era su propia voz, pero la niña que es en la película proyectada en el recuerdo no está tan segura. Porque se siente alejada de su propio cuerpo.

Una toma más, y se pone de pie como puede, todavía sin aire, dando bocanadas; pero no encuentra espacio en los pulmones: cruza la cocina resbalando y se lanza a abrir la puerta de la cocina para ir a casa de Bonnie. Pero es que los Larson se mudaron nada más divorciarse, y los nuevos vecinos no son gente maja, y además no están en casa; pero, aun así, aporrea la puerta y deja marcas de sangre en la madera, y un eco de golpes en el vacío circundante. Llora tanto que logra recuperar el aliento: las lágrimas le meten el aire otra vez en los pulmones y vuelve corriendo a casa para llamar por teléfono. Coge el auricular, pero se le escurre entre los dedos, embadurnados de sangre. Luego prorrumpe en sollozos y lo ve en el suelo; y respira hondo, todo lo hondo que puede, para calmarse. Solo tiene que marcar tres números. Y claro que puede hacerlo. Es que tiene que hacerlo.

—Estoy bien —susurra, una y otra vez, mientras se traga las lágrimas y marca el número, con mano tan temblorosa que le vibra el auricular entre los dedos—. Estoy bien, estoy bien, estoy bien...

Oye que da señal, y una serie de ruidos metálicos, extraños. Lo cogen en centralita: y esa voz femenina, que nadie se explica cómo puede sonar tan serena, tan acostumbrada a oír todo el horror del mundo expresado en las voces desencajadas, temerosas de los testigos y las víctimas, es un clavo ardiendo al que agarrarse.

—Aquí el 911. ¿Cuál es el motivo de su llamada a la policía?

Hace lo posible por vocalizar, pero pueden con ella las lágrimas, le falta el aliento, y es prácticamente imposible. Solo consigue enlazar unas pocas y confusas palabras que le llegan a los labios desde la aterrorizada mente.

—Por favor, ayuda —dice entre sollozos—. Mi madre. Por favor, ayuda.

—¿Qué le ha pasado a tu madre? —La voz de la mujer, libre de toda emoción, es a la vez amable y distante. Con la distancia, logra concentrarse; y la amabilidad le sirve para dirigirse a una niña.

Es ahora cuando Harper tiene que decir esa palabra. Una palabra que ni siquiera le cabe en la cabeza. Una palabra tan alejada de su mundo hasta ese instante, que no tenía hasta ahora mismo más peso en su vida que la palabra Uzbekistán, por ejemplo. No le deja la mente decir esa palabra. Dice que duele.

—Mi madre... hay mucha sangre... me parece... que la han asesinado.

Es todo lo que tiene. Y no para de sollozar, desconsolada. La mujer de la centralita cambia el tono de voz.

—Cariño —dice, con una ternura infinita que esconde toda la preocupación que hay debajo, y la tensión brutal del momento—: tienes que respirar hondo y darme la dirección, ¿vale? ¿Crees que puedes hacerlo? Y te mando ayuda ahora mismo.

Harper se la da. Entonces no lo sabe, pero ahora sí. No sabe que la operadora escribe cosas urgentes en el ordenador mientras habla con ella y le hace señas al supervisor; no sabe que echa a rodar una rueda que no parará de girar en su vida en los años venideros.

Entonces la operadora le pregunta que si está bien; y, por primera vez, Harper comprende que es posible que haya alguien muy peligroso todavía en la casa. Y el pánico se apodera de ella en ese instante y alcanza unos niveles indescriptibles. La operadora le dice que salga con el teléfono a la calle y que se quede en el bordillo de la acera; que eche a correr y grite fuerte si alguien la amenaza. Hace lo que le dice, con pasos mecánicos, que parece que dé otra persona, no ella; hasta que llega a la puerta de la valla, la del pestillo metálico, con el teléfono en una mano, llena de sangre pegajosa. La mujer de la centralita le dice cosas para tranquilizarla:

—Están a punto de llegar, cariño. Los tienes a tres minutos. No cuelgues, corazón...

Oye en la distancia el quejido urgente de las sirenas y, pese a todo, no acaba de darse cuenta de que vienen por ella. Cuando llega el primer coche de policía y se detiene con un chirrido de neumáticos y un destello de luces azules que no paran de dar vueltas, le entra todavía más miedo al ver salir a los agentes con la pistola en la mano, que pasan de largo y van corriendo hacia la casa. Uno le grita:

—¡Quédate ahí! —Y ahí se queda.

Llega más policía, y enseguida está rodeada de hombres y mujeres de uniforme que llevan pistolas y aerosoles para repeler agresiones, y chalecos antibalas.

—¿Estás bien? —le pregunta todo el mundo.

Pero Harper no está bien. No está bien, ni lo va a estar nunca. Entonces aparece un hombre alto, dotado de autoridad y una voz grave. Le quita el teléfono de la mano y se lo da a otro agente, quien lo mete —qué raro, piensa Harper— en una bolsa de plástico. El hombre tiene la cara curtida y ha visto a otros niños como ella, embadurnados de sangre, muertos de miedo —a muchos niños—, y hay ternura en sus ojos.

—Soy el sargento Smith —le dice el hombre de la voz grave y balsámica—. Y no voy a dejar que nadie te haga daño...

—¡Harper!

Ella se lleva un susto y pestañea una y otra vez. El coche iba ahora muy despacio, por una calle oscura, rodeada por todas partes de edificios en estado de abandono; y las ventanas y las puertas estaban condenadas con tablones. Miles la miraba sin comprender, como si llevara un rato llamándola.

—Ya hemos llegado —dijo—. ¿Te encuentras bien?

—Estoy bien —dijo en tono cortante, y desvió la mirada para fijarla en la acera, por puro hábito, buscando indicios de que algo fuera mal.

Estaba enfadada consigo misma. ¿Por qué había vuelto a pensar en todo aquello, si era ya historia, y, en esos momentos, ella tenía que cumplir con su deber en el trabajo?

—¿Hay señales de ellos? —preguntó, y se puso a escrutar las sombras.

—Ni rastro. —Miles conducía ahora muy despacio y miraba detenidamente todos los edificios que los rodeaban—. Me parece que hemos llegado antes que los refuerzos.

Aquello no era normal y Harper arrugó el entrecejo.

—¿Por qué tardan tanto?

Miles negó con la cabeza:

—Ni idea.

La calle 39 era más estrecha y oscura que Broad, y la jalonaban algunos de los edificios de protección oficial de peor fama en toda la ciudad. Harper había estado allí muchas noches, pero no lo recordaba tan desolado. No había gente en las escaleras de los portales, ni en los caminos asfaltados que cruzaban la acera y llevaban hasta las casas. Nada de bandas de esas que tienen un pitbull y comparan los perros; ni grupos de chicos dándose empujones en la cancha de baloncesto. Miles silbó por lo bajo.

—Esto sí que es raro. —Hablaba sin alzar la voz, como si temiera que los oyeran desde las ventanas.

Harper se echó hacia delante en el asiento para mirar hacia arriba.

—Han apedreado las farolas.

—Cinco-seis-ocho, ¿cuál es su posición? —La voz de la operadora de centralita que salía por el receptor retumbaba en el silencio sobrecogedor.

Hubo una pausa bastante larga. Cesó toda comunicación por

radio, como si todos los polis de la ciudad esperaran a ver en qué paraba este crimen y ninguno más.

—Aquí cinco-seis-ocho. —El agente hablaba bajo, casi en un susurro—. Los sospechosos se han metido en los bloques Anderson. Los he perdido de vista y los estoy buscando.

—Recibido, cinco-seis-ocho —dijo la mujer de centralita—. Esté atento, los refuerzos van en camino.

Miles señaló un conjunto de bloques cochambrosos al final de la calle que tenían las ventanas y las puertas condenadas con tablones y las paredes de las tres plantas cubiertas de grafitis.

—Los bloques Anderson —dijo—. Llevan años abandonados. O sea, que es un lugar ideal para esconderse.

Aparcó el coche en un hueco libre a un lado de la calle y apagó el motor. La calma que sucedió parecía cosa de otro mundo. Entonces, los dos a la vez, Harper y Miles se quitaron el receptor de la cintura y lo pusieron en el suelo del coche.

Miles la miró y ella vio el brillo de sus ojos en la oscuridad.

—Esto podría ponerse feo.

Harper le lanzó una sonrisa cómplice.

—Menuda novedad.

Luego inclinó la cabeza hacia la puerta y agarró la manivela para abrir. Porque no había nada más que decir: los dos sabían lo peligroso que era. Salieron a la vez del coche y cerraron las puertas con sumo cuidado; luego fueron caminando por el borde de la calle, hacia los edificios abandonados. La humedad impregnaba el aire caliente de la noche, y era más raro todavía verlo todo en silencio. Nadie pasaba por aquella calle, llena de gente en circunstancias normales, y Harper y Miles, que usaba zapatos de suelas de goma, avanzaban con paso sigiloso entre las sombras. Aun así, Harper tenía la sensación a cada paso de que los estaban observando. Y se le erizó el fino vello de la nuca.

—¿Dónde se han metido todos? —dijo con un susurro.

Miles aminoró la marcha y paseó la vista por los edificios destartalados que los rodeaban. Parecían desiertos. Pero Harper tenía la sospecha de que había gente dentro; gente que los miraba detrás de cada una de aquellas ventanas.

—Están esperando —dijo Miles en tono sombrío.

Algo se movió entre las sombras al otro lado de la calle.

Los dos se dieron cuenta, pero fue Miles el que reaccionó primero: agarró a Harper del brazo y tiró de ella para protegerse detrás de un coche aparcado. Y se quedaron los dos allí agachados. Harper aguzó la vista y logró distinguir entre las sombras a tres figuras a unos veinte metros. Dos eran altos y esbeltos; el otro, bajito y rechoncho. Ocupaban un piso abandonado, detrás de un alto muro; y, al parecer, no se habían percatado de su presencia, pues miraban muy concentrados en la dirección opuesta. Entonces Harper miró hacia allí también; y, al principio, no vio nada. Pero luego alcanzó a vislumbrar el foco de una linterna, al final de un patio de vecinos con forma alargada, devorado por el polvo.

Se le aceleró el corazón; porque tenía que ser el poli: el cinco-seis-ocho. Mediaban dos bloques entre los asesinos y el patrullero, que iba en la dirección equivocada. El policía no tenía ni idea de dónde estaban los tres: pero ellos bien sabían dónde estaba él. Al verlo, y con sumo cuidado, Harper levantó la cabeza por encima del capó polvoriento del Chevy aparcado detrás del que se guarecían, por ver si podía atisbar lo que estaban haciendo los tres. El más bajito de ellos no paraba de llevarse las manos al cuello; y Harper tardó un segundo en darse cuenta de que llevaba atado un pañuelo. Los tres se apretujaban unos contra otros, entre sofocados susurros. Parecía que estaban discutiendo.

El bajito dijo algo que calló a los otros en el acto. Quedaba claro que, pese a la estatura, era el jefe de la banda. Los otros dos se apartaron; y él, con una mano, se cubrió boca y nariz con el pañuelo, como un bandido en una película del Oeste. Luego echó mano a la espalda y sacó una pistola que llevaba oculta en la cinturilla de los vaqueros.

A Harper se le cayó el mundo a los pies: se iba a cargar al poli. Desesperada, miró por encima del hombro, hacia la calle desierta.

¿Dónde demonios estaban los refuerzos? Ya deberían haber llegado. Pero no había nada detrás de ellos, solo las sombras. Unos metros más allá de ella, Miles había apoyado la cámara justo al borde del capó, y enfocaba a los tres hombres, sin que en ningún momento le temblara el pulso. Harper se acercó a él para susurrarle al oído:

—Hay que avisar a ese poli.

Miles volvió la cara justo lo necesario para mirarla, sin dar crédito a sus oídos. Y ella se hacía cargo de la incredulidad del fotógrafo: porque sabía, como cualquier reportero que cubre la escena de un crimen, que eran todo oídos y ojos; que su trabajo era observar, no intervenir para nada. Pero es que aquello era diferente. Porque allí podía morir alguien: y nadie más podría salvarlo.

No había decidido todavía qué hacer, cuando los tres pistoleros salieron de las sombras. Como ya se le había acostumbrado la vista a la oscuridad, vio claramente cómo el del pañuelo en la boca alzaba el arma y apuntaba al foco de luz que oscilaba en la distancia. Era bajito, no mediría ni uno sesenta y cinco, y muy joven; casi un adolescente. Pero había adoptado una postura firme, y no le temblaba el pulso. Todo en él dejaba ver las ganas que tenía de disparar: la inclinación del cuerpo sobre las plantas de los pies, la pistola en ristre. Había algo irreal en todo ello, pensó Harper, como si lo estuviera viendo desde muy lejos. Ya era demasiado tarde para avisar a nadie. Y, además, los tenían justo encima.

A su lado, Miles sacó las primeras fotos con sumo cuidado. No sonó nada, solo un ligero clic silenciado que enseguida se llevó la brisa de la noche. Tuneaba las cámaras para que no hicieran ruido.

Al otro lado de la calle, el pistolero separó ambas piernas y se dispuso a abrir fuego: la pistola que empuñaba lanzó un destello plateado. En ese momento, a Harper se le tensaron todos los músculos del cuerpo, en anticipación del disparo. Aferró con ambas manos el capó del Toyota que tenía delante, hasta que se le pusieron los nudillos blancos. Tenía que evitarlo como fuera, no podía quedarse allí sentada y ver cómo moría un hombre. Había que hacer algo. Así que cerró los ojos y respiró hondo. Luego, antes de que tuviera tiempo siquiera de pensar y quitarse aquella idea de la cabeza, gritó en la calma chicha de la noche:

—¡Policía! Tiren las armas. —Lo dejó ahí un instante, mientras pensaba en algo que decir que los intimidara—. Están rodeados.

Vio con el rabillo del ojo la mirada asesina que le lanzaba Miles. Y al otro lado del patio de vecinos, el poli apuntó el foco en la dirección de la que provenía el aviso. La linterna parpadeó una vez más, luego se apagó. Los tres fugados también giraron el foco de su atención hacia esa voz. Los más altos sacaron las pistolas de la cinturilla de los pantalones y apuntaron directamente al Toyota. Harper y Miles se agacharon para que ni la cabeza asomara por encima de las ventanas del coche.

La reportera cerró los ojos con todas sus fuerzas y aguzó el oído. Notaba el corazón latir contra el pecho; y daba breves, tensas bocanadas de aire. Esto sí que no lo había pensado bien.

—Fantástico. —Miles se puso en cuclillas a su lado, tenso como un arco, y dijo con un hilo de voz—: ¿Cuál es el siguiente paso en ese plan que tienes? ¿Liarte a mandobles con el bolígrafo?

Harper no sabía qué decir. ¿Qué hace una después de gritar? ¿Gritar todavía más fuerte? ¿Y dónde estaba la policía de verdad, por todos los santos? Con mucho cuidado, levantó la cabeza para mirar a los pistoleros a través de las ventanillas sucias del coche. Los tres apuntaban con el arma directamente hacia donde estaba ella. Soltó una bocanada de aire y volvió a guarecerse detrás de la carrocería del coche. Notaba la opresión de las costillas en el pecho; no podía respirar.

Si no venía pronto la policía, Miles y ella morirían allí mismo. Tragó saliva con dificultad y probó a alzar de nuevo la voz:

—He dicho que tiren las armas, ¡tírenlas!

—Que te den por culo, madero —gritó el más alto desafiante.

Oyó varios clics metálicos. Y se le paró el corazón. Luego Miles dijo con un susurro:

—¡Maldita sea!

Se tiraron los dos al suelo y notaron el impacto del rugoso cemento en la cara, en el preciso instante en el que los tres pistoleros abrían fuego. Era ensordecedor el ruido de tres armas de alto calibre disparadas a la vez: como una salva de todopoderosos cañones. Las ventanas del coche saltaron hechas añicos por encima de ellos. Harper se tapó la cabeza con las manos y cerró los ojos al notar la lluvia de cristales. Estaban atrapados.

CAPÍTULO CUATRO

Parecía que el tiroteo no iba a acabar nunca. Cuando por fin cesaron los disparos, el silencio que se creó le dejó como un hueco en el pecho a Harper: una especie de vacío. Le pitaban los oídos y palpó a ciegas, buscando a Miles. Pero no estaba allí.

—Miles —susurró, con un deje de urgencia; y las manos, azotando el aire.

—Estoy vivo —dijo él con un hilo de voz, a unos metros de distancia—. Pero gracias a ti, casi me matan.

Harper parpadeó un par de veces y logró verlo, entre el polvo y la lluvia de cristales, agazapado junto al capó del coche.

—¿Estás muerta, madero? —gritó uno de los pistoleros, en tono de burla.

Antes de que le diera tiempo a Harper a pensar en qué responder, sonó una voz, justo por detrás de su hombro derecho.

—Estoy vivo, y tengo un cabreo que te cagas —dijo la voz—. Así que tirad las armas, si no queréis que vacíe el cargador en vosotros.

Harper se dio la vuelta, sorprendida, y vio a un hombre alto y ancho de hombros, justo detrás de ella. Apuntaba a los tres sospechosos con una pistola semiautomática de nueve milímetros. Era Luke Walker. Llevaba una camiseta negra y vaqueros; y brillaba la placa, que tenía prendida en la cintura. No le temblaba lo más mínimo la mano que sujetaba el arma.

—Es verdad que estáis rodeados —añadió con un gesto de la mano que tenía libre.

Y entonces, como si hubieran estado esperando una señal, ocupó la calle una fila de policías de paisano vestidos de oscuro. Un helicóptero de la policía surcó el cielo por encima de sus cabezas con un ruido atronador; y el foco cegador hizo de la noche claro y frío día. Hubo un instante de confusión, un griterío ensordecedor, y luego se oyó dar órdenes, a voz en cuello y sin miramientos. Había llegado, por fin, la caballería.

A los tres hombres en busca y captura los pilló de sorpresa, y empezaron a apuntar con el arma en todas direcciones. Luego, lentamente y a regañadientes, el más alto la tiró al suelo. El más bajito lo miró con cara de asco. Pero, unos segundos más tarde, hizo lo mismo. Y, uno a uno, acabaron de rodillas en el suelo, con las manos detrás de la cabeza. Un enjambre de policías los rodeó, y Miles salió de su escondite detrás del Toyota y se acercó para sacar más fotos. Harper, por su parte, se puso de pie con cuidado, pues le temblaban un poco las piernas: había faltado muy poco para que se llevaran un serio disgusto. Y, al darse la vuelta, vio cómo Luke se guardaba el arma.

—Harper McClain. —No parecía muy contento—. ¿Cómo es que no me sorprende nada verte por aquí?

—¿Será porque soy siempre la más intrépida? —Harper quiso darle un tono de desenfado a sus palabras, pero no le salió muy convincente.

Conocía a Luke desde que entró de becaria en el periódico, cuando él era un policía de patrulla novato. Tenía entonces veinte años y estaba lleno de entusiasmo y buenas intenciones. Se habían criado en barrios muy parecidos y tenían la misma edad. Por eso, cuando la directora del periódico le encargó que hiciera una ronda con él, Luke y ella conectaron casi en el acto, era algo inevitable. Pasaron tres horas sin bajarse casi del coche, mientras iban de la escena de un crimen a otro; todo cosas de poca importancia, pero con ese entusiasmo tan propio de los ingenuos. Ella escribió, emocionada, un artículo sobre la vida de él, un policía recién ingresado en el cuerpo. Y desde entonces, eran amigos. Y por eso, porque lo conocía bien, sabía lo cabreado que estaba cuando lo vio venir hacia ella, aplastando cristales rotos con las botas.

—Yo no diría que intrépida —exclamó él con un tono cáustico—. Maldita sea, Harper, ¡no sabía que ahora ibas por ahí arrestando al personal! Te podían haber matado. Eso lo sabes, ¿no?

—¿Y qué otra cosa querías que hiciera? —preguntó ella—. Si no llegaban los refuerzos. Esos tíos estaban a punto de disparar al policía de la linterna que estaba allí. Tenía que hacer algo.

—Haberte esperado a que llegáramos, ¡eso es lo que tenías que haber hecho! —dijo él alzando la voz—. O haberte puesto a cubierto y llamado a centralita. Podías haber puesto tu seguridad por encima de todo lo demás. Hay muchas cosas que podías haber hecho, McClain, de haberte parado a pensarlo.

Harper se puso roja.

—No lo pensé bien —insistió ella—. Pero sí pensé que no quería que mataran a nadie. Joder, Luke: déjalo estar, ¿vale?

Se cruzó de brazos con actitud resuelta. Y hubo un momento en el que pensó que él iba a discutirle ese punto; pero entonces Luke posó sus ojos en la cara pálida de Harper y se mordió la lengua para no soltar lo que estaba a punto de decir.

—¿Estás bien? —Dio un paso hacia ella, con una expresión más tierna en la mirada—. Estaba a media manzana de aquí y oí que os disparaban con toda la artillería. Y por un segundo pensé que...

No llegó a acabar la frase.

—Estoy bien —lo tranquilizó ella—. Disparaban como el culo.

—Bueno, pero al de la otra banda sí le dieron.

Enfrente de donde se encontraban, los policías registraban a los pistoleros y les vaciaban los bolsillos, dejando en el suelo sucio todo lo que encontraban: fajos gruesos de billetes, un puñado de bolsitas de plástico llenas de un polvo blanco, un peine, algo de calderilla.

Entonces Harper empezó a casar una cosa con otra: Luke trabajaba en la secreta; o sea, que casi todo lo que llevaba eran casos de bandas enfrentadas por el tráfico de drogas. Hacía un mes que no lo veía; y, normalmente, eso quería decir que estaba trabajando en un caso.

—Oye, Luke: ¿no te habré reventado la investigación? —preguntó.

Él dijo que no con la cabeza.

—Llevo unas semanas vigilando a estos payasos. Me soplaron que esta noche iban a atacar a una banda rival. —Se la quedó mirando—. Lo que sigo sin saber es cómo os visteis atrapados en esto Miles y tú.

—Oímos por radio que habían visto a los asesinos —le explicó—. Vinimos a ver cómo se resolvía todo. Lo que no sabíamos era que se acabaría resolviendo delante de nuestras mismas narices.

Según hablaba, hacía gestos; y se dio cuenta entonces de que algún trozo de cristal le había cortado la mano. Tenía sangre en la piel y fijó la vista en ese hilillo rojo.

—Joder, Luke —dijo—. Me dispararon de verdad. ¿Es así como te ganas la vida?

—Todos los días.

Ella se limpió la sangre.

—Esto no está pagado con dinero.

—A mí me lo vas a decir.

Él guardó silencio un instante; luego, de repente, dijo:

—«¿Estáis rodeados?». Por Dios santo, Harper. Tú has visto muchas películas en la tele.

—No tuve tiempo de pensar nada mejor —dijo ella, y sintió un gran alivio al ver que ya no estaba enfadado—. A ver, ¿qué se dice en estos casos?

Él se paró a pensarlo.

—Yo suelo soltarles: «Tira el arma o te vuelo las pelotas a tiros».

Ella se mordió la lengua para no echarse a reír.

—¿Por qué no se me ocurriría algo así?

—La próxima vez —dijo él, y se la quedó mirando.

Cuando sonreía, Luke se parecía más al novato que ella conoció hacía siete años; con la mandíbula cortada a escoplo y esos ojos de un azul diamantino. El tiempo y el trabajo le habían pasado factura dándole forma, dura y afilada; y habían hecho desaparecer toda aquella inocencia y aquel entusiasmo del principio que ella recordaba. Lo que no sabía era si él pensaba lo mismo de ella.

Pasaron los años, después de aquella patrulla que hicieron juntos, y la carrera de uno y la del otro discurrieron de forma paralela. A él lo ascendieron y empezó a llevar casos; fue el mismo año que ella se hizo reportera de sucesos, a tiempo completo. El de él fue un camino meteórico, y a los veinticinco ya era sargento y trabajaba en la brigada de homicidios. Siempre hubo algo entre ellos dos: un vestigio de aquella primera noche en las calles. Si lo veía, Harper daba la noche por buena; y no era la primera vez que él se había materializado de entre las sombras para comprobar que a ella no le había pasado nada. Luego, de repente, hacía ocho meses, todo cambió: Luke dejó la brigada de homicidios y pasó a la secreta. Y nunca quiso decirle por qué. No tenía mucho sentido; porque irse a la secreta era un movimiento lateral, no un ascenso, y bastante duro: trabajaba mucho y en situaciones de peligro. Nada más enterarse, Harper quiso saber el porqué; pero él esquivó la pregunta y se negó a concretar nada con sus explicaciones. No obstante, Harper se olía que algo iba mal. Desde entonces, lo veía menos. Pasaba largos periodos de tiempo sin saber nada de él; de repente, cambiaba de aspecto, de forma drástica; y guardaba mucho las distancias. Y las pocas veces que lo veía, no parecía feliz.

—¿Qué tal andas? —dijo, y lo miró de soslayo.

—Estoy muy ocupado —dijo él, y desvió la mirada.

Al otro lado de la calle, los tres detenidos estaban ahora de pie: tenían las manos esposadas y miraban a los policías con idéntica expresión de apatía, como si todo aquello le estuviera sucediendo a otro. Para entonces, había ya muchos curiosos en la acera, casi caídos del cielo, que no perdían ripio. Guardaban silencio y dirigían una mirada malévola a los policías mientras estos conducían a los tres detenidos a pie a la furgoneta que los llevaría a la cárcel.

—¡Luke!

Lo llamó otro secreta, y le hizo señas para que se acercara. Él asintió con un gesto de la mano.

—Espérame aquí —le dijo a Harper.

Lo vio dirigirse allí a paso demorado y largo. El otro poli iba como él, con camiseta y vaqueros, y llevaba la placa enganchada a una cadena que le colgaba al cuello.

Estuvieron los dos diciéndose algo en voz baja, mientras miraban lo que les habían incautado a los sospechosos. Pasó un minuto y el otro se alejó con la bolsa de plástico que contenía la prueba. Cuando volvió, Luke fue al otro lado del coche y le hizo gestos a Harper.

—Ven aquí. Tienes que ver esto.

Ella fue hasta allí y con cada paso que daba levantaba un crujido de cristales. Lo que vio al otro lado la dejó sin aliento: el coche estaba literalmente destrozado, no había quedado ni un solo trozo de cristal en las ventanillas; y las ráfagas habían dejado un dibujo indeterminado de balas incrustadas en la carrocería de las puertas y del capó. Algunos agujeros eran más grandes que una moneda de cuarto de dólar.

—Quería que vieras lo cerca que has estado de recibir un impacto de bala —y lo decía completamente en serio—. De verdad, Harper, tienes que tener más cuidado. Porque si no, un día de estos te van a matar.

—Venga, Luke —dijo ella—. Si solo son gajes del oficio.

—Pero que a ti te maten no son gajes de tu oficio —dijo él en tono cortante—. Del mío sí.

Harper se lo quedó mirando; pero, antes de que se le ocurriera qué responder, Miles vino hasta donde estaban ellos.

41

—Nuestro héroe —dijo, y le dio la mano a Luke—. Gracias por ese rescate, tío.

—Miles, ¿no me irás a decir que tú estabas al tanto de todo esto? —dijo Luke, y señaló el coche.

—Te juro por Dios que no tenía ni idea de que fuera a hacer eso —dijo Miles—. Solo te pido que no la arrestes hasta que haya mandado el artículo al periódico. —Luego se volvió hacia Harper y dio unos toquecitos en el reloj—. Dicho lo cual, y por muy agradable que haya sido la velada de esta noche...

Harper miró el reloj y vio que eran las doce menos diez.

—Mierda. Tenemos que volver.

Se giró entonces y salió corriendo hacia el coche de Miles. Justo antes de entrar, se dio la vuelta. Luke seguía al lado del coche, mirándola.

—Gracias por salvarme la vida, Walker —exclamó desde allí—. Te debo una.

—Vaya que si me la debes, y me la pienso cobrar.

Y por cómo lo dijo, ella vio que iba en serio.

De vuelta en la redacción, Harper escribía el artículo y tenía a Baxter asomada por encima del hombro.

—Cambia «corrieron» por «huyeron» —dijo, y dio unos toques en la pantalla con la uña, corta y sin pintar.

Harper corrigió la línea y no dijo nada.

—Bien, bien, bien —decía Baxter, entre murmullos, cada vez que Harper escribía algo que era de su agrado. Olía un poco a Camel *lights* y a Coco de Chanel, una mezcla nada desagradable.

Por fin, a las doce y media, mandaron a componer el artículo. La portada la dominaba la crudeza de la fotografía que había sacado Miles: los tres sospechosos, uno de ellos pañuelo en boca para cubrirse la cara, apuntaban directamente a la cámara. Sobre ella, el titular: *«Sospechosos de asesinato arrestados en un tiroteo dramático».*

Baxter estiró los brazos hacia el techo para relajar las contracturas que tenía en los hombros.

—¿Qué pasa, que los delincuentes no pueden respetar nuestros horarios de cierre? —preguntó.

—¿Será que son unos capullos? —dijo Harper, a modo de sugerencia.

Baxter soltó una risotada y se fue hacia la mesa de redacción.

—Vete a casa, Harper; que por hoy ya me has dado bastante la lata.

Cuando se quedó sola, Harper desenchufó el ordenador y metió el detector en el bolso. Pero no hizo ademán de levantarse, sino que siguió sentada y se quedó mirando la pantalla negra del ordenador. No podía quitarse de la cabeza la cara de aquellos jóvenes, impávidos, mientras la apuntaban con la pistola. Y la advertencia de Luke resonaba todavía en su cabeza: «un día de estos te van a matar».

En cierto sentido, su amigo policía tenía razón. Porque a Harper le gustaba estar cerca del peligro; la atraía. Pero esa noche se había acercado demasiado; y otra persona podía haber resultado herida. Miles y ella se arriesgaban mucho siempre, solo que esa noche ella había llegado demasiado lejos: había intentado ser un héroe.

Oyó el ruido que hacía Baxter al otro lado de la sala y eso la sacó de sus pensamientos.

—¿Qué pasa, que te vas a quedar a dormir aquí por las noches? —gritó la directora del periódico—. Vete a casa, ya.

Harper se puso derecha.

—Ya me voy —dijo, y buscó el teléfono—. Pero antes tengo que hacer una llamada.

Esperó hasta que Baxter cogió el bolso y salió por la puerta. Luego marcó un número que le era bien conocido.

—¡Aquí La Biblioteca! —exclamó una voz con impaciencia.

Harper oyó el ruido de fondo, típico de una noche de juerga en el bar: los gritos de la gente, la música de guitarras, los vasos que chocan, las risas.

—Hola, Bonnie. —Harper se echó atrás en el respaldo.

—¡Harpeliciosa! ¿Dónde estás? ¿Qué haces que no estás adornando ahora mismo mi bar con tu lindo culito?

La voz ronca de Bonnie sonaba todavía más áspera cuando había jaleo en el bar y tenía que gritar para hacerse oír por encima del ruido.

—Estoy todavía en el trabajo —dijo Harper—. Y pensaba pasarme ahora.

—Vente y te hago un mai-tai con doble ración de cerezas.

Harper se echó a reír: les encantaban los mai-tais cuando eran adolescentes, y falsificaban los carnés de identidad para entrar en los bares. Llevaba años sin pedir uno. Y, de repente, le pareció una idea estupenda.

—Voy para allá.

CAPÍTULO CINCO

Era ya casi la una cuando Harper aparcó el coche en un hueco libre, debajo de las grandes ramas del roble que crecía enfrente de su casa. El liquen colgaba tan bajo que rozaba el capó del coche con la misma suavidad que las patas de un gato.

No solo iba a ser Miles el que tuviera un coche potente. Pero, aunque el del fotógrafo era nuevo y reluciente, el de Harper tenía quince años: un Chevrolet Camaro con más de doscientos mil kilómetros a sus espaldas y un motor que rugía con ganas. No pensaba dejarlo aparcado a la puerta de un bar, sobre todo en junio. Con la inminencia del verano, los turistas llevaban unas semanas colapsando la ciudad, y todos acababan ebrios de una peligrosa mezcla de espíritu vacacional, sol y ofertas de tres copas por una en los bares. Así que, mejor iría andando desde allí. Ya iba a bajarse del coche, cuando vio su imagen en el espejo retrovisor: un rostro oval y reluciente, lleno de pecas. Se le había corrido el rímel de un ojo y una mancha negra le enmarcaba la pupila marrón; tenía la piel llena de manchas y el pelo era una desgreñada madeja de color castaño rojizo. ¿Cuánto tiempo llevaba con aquel aspecto? Soltó un suspiro y apoyó la espalda en el asiento.

—Fantástico, Harper —dijo para sí, y buscó en el bolso un pincel con el que maquillarse—. Otra vez que te comportas como una cría.

Se arregló el pelo a toda prisa y, en un ataque de inspiración, estrenó el pintalabios MAC que Bonnie le había regalado por su cumpleaños.

—Solo te pido —dijo Bonnie cuando se lo dio— que lo uses de vez en cuando.

Cuando le pareció que había corregido un poco el desastrado aspecto de antes, salió del coche y alzó la vista un instante, hacia la casa al otro lado de la calle. Llevaba cinco años viviendo de alquiler en el apartamento que daba al jardín, en una casa de estilo victoriano en East Jones Street, cerca de la Facultad de Bellas Artes. El casero era un paleto de temperamento jovial que se había abierto camino en la ciudad. Se llamaba Billy Drupe, cortaba el césped, arreglaba las cosas cuando se rompían y no le subía el alquiler. A cambio, ella vigilaba a los estudiantes de máster que vivían en el apartamento de la primera planta y, de vez en cuando, le daba una mano de pintura a lo que hiciera falta. Es decir, que salían los dos beneficiados con aquel acuerdo.

La casa tenía la fachada de color azul, un tejado picudo y una ventana de vidriera en el ático que relucía con destellos ambarinos y verdosos cuando hacía sol. No había ninguna luz encendida a aquella hora de la noche; solo la de la entrada, un brillo de lo más alentador a aquella hora tardía. La puerta era acorazada; y Harper había cambiado todas las cerraduras nada más entrar a vivir poniéndolas blindadas. Era un lugar seguro, ya se había encargado ella de que lo fuera. Satisfecha al ver que todo estaba en orden, se echó el bolso al hombro y fue andando hacia el bar.

Las casas de Jones Street no eran las más imponentes de la ciudad, pero tenían sus encantos. Por el día, los ventanales dejaban ver los autobuses llenos de turistas que pasaban; y a los estudiantes, de camino a la Facultad de Bellas Artes, con sus portafolios. Por la noche, era una calle tranquila que parecía anclada en otra época. Y las farolas de acero proyectaban sombras danzarinas entre las ramas gráciles de los grandes robles.

La luna ya había desaparecido y se iban formando grandes nubarrones. Todavía hacía un calor insoportable y la humedad que había en el aire casi se podía ver de lo densa que era. Harper giró a su izquierda en la primera calle y el cielo crujió con el bramido grave y amenazador del trueno. Aceleró el paso y miró, nerviosa, por encima del hombro, hacia la calle vacía que iba dejando atrás.

El tiroteo la había descentrado: todavía notaba en la sangre el escozor de un resto de adrenalina. Y seguía embargándola la misma sensación que tuvo al calor de los disparos: que la estaban vigilando. Pero cuando volvía la cabeza, no veía a nadie. Así que dio gracias al llegar a Drayton Street, por todo el bullicio y las luces de los bares.

Allí, aunque era la una de la madrugada, la ciudad no paraba. Como cada noche, el restaurante de comida rápida de Eric, abierto las veinticuatro horas del día, anunciaba a los cuatro vientos con un letrero de neón de los años cincuenta: *Hamburguesas recién hechas y batidos helados*; e impregnaba el aire un aroma tentador de cosas fritas.

Harper se iba abriendo camino entre la multitud con certero paso, cuando cayeron las primeras gruesas gotas de lo que amenazaba con ser una temible tormenta. Entonces, casi a la carrera, salió de la arteria principal de la zona de copas, y oyó el ruido de La Biblioteca antes aun de llegar: la música y las risas salían por la puerta abierta a la calle, entre los grupos de fumadores. Y al entrar, sin detenerse, Harper percibió el aroma de los cigarrillos especiados con clavo.

—¿Qué pasa, Harper? —le dijo el portero—, ¿ya vienes de batirte el cobre contra el crimen?

Lo llamaban Junior, un mote que no pegaba nada con su aspecto: uno noventa de estatura, barba rala y barriga cervecera prominente. Harper lo había visto sacar del bar a tres hombres a la vez sin romper a sudar siquiera.

—Trabajo sucio, pero alguien tiene que hacerlo —dijo ella, y puso el puño para que el otro lo chocara con el suyo.

Cuando sonreía, Junior dejaba ver una hilera de dientes tan desiguales que parecía cada uno de un padre y una madre.

—Bonnie te espera. No sé qué dijo de un tequila sunrise o algo por el estilo.

—Sería un mai-tai —lo corrigió ella según entraba, alzando la voz para hacerse oír por encima de la cacofonía que reinaba en el bar, abarrotado y a media luz.

Tal y como indicaba el nombre, ocupaba el local de una antigua biblioteca. No era un espacio apropiado para un bar, porque las salas eran pequeñas y se llenaban enseguida de gente; pero, de alguna extraña manera, el negocio funcionaba. A Harper le gustaba el sitio; no solo porque Bonnie trabajara en la barra, sino porque era prácticamente imposible toparse allí con nadie del trabajo. El bar atraía a una horda de veinteañeros que se sentaban a fumar cigarrillos falsos y a discutir a voces sobre Nietzsche y sobre política. A los polis no habría quien los llevara allí ni atados; y los periodistas preferían el Rosie Malone, un *pub* irlandés cerca del río en el que solían parar los políticos de la zona.

La Biblioteca era el bar favorito de Harper. Le gustaba mirar las paredes, que conservaban todavía las estanterías empotradas abarrotadas de libros en edición de bolsillo; hasta había un programa de préstamo que funcionaba con el intercambio: si dejabas un libro, te podías llevar otro. Solo había una regla y estaba anunciada en la puerta; decía: *NADA DE PORNO, POR FAVOR, QUE SOMOS NIÑOS.*

La barra principal ocupaba el espacio en el que antes estaba la mesa del bibliotecario, justo en el centro de la sala más grande; y Harper se abrió camino entre la multitud para llegar allí. La atmósfera estaba muy cargada y olía a sudor, a la cerveza que se había caído al suelo y a la lluvia que entraba por la puerta.

A Bonnie se la distinguía bien entre el gentío, porque acababa de ponerse mechas de color fucsia en la melena rubia y relucía en la penumbra, igual que un faro. Los contrastes de color casaban a la perfección con la minifalda de imitación de piel de leopardo y las botas de vaquero. Pero es que con el tipo que tenía le sentaba bien cualquier cosa.

Las dos eran amigas desde pequeñas y su relación era casi más de hermanas. Al igual que la madre de Harper, Bonnie era artista. Y, como en eso no había dinero, trabajaba de camarera cuatro noches a la semana y daba algunas clases en la Facultad de Bellas Artes. Pero en total, con todos los trabajos que tenía, sacaba apenas lo suficiente para pagar el alquiler de un apartamento barato en una zona poco recomendable de la ciudad.

Cuando Harper se acercó a la barra, estaba poniendo cinco chupitos de tequila a la vez y hablaba sin parar. Había un tío con perilla y una pulcra camisa que esperaba a que lo sirviera, sin apartar en ningún momento de ella una mirada melancólica. Por fin, Bonnie tuvo que hacer una pausa para tomar aire y Harper se apoyó en la barra y señaló los chupitos.

—Gracias, pero no tengo tanta sed.

Bonnie soltó un chillido, le alcanzó los chupitos al sorprendido hombre de la perilla,y saltó la barra para abrazar a Harper.

—No me puedo creer que hayas venido: pero si tú odias salir en temporada alta, cuando están aquí los turistas.

—El reclamo que supone un cóctel tropical no falla nunca —dijo Harper.

—Si es cierto eso, te haré todas las noches un mai-tai. —Bonnie le escudriñó la cara con la mirada—. ¿Y cómo andas? Oye, qué bonito el lápiz de labios.

—Ha sido una noche muy rara —dijo Harper esquivando la pregunta—. Y es el lápiz de labios que tú me compraste.

—Lo sabía; si es que tengo un gusto increíble. Tendrías que dejarme que te eligiera los zapatos. —Bonnie saltó de nuevo sobre la barra, pasó las piernas al otro lado, se dejó caer de un salto y fue a parar, con un movimiento grácil, delante de una hilera de botellas relucientes—. Quédate aquí; que te voy a poner una copa, y me cuentas esas rarezas.

Pero, justo en ese momento, se abrió paso hacia la barra un grupo que no paraba de reír y blandía tarjetas de crédito. Bonnie dirigió a Harper una mirada de desesperación.

—Pero primero tendré que deshacerme de toda esta puta gente.

Como no tenía prisa, Harper acercó un taburete a la barra y tomó asiento. Aunque había mucho ruido y bastante caos, el mero hecho de estar allí la calmó. No había nadie en el mundo que supiera tanto de ella como Bonnie; y Harper no podría ocultarle nada ni aunque quisiera. En esos momentos, lo que necesitaba era alguien que le pudiera leer el pensamiento.

Se conocieron el día que Bonnie cumplió seis años. Su familia acababa de mudarse a la calle de Harper, quien había visto ya varias veces a la vecinita nueva, con aquella mata de pelo rubio que despertaba la admiración de todo el mundo mientras iba a todo trapo por la acera montada en un triciclo, seguida de todos sus hermanos: imposible no fijarse en ella. Y aunque vivían en sendos bungalós edificados en la posguerra, idénticos en su modestia, la casa de Bonnie era siempre un avispero, llena de ruido y de gente; justo lo opuesto de la de Harper, que era hija única. Si bien no fue la suya una niñez trágica ni solitaria, qué va; sino, más bien, la de una niña mimada a la que adoraban sus padres.

La madre era pintora y profesora de arte. Y el padre, un abogado que viajaba mucho por motivos de trabajo. Los recuerdos que Harper guardaba de su niñez tenían los bordes borrosos, como una acuarela en la que se mezclara la música de *jazz*, que salía a borbotones por los altavoces, y el color: el color por todas partes. La cocina era amarillo limón; el sofá, rojo cereza. La habitación de Harper era de color aguamarina; y había pinturas al óleo de su madre, en tonos vivos, abarrotando las paredes. Los días de sol, la madre montaba el caballete en la cocina: bañada en luz por los ventanales, que llegaban hasta el suelo. Cuando Harper era pequeña, muchas veces su madre le montaba a ella también un caballete pequeñito, para que pintaran allí las dos juntas.

El día de la fiesta de cumpleaños de Bonnie, Harper estaba sentada tan tranquila en el porche que daba al jardín de atrás y pintaba en un libro para colorear. Entonces, al otro lado de la valla, apareció Bonnie con una lata de serpentina en aerosol.

Harper dejó las pinturas encima de la mesa y vio cómo Bonnie, con toda la intención, vino caminando por la hierba y cruzó la valla. Con el vestido de color rosa chillón y aquel pelo rubio platino, parecía un garboso elfo. Harper pensaba que diría hola, o que le preguntaría qué estaba pintando. Pero lo que hizo, sin previo aviso, ni provocación alguna por su parte, fue apuntar el aerosol en dirección a Harper y cubrirla de hilos e hilos pegajosos de color rosa. Se la quedó mirando sin dar crédito.

—¿Por qué has hecho eso?

Bonnie se rascó el hombro y estuvo pensando la respuesta.

—Porque me parece que estás muy sola —declaró a los pocos instantes—. Y porque creí que sería divertido. Ven a mi fiesta.

Harper, a la que no le habían pasado desapercibidos los globos atados a la valla en la parte delantera de la casa, ni el letrero colgado a la puerta: *BONNIE CUMPLE SEIS AÑOS*, ni tampoco los niños que iban llegando a la celebración, se hizo la interesante.

—No sabía que fuera tu cumpleaños —mintió.

—Pues sí —le aseguró Bonnie—. Pero es que odio a mis primos. Y mis hermanos son unos gilipollas. Yo te quiero a ti en mi fiesta.

Harper no se arredró al oír la palabrota.

—¿Por qué, si no me conoces?

Bonnie la miró con un aire de confianza que se diría beatífico.

—Me gusta tu pelo. Anda, pregúntale a tu mami si puedes venir a mi casa, y te prometo que ya no te echo más aerosol.

Por inexplicable que pudiera parecer, a Harper la convenció esa explicación: se quitó los hilos que tenía impregnados por toda la ropa y fue a la cocina a pedirle permiso a su madre, quien meneó el pincel en señal de aprobación desde detrás del caballete.

—Pásatelo bien, cariño —dijo sin apartar los ojos del lienzo. Estaba pintando un campo de margaritas bajo el sol, y cada pétalo era tan real que casi se podía tocar la seda fría de su textura—. Pero nada más entrar le das las gracias a la señora Larson.

Desde aquel día, por razones que escapaban a la comprensión de Harper, Bonnie y ella fueron inseparables. Y fue la suya una amistad que superó las duras pruebas del colegio, en la educación primaria; y la funesta anarquía del instituto, cuando cursaban la enseñanza secundaria. Sobrevivió a los primeros novios, al divorcio de los padres de Bonnie, al desgarro que sufrieron cuando los Larson se mudaron y dejaron de ser los vecinos de al lado. Y a cosas peores. Mucho peores.

Bonnie era el único recuerdo de su niñez que Harper se consentía. La única persona que la conoció en aquellos años difíciles. La única que alcanzaba a comprender.

Harper aguardó pacientemente a que la barra se fuera vaciando. Y justo antes de las dos, Bonnie le puso el tercer cóctel de la noche, un brebaje de color rosa y contenido inescrutable, coronado por una diminuta sombrilla de papel y cuatro cerezas de marrasquino empaladas en un palillo largo.

—Carlo me reemplaza un rato —dijo, y apuntó con la botella de cerveza que tenía en la mano al tipo moreno y musculado que había detrás de la barra con ella—. Ven, vamos a hablar.

Harper, que ya se sentía mucho mejor, alzó la copa a la luz para ver los tonos atómicos de su cóctel.

—Es mi bebida favorita.

—Esa copa tiene tanto zumo de frutas y ron, cariño, como para que te dé diabetes. —Bonnie estiró los brazos por encima de la cabeza y soltó un gemido—. ¡Ostras!, qué noche más larga. Tengo que cambiar de trabajo y buscarme uno de verdad.

A aquella hora tardía, solo quedaban en el bar los bebedores más empedernidos, que luchaban a brazo partido con sus demonios particulares, de uno en uno y copa a copa. Por lo demás, habían bajado la música y se respiraba un aire más fresco.

Una de las salas laterales estaba vacía y allí se instalaron, al lado de la mesa de billar. Bonnie se subió al tablero de fieltro verde y le hizo señas a Harper para que hiciera lo propio.

—Súbete aquí y me cuentas qué te pasa.

Harper se aupó con menos gracia; pues estaban muy cargadas de ron las copas que Bonnie le había puesto.

—No me pasa nada —dijo, y estiró las piernas hasta que dio con los dedos de los pies en el otro extremo de la mesa—. Todo está bien.

—Harper. —Bonnie se la quedó mirando—. Llevas dos horas acodada a mi barra, bebiendo un brebaje rosa y sin hablar con nadie. En temporada alta. O sea, que algo te pasa.

Harper sonrió, porque Bonnie la tenía bien calada.

—Es que hubo un tiroteo. —Harper hizo un gesto indefinido con la mano que sujetaba la copa—. Y faltó poco para que me dieran.

Bonnie tomó un sorbito de cerveza y entrecerró los ojos para escrutar a su amiga.

—¿Cuánto de poco faltó?

Harper pensó en las ventanillas hechas añicos por encima de su cabeza y sostuvo una mano en el aire, mientras ponía el índice y el pulgar a unos cinco centímetros uno del otro.

—Yo creo que esto.

Bonnie alzó las cejas.

—¡Qué carajo, Harper! Yo pensaba que tu trabajo era escribir sobre el crimen, no que te dispararan.

—Estaba todo controlado —insistió Harper—. No corrí riesgo alguno.

—Y una mierda —dijo Bonnie con tono cortante—. Ese tiroteo te metió el miedo en el cuerpo; te lo noté en la voz cuando llamaste. Y te lo vi en la cara cuando entraste en el bar. A mí no me mientas.

Harper cogió del vaso la sombrilla de papel en miniatura y se puso a abrirla y cerrarla con la mente en otra parte. Mientras esperaba a que Bonnie acabara detrás de la barra, había tenido mucho tiempo para pensar en lo que había pasado. Y para cuestionarse lo que la había llevado a acercarse tanto al peligro. El alcohol la protegía con su vaho y se halló a sí misma formulando una pregunta que, en circunstancias normales, nunca habría pronunciado en alto.

—Dime la verdad: ¿tú crees que soy autodestructiva?

Bonnie tardó demasiado en contestar.

—Venga ya —dijo por fin, en un tono más amable—. Tus razones tienes para hacer lo que haces; lo sabes de sobra.

Eso era verdad. Pero no era una respuesta negativa a la pregunta. Y, de repente, Harper pensó en Luke: lo vio en mitad de la calle, igual que un dios justiciero, mirándola como no la había mirado nunca antes. Como si estuviera preocupado por ella.

También había tenido tiempo para pensar en él esa noche.

—Y por cierto —dijo—, me parece que me pone un poli.

Vio que Bonnie se relajaba: había pasado el momento más tenso.

—Pues, qué carajo, cariño. —Le dio un golpecito en el hombro a Harper—. Cógete un buen cacho de ese agente de la ley y ponlo a hacer ejercicio.

Harper dijo que no con la cabeza:

—No puede ser. Porque yo escribo sobre los polis; y no me está permitido tener un lío con ellos. Es un... —Buscó las palabras en alguno de los rincones de su cabeza empapados en alcohol—. Un conflicto de interferencias. No —dijo con un parpadeo—. De intereses.

—¿Ah, sí? —Bonnie no acababa de creérselo—. Venga ya. ¿Qué te pueden hacer?

—Podrían rebajarlo de categoría —afirmó—. La poli se toma eso muy en serio.

Bonnie hizo una mueca de burla.

—¿Y desde cuándo te importan a ti un pito las reglas, Harper? La policía no tiene cámaras en tu dormitorio. Además, llevo un tiempo pensando que te hace falta echar un polvo. ¿Cuándo fue la última vez?

La pilló desprevenida y Harper no supo muy bien qué responder.

—¿El año pasado? Ese tío de California, imagino, ¿no?

Bonnie la miró como si acabara de decirle que le gustaba hacérselo con los gatos.

—Harper, de eso hace casi dos años. No puedes seguir así. Voy a decirle a Carlo que te eche uno ahora mismo. ¡Carlo!

Miró hacia el bar, levantando la voz. Carlo, que estaba metiendo vasos en el lavavajillas, le dirigió una mirada interrogativa. Se le marcaban los músculos debajo de la camiseta negra con el logo de La Librería.

—¡No le hagas ni caso, Carlo! —gritó Harper en el acto—. Que no es nada. —Luego se echó a reír, cogió del brazo a Bonnie y la amonestó—: A ver si te comportas.

—Lo haría encantado —le aseguró Bonnie—. Yo sé que le pareces muy mona.

—No soy mona. —Por alguna razón, a Harper le sacaba de quicio que le dijeran eso—. Soy una introvertida, y nunca me acuerdo de ponerme maquillaje. He visto las mujeres con las que sale Carlo, y no soy su tipo en absoluto.

Bonnie hizo un gesto con la mano que sostenía la cerveza.

—Todas somos el tipo de Carlo. Pero él no es el tuyo... —Recorrió con la vista el bar, que ya estaba casi vacío—. Siempre nos queda Junior.

—Vale ya, ¿no? —le imploró Harper—. Mira, te prometo que me tiro a alguien pronto.

—Tírate al poli —ordenó Bonnie—. Ese sí que te gusta. ¿Cómo es? Seguro que es como esos *rangers* de Texas: alto y cachas, con poco don de palabra. De los que dominan a fondo la situación.

—Cállate. —Harper se puso roja.

—Ay, Dios, o sea, ¡que he acertado! —Bonnie estaba encantada y rio con ganas—. Quiero conocer al tío ese.

Harper empezó a marearse; no sabía si por la conversación o por los mai-tais.

—No podemos seguir hablando de esto —se quejó, y reclinó la espalda en la mesa. El fieltro del tablero era suave y se dio la vuelta para notarlo en la cara. Olía como un bálsamo de tiza y polvo.

—No te quedes dormida en la mesa de billar, Harper. No te vaya a llevar Junior a su casa a hacerte guarradas de las suyas.

Bonnie se inclinó sobre ella, y las puntas de sus cabellos le hicieron cosquillas en la cara a Harper.

—Además, ya está decidido. Tienes que liarte con ese poli. Y más pronto que tarde. —Le quitó el pelo con ternura de la cara. A Harper le encantó esa sensación, y cerró los ojos.

—Se te pasarán todos los males —le prometió Bonnie.

Harper pensó en Luke Walker, lo vio a él solo, pistola en mano. Y llegó a preguntarse si no tendría razón su amiga.

CAPÍTULO SEIS

Al día siguiente por la tarde, Harper llegó a la comisaría a las cuatro en punto; y se sentía fatal, como si un camión le hubiera pasado por encima la noche anterior. Ubicada en una tranquila calle del centro, la comisaría tenía todo el aspecto de una prisión del siglo XIX, que es lo que fue en su día. Rompían la fachada de ladrillo una hilera detrás de otra de ventanas arqueadas, en perfecta formación; y todas daban a un aparcamiento pequeño abrasado por el sol en el que, en ese preciso instante, no cabía un alfiler.

Harper maldijo entre dientes, hasta que pudo encontrar una plaza para su coche en una calle a la vuelta de la esquina. Echó unas monedas en el contador del aparcamiento y se alejó a toda prisa de la zona al sol, tomando un atajo por la samaritana sombra que ofrecía el Cementerio del Parque Colonial.

El viejo camposanto tenía ahora más de parque que de cementerio, gracias al abrigo que ofrecían las largas ramas de los robles centenarios. Ya cuando era pequeña le encantaba ese sitio. Porque se podía leer la historia de la ciudad a través de lo que había quedado grabado en las lápidas:

James Wilde. Muerto en un duelo, el 16 de junio de 1815, a manos de un hombre que, no hace mucho, no contaba con ningún otro amigo.

A los doce años, la tragedia de ese hombre la había conmovido; pero en este preciso instante no le importaría que la enterraran junto a él. Y en su lápida pondría: *Harper McClain, murió resacosa. Menuda imbécil.*

Esperó hasta que Bonnie cerró el bar; entre copa y copa, con Carlo y Junior, mientras jugaban al billar con pocas ganas, hasta que al final se cansaron. Debían de ser las cuatro de la madrugada cuando llegó a casa. Y despertó a eso del mediodía: tenía la boca pastosa, un tremendo dolor de cabeza y a su gata, Zuzu, instalada encima del pecho, como un tumor de tres kilos y medio.

—Quítate, malvada bola de pelo —dijo entre dientes, y apartó al minino de un empujón.

La gata esperó hasta que Harper volvió a dormirse y se subió encima de ella otra vez, con un ronroneo malicioso.

Harper lo dejó por imposible y se levantó. Hasta que, cuatro ibuprofenos y cuatro litros de agua más tarde, se sintió con ganas de ir a trabajar. Eso sí, no se quitó las gafas de sol al entrar en la comisaría; y nada más abrir la puerta a prueba de balas que pesaba como un demonio, dejó atrás el calor del día y accedió al refrigerado ambiente. La policía a cargo del mostrador de entrada alzó la vista al verla acercarse.

—¡Harper! —dijo con un gorjeo—. ¡Qué misteriosa que vienes hoy!

Darlene Wilson medía poco más de medio metro, tenía el pelo rizado y reluciente; las curvas, sinuosas, pues ponían a prueba los botones del uniforme azul marino, y un cutis tan impoluto que era imposible echarle años; aunque Harper creía que andaría por los treinta y cinco.

—Darlene, por favor —le rogó Harper—. Si de verdad me quieres, no levante la voz.

La risa que soltó Darlene casi le revienta la cabeza.

—Vale, cariño, ya te entiendo —dijo bajando un poco la voz—. ¿Qué pasa, que estuviste anoche de juerga?

—Dejémoslo en que me tomé unas copas con una vieja amiga y se me fue la mano.

Según hablaba, Harper iba pasando rápidamente las hojas del fajo de partes policiales de la noche anterior.

«Robo, robo, robo, alteración del orden público, conducción bajo los efectos, robo, apuñalamiento...».

Se detuvo un momento en la última y pasó los ojos por encima.

A las cuatro horas, un varón de treinta y cuatro años entró, según consta, en el domicilio referido y procedió a blandir un instrumento de hoja cortante contra una mujer de treinta y dos años identificada como su expareja...

—¿Has dicho que era una amiga; no sería un amigo? —indagó Darlene.

—No es lo que tú crees.

Darlene hizo un ruido de fastidio con los labios.

—Pues qué pena.

—Lo que me gustaría saber —dijo Harper sin levantar la vista— es por qué ahora de repente a todo el mundo le interesa mi vida amorosa.

Darlene alzó una ceja en significativo gesto y volvió a concentrarse en la pantalla del ordenador.

—Por nada en particular —dijo.

Harper tardó diez segundos en decidir que no iba a cubrir el apuñalamiento; porque Baxter odiaba las historias de violencia doméstica y no tenía ella hoy el cuerpo como para ponerse a discutir con su jefa. Así que dejó el parte entre todos los demás, hojeó el resto y tomó un par de notas. Casi había acabado, cuando Darlene levantó una mano.

—Ay, cariño, casi se me olvida.

Había un deje de alarma en la voz que hizo que Harper alzara la vista.

—El teniente quiere verte en su despacho.

—¿Ahora? —A Harper se le arrugó el entrecejo—. ¿Dijo por qué?

—La verdad es que no. —Darlene se acercó a ella—. Yo solo sé que todo el mundo no hace más que hablar del tiroteo de anoche. Y dicen que estuviste implicada.

Harper dejó a un lado del mostrador el fajo de papeles y se le cayó el mundo a los pies. Porque era lógico que todo llegara a oídos del teniente, debería haber contado con eso.

—¿Cómo está de cabreado? En una escala de uno a diez.

—Bueno, pues ya sabes cómo es. —Darlene hizo como que ponía en orden unos papeles—. Que siempre le gusta tener algo de qué quejarse.

Por un instante, Harper barajó la idea de salir por la puerta de atrás y volver al periódico; pero no quería que el teniente mandara a nadie detrás de ella, como había hecho antes: una vez, cuando ella hizo caso omiso de su intención de recibirla en su despacho, le envió a un policía motorizado para que la llevara de vuelta a la comisaría, con las luces de emergencia de la moto puestas.

—Maldita sea.

Así que fue a regañadientes hacia la puerta de seguridad que daba acceso a los despachos situados en la parte de atrás. Darlene puso cara de pena, le dedicó una sonrisa y apretó el botón que abría la puerta.

Esta se abrió con un agudo zumbido que partió en dos la dolorida cabeza de Harper y se le clavó con machaconería en el cerebelo. De tal manera que no pudo evitar una mueca de dolor al empujar la puerta. Al otro lado había un pasillo largo que atravesaba el edificio. Era un espacio oscuro, sin ventanas, pues lo flanqueaban despachos a ambos lados. Pasó de largo la sala de recepción de llamadas del 911, llena de ordenadores que lanzaban un brillo mortecino. Luego, los despachos de varios sargentos: todos vacíos a aquella hora; todos pequeños y atestados de muebles.

Iba por la mitad del pasillo, cuando vio venir a dos detectives ataviados con trajes de chaqueta de un tejido fino y veraniego. Iban hablando en voz baja y, cuando uno de ellos la vio, le dio un codazo a su compañera. El detective Ledbetter andaba cerca de los cincuenta: era alto, con cuerpo de oso y una sonrisa que le ocupaba la cara entera. Iba con él la detective Julie Daltrey, diez años más joven que él y una cabeza más baja. Tenía el pelo oscuro, lo llevaba recogido en una apretada coleta, y le encantaba gastar bromas pesadas a la gente. Los dos se pararon, bloqueándole el paso con una sonrisa irónica dibujada en la cara.

—Ah, hola, *agente* McClain —dijo la detective Daltrey, y Ledbetter soltó una sonrisita malvada—. He oído que te vas a incorporar al cuerpo.

—¡Hostia puta! —Los fulminó con la mirada—. ¿Esto va a ser siempre así?

—Anda, hazlo por mí —la chinchó Daltrey—: Di «Deténgase o disparo», para que yo te oiga, que quiero ver si dominas la técnica.

—No, pero eso no fue lo que dijo —le recordó Ledbetter—. Fue: «Estáis rodeados».

Y soltaron los dos una risotada; Daltrey se partía de risa y se agarraba las costillas. Después de eso, Harper no quiso escuchar más.

—¿Queréis hacer el favor de dejarme pasar? —Bajó el hombro y lo metió entre los dos para abrirse paso, con tanta fuerza que tuvieron que echarse a un lado para no caer al suelo—. ¿Qué pasa, que ya no hay por ahí ningún asesino suelto?

—Los hay, pero también los puedes arrestar tú —dijo Daltrey—. Y así nos tomamos el día libre.

La persiguió la risa de ambos hasta que llegó al fondo del pasillo. Y Harper bien sabía que aquello no había hecho más que comenzar: porque no hay nadie sobre la faz de la Tierra que disfrute más que un poli dejando en ridículo a la gente. Después de lo que había pasado la noche anterior, podía considerarse el blanco humano de todos sus dardos. Así que dio gracias cuando por fin llegó al final del pasillo y encaró la puerta en la que figuraba el letrero: *Teniente Robert Smith*. Se quitó las gafas y las metió en el bolso.

Luego, soltó todo el aire que tenía en los pulmones y llamó a la puerta.

—Soy Harper.

—Entra de una vez —gruñó desde dentro una voz grave de barítono.

Harper se preparó para lo peor, abrió la puerta y lanzó una andanada de defensa sin más preámbulos.

—Mire, teniente, lo de anoche no fue culpa mía.

—Eso seré yo quien lo decida.

El teniente Robert Smith tendría unos cincuenta años, su buena mata de pelo encanecido y una mandíbula cuadrada que parecía diseñada para encajar golpes. Con un metro noventa de altura, dominaba el espacio que lo rodeaba incluso allí sentado, sin moverse. El traje gris marengo parecía caro, al igual que la corbata de seda de color azul marino.

Era uno de esos hombres al que, aunque no fumara, le pegaba tener un puro entre los dedos.

Ella se acercó a la mesa y él pasó lista a los cargos que pesaban contra ella con una voz gélida, más parecida a un gruñido:

—O sea, que vas y te enfrentas a tres hombres armados, sin chaleco antibalas y totalmente desarmada. Luego, cuando esos tres delincuentes te están apuntando con la pistola, te haces pasar por un agente de policía. ¿Se ajusta este resumen que te hago a los hechos? Porque si se ajusta, ¿cómo te atreves a decir que no es culpa tuya?

—Tuve que improvisar algo. —Harper se dejó caer en una de las butacas de cuero de imitación que había delante del escritorio, se llevó las puntas de los dedos a la frente dolorida y siguió diciendo—: Creí que iban a matar al tonto del policía ese.

—El tonto del policía ese es un curtido agente de la ley. —La voz de Smith subió unas octavas. Harper torció el gesto—. Y está entrenado para llevar un arma de fuego semiautomática estándar de la policía, y para defenderse en situaciones peligrosas. Llevaba un chaleco antibalas homologado por el gobierno; mientras que tú, solo llevabas una libreta para tomar notas.

—Cierto —admitió Harper—. Pero estuvieron a punto de volarle la cabeza a ese agente suyo tan bien entrenado y tan estúpido. —A él se le endureció el gesto, pero ella siguió decidida soltando por la boca—: Teniente, él no tenía ni idea de dónde estaban los pistoleros. Sí que es cierto que podría haberle gritado: «Oye, poli estúpido, que están aquí». Y seguro que también me habrían disparado. Pero lo que hice fue ganar algo de tiempo para que esos refuerzos que nadie sabe por qué tardaron tanto llegaran a la escena del tiroteo y salvaran a los vecinos de tres asesinos en busca y captura. —Sacó la libreta—. Y, por cierto, ¿tiene alguna declaración para explicar por qué tardaron tanto?

El teniente abrió la boca y la cerró en el acto.

—Demonios, Harper. ¿Cómo te las ingenias para darle la vuelta a todo y que sea yo siempre el que queda como el malo de la película?

Seguía bastante alterado, pero su voz había perdido algo de su filo acerado. A modo de excusa, Harper le dedicó una media sonrisa.

—Tuve buenos maestros, teniente.

—Hoy no te vas a ir de rositas con un cumplido, jovencita. —La señaló con dedo acusador—. No exagero cuando digo que estuviste a punto de lograr que te mataran anoche. Porque Walker me lo ha contado todo.

—El chivato ese —dijo Harper entre dientes.

—Es que parte de su trabajo es chivarse —le recordó él sin miramientos.

Luego se anticipó a cualquier respuesta por parte de Harper, echó el cuerpo hacia delante y apoyó los codos en la mesa.

—¿Por qué lo haces, Harper? Yo me esmero en protegerte, pero no puedo hacer nada por ti si te metes de cabeza en la trayectoria de una bala. Eso lo comprendes, ¿verdad?

Ya no estaba enfadado, y Harper bajó todas las defensas.

—Lo siento, teniente —dijo—. Todo fue tan rápido. Créame, yo sé que fue muy peligroso. Y le prometo tener más cuidado.

A Smith se le suavizó la expresión de la cara.

—No quiero que te pase nada.

—Ya lo sé —dijo Harper; y añadió, arrepentida—: Y no decía en serio lo de Luke. El sargento lo bordó anoche: de hecho, me salvó la vida.

—Luke es de lo mejorcito que tengo —dijo Smith—. Y no vino aquí a «chivarse» de nada, como has dicho. Vino porque estaba preocupado.

Harper no dijo nada y se sintió rara al notar que le agradaba el hecho de que Luke se preocupara por ella.

—¿Y bien? —Smith arrugó la frente—. ¿Has resultado herida? Porque estás un poco pálida.

—Es que estuve de copas anoche con Bonnie —dijo, y se frotó las sienes con gesto de arrepentimiento—. Me temo que abusé del alcohol, y ahora me siento como el culo.

—Vaya. —Al teniente le cambió la expresión de la cara; había adoptado ahora la de un padre preocupado por su hija—. ¿Estuvisteis en ese bar tan *hippy* en el que trabaja tu amiga?

—No es un bar *hippy* —dijo Harper, aunque un poco sí lo era.

—Espero que no volvieras en coche a casa.

Ella entornó los ojos.

—Pues claro que no.

Siempre era igual: él se dirigía a ella como si fuera una adolescente, y ella no tardaba mucho en comportarse como tal. Entonces el teniente cogió el bolígrafo y dio unos golpecitos en el tablero de cuero de la mesa.

—Antes de que me olvide: Pat no hace más que darme la lata para que te lleve a cenar una noche a casa. —La miró—. ¿Estás libre el domingo? A ella le encantaría.

A Harper se le iluminó la cara, porque la mujer del teniente cocinaba muy bien.

—Si por un casual hiciera esos canelones de pollo suyos, pues creo que el domingo estaré libre.

—Verás qué contenta se va a poner —dijo, aunque sonó algo brusco—. Le digo siempre que estás bien, pero ella prefiere verlo con sus propios ojos.

Y se puso serio otra vez.

—Entonces, Harper, a ver: ¿le puedo decir al jefe superior de policía que esa reportera que lleva la sección de sucesos en el periódico local a la que tanto apreciamos ha dado su palabra de no volver a hacerse pasar por un agente de policía en la escena de ningún crimen futuro? ¿Me prometes eso, por lo menos?

—Supongo que sí, que esa norma en concreto me puedo comprometer a no romperla más —asintió Harper—. De verdad que lo siento. No tuve mucho tiempo para pensar si quería salvarle la vida al tonto del culo del agente ese.

Los ojos del teniente reflejaban tanto afecto como exasperación.

—Vale, el tonto del culo del agente te debe una, y ya me he encargado yo de que lo tenga en cuenta. —Abrió una carpeta que tenía encima de la mesa y se puso unas gafas de montura metálica—. Entonces, a ver, saca un boli, que el comunicado oficial es el siguiente: Los refuerzos tardaron porque hacía falta un helicóptero si queríamos encontrar a los sospechosos y así poder aislarlos. Y los agentes sobre el terreno se desplazaron a pie desde la escena del crimen para dar con el paradero de los asesinos y evitar víctimas entre la población. Los primeros que llegaron al lugar de los hechos fueron los de la policía secreta, pero esperaron hasta que se incorporó el grueso del efectivo de búsqueda y captura. Estos agentes de paisano dijeron que llevaban ya varias semanas investigando a los tres sospechosos, como parte de una operación a mayor escala que pretende acabar con el tráfico de drogas en la zona.

Harper lo anotó todo y luego se lo quedó mirando.

—¿Tienen pruebas suficientes para cargarles el marrón a esos tres tipos?

—¿Extraoficialmente?

Ella dijo que sí con la cabeza.

—Pues claro que las tenemos. —Cerró la carpeta—. Es todo por ahora, *agente* McClain.

—Demonio de gente. —Harper se puso en pie—. No voy a conseguir que se olvide esto nunca, ¿verdad?

Él sonrió a modo de respuesta, pero con eso valía. Para acabar de rematarla, dijo:

—Me parece que te han encargado una placa.

Cuando Harper salió de la comisaría, eran casi las cinco. Fue a la carrera hasta el coche, pues tenía que darse prisa si quería llegar a las oficinas del periódico antes de que cerraran la primera edición. Pero las cinco es mala hora para que le entren a una las prisas, y en cuanto salió a Habersham Street se vio en medio de un monumental atasco. Maldijo por lo bajo, pisó el freno y ocupó su sitio en la fila. El tráfico discurría a paso de tortuga y ella reeditó en su cabeza la conversación con el teniente.

No le pillaba de sorpresa que Luke fuera derecho a hablar con Smith, pues sabía que los dos tenían buena relación, y seguro que Luke quiso que Smith le metiera a ella el miedo en el cuerpo. Su propio padre había salido de su vida hacía ya tiempo. Hablaban unas cuantas veces al año y a ella le sobraba con eso. Y ahora que vivía en el norte del país, y que tenía hijos más pequeños, era más fácil olvidar que hubiera existido nunca. Además, Smith había desempeñado ese papel desde hacía ya muchos años. Él y su mujer la ayudaron en los tiempos difíciles de la adolescencia, le llevaban comida cuando andaba mal de dinero y todavía seguían preocupándose por ella. Les estaba muy agradecida. Y tuviera la edad que tuviera, Smith todavía la veía como a una niña a la que había que proteger. En parte, porque el día que se conocieron no se les olvidaría a ninguno de los dos por mucho que vivieran: él fue el poli que le quitó el teléfono de la mano a Harper el día que mataron a su madre.

CAPÍTULO SIETE

Cuando Harper llegó a la mesa de redacción, veinte minutos más tarde, los del turno de día estaban ya cerrando los últimos artículos. Los directores de cada sección se comportaban como tales y exigían lo de siempre, poblaban el aire de veladas amenazas. Entre tanto ajetreo, nadie se fijó en ella: fue hasta la desvencijada silla negra que ocupaba y encendió el detector de la policía. Le llegó el rasgueo y el zumbido de un coro de voces oficiales que ya le era conocido. Y estaba encendiendo el ordenador, cuando el compañero de la mesa de enfrente echó a rodar la silla hacia atrás y se dio la vuelta para mirarla.

—Oye.

Harper levantó la vista.

—¿Qué pasa, D. J.?

David J. Gonzales se granjeó el apodo cuando anunció que sus artículos debían incluir en la firma la J de en medio.

—Es una parte importante y es mi nombre —le contaba, emocionado, a todo el que se paraba a escucharlo.

Tenía veintitrés años, aquel era su primer trabajo en un periódico y no comprendía por qué eso les hacía tanta gracia a los veteranos de la redacción, fogueados en todo tipo de frentes; quienes al principio se referían siempre a él como David J.: «¿Va a venir David J.?», «¿Has visto a David J.?». Pasado el tiempo, todo quedó en D. J., y así lo acabó llamando todo el mundo.

—Te está buscando Baxter —dijo—. ¿Dónde te has metido?

Una madeja de pelo espeso y desgreñado le tapaba casi las gafas y la cara redonda y jovial que tenía. Todo ello lo hacía al menos diez años más joven.

—Estuve en la comisaría.

—Ah, vale. Dijo que había estado llamándote.

—Ay, mierda. ¿Eso dijo? —Harper rebuscó en el bolso hasta que dio con el teléfono. Y ya solo el mensaje que salía en la pantalla servía de velada acusación: «*Diez llamadas perdidas*».

—¡Cojones! Se me olvidó desactivar el modo silencio.

—¿Otra vez? —D. J. la miró sin dar crédito—. Pues te va a matar.

—Vale: así tendré al menos algo de lo que escribir —dijo en tono cortante.

Se incorporó en el asiento y miró hacia el otro extremo de la sala, pero la mesa de la directora estaba vacía. Así que volvió a sentarse.

—¿Y qué quiere?

D. J. alzó los hombros con indiferencia. No se había afeitado bien esa mañana y se le marcaba el contraste entre las patillas y la piel cobriza, como una huella de un dedo.

—Pues, no lo sé. Está en pie de guerra por algo.

—Ya, pero así está siempre.

—Es cierto. —Entonces reaccionó como si no la hubiera visto antes y le chocara su presencia allí: vio las ojeras que tenía y la palidez enfermiza de su piel—. Tienes un aspecto horrible. ¿Dónde estuviste anoche?

Harper metió su contraseña con un repiqueteo de teclas que parecía una ametralladora.

—Los demonios del alcohol me están destrozando la vida —informó con gran solemnidad—. Tengo que encontrar a Cristo.

Él esbozó una sonrisa pícara que hizo que pareciera más joven todavía.

—Si de verdad lo estás buscando, mi madre sabe dónde encontrarlo. Y también controla dónde está la Virgen María.

Dicho esto, le dio a la silla el empujón preciso e hizo que rotara y, a la vez, que lo llevara propulsado hasta su mesa de trabajo.

D. J. solo tenía cuatro años menos que Harper, pero eran años que habían dado mucho de sí. Porque cuando empezó a trabajar en el periódico, fue para ella como ese hermano pequeño que nunca había querido. Y Harper se quejó amargamente ante Baxter desde el minuto uno por ponerlo en una mesa al lado de la suya. El chico no sabía lo que era la autonomía en el trabajo y estaba siempre haciendo preguntas. A Harper la sacaba de quicio. Poco a poco, eso sí, fue haciéndose con los mandos en el trabajo; y, aunque Harper no podría decir exactamente cuándo sucedió, hubo un momento en el que decidió que el chico le caía bien, después de todo.

Sacó las notas y empezó a redactar un informe a vuela pluma sobre los delitos de menor importancia que había deparado el día. Irían en la página seis, en una sección que alguien había bautizado con el bien poco imaginativo título de *Informe sobre delincuencia*.

—McClain. —La voz de Baxter sonó nítida y clara entre el ajetreo de la sala.

—Presente. —La aludida levantó una mano.

Baxter vino a todo meter hasta la mesa de Harper, con el pelo de punta y los rasgos angulares de su cara completamente tensos. Caminaba tan rápido que, cuando se detuvo delante de su subordinada, la chaqueta todavía le siguió bailando alrededor del magro cuerpo.

—Me llamó hecho un basilisco el jefe superior de policía esta tarde —informó—. Al parecer te acercaste demasiado a los tiros en el homicidio de anoche. ¿Es eso cierto?

Según hablaba, menguó ligeramente el nivel de ruido que reinaba en la sala. Harper se reclinó en el respaldo de la silla y sopesó sus opciones. Llevaba años en el periódico y todavía no sabía si

Baxter estaba enfadada de verdad o no. Aquella mujer tenía que ser una pesadilla en una timba.

—Pues supongo que sí —acabó admitiendo—. Que hubo una bala que no me dio por poco.

No se oía casi ningún ruido en la sala ya. D. J. le dio la vuelta a la silla giratoria para mirar. Entonces Baxter dejó caer la mano sobre el hombro de Harper, con un gesto que podía haber sido un golpeteo cariñoso, pero también un puñetazo.

—Buen trabajo —ladró—. Así me gusta: que haya iniciativa.

El ruido en la sala volvió a su volumen de siempre.

—Dame otra portada como esa y te subo el sueldo. —Baxter hablaba en alto porque quería que se enterara toda la concurrencia.

Detrás de la jefa, D. J. levantó los pulgares en señal de victoria para que lo viera Harper.

—¿Un aumento? Pero ¿eso no era señal inequívoca del Apocalipsis? —Oyó que decía alguien entre dientes, pero, a la vez, para que lo oyera todo el mundo.

La directora volvió a su mesa y D. J. se acercó a Harper.

—Por cierto, quería decirte que tu artículo de hoy es fabuloso —dijo—. Y la foto también. —Luego movió de un lado a otro la cabeza—: Tienes la mejor sección del periódico; porque yo nunca llego a escribir nada tan de puta madre, esas cosas de héroes.

D. J. llevaba temas de educación: lo más emocionante que podía escribir era sobre un colegio mayor que habían inaugurado en la facultad.

—Sí, pero el horario es una mierda —dijo ella para que él se sintiera algo mejor.

—Eso sí que es cierto. —Y le dio otro meneo a la silla giratoria para volver a su mesa.

Harper no sabía cómo no le daban ganas de vomitar, con todas las veces que estaba en danza con la silla, de un lado para otro, al cabo del día.

Todavía tenía encima de la mesa su copia de la última edición del periódico y estuvo hojeándolo sin ganas. La foto de Miles ocupaba casi media página, y su artículo venía debajo. Era una fotografía casi en blanco y negro, porque Miles la había sacado en plena oscuridad; y también por todos los ajustes que había tenido que hacer para abrir el campo y poder hacerla de noche sin flash. El cañón del arma apuntaba directamente a la cámara; y los ojos del pistolero, visibles por encima del pañuelo, unos ojos jóvenes y, aun así, hastiados, miraban directamente al lector con un odio incontenible. Era una foto íntima. Que intimidaba. Te agarraba del cuello y te obligaba a fijarte en ella.

—Una foto de puta madre —dijo entre dientes Harper.

Luego apartó el periódico y volvió al trabajo.

Afortunadamente, esa noche no ocurrió gran cosa: Harper se la pasó casi toda trabajando en su mesa en la redacción, atenta al zumbido del detector, haciendo lo posible para no dormirse. Luego, a medianoche, se fue derecha a casa y se desplomó en la cama. Tardó apenas unos segundos en quedarse dormida.

Al día siguiente despertó al mediodía, con un hambre canina; libre por fin de todo resto de resaca. Se dio una ducha rápida, pasó revista a los correos electrónicos y salió a desayunar. Estaba sentada en uno de los asientos de escay de Eric's, el restaurante de comida rápida, dando cuenta de una de aquellas «hamburguesas recién hechas» que anunciaba el cartel de neón, cuando llamó Miles. Harper se metió una patata frita en la boca, y le dio al botón para atender la llamada.

—¿Qué pasa? —preguntó.

—Estoy en la escena de un crimen en Constance Street. Creo que te tienes que venir para acá. —Hablaba bajo, pero su voz transmitía cierta intensidad.

—¿Qué tienes?

Al hablar, iba sacando el detector del bolso; y, cuando lo encendió, una maraña confusa de voces de policías llenó el aire de un zumbido característico. Entonces, un hombre que había en la mesa de al lado la miró sin poder ocultar su curiosidad y Harper bajó un poco el volumen.

—Tiene toda la pinta de ser un homicidio —dijo Miles—. Y de esos malos de verdad, por como va dando voces todo el mundo. —Hizo una pausa—. Es un barrio bueno, Harper. Las casas son muy elegantes, y los coches, de lujo.

No esperó a oír más. Sacó un fajo de billetes de la cartera, dejó unos pocos encima de la mesa y salió corriendo hacia la puerta, que crujió con un alegre soniquete cuando la abrió.

—¿Cuántos fiambres? —preguntó, con un pie ya fuera, lejos del gélido ambiente que reinaba en el bar refrigerado, a pleno sol.

—No lo tengo claro —dijo Miles—. No hay quien hable con los detectives, están todos dentro. Y cuando digo todos, me refiero a todos: debe de haber por lo menos seis detectives ahí metidos.

Harper silbó por lo bajo. Porque lo normal era que acudieran dos detectives a un asesinato: seis era algo que no se había visto nunca.

Nada más abrir la puerta del Camaro, le dio en la cara una bofetada de calor. Dejó el bolso sin ningún miramiento en el asiento del copiloto y enganchó el detector en el aplique que tenía en el salpicadero. Luego conectó el teléfono al altavoz, encendió el motor y le dio caña al aire acondicionado: una oleada de aire caliente le golpeó en pleno rostro.

—¿A ti qué te parece? —preguntó, mientras metía la marcha atrás y miraba por encima del hombro para maniobrar el coche.

Había subido el volumen a tope y la voz de Miles sonó nítida por encima del rugido del motor.

—Tiene toda la pinta de ser para la portada.

CAPÍTULO OCHO

Cuando llegó Harper, habían precintado Constance Street con cinta de balizamiento, y un policía de uniforme le indicó por señas que no podía aparcar allí. Ya habían llegado las unidades móviles de la televisión, y la furgoneta que llevaba la antena parabólica ocupaba casi todo el espacio de estacionamiento.

Era una zona que estaba justo al lado del centro histórico; un barrio bastante asequible en su día. Pero fue descubrirse las grandes explanadas de césped y las casas edificadas a finales del siglo XIX, inspiradas por el movimiento Arts and Crafts, y los precios se dispararon. Los colegios de la zona eran muy buenos, y los padres se sacaban los ojos unos a otros con tal de apuntar allí a sus hijos.

Harper vio en el acto lo que había dicho Miles: que no era un barrio al uso para cometer un asesinato.

Dio marcha atrás rápidamente, aparcó en un hueco libre al otro lado de la esquina y salió corriendo hacia la cinta de balizamiento, hasta meterse de lleno entre los reporteros de televisión, que tenían bloqueado el camino con tanto trípode y tanto micrófono de brazo como los seguía a todas partes.

—Oye, Harper. —Josh Leonard, el corresponsal del Canal 5, recién salido de la peluquería pero, por lo demás, bastante inofensivo, le dedicó una sonrisa radiante según se acercaba a la cinta que precintaba la escena del crimen—. Andábamos todos preguntándonos que cuándo vendrías.

—No me puedo creer que hayáis llegado antes que yo —dijo Harper, sin prestarles demasiada atención, con la mirada puesta en el ajetreo de la policía al otro lado de la cinta de balizamiento—. Imagino que para todo hay una primera vez.

—Pues la primera vez fue aquel accidente en una carrera de coches. —Josh se tiró de los puños de la camisa—. Pero tampoco es cuestión de contarlas.

Ella alzó una ceja.

—Al parecer, tú sí que las cuentas.

—Cinco veces. —Levantó la mano con los dedos extendidos—. Cinco veces he llegado antes que tú, y te las puedo decir una por una.

—Mejor déjalo, Josh. No es una pelea que vayas a ganar. —Natalie Swanson, la presentadora del Canal 12, llegó hasta donde estaban ellos. Llevaba un traje azul impoluto y tacones de diez centímetros, y tenía un aspecto totalmente regio, con aquel micrófono diminuto enganchado en la solapa: el sol le arrancaba brillos diamantinos al casco de pelo rubio.

Harper le tiró un beso con los dedos.

—Tan sexi como siempre, Natalie.

La aludida sonrió radiante.

—Los cumplidos te abrirán las puertas de palacio.

—Fíjate, ¿no ves? —le dijo Josh a su cámara—. A mí jamás me perdonarían que les dijera algo así.

—Tú haz la prueba, a ver qué pasa. —La voz de Natalie rezumaba finura y maldad.

Harper dirigió la vista hacia el ajetreo de la policía: entraban y salían de una casa impecable de fachada amarilla y tejado acabado en pico.

—¿Y ahora qué hacemos? —preguntó, y miró alternativamente a Josh y a Natalie.

—Solo me han dicho que la víctima es una mujer de cuarenta y pocos años. —Natalie bajó la voz—. Los polis están muy raros con este caso. Mi productora ha hablado con el portavoz de la policía, pero no le ha sacado nada. Y eso nunca había pasado antes. ¿Alguno tenéis algo más?

Josh dijo que no con la cabeza:

—Nadie suelta prenda.

—A lo mejor Miles tiene más datos. —Harper se puso de puntillas, por ver si divisaba a su fotógrafo entre la multitud de mirones, polis y cámaras de televisión—. Me tiene cuenta dar con él.

Entonces echó mano del teléfono y le escribió un mensaje rápido: «*¿Dónde te metes? Que ya he llegado*». Fue luego hasta el mismo borde del precinto de la policía y se detuvo junto a un puñado de vecinos que hacían corro, con evidentes muestras de preocupación. La mayor parte eran ancianos. A Harper le pareció normal, pues el resto estaría trabajando a esa hora del día. Hizo como que consultaba algo en la libreta y estuvo estudiando su aspecto: llevaban buena ropa, pero sin ostentación. Nada en ellos indicaba que pudieran permitirse el lujo de pagar medio millón de dólares por una casa de tres dormitorios. Seguro que vivían allí desde antes de que llegaran los de los bancos. Mejor hablar con ellos, pues; porque los de los bancos no querrían saber nada de ella. Así que se guardó otra vez la libreta en el bolsillo y fue buscando hueco hasta meterse en todo el centro del grupo. Andaba despacio y les dirigía una mirada compasiva que suavizaba la expresión de sus rasgos.

—Siento molestarlos —dijo, y exageró un poco el acento nativo de Georgia, aunque en ningún momento levantó la voz.

Se volvieron a mirarla todos a una.

—Soy del *Daily News*. ¿Alguien sabría decirme qué está pasando?

—Ay, Dios —dijo en tono funesto una sesentona vestida con una bata de flores—. Han llegado también los del periódico: habrá algún muerto, seguro.

Un hombre de piel oscura y pelo blanco, que se apoyaba en un bastón negro reluciente, avanzó hacia ella.

—Ojalá pudiera usted decírnoslo a nosotros. Solo sabemos que la policía está en casa de Marie. No quieren decirnos nada más. ¿Estará muerta?

—Pero ¿cómo va a ser Marie? —dijo la primera mujer, e hizo un gesto con la cabeza—. ¿No será su hijita? Ay, Jesús de mis entrañas, espero que no.

Una oleada de pánico se dejó sentir por todo el grupo, como cuando sopla la brisa en invierno y deja las hojas ateridas. Poco a poco, Harper fue ganando el centro del tupido círculo que formaban todos juntos, hasta ser uno de ellos. No cambiaba la expresión de curiosidad con la que se había acercado al grupo, pero se mostraba, además, abierta y totalmente inofensiva.

—Háblenme de Marie —dijo, compartiendo su preocupación sincera—. ¿Quién es?

—Marie Whitney —dijo el primer hombre—. Vive en esa casa. —Y señaló con el bastón hacia el edificio amarillo de picudo tejado—. Ahí, donde está la policía.

—¿Lleva mucho tiempo viviendo ahí? —preguntó Harper.

Los vecinos se pusieron a hacer cálculos entre ellos.

—¿Cuánto hará, dos años? —dijo uno de ellos.

—Fue al poco de caerse aquel árbol en casa de los Landry —les recordó a todos el primer hombre.

—Pues entonces va para tres años, creo —dijo una mujer, pasados unos segundos.

Harper echó cálculos mentalmente: si hacía tres años, los precios ya habían empezado a subir. Fuera quien fuera el que compró esa casa, dinero tenía. O sea, que había que decirle a Baxter que no tirara todavía la portada.

—¿Está casada? —preguntó, como si tal cosa.

—Divorciada —le informó una mujer pequeña, vestida con una rebeca azul, sin poder evitar un deje de emoción en la voz—.

El exmarido vive por ahí, fuera de la ciudad. Y viene a recoger a la niña un par de veces a la semana.

Parecía con ganas de hablar, así que Harper se acercó un poco más a ella.

—¿Y sabe usted en qué trabajaba Marie?

La mujer bajó la voz, en tono de confidencia.

—Estaba colocada en la universidad, aunque no sé qué hacía. Pero creo que no era profesora.

—¿Y hay una niña pequeña? —preguntó Harper.

La mujer asintió con la cabeza con tal énfasis que le rebotó un par de veces el pelo blanco.

—Camille se llama; y tendrá, ¿cuántos años? ¿Puede que once o doce? —La mujer miró al resto buscando confirmación—. Pero ahora debería estar en el colegio. Porque este verano no la han matriculado en ese curso especial.

—A esta hora no —terció la de la bata de flores—, porque ya casi van a dar las tres.

Al oírlo, se echaron todos a temblar, como si los zarandeara la brisa.

—Ay, pero es horrible —dijo la mujer de la rebeca, y se la ajustó más sobre los gordezuelos hombros—. Pero horrible de verdad.

—¿Alguien oyó algo? —Harper no quería que desviaran su atención del meollo del asunto—. ¿O vio algo?

—A mí me pareció oír un ruido. —La voz vino de un extremo del grupo. Todos miraron hacia allí y Harper vio a una mujer delgada y pálida, que tenía el pelo blanquísimo—. Primero creí que era un grito, pero no duró casi nada. Y pensé que sería un cuervo. —Dejó caer los hombros con gesto de impotencia, y miró a los otros como implorando perdón—. De verdad que yo creí que sería un cuervo.

—No nos mires así, nadie te echa a ti la culpa de nada —dijo el hombre del bastón con tono brusco—. Aquí nunca pasan este tipo de cosas. Todos habríamos creído lo mismo que tú.

Harper hizo un par de preguntas más, luego sacó la libreta y convenció a dos de ellos para que le dijeran cómo se llamaban. Tal y como sospechaba, con eso se disolvió el corrillo. Estaba tomando notas sobre la conversación que había tenido con ellos, cuando apareció Miles y se puso a su lado.

—Los vecinos me han proporcionado un nombre —le contó Harper—. Marie Whitney. ¿Tú tienes algo?

—Solo sé que era un código cuatro cuando llegó la policía. —Echó un vistazo alrededor para asegurarse de que no lo oía nadie y susurró—: Un poli que conozco, uno de los patrulleros, me ha contado que lo que hay ahí dentro es un baño de sangre.

Harper arrugó el ceño; porque el entorno de casas ideales, los jardines con su césped impoluto y bien cuidados..., nada en esa calle invitaba a pensar en un asesinato de esas características.

—¿Tienen ya un sospechoso? —preguntó Harper—. Dicen los vecinos que hay un exmarido.

No le dio tiempo a responder porque, más abajo, al borde del espacio precintado, las unidades móviles de televisión se habían puesto manos a la obra y enfocaban las cámaras hacia algún movimiento que provenía de la misma casa. Harper y Miles salieron corriendo a la vez y alcanzaron a asomarse por encima de la cinta de balizamiento para ver un grupo de personas que salía por la entrada principal. Miles echó mano de la cámara y enfocó hacia allí, y enseguida sacó una ráfaga de fotos. Al primero que vio Harper fue a Blazer: era difícil pasar por alto esa cara que tenía, esculpida con delicadeza, y la mirada fría que irradiaban sus ojos. Detrás de él, Ledbetter y Daltrey iban hablando con actitud sombría, o sea que hoy no habría risitas burlonas. Luego salió un hombre alto que les era bien conocido; y Harper arrugó la frente.

—¿Qué pinta aquí el teniente Smith?

Miles estaba ocupado con sus fotos y, si oyó la pregunta, no respondió. Harper siguió al grupo con la mirada mientras se alejaban de la casa amarilla, a paso lento, hasta que llegaron a la calle; y vio entonces, en el espacio que se iba abriendo entre unos y otros, quién quedaba en el centro: era una niña de unos doce años. Tenía el pelo moreno recogido en una trenza larga y sedosa. Smith la llevaba de la mano; y la niña, con la mano libre, se limpiaba las lágrimas. Fue andando a trompicones hacia un coche aparcado, y se le notaba la conmoción en la cara, incluso a aquella distancia.

Harper dejó de oír en el acto la brisa entre los árboles, o el murmullo de la multitud a sus espaldas: solo tenía ojos y oídos para aquella pobre niña. Parecía una escena sacada de su propia y atormentada niñez. Porque hubo un día en el que ella fue esa misma niña: parada, igual que ella, delante de su casa; mientras le cogía de la mano el teniente Smith. Al evocar aquello, se quedó sin fuerza en los dedos y el bolígrafo se le cayó al suelo. Dio un paso hacia delante, como a cámara lenta, y se topó con la cinta de balizamiento. Uno de los oficiales puso el grito en el cielo, pero ella ni se enteró. Entonces la niña, que oyó el improperio, levantó la vista; y, durante un instante magnético, sus miradas se encontraron.

Harper se veía a sí misma a los doce años: una cara pálida surcada de pecas, enmarcada por guedejas de pelo cobrizo; con los ojos castaños llenos de lágrimas. Por fin, parpadeó y volvió la niña morena. Vio que Smith se inclinó sobre ella y le dijo algo, y la niña se dio la vuelta y montó en el coche. Harper sabía qué se sentía en ese preciso instante: cuando ni notaba debajo de las manos la áspera fibra del asiento de coche. Sabía lo que siente en ese momento un cuerpo pequeño que se mueve torpemente; unas rodillas que han olvidado cómo flexionarse.

El teniente cerró la puerta. Luego montó con Daltrey, y el coche se alejó calle abajo, hasta que desapareció al doblar la esquina. Harper soltó entonces una larga exhalación.

En cuanto vio a la pequeña, la multitud de curiosos enmudeció, y Harper oyó la voz de Natalie, en un susurro, que le decía a su cámara: «¿Has grabado eso?».

—Menuda tragedia —dijo Miles, y fue pasando las fotos en el visor de la cámara—. No soporto ver a los niños en estas situaciones.

Harper no respondió: seguía con la vista fija en la casa amarilla. Miles miró a su compañera, vio la cara que ponía y entrecerró un poco los ojos.

—¿Te pasa algo?

—No es nada. —Y por un demorado instante, siguió mirando hacia la puerta de entrada, sin dejar de ver en ningún momento los ojos de la niña. Porque también eso le recordaba lo que vivió aquella noche: la casa, la niña, la hora del día, la época del año. El hecho de que la mujer estuviera sola. Y que la hubieran asesinado. Empezó a unir las piezas de algo en su cabeza; algo inimaginable.

—Miles, tengo que entrar en esa casa.

Él la miró sin dar crédito a lo que acababa de oír.

—Pues claro —dijo—. A los polis qué más les da: total, porque te metas en la escena de un homicidio que están investigando; con tal de que no tardes mucho.

Harper abrió la boca y volvió a cerrarla en el acto. A ver cómo se lo explicaba ella. Porque no creía que Miles supiera lo que le había pasado a su madre. Muy pocos, de hecho, lo sabían. Harper casi nunca hablaba de ello. Miles llevaba solo seis años en Savannah: no estaba allí cuando pasó todo, no lo leería en el periódico; ni vería tampoco las fotos de su madre, sonriente, en los telediarios. Aun así, no hacía falta que estuviera al tanto de todo, solo que la ayudara.

—Te sonará raro —dijo, midiendo las palabras—. Pero es que tengo que cerciorarme de algo. Tal y como te lo digo: tengo que entrar dos segundos en esa casa.

Miles no salía de su asombro.

—Harper, no digas sandeces. Todos los polis de la ciudad están ahí ahora mismo.

Era cierto. Había cuatro coches patrulla en la entrada, vigilando la puerta principal, y dos más a la altura de la cinta de balizamiento, para que no entrara nadie en el recinto. En cuanto se fue

Smith, llevándose a la niña, Blazer y el resto de los detectives volvieron a entrar en la casa, junto con el forense, que había aparcado la furgoneta en mitad de la calle.

Harper frunció el ceño y estuvo pensando un instante, paseando la vista por el vecindario. Porque tenía que haber alguna forma de ver, al menos, qué estaba pasando ahí dentro. Ella se crio en una calle muy parecida a esa, jalonada por casas cuyos jardines traseros daban uno enfrente del otro. En su caso, las edificaciones eran más modestas, pero la distribución era la misma.

—Con verlo por una ventana me vale —dijo pensando en alto—. Solo con eso; no hace falta entrar dentro.

Por cómo la miraba Miles, Harper comprendió que seguía tomándola por loca.

—Harper, ¿qué narices me estás contando?

Dudó por un instante: comprendió que tenía que decirle algo; pero, también, que no era momento de explayarse en largas explicaciones.

—Mira —dijo por fin—. Es que tengo una corazonada; porque me parece que vi una escena de un asesinato que se parecía mucho a este, hace unos años: la madre muerta, la niña que vuelve a casa del colegio... A lo mejor me equivoco; es posible que no sea nada. Pero a aquel asesino nunca lo cogieron; y si tengo razón...

No acabó la frase; porque no hacía falta. Ya había visto cómo le brillaban los ojos a Miles.

—Podría ser el mismo asesino —dijo el fotógrafo sopesando cada palabra.

Se miraron el uno al otro: ninguno había cubierto antes el caso de un asesino en serie.

—¿Estás segura? —preguntó.

Ella dijo que no con la cabeza:

—Para nada. De hecho, me juego lo que sea a que si consigo ver la escena del crimen, seguro que será completamente distinto. Y quedaré como una imbécil.

—Entonces, ¿por qué es tan importante? —preguntó Miles—. ¿Por qué no conformarte con llamar a Smith y preguntarle qué le parece a él?

Era una buena pregunta. Porque Smith estuvo en la escena de los dos crímenes y seguro que era capaz de establecer una comparación entre ambos. Pero es que ya no le bastaba con eso: tenía que verlo con sus propios ojos; asegurarse de si había o no algún tipo de conexión entre este crimen y el de aquel día, quince años atrás, cuando se podía decir que había acabado su niñez. Porque jamás encontraron al asesino. Nunca se hizo justicia con aquella niña.

—Por favor, Miles —imploró— Es que... es algo que tengo que hacer. Me vale con mirar por una ventana dos segundos, ni uno más.

Él le sostuvo la mirada, con una expresión que se debatía entre la preocupación y la duda, sin decantarse por ninguna de las dos. Harper pensó que iba a decir que no, pues para él era muy importante estar a bien con la policía. Desde que lo despidieron, había una delgada línea que no podía permitirse el lujo de atravesar y que conectaba el periódico, la policía y su trabajo. Y no quería que Harper echara a perder ese precario equilibrio. Pero entonces meneó la cabeza y levantó las manos en señal de rendición.

—Dime una cosa, antes de que tiremos nuestras carreras por la borda: ¿cómo vas a cruzar ilegalmente un precinto de la policía y entrar en esa casa sin que te arresten a la primera de cambio los polis, los detectives y toda la concurrencia?

Harper señaló los edificios que asomaban entre los árboles, junto a la casa del crimen.

—Por el jardín de la parte de atrás.

CAPÍTULO NUEVE

Hay algo que la gente no sabe sobre la escena de un crimen: y es que es un sitio muy aburrido. En la escena de un crimen, un reportero lo que hace la mayor parte del tiempo es esperar y esperar. Primero esperas a que lleguen los detectives; luego esperas a que llegue el forense con toda su parafernalia; luego esperas al juez que va a levantar el cadáver. A veces pasan horas y nadie te dice ni qué es lo que estás esperando. Y en la escena de un crimen de tanta relevancia como ese, Harper sabía que tenía tiempo de sobra. Los de la oficina del forense todavía ni se habían puesto los monos blancos, y ella aprovechó para irse alejando de la cinta balizadora. Porque nadie anunciaría nada hasta que ese equipo de especialistas no hubiera examinado a fondo la casa.

Por eso, cuando fue caminando calle abajo, nadie notó su ausencia: todos seguían con la atención centrada en la casa amarilla. Al volver la esquina, en cuanto quedaron atrás curiosos y periodistas, el vecindario era un remanso de paz. No así la mente de Harper. Pues, si bien había quedado como una valiente delante de Miles, por dentro estaba muy nerviosa; tanto que le ardía el estómago. Le costaba relajar las manos: siempre había llevado la situación al límite en el desempeño de su trabajo, pero no había hecho nunca nada parecido a lo que se proponía ahora.

En primer lugar: era algo completa, profundamente ilegal. Si la policía la sorprendía, la arrestaría, sin duda alguna. Y el periódico no pagaría la fianza, porque quebrantar la ley no contaba entre sus funciones como reportera. O, al menos, no de manera abierta y premeditada. Claro, cuando lo hacía y volvía con un buen artículo, en el periódico estaban encantados, y bien que se aprovechaban; pero como algún día la pillaran, dejarían que se pudriera en la cárcel.

Y aun así, siguió caminando. Porque tenía que saber qué había pasado: seguía viendo a esa niña en el recuerdo, vestida con el uniforme del colegio, aturdida y traumatizada, protegida por un montón de policías. Parecía tan pequeña y tan vulnerable. Ella, años atrás, ¿tuvo también ese mismo aspecto? Y Smith, ¿qué hacía en la escena del crimen? Un único homicidio, aunque fuera en un barrio como este, solía ser acreedor de su supervisión, como mucho, desde la comisaría, nunca presencialmente. No recordaba cuándo fue la última vez que lo vio desplazarse al lugar de los hechos. Sobre todo, desde que lo ascendieron a teniente, hacía cuatro años.

—Ahora no hago más que papeleo —le contó a Harper en su día con un deje de orgullo en la voz—. Por fin me han retirado de las calles. Tengo un sillón que cuesta más de lo que gano en una semana y un despacho bien grande. Y vive Dios que pienso darles buen uso.

Hasta ahora, había cumplido su palabra. Pero a lo mejor había acudido porque era un caso que ya había visto antes.

La calle paralela era la viva imagen de Constance Street: las casas estaban pintadas en los mismos colores vistosos y rodeadas, también, de lujosos jardines vallados que contribuían a disparar su precio en el mercado. La del número 3691 era de un azul luminoso, y al jardín de la parte delantera no le faltaba un detalle: rosas como puños se derramaban entre los barrotes de forja negra que formaban la verja, impregnando el aire de un tropel de fragantes aromas. Y daba justo enfrente de la escena del crimen. Tanto era así que le bastaba con ponerse de puntillas para ver desde la acera la casa amarilla. Y por lo bien cuidado que estaba todo, tenía pinta de que el abogado o banquero que vivía allí estuviera en ese preciso momento trabajando; y, por lo tanto, no habría nadie en casa. O a lo mejor estaba dentro la mujer, un bombón de esos que se tiene como un magnífico jarrón de flores, y que no aparta la vista de la televisión por cable mientras se hace la manicura. Solo había una manera de averiguar cuál era el caso.

Harper apretó la mandíbula, levantó el pestillo de la pesada cancela que cerraba la verja y fue derecha a la puerta de entrada. Cuando dio con los nudillos en la madera, el eco resonó por toda la calle en calma como un crujido de disparos. Pasó un largo instante en el que Harper no movió un músculo mientras hacía acopio de excusas para explicar su presencia allí, aguzando el oído por si oía pasos. Pero nadie acudió. Y entonces llamó otra vez, para estar segura del todo. Siguió sin haber respuesta. Sacó entonces el teléfono del bolsillo y llamó a Miles. Él lo cogió en el acto.

—Ya estoy dentro —dijo Harper, y bajó aprisa los escalones para dirigirse a un lateral de la casa—. Tienes que poner el plan en marcha ahora.

Sucedió un largo silencio.

—¿Estás segura de que quieres hacer esto? —preguntó el fotógrafo.

—Tanto que ya lo estoy haciendo.

Sin esperar respuesta, Harper colgó, puso el teléfono en silencio y se lo metió en el bolsillo. En Constance Street, Miles iría en ese mismo momento a hablar con el agente que hacía guardia y le pediría hablar con el detective al mando. Se quejaría ante él de lo lento que avanzaban las investigaciones y de la falta de información. Metería en el ajo a Natalie y a Josh, a quienes no costaba soliviantar cuando se trataba de respetar los plazos de información. Con un poco de suerte, eso los mantendría a todos ocupados en la parte delantera de la casa y no quedaría nadie merodeando por la parte de atrás mientras ella estaba allí. Ese, al menos, era el plan. Y Harper lo puso en práctica.

No había puerta que comunicara ambos jardines en el número 3691; solo un estrecho sendero que discurría por un lateral entre la casa y el seto, de un verde parduzco, hasta desembocar en una zona de césped cortado al rape en la parte de atrás. Junto a la puerta de entrada había una mesa de jardín rodeada de seis sillas de mimbre. De allí salía un caminito de piedras que trazaba una pequeña parábola, entre las exuberantes matas de margaritas y las flores trepadoras de las buganvillas, y desembocaba en dos perales cuyas ramas caían directamente sobre la valla. Harper se guareció debajo de uno de los árboles y vio al otro lado el jardín de atrás de la casa del crimen.

Lo que vio no se parecía en nada al espacio cuidado con mimo e imaginación que acababa de atravesar: habían cortado el césped y poco más. Vio también una bicicleta de color morado apoyada contra la pared de la casa; justo al lado de una barbacoa oxidada que tenía todo el aspecto de llevar mucho tiempo abandonada: era la casa de una madre que vive sola con su hija y no tiene tiempo para la jardinería. Vio, además, un amplio ventanal que cubría de lado a lado la fachada trasera de la casa y una puerta a la que se accedía por tres escalones directamente desde el jardín.

La valla que separaba ambas casas tendría poco más de un metro de altura. Era de alambre, algo bastante habitual en la zona, porque la humedad del verano y las copiosas lluvias que caían en invierno destrozaban enseguida la madera, y la gente no le daba muchas más vueltas. Harper podría saltarla sin gran dificultad. Solo había un problema, y era que, una vez al otro lado, quedaba a merced de que la arrestaran, pues tendría que dar al menos veinte pasos totalmente expuesta, sin ningún sitio donde esconderse. Y, además, el potente sol de la hora, reflejado en los cristales de las ventanas, no le dejaría ver nada dentro. Podría haber cincuenta policías en la casa mirándola y ella ni se enteraría.

Harper se mordió el labio, y dejó la vista perdida en la extensión de hierba. Podía darse la vuelta ahora mismo y decirle a Miles que había cambiado de opinión volver al pie de la cinta de balizamiento y hacer su trabajo. Pero se acordó entonces de aquella niña, del aire de desesperación que tenía en la cara y que le resultaba tan conocido. Y se dijo que tenía que saber qué había en esa casa. Respiró hondo, se subió a las raíces protuberantes del árbol que tenía más cerca, para ganar algo de altura, agarró el borde superior de la valla, que estaba caliente por efecto del sol, metió la punta de un pie en uno de los huecos que formaba la malla, tomó impulso y se elevó hasta pasar la pierna por encima y dejarse caer al otro lado.

La valla de metal hizo un ruido atronador contra los postes que la sostenían; y, al caer de pie en el suelo, Harper se agachó y estuvo un instante sin moverse, mirando fijamente hacia la casa, para ver si la habían descubierto. No había dónde esconderse; o sea que, si la iban a pillar, seguro que sería allí mismo, nada más saltar la valla. Pero no vio movimiento alguno: nadie abrió la puerta, nadie gritó ninguna orden. La adrenalina le aceleró el corazón y comprendió que tenía que salir corriendo en ese preciso instante. Así que, todavía agachada, cruzó a toda velocidad el césped.

No habría mucho más de diez metros desde la valla a la casa, pero el tramo se le hizo eterno, hasta que pudo llegar a la fachada y pegarse bien al calor que emanaban las tablas amarillas entre la ventana y la puerta. Allí tomó aire, a grandes bocanadas. Todo estaba en calma, cosa rara; pues se echaban en falta los ruidos normales en una tarde de verano: las risas de los niños, los ladridos de los perros, el zumbido de los motores de los coches. Casi oía la sangre que le recorría las venas y el áspero rasgueo de su propia respiración.

Le llevó un minuto aplacar los nervios y dar el siguiente paso. Luego apretó los dientes, fue avanzando poco a poco por la pared hasta la ventana y allí se detuvo. Si esta casa tenía la misma distribución que las que ella conocía, en esa parte estaría la cocina. No tendría más que asomarse por la ventana y sería palpable la evidencia, en uno u otro sentido. Pues si no había nada que ver —si la escena del crimen estaba en el dormitorio, o en el salón—, ya no tenía nada que hacer allí.

Tomó fuerzas, dio un paso a un lado, deslizándose hacia la izquierda, hasta que pudo asomarse por la parte inferior de la ventana. Y vio justo enfrente a un policía de uniforme. En un acto reflejo, echó la cabeza hacia atrás y sintió que el corazón se le iba a salir del pecho. A punto de perder los nervios, permaneció completamente inmóvil, con la frente apretada contra la pared y las uñas clavadas en la pintura amarilla: respiró el olor del polvo, el calor y el miedo que exhalaba su propio cuerpo. «Todo está bien», dijo para sus adentros. «Todo está bien».

Porque el policía estaba de espaldas y de ninguna manera podía haberla visto. Aun así, tensó todos los músculos del cuerpo, en un esfuerzo por aguzar el oído. Ningún ruido delataba alarma o movimiento dentro de la casa amarilla: solo el débil rumor de las voces al uso en esos casos, palabras que ella no alcanzaba a distinguir. Se mordió el labio con fuerza y pensó que tenía que tomar una decisión. Porque si había un poli montando guardia en la ventana, Harper tenía todas las papeletas para que la pillara allí asomada.

Solo que en esa décima de segundo, antes de agachar la cabeza, había alcanzado a ver la cocina y algo tirado en el suelo. Y ya no podía salir de allí: al menos, no sin saber qué había pasado. Así que, tomó aire como pudo, apretó los puños contra la pared empapada de sol, e hizo un esfuerzo sobrehumano por deslizarse debajo de la ventana y asomarse otra vez. El policía se había desplazado un poco a la izquierda: ahora estaba apoyado contra la ventana, y formaba una mancha en el cristal con la camisa oscura. Y por su lado derecho, se le abría a Harper un pequeño campo de visión.

Desde la luminosidad intensa que la rodeaba, le llevó un instante acostumbrar la vista al interior de la casa. Era una cocina más moderna que aquella en la que se crio Harper, pero se le parecía bastante: una pieza cuadrada, amplia y luminosa, amueblada con gusto y sin ahorrar en gastos, equipada con un horno y unas placas de diseño, casi tan grande y reluciente como un Land Rover. Lo primero que le llamó la atención fue que había señales evidentes de forcejeo: las sillas estaban tiradas por el suelo y la mesa de la cocina aparecía desplazada en un ángulo inverosímil.

Un puñado de hombres y mujeres, embutidos en monos blancos de forense, rodeaba algo que había tendido en el suelo. Harper reconoció a la médica que estaba al frente de la oficina del forense por el pelo corto y encanecido antes de tiempo que la distinguía. Analizaba algo con una lupa y hablaba sin alterarse con el detective Blazer; que estaba agachado a su lado y miraba donde le indicaba la forense, libreta en mano. Entonces la forense se puso de pie para alcanzar otro instrumento de trabajo y Harper vio el cuerpo.

Se le paró el corazón en seco: era el cuerpo de su madre. La mujer estaba desnuda, tumbada boca abajo en el gres de la cocina, rodeada de un charco oscuro de viscosa sangre. Las heridas en la espalda y en los brazos formaban un macabro contraste con la piel, blanca como el papel. Harper contó hasta tres incisiones; pero había mucha sangre, y sabía que tendría más en el pecho. Una de las manos se extendía pálida hacia un costado, en actitud defensiva; y los delicados dedos intentaban alcanzar algo que ya nunca rozarían. Tenía las uñas pintadas de color rosa claro.

Harper no podía apartar la vista de ella: sabía perfectamente lo fría que estaría esa piel si la tocara. No era fácil distinguir de qué color tenía el pelo la mujer, empapado de sangre como estaba. Parecía pelirroja, con alguna mecha dorada. Igual que su madre. Y entonces no pudo reprimir el gemido que eso le provocó en lo más hondo. Al instante, el policía que había al otro lado de la ventana cambió de postura: arrastró despacio los pies y empezó a darse la vuelta. A Harper le entró pánico, se echó hacia atrás y luego se pegó todo lo que pudo a la pared, al lado de la ventana. Notaba las costillas oprimiéndole los pulmones y cerró los ojos para que no la cegara el sol; pero la invadió un torrente de imágenes, todas del día aquel: los pasos que dio, escurriéndose en la sangre; las manos frías y pegajosas. «¿Mamá? ¿Mami?». Sentía que le iba a explotar el pecho, que le faltaba el aire, y que no podía seguir allí.

Fue dando tumbos por el jardín de atrás, a ciegas, con torpes pasos que contrastaban con la rapidez que la había llevado a la ventana. No le cabía ninguna duda: los latidos de su corazón y las bocanadas de aire que daba se oirían en toda la manzana de casas. Y ni siquiera aminoró el paso al llegar a la valla. Aprovechó la velocidad que llevaba para tomar impulso y auparse, se agarró al borde superior del metal y saltó al otro lado. Entonces, al clavarse las puntas en las palmas, soltó las manos antes de tiempo y aterrizó accidentadamente en el jardín al otro lado: se torció el tobillo, con un crujido muy preocupante, y acabó despatarrada entre las petunias.

Pasaban los minutos y seguía allí, entre las coloridas flores, mientras se agarraba la pierna con una mano y lanzaba intermitentes sollozos. Y todo ese rato, veía una y otra vez el cuerpo aquel; aquella mano, los dedos extendidos. No era una coincidencia: la escena de aquel crimen era exactamente igual que la de su madre, en todos los aspectos. ¿Cómo era posible?

CAPÍTULO DIEZ

Cuando Harper volvió cojeando a la cinta de balizamiento, unos diez minutos más tarde, los de las unidades móviles tenían la espalda apoyada en las furgonetas y bebían café en tazas de cartón.

Nada más percatarse de su presencia, Natalie alzó las cejas.

—¿Qué demonios te ha pasado?

Harper se había sacudido prácticamente toda la tierra que tenía encima, pero el tobillo lo llevaba hinchado, estaba roja y sudorosa; y tenía la ropa pegada a la espalda.

—Es que tropecé con un bordillo que estaba suelto y me he torcido el tobillo. —Hizo un gesto vago que, esperaba, diera a entender que no tenía un buen día, y fue cojeando hasta donde estaba Miles, quien atendía con cara de póquer a aquella conversación a pocos pasos de distancia.

—Imagino que fue todo lo bien que cabe esperar —dijo en tono seco y cortante.

—Fue bien —dijo ella sin dar más detalles—. Y por aquí, ¿qué tal?

Él hizo un gesto de indiferencia con un hombro.

—Los de las unidades móviles están indignados con la falta de información. —Señaló con un gesto el desastrado aspecto que traía Harper—. ¿Qué demonios te pasó ahí atrás? Parece que hayas estado en un nido de serpientes.

—Me caí —dijo ella—, al saltar la valla, nada más.

Él se acercó.

91

—¿Lograste entrar en la escena del crimen? —La voz de Miles era apenas un susurro.

—Conseguí verla —dijo ella—, pero no entré.

Él la miró como si no acabara de creérselo y sin poder disimular la curiosidad.

—¿Y qué viste ahí dentro?

A Harper se le presentó otra vez delante el pálido cadáver: el charco, cada vez más grande, de color carmesí. La cocina de su madre. Pero hizo un esfuerzo por pensar como una reportera.

—La víctima está en la cocina —dijo sin alterarse—. Tiene toda la pinta de que sea la madre de la niña, tal y como pensábamos. Parece también que no hay más cadáveres, porque la forense y Blazer estaban ocupados con ella. Los de la científica están ahora examinando el cadáver.

Miles la miró escudriñándola, porque sabía a ciencia cierta que había cosas que no le estaba contando. Pero cuando habló, lo único que dijo fue:

—¿La dispararon?

—La apuñalaron: tiene varias heridas por arma blanca.

Eso le arrancó a él un brillo de los ojos y aguzó su interés.

—El apuñalamiento es un crimen de motivación personal —dijo el fotógrafo, como hablando consigo mismo—. Un crimen pasional. O sea, que irán derechos a por el marido.

—No creo que tenga marido.

—Pues al exmarido, o al exnovio. —La miró a los ojos—. Decías que este crimen te recordaba a otro. ¿Es el mismo?

Harper le había prometido una explicación, pero no era ahora momento de explayarse en ello.

—Tiene toda la pinta —dijo—. Pero antes de estar segura, tendría que contrastar más los datos. —Lo dejó ahí un instante—. El otro crimen... es de hace ya varios años, Miles.

—¿Cuántos?

—Quince años.

Entonces él apartó los ojos de los suyos y fue a posarlos en la casa, a cierta distancia de ellos.

—¿Y por qué —se preguntó en alto— iba alguien a matar, y no volver a hacerlo otra vez hasta quince años más tarde?

Harper no respondió; pero era una pregunta que tenía mucho sentido. ¿Qué motivos tendría el asesino de su madre para volver a matar precisamente ahora? ¿Dónde había estado todos esos años? Recordó que la policía estuvo meses investigando su asesinato. La familia de Harper intentó protegerla todo lo que pudo del curso de los acontecimientos, pero ella sabía qué estaba pasando. La investigación destrozó a su familia, y a ella la dejó sin nadie en el mundo. Y al final, después de todo, no encontraron al asesino.

—Háblame de ese crimen de hace años —dijo Miles— ¿Quién fue la víctima? Porque hace quince años, tú serías una niña.

—Otro día te lo cuento. —A Harper le salió un tono más brusco de lo que hubiese querido.

Entonces él la miró con cara de exasperación y ella señaló toda la gente que los rodeaba.

—Hay mucho lío aquí ahora, Miles. Te prometo que te lo contaré, pero más tarde, ¿vale?

—Vale, lo que tú digas. —Lo dijo con un tono seco, pero parecía más fruto de la perplejidad que del enfado.

De repente, se puso derecho y echó mano de la cámara.

—Todo apunta a que van a contarnos algo —dijo, y señaló con la barbilla.

Un grupo de policías había salido de la casa y se dirigía a la cinta de balizamiento. El detective Blazer iba al frente de la comitiva y tenía una expresión sombría en la cara cortada a cincel. Lo seguían dos detectives de menor rango, más unos cuantos policías de uniforme que venían detrás.

Miles ya había sacado varias fotos cuando el grupo cruzó el precinto pasando por debajo de la cinta. Hubo un revuelo entre el personal de los canales de televisión, porque empezaron a montar los trípodes de las cámaras. Josh y Natalie blandieron sendos micrófonos, forrados con pelo para protegerlos del viento, como orugas gigantes, con los que poder captar lo que dijera Blazer. Harper sacó una libreta del bolsillo, fue cojeando hasta colocarse al lado de Natalie y dejó atrás a los vecinos, que se arremolinaban con el oído atento. Unos minutos más tarde, en cuanto se vio rodeado de un profundo silencio, Blazer habló con tono relajado y neutro.

—Esta tarde, a las 15:30, se descubrió el cuerpo sin vida de una persona en el número 3691 de Constance Street. La fallecida ha sido identificada como Marie Whitney, de treinta y un años de edad, con domicilio en esta misma dirección. Equipos de la policía científica siguen investigando la causa de la muerte, pero todo apunta a que el arma usada fue un objeto punzante. Se investiga el caso como un presunto homicidio.

Los vecinos soltaron una exclamación y se acercaron más los unos a los otros, lo que dejó a los reporteros en un segundo plano. Harper oyó que alguien dijo:

—Ay, Jesús de mis entrañas.

Blazer alzó la vista y frunció el entrecejo.

—Se calcula que la hora del fallecimiento fue entre las once y las catorce horas. Quisiéramos que cualquier vecino que haya visto u oído algo sospechoso entre esas horas se ponga en contacto con la policía de Savannah.

Entonces el detective se guardó la libreta. Dadas las circunstancias, era una declaración bastante corta.

—¿Y ya está? —Josh miró a los detectives.

Blazer bajó la frente.

—Limítense a publicar lo que he dicho.

—Yo no publico nada —le recordó Josh con tono brusco—. Yo lo saco en televisión.

Blazer lo fulminó con la mirada.

—¿Hace falta que le recuerde que una mujer ha sido asesinada hoy? —dijo—. ¿No puede guardar las formas ni cinco minutos?

—Detective Blazer, le ruego que disculpe a mi compañero del Canal 5. —Natalie desplegó su mirada más cautivadora—. ¿A lo mejor podría usted decirnos algo de la niña que hemos visto antes? ¿Es familia de la víctima?

No había quien se resistiera a Natalie cuando ponía toda la carne en el asador, ni siquiera Blazer; y al detective se le suavizó un ápice la expresión de la cara.

—Lo único que puedo decirles es que es la hija de la víctima —dijo—. Y que está a salvo y no ha sufrido ningún daño.

—¿Y nos puede decir cómo se llama? —preguntó Natalie, dándole a la voz un tono esperanzado.

Estaba claro que Blazer venía preparado para semejante pregunta.

—Se llama Camille Whitney.

Josh se adelantó y esgrimió el micrófono.

—¿Fue ella la que descubrió el cuerpo?

Blazer clavó en él una mirada gélida.

—No puedo decirles nada más por el momento. —Luego miró otra vez a Natalie—. Estoy seguro de que comprenden lo delicado de la situación, ya que queremos que todo el mundo, pero sobre todo los menores, estén a salvo.

—Detective. —Harper se puso en primera fila—. ¿Tienen algún sospechoso?

Él la miró sin el más mínimo interés.

—Todavía no estamos en condiciones de revelar esa información.

—¿Nos podría dar más datos sobre el crimen? —Harper volvió a intentarlo—. ¿Hay señales de forcejeo? ¿Sospechan de algún familiar?

Blazer apretó la mandíbula.

—Es demasiado pronto para eso. Déjennos que hagamos nuestro trabajo, ¿vale?

—Eso es lo que intentamos hacer nosotros, detective: nuestro trabajo —le recordó Josh.

Con esto, la paciencia de Blazer había tocado fondo.

—Gracias por su cooperación —dijo sin más miramientos.

Entonces se agachó para cruzar el precinto y se fue caminando con paso firme hacia la casa; y los otros detectives lo siguieron, unos pasos por detrás.

—Muchas gracias, sargento —dijo Natalie, alzando la voz.

Josh se puso a enrollarse el cable del micrófono en el brazo y fulminó a su colega con la mirada.

—Lameculos.

Natalie sonrió con expresión beatífica.

—Claro que me puedes lamer el culo, Josh, si eso es lo que quieres. Tú y todo el Canal 5.

—Vale, pero ahora en serio —Josh señaló con la cabeza las grupas vueltas de los policías—. ¿Qué farsa ha sido esa? Porque no nos ha dado ni un solo detalle.

Miles apareció al lado de Harper, teléfono en mano. Seguía mirándola con aquella cara de perplejidad que se le había puesto cuando ella insistió en ver la escena del crimen.

—Hoy no les vamos a sacar más, me parece a mí. Me voy a la redacción —dijo, y ella le notó cierta frialdad en la voz—. Baxter quiere que tú vuelvas también. Dice que necesita el artículo antes de las seis para la página web.

Ella dijo que sí con la cabeza.

—Salgo ahora mismo para allá.

Pero, antes de darse la vuelta, Miles se quedó mirando hacia la casa amarilla.

—Una declaración muy corta, ¿no? Porque no ha dicho gran cosa.

Harper cogió en una mano las llaves y emprendió camino hacia el coche sin dejar de cojear.

—Ha dicho bastante.

* * *

Cuando llegó a la redacción, escribió rápidamente un artículo para la edición vespertina. Miles ocupaba una mesa próxima, pero hizo alarde de no mirarla mientras editaba sus fotos. Harper sabía que tenía que haberle dado algún tipo de explicación por cómo se había comportado en Constance Street, pero no había tiempo ahora. Aun así, la serenó la tarea de poner uno detrás de otro los escasos datos que la policía estaba dispuesta a compartir con ellos. Eso sí, cuando acabó de escribir, vio que el artículo se le quedaba corto: tenía que saber más detalles. Apartó entonces otros papeles y estuvo hojeando las notas que había tomado en la escena del crimen. Recordó lo que dijeron los vecinos: que Whitney trabajaba en la universidad. En Savannah había dos: la Facultad de Arte y Diseño de Savannah y la Universidad de Savannah State. La Facultad de Bellas Artes estaba en el centro, cerca de donde vivía Harper. Era un lugar vibrante y moderno, lleno de chicos tatuados que provenían de las familias adineradas del norte del país.

La universidad estaba en la zona residencial, más alejada del centro. Allí iban los chicos de clase trabajadora de Georgia, deseosos de encontrar una facultad más pequeña y cercana al hogar; pues la Universidad de Georgia estaba mucho más al norte, en la ciudad de Athens. Harper no sabía a cuál de las dos se referían los vecinos.

Entonces escribió con gesto rápido y seguro el nombre de Whitney y el de la facultad de la ciudad en el buscador del ordenador. La búsqueda la llevó hasta una sección de la página web de la Universidad de Savannah State, en la que aparecía una mujer delgada de pulcro aspecto. Tenía el pelo largo y rubio, lo que hacía que resaltara más la calidez de sus ojos castaños. Lucía una sonrisa de oreja a oreja, como la de una Miss Estados Unidos. Y debajo de la foto aparecía el cargo: *Marie Whitney, Vicepresidenta del Departamento de Desarrollo y Mejora de Recursos.*

Harper se acercó a la pantalla y miró fijamente aquella foto: costaba creer que era la misma mujer que había visto tendida en el suelo esa misma tarde. La muerte se lleva por delante todo lo que te hace distinto; todo lo que hace que seas quien eres. Muerta, Whitney era anónima: una mujer de piel pálida en el suelo frío; una mano tendida que implora auxilio. Viva tenía aquel aspecto tan electrizante: era dueña de una belleza casi hipnótica, de unos ojos de color canela y de una piel sin mácula a la que asomaba el calor y el brillo de la vida. Si lo que buscaba Harper era trazar algún paralelismo entre Whitney y su madre, no lo iba a hallar en el aspecto físico. Claro que su madre era guapa, pero no recordaba haberla visto nunca con maquillaje. La melena pelirroja la llevaba casi siempre recogida en un moño que prendía por medio de un pincel o un lápiz. Prefería los vaqueros gastados, rajados a la altura de las rodillas, y casi siempre iba descalza cuando trabajaba. Nada tenía en común, al menos físicamente, con aquella mujer de aspecto tan cuidado.

Si bien había cosas que compartían: las dos tenían poco más de treinta años y las dos eran madres. Las mataron más o menos a la misma edad, a puñaladas, en pleno día, cuando estaban en casa. A las dos las hallaron desnudas, en el suelo de la cocina. Y las descubrió a las dos la hija de doce años que tenían, al volver del colegio. No había suficiente material para escribir nada más, y Harper lo sabía; pero también sabía que algo era.

—¿Es ella?

La asustó la voz cortante de Baxter. La directora se había acercado a su mesa sin ser notada y miraba a la imagen en la pantalla por encima del hombro de su reportera.

—Esto... Sí, es ella —dijo Harper con un carraspeo—. Lo que no sé muy bien es qué quiere decir eso de Desarrollo y Mejora de Recursos.

—Dinero —dijo Baxter—. Es una forma alambicada de decir «recaudación de fondos». —Se puso derecha y luego siguió diciendo—: Busca a D. J., y dile que llame a la universidad y que nos dé permiso para publicar eso. —La directora dio con el dedo en la cara de Marie Whitney—. Y dile que consiga una versión en alta resolución para poder imprimirla. Hablaré con los de maquetación.

Se alejó a toda prisa, con un taconeo de sus zapatos bajos sobre el suelo de terrazo.

Cuando volvió a quedarse sola, Harper no llamó inmediatamente a D. J.; sino que se puso a buscar más información sobre Whitney. Descubrió que la mencionaban en varios artículos sobre la universidad; casi siempre por algún papel secundario que había tenido en algo. Solo había un artículo que le dedicaba cierta extensión y no pocos elogios en el periódico de la universidad, *The Caller*. Publicado hacía dos años, llevaba el título de *Whitney logra una recaudación histórica*.

Extraordinaria recaudadora, Marie Whitney, de 32 años de edad, tiene el mérito de haber organizado una campaña que le ha supuesto hasta la fecha a las arcas de la universidad la escalofriante cifra de 4,3 millones de dólares.

Whitney ha promovido bailes de gala, conciertos a cargo de estrellas de la música, subastas de arte y una campaña on-line. Gracias, en gran medida, a su esfuerzo, la universidad ha superado en un millón el objetivo anual de recaudación de 3,8 millones de dólares.

Siempre con una sonrisa en la boca, a Whitney la adoran los otros trabajadores del departamento de Desarrollo: por su talante jovial y por la actitud positiva que la caracteriza.

«Todo el mundo está encantado con Marie», dijo su jefa, Ellen Janeworth, cuando le preguntaron. «Trabajar con ella es un sueño. No hay nada que no esté dispuesta a hacer por la universidad».

Whitney nos contó que estaba muy feliz por este éxito logrado.

«Me encantó el tiempo que pasé estudiando en la universidad», dijo con una sonrisa. «Fue el momento álgido de mi vida. Y quiero hacer todo lo que esté en mi mano por que los estudiantes del futuro —incluida mi propia hija— tengan las mismas posibilidades que tuve yo».

Como ilustración del artículo, había una foto de Marie que rezumaba sinceridad: posando en el pórtico del decanato de la universidad. Llevaba una falda tubo blanca y un top azul ajustado. No tenía ni una arruga en la piel; y solo unos toques de carmín en los labios, de un rosa delicado. Y sonreía con aquella sonrisa perfecta.

Harper se quedó un rato largo mirando esa foto. Había ahora muchas cosas que no tenían ningún sentido. Porque ¿qué unía a Whitney y a su madre? ¿Quién habría querido matarlas a las dos? Y si fue la misma persona la que las mató, ¿qué había hecho que volviera a matar precisamente ahora?

CAPÍTULO ONCE

Dos horas más tarde, cuando la noche se cernía sobre la ciudad, Harper entró en comisaría por las pesadas puertas acristaladas. No había nadie en el pasillo de entrada a aquella hora y resonaron sus pasos en el recinto vacío. Todavía le dolía el tobillo, de la caída de ese mismo día, pero ya no cojeaba; y el aire acondicionado le dejó una sensación gélida en la piel.

Dwayne Josephs levantó la vista de la televisión portátil que tenía en recepción, justo debajo del mostrador amplio y moderno; y, cuando la vio, se le iluminó la cara.

—¡Harper! Me han dicho que habéis salido en directo en la tele —dijo dándole gran trascendencia a sus palabras—. Aquí están todos muy alborotados; ni que acabaran de asesinar al presidente.

Dwayne era moreno de piel; y allí donde Darlene lucía curvas en el turno de día, él ofrecía un enjuto aspecto: medía más de uno ochenta, pero tenía los brazos y las piernas más largos que el resto del cuerpo, y eso lo hacía casi entrañable, porque le daba el aire de un desgarbado adolescente; aunque Harper le echaba al menos treinta y cinco años de edad. Hacía años que lo conocía y sabía cuánto le gustaba el cotilleo. Y, como lo que necesitaba ahora era información, tenía la esperanza de poder sonsacarle algo; aunque tenía que ir con cuidado. Porque, por mucho que le gustaran los chismes, Dwayne era también un devoto defensor de las normas.

Así que, el truco pasaba por hacerle hablar sin que él se diera cuenta de que estaba revelando información confidencial. Por eso buscó un tono de voz que quedara a mitad de camino entre el interés y el pasotismo.

—¿Ah, sí? ¿Y por qué están tan alborotados?

Dwayne se apoyó en el mostrador y bajó la voz, como el que hace una confidencia.

—Pues es que Blazer salió hace un rato soltando veneno por la boca —confesó el recepcionista con tono de reproche—: que si me cago en esto, o me cago en lo otro.

Consciente de lo piadoso y devoto que era Dwayne, Harper dijo que no con la cabeza y una expresión de disgusto dibujada en el semblante:

—Pero ¿qué me dices? Dios santo, eso no le pega nada. —En realidad sí le pegaba; y, de hecho, así era Blazer. Pero Harper también sabía que Dwayne no solía hablar mal de nadie—. ¿Por qué estaba tan enfadado?

—Decía que los reporteros de televisión eran unas víboras: todos allí merodeando por la escena del crimen, sin dejar de soltar eses por la boca.

Harper tardó un segundo en deducir que aquello de «soltar eses por la boca» debía de referirse a «decir sandeces». Y era el tipo de comentario que le pegaba también a Blazer.

—¿Ah, sí? —Harper fingió que aquello la horrorizaba.

—Dijo que lo que querían era liarlo. —Dwayne se iba yendo de la lengua—. Hacer que dijera algo que no tenía que decir, buscarle problemas. Y dijo que andaba suelto un asesino profesional, y que lo que tenían que hacer era ocuparse de eso, y no hacerle perder el tiempo a él.

Harper se puso tan nerviosa que se le aceleró el pulso y tuvo que mirar para otro lado para que él no se lo viera en los ojos.

—¿Un profesional? —Hizo como que buscaba algo en el bolso—. ¿En Savannah? ¿Es que ha perdido la chaveta ese Blazer?

Dwayne no se percató del tono irónico con el que lo dijo.

—De loco nada —afirmó él—. Porque todo el mundo lo dice: no hay huellas, ni pisadas, ni restos de ADN.

Harper sacó la crema de labios, como si eso fuera lo que andaba buscando, y apartó los ojos de los del recepcionista.

—O sea, ¿que ni siquiera tienen un sospechoso?

Aquello era ir demasiado lejos; y Dwayne calló de repente y se mordió el labio de abajo.

—Yo de eso no sé nada —dijo con un tono de cautela que no había mostrado hasta entonces—. Para eso, pregunta mejor al detective Blazer.

Bajó la cabeza y dio un paso atrás, alejándose del mostrador.

—Sí, es lo que tendría que hacer. —Harper procuró decirlo como si tal cosa, concentrada como estaba aplicándose la crema de labios, que a continuación dejó caer en el bolso—. ¿Está en su despacho?

Él dijo que no con la cabeza.

—Ha ido a la morgue.

Por Harper, allí podía seguir: no merecía la pena hablar con Blazer, que no iba a contar nada. Pero había alguien que quizá sí lo hiciera.

—¿Y el teniente? —preguntó.

A Dwayne se le notó que ponía cara de alivio, pues no soportaba tener que darle una respuesta negativa a Harper.

—Está en su despacho —dijo el recepcionista—. Ya te abro yo desde aquí.

Ella se dirigió a la puerta de entrada.

—Muchas gracias, Dwayne.

Eran más de las siete y no había nadie en el pasillo largo y estrecho, abarrotado durante el día por policías de uniforme cargados con carpetas; por las de centralita, que iban a la máquina de café o venían de ella; y por detectives que lo cruzaban con demorado paso. Harper iba caminando a la vez que asimilaba la información que Dwayne le había revelado sin querer, y notaba cómo se le aceleraba el pulso. ¿Un asesino profesional? ¿Eso qué quería decir? ¿Que era un sicario? ¿O simplemente alguien que ya había matado antes? Y si este último era el caso, ¿por qué no podía ser la misma persona que mató a su madre hacía quince años?

La puerta del despacho de Smith estaba casi al final del pasillo y, al acercarse, Harper vio un leve resplandor dentro, a través del cristal esmerilado. Normalmente, el teniente no trabajaba hasta tan tarde, y pensó que quizá fuera el caso Whitney lo que lo mantenía en su despacho a aquella hora tardía. Llamó con un solo golpe en la puerta.

—Pase. —Se oyó desde el otro lado, en tono brusco.

Al entrar, vio una expresión de sorpresa dibujada en la cara de Smith, que cerró la carpeta que tenía encima de la mesa y puso encima, a modo de pisapapeles, una pelota de golf de bronce de pesado aspecto.

—Harper. —No parecía muy feliz de verla por allí—. Yo pensaba que estarías atareada, escribiendo un artículo sobre ese homicidio.

—Y lo estoy, por eso he venido; porque tengo que hablar con usted.

Él la miró, como previniéndola.

—A ver, sabes de sobra que no puedo dar detalles de una investigación que esté abierta...

Ella levantó ambas manos.

—Lo sé, pero aun así. Hay algo que tengo que preguntarle.

Sin esperar invitación por parte del teniente, cerró la puerta, se sentó en una de las sillas que había delante de su mesa y echó el cuerpo hacia delante.

—Hoy lo vi con esa niña, Camille Whitney, ¿está bien?

Él relajó un poco la dura expresión de la cara.

—La niña está bien, Harper; sabes de sobra que cuidaremos bien de ella.

Claro que lo sabía. Sabía exactamente qué sería de Camille a partir de ahora: cómo intentaría distraerla la policía, los refrescos que le traerían a todas horas, aunque no tuviera sed; eso, y los libros para colorear, que no le interesarían, pues ya no tenía edad para ello. Y luego, el esfuerzo por parte de los trabajadores sociales, y de su propia familia, para llevarla en volandas a un mullido mundo entre algodones que no era el suyo.

Al ver que Harper no decía nada, el teniente preguntó:

—¿Era eso todo lo querías saber?

—Es que... —Se detuvo ahí, y miró la libreta que tenía en una mano—. Al verla hoy, allí con usted... Me recordó tanto lo que pasó entonces.

Smith cambió de posición sobre la carpeta el pisapapeles de la pelota de golf.

—Lo mismo pensé yo al verla —dijo cortante—. Al principio creí que había demasiados parecidos con la situación que viviste tú.

—Teniente, cree usted... —Harper se detuvo para cobrar un poco de ánimo—. ¿Le parece que puede ser la misma persona que mató a mi madre la que ha matado ahora a Marie Whitney?

Una expresión muy rara cubrió la cara de Smith: una especie de conmoción que le salía de dentro, como si Harper le hubiera dado un tortazo.

—¿A quién demonios se le puede ocurrir preguntar algo así?

La voz profunda de barítono retumbó grave, como un trueno en la distancia.

—Sí, pero... ¿Podría usted responderme? —Harper lo miró con cara de súplica.

Smith dijo que no con la cabeza.

—No, Harper. Confía en mí: lo único que esos dos crímenes tienen en común es la niña que vuelve a casa del colegio.

Lo decía con voz firme, irrefutable. Pero ella sabía que no era cierto en absoluto. Lo que no sabía era cómo jugar aquella mano: no podía explicar los detalles que conocía sin dar a entender que había visto la escena del crimen. Y él le preguntaría que cómo se había enterado ella. Pero es que no tenía más remedio que hacerlo.

—¿Está usted seguro? Porque a Whitney la encontraron en la cocina, ¿no? —Lo dijo de tal manera que parecía que era un dato producto de la confusión, en absoluto con intención desafiante—. Desnuda y tendida en el suelo; cosida a puñaladas. Y, teniente: así apareció mi madre.

Smith abrió mucho los ojos; y ella vio que preparaba mentalmente una respuesta, así que se lanzó a preguntarle todo lo que le había ocupado la mente en las dos últimas horas.

—¿Qué clase de cuchillo utilizó el asesino? ¿Fue del mismo tipo que el que mató a mi madre? ¿Han comparado ambos casos? Si es el mismo hombre, entonces, ¿por qué...?

—Harper, ¡vale ya! —Smith tenía roja la cara ancha y surcada de arrugas—. ¿Tú cómo demonios sabes en qué parte de la casa fue hallado el cadáver? Son detalles que no se han revelado a la prensa todavía, y no me creo que Blazer te lo haya contado. Ese hombre es capaz de darle un beso a una serpiente de cascabel antes que hablar con un reportero.

—Eso no importa —respondió ella—. Lo único que importa es si la misma persona que mató a Marie Whitney es la que...

—Ya basta —la cortó en seco otra vez—. No eres tú la que hace las preguntas ahora; soy yo. Y veo que has tenido acceso a cierta información sobre un caso de asesinato que todavía se está investigando, y que es algo que no te compete. Porque el responsable último de la escena del crimen soy yo, en tanto que jefe de la brigada de homicidios. Y pienso enterarme de quién te ha dado esos detalles; o si no, llamaré a tu directora y le pediré que venga a explicármelo ella.

Harper tragó saliva con dificultad. Porque de vez en cuando tenía algún que otro vislumbre de cómo se sentiría un sospechoso de asesinato interrogado por el teniente Smith. Casi dolía mirarlo a aquellos ojos de un azul tan acerado y penetrante: era como si pudiera leerle a una el alma entera.

—Es que vi la escena del crimen —confesó Harper.

Smith se frotó la frente con gesto cansado.

—Ah, qué bien. Y, a ver, dime, ¿cómo te las ingeniaste para verla?

—Por una ventana —dijo ella—. Dio la casualidad de que eché un rápido vistazo; nada más.

—¿Dio la casualidad de que echaste un rápido vistazo? —Smith ladeó la cabeza y la miró como miraría a un sospechoso—. ¿Qué ventana?

—Una en la parte trasera. —Harper alzó un hombro—. ¿Acaso importa eso?

—Demonios, pues claro que importa. Porque la única forma de ver algo por esas ventanas...

Harper le pidió perdón mentalmente a Miles, y dijo:

—... es con una cámara que tenga una lente de largo alcance, desde el jardín de atrás de algún vecino deseoso de ayudar a la prensa. Sí. Y eso no es ilegal teniente, como bien sabe usted.

Smith cerró la boca de golpe. Luego, durante unos instantes, nadie habló; y se quedaron los dos mirando, el uno al otro, separados por el amplio escritorio. Por fin, el teniente parpadeó.

—¿Por qué lo hiciste, Harper? No te pega nada. —El enfado en la voz de Smith había dado paso al hastío—. Sabes de sobra que no es cosa tuya andar espiando una investigación en marcha por un caso de homicidio.

Esta vez, a Harper no le hacía falta inventarse nada que fuera mentira.

—Porque vi a Camille —dijo—. La vi al lado de usted y fue como verme a mí misma. Y tenía que averiguar si los dos asesinatos eran iguales: y lo eran.

El teniente se hundió en el asiento.

—No es lo mismo —insistió Smith—. Porque esa niña no eres tú.

—Por favor, teniente. —Harper se echó hacia delante y adoptó un tono de súplica—. Necesito saber por qué la escena de este crimen se parece tanto a la del asesinato de mi madre. No quiero ir contra usted; es solo que necesito saber qué está pasando. Es por mí, no por el periódico. Por mí y por nadie más. —Se oprimió fuerte el pecho con una mano—. ¿Cree usted que ambos asesinatos fueron cometidos por la misma persona? ¿Ha vuelto a matar el asesino de mi madre?

A Smith se le formaron unas profundas arrugas en la frente mientras le dirigía una mirada escrutadora no carente de comprensión.

—Lo siento mucho, Harper —dijo con ternura—. Pero no fue la misma persona la que cometió ambos asesinatos.

Un asomo de esperanza, o de miedo, se había abierto camino hacia el corazón de Harper en el momento en el que vio a Camille en la calle, hacía unas pocas horas; pero ahora desapareció. Y le dejó una sensación de vacío que odiaba en lo más hondo. Sentía que no tenía fuerzas; porque había estado tan segura.

—¿Lo puede decir con toda seguridad? —preguntó con un hilo de voz.

—Con toda certeza. —Él se echó hacia delante—. Vamos a ver, no voy a negar que hay una serie de coincidencias con el caso de tu madre que llaman la atención. Pero también hay diferencias, Harper, y muy importantes.

—¿Qué diferencias?

—El tipo de arma usado en ambos casos, el ángulo de las puñaladas, la fuerza con que se dieron unas y otras: todo indica que este crimen lo cometió una persona distinta —dijo Smith—. Es más alto que el asesino de tu madre. Y pesa más. Las heridas no fueron tan certeras: la mano que empuñaba el arma vaciló más. Whitney tenía más heridas producidas cuando intentó protegerse; o sea, que pudo ofrecer más resistencia. Todo apunta a un asesino diferente.

Hablaba con gran aplomo, porque se sentía como pez en el

agua blandiendo el argumento inapelable de las pruebas. Él y todos los detectives, que levantaban los cimientos de un caso juntando cientos de datos microscópicos, igual que un arquitecto diseña un edificio con un lápiz, trazo a trazo. Y la verdad era que a Harper le callaban la boca las pruebas.

—Hay suficientes diferencias en la escena de este crimen como para concluir que las coincidencias superficiales no son más que eso, pura casualidad —siguió diciendo Smith—. Mira, cuando llevas en este trabajo tanto tiempo como llevo yo, al final acabas viendo que se repiten los tipos de asesinatos. Porque las formas de matar a la gente son limitadas.

Harper quiso decir algo, pero no se le ocurría nada y acabó rindiéndose. No se le iba de la cabeza la imagen de Marie Whitney: la mano extendida; los dedos crispados. Ni la de su propia madre, completamente inmóvil, fría.

—Vaya —dijo con voz queda.

—Harper. —El teniente parecía preocupado—. ¿Te encuentras bien? ¿Quieres que te dé algo? ¿Un poco de agua, quizá?

—No... —le dijo—. No hace falta... Estoy bien.

Pero no era cierto. Quería preguntarle por qué Blazer había hablado de un asesino profesional y qué significaba eso. Pero, de repente, sintió que se agobiaba en aquel cuarto sin ventanas: tenía que salir de allí. Se puso en pie de golpe, echando la silla hacia atrás con tanta fuerza que produjo un desagradable chirrido contra el suelo. Smith dio un leve respingo en el asiento.

—Discúlpeme —dijo Harper, y fue de espaldas hacia la puerta—. Tengo que volver a la redacción: estamos de cierre.

Smith dijo que sí con la cabeza:

—Claro, me hago cargo.

Pero se levantó también del asiento, al otro lado de la mesa, sin saber muy bien si debía acompañarla, al verla titubear con el pomo. Harper se detuvo en el vano y volvió la cabeza para mirarlo: no se había movido, pero mostraba preocupación en el semblante.

—De verdad que estoy bien —dijo ella. Entonces se acordó de que la había invitado a comer y añadió a toda prisa—: Le veré el domingo, ¿vale?

Y cerró de golpe la puerta antes de que él pudiera decir nada. Luego echó a correr por el pasillo; franqueó, sin detenerse, las puertas de seguridad, y salió a la calurosa noche de verano.

CAPÍTULO DOCE

Cinco horas después, al filo de la medianoche, Harper estaba a la orilla del río, en una calle adoquinada, delante de un almacén reconvertido en edificio de apartamentos, aguzando la vista para poder distinguir en la oscuridad los botones numerados. La puerta llevaba dos semanas a oscuras y nadie se había molestado en hacer algo al respecto en todo este tiempo. Un día, Harper tendría que venir con un destornillador y ser ella misma la que cambiase esa maldita bombilla.

Cuando dio con el número doce, apretó el botón con fuerza y esperó, sin apartar los ojos de la cámara que había encima de la puerta. Estaba tan impaciente que no podía tener quieta la pierna derecha. Porque había llegado hasta allí y quería acabar con aquello cuanto antes.

—Jackson. —La voz de Miles crujió cautelosa por el altavoz metálico.

—Soy yo —le dijo a la cámara—. Como ya te habrás dado cuenta.

La pesada puerta de acero se abrió con un grave chasquido mecánico y giró hacia adentro sin hacer un ruido.

Una vez en el interior, Harper cruzó el espacioso pasillo, sin más mobiliario que unos tiestos enormes en los que crecían palmeras de hojas relucientes y ficus, plantas encanijadas por el espacio que las contenía, como una caverna. Los dueños habían mantenido el suelo de piedra original, picado y erosionado por el tiempo; lo pulieron para que fuera más acogedor y recordara menos cuál había sido su función primera durante más de cien años: una nave gigantesca destinada a almacenar grandes cajas de algodón, tabaco, batata y azúcar de caña. Todavía ahora, pese al esmero de la agencia inmobiliaria, que lo limpiaba constantemente y le daba brillo y cera, Harper creyó distinguir el leve aroma a tierra en el aire refrigerado.

El ascensor se abrió en cuanto apretó el botón. En este caso, buscaron darle un estilo postindustrial al espacio: las paredes eran placas de acero y parecía que las hubiesen encajado en el hueco del ascensor a puñetazos. Cuando empezó a subir, Harper se apoyó en la pared y cerró los ojos. Le sonaban las tripas, audibles por encima del ruido que hacían las poleas del ascensor; pues no había comido nada desde que le interrumpieron el almuerzo en el restaurante de Eric: no había tenido tiempo.

Nada más volver de la comisaría, se pasó horas recopilando un dosier sobre Marie Whitney para la edición final. Hasta D. J. se quedó un rato a ayudarla. El titular —*Un asesinato turba la paz del vecindario*— era mediocre, en opinión de Harper; pero, al menos, se aproximaba bastante a la realidad. Luego, en la redacción, Miles no dijo nada a nadie acerca del extraño comportamiento de Harper en la escena del crimen; y ahora, ella había acudido a darle la explicación prometida.

En la cuarta planta, con un tenue rasgueo, las puertas se abrieron a un pasillo ancho escasamente iluminado y con paredes de ladrillo visto. La puerta número doce estaba abierta; Harper entró y la cerró; y le llegó la voz raposa de un cantante de *blues* que salía por los altavoces.

—¿Hola?

El *loft* tenía los techos muy altos y un suelo de tarima, de madera de roble reciclada. Amplios ventanales corrían a lo largo de una de las paredes y enmarcaban la vista nocturna del centro de Savannah, lleno de lucecitas; y las aguas oscuras, arremolinadas en la curva que trazaba el río.

El salón, el comedor y la cocina ocupaban un único espacio. Los muebles eran modernos: mucho cuero y acabados en cromo. En toda la casa reinaba una tenue luz ambiental, excepto en la cocina, donde Miles estaba sentado a la mesa, debajo de la lámpara colgante que lo bañaba en un resplandor luminoso.

La miró y señaló la nevera con la cabeza. A la luz de la lámpara, le brillaban las gafas que tenía que llevar para leer; y, si seguía enfadado con ella, no se le notaba en la cara.

—Pilla una cerveza.

Había desmontado la cámara y estaba limpiando las distintas partes encima de una hoja de papel blanco, a la potente luz de la lámpara: trabajaba con un juego de herramientas de precisión y la estaba montando otra vez. Lo hacía a menudo, porque decía que lo ayudaba a pensar. En la encimera, al lado de la nevera, había un detector de la policía que zumbaba y crujía a un volumen lo bastante alto como para oírlo por encima de la música.

Harper cogió una botella de la nevera.

—No esperaba verte —dijo Miles, y ella abrió el tapón con un abridor que él había dejado en la encimera—. Yo te hacía en el Rosie.

Cuando cerraban la edición, todos en el periódico bajaban al Rosie Malone a tomar algo. Era lo que mandaba la tradición después de dar una noticia de verdadera relevancia. Harper sabía que Josh y Natalie también estarían allí; pero es que esta noche ella no soportaba la idea de ponerse a hacer balance de lo ocurrido con unos y con otros.

—No me apetecía. —Sacó de debajo de la mesa la silla que estaba enfrente de la de Miles y se sentó; con cuidado de poner la cerveza bien lejos de todas las piezas de metal perfectamente alineadas—. ¿Cámara nueva?

—La compré por eBay —dijo él, todo ufano, como si dijera que le había tocado la lotería—. Por muy poco dinero. Decían que el obturador no funcionaba bien, que no había quien lo arreglara. —Señaló las piezas diminutas de metal que tenía desplegadas encima de la mesa—. Y aquí estoy, arreglándolo.

Echó mano de una herramienta muy pequeña, eligió una pieza de aspecto misterioso y la metió en las tripas de la cámara con ensayada precisión.

—Así pues —dijo, cuando encajó donde él quería—, ¿qué te trae por aquí?

La miró, y Harper vio que igual que tenía firme el pulso así tenía la mirada. Luego tragó saliva y se armó de valor, como el que le da un largo trago a la cerveza.

—Te debo una explicación —dijo al cabo—. Y he venido a dártela.

—Dispara —dijo él.

Harper carraspeó y se preparó para lo que tenía que decir.

—Querías que te contara lo de ese asesinato de hace quince años. Ese que me recordó esta tarde la escena del caso Whitney.

Él dijo que sí sin levantar los ojos de la cámara, ocupado en ajustar una pieza dentro del aparato.

—Eso es; pero, al parecer, tú no tenías muchas ganas de hablar del asunto.

—Ni las tengo todavía, pero te lo voy a contar. —Harper rasgaba con una uña la etiqueta de la botella de cerveza—. La escena del crimen de hoy... era exactamente igual que la del asesinato de mi madre.

Él soltó el destornillador, que cayó en la mesa con un ruido metálico.

—¿Tu madre murió asesinada?

Miles la miró presa de la conmoción.

—Sí —dijo Harper, sin perder la calma—. Cosida a puñaladas, en la cocina de casa, cuando yo tenía doce años.

Miles dejó la cámara en la mesa, cogió el mando del equipo de música que tenía allí mismo y bajó el volumen. El *blues* cesó en el acto. Luego se removió en el asiento, la escudriñó con la mirada y arrugó el ceño.

—¿Tú viste la escena del crimen?

—Yo encontré el cadáver —le dijo—. Igual que Camille lo ha encontrado hoy: en la cocina, acribillada a cuchilladas, desnuda.

Miles se quitó las gafas y las dejó encima de la mesa. Tenía cara de susto.

—Harper, nunca me habías contado nada de todo esto. Y llevamos casi seis años trabajando juntos.

Según lo dijo sonó muy confundido, como si fuera una afirmación que en realidad encerraba una pregunta. Y Harper comprendió que no había manera de pasar eso por alto.

—Siento no habértelo contado antes. Pero es que no hablo de ello —dijo—. Nunca.

Dio vueltas a la botella. El nombre extranjero que había en la etiqueta aparecía y desaparecía delante de sus ojos.

—¿Nunca cogieron al tío? —se aventuró a decir Miles.

Harper dijo que no con la cabeza.

—No, señor.

—¿Y crees que puede ser el mismo tipo el que ha matado a Marie Whitney?

—Eso creía —reconoció Harper—. Hasta que hablé con Smith hace unas horas y me quitó la idea de la cabeza.

—Maldita sea. —Miles se recostó contra el respaldo de la silla y le dio un trago a la cerveza.

—Eso mismo pensé yo —dijo Harper—. Pero le he estado dando vueltas, y no estoy tan segura de que el teniente esté en lo cierto. —Miles la miró con toda la intención—. Yo vi la escena de ambos crímenes, Miles —dijo, y posó la botella en la mesa con un golpe seco—. Eran idénticos: la situación del cadáver dentro de la casa, la hora del día, el tipo de arma empleada. —Fue contando una coincidencia detrás de otra con los dedos de la mano—. Jamás se hicieron públicos los detalles de la escena del crimen en el asesinato de

115

mi madre; y, sin embargo, en ambos casos, son exactamente los mismos. ¿Cómo va a ser eso una casualidad?

La pregunta tenía su miga. Porque había tenido tiempo para pensarlo y, dijera lo que dijera Smith, no la convencía la explicación del ángulo del cuchillo.

—A ver, espera un momento. Vamos a repasarlo con calma —dijo Miles—. ¿Qué fue lo que dijo Smith exactamente? ¿Te dijo en qué diferían ambos crímenes?

Harper le contó lo que Smith le había dicho sobre el tamaño del arma y el ángulo de apuñalamiento; y que el asesino de Whitney tenía que ser más alto, y más corpulento también. Miles la escuchaba, atento, y de vez en cuando arrugaba la frente.

—Menuda mierda de diferencia es esa —admitió, cuando Harper acabó de contarle.

—¿A que sí? Y es que cuanto más lo pienso, más endeble me parece —dijo Harper—. ¿Dice que este asesino pesa más? Pero es que hace quince años del crimen previo. La gente engorda. Y lo del ángulo de las cuchilladas... —Alzó los hombros con un significativo gesto—. ¿Y si resulta que Marie Whitney era más baja que mi madre? Eso tendría su efecto en el ángulo, ¿no?

—Claro que lo tendría —murmuró Miles

—Yo creo —siguió diciendo Harper— que a Smith le parece demasiado traído por los pelos. ¿Cómo explicar que en todos estos años el asesino no haya actuado, y vuelva precisamente ahora? Ni siquiera a mí me entra en la cabeza eso. No tiene sentido que sea el mismo asesino. Pero es que tampoco lo tiene que no lo sea. ¿Comprendes a qué me refiero?

Miró a Miles con la esperanza dibujada en el rostro.

—Es un caso raro de verdad —dijo él, después de una demorada pausa—. Pero el tiempo no siempre le para los pies a un asesino.

Fue a echar un trago de cerveza, pero como halló la botella vacía, se levantó para coger otra.

—¿Te dijo algo más Smith? —preguntó desde el otro extremo de la cocina—. Algo más, lo que fuera.

—Smith no —dijo Harper—. Pero Blazer sí. Al parecer, va diciendo por ahí que el asesino es un profesional. ¿Eso qué quiere decir?

Miles volvió con dos botellas y le dio una a Harper.

—Pues ahí me has pillado —dijo, y volvió a sentarse—. Porque no tiene pinta de ser obra de un asesino a sueldo. ¿Quién va a ordenar el asesinato de una madre soltera que trabaja recaudando fondos en una universidad de provincias?

—Por eso mismo. —Harper echó el cuerpo hacia delante, deseosa de contarle—. Aun así, si Dwayne oyó bien lo que decía Blazer, no había huellas, ni pisadas, ni ADN.

Miles soltó un silbido por lo bajo.

—Bueno, eso al menos ya es algo —dijo—. En ese caso no fue un crimen pasional; porque si se te cruzan los cables y matas sin pensar, cometes errores. —Volvió a coger la cámara y la expuso a la luz para verle las entrañas—. Estamos hablando de un hombre con experiencia en la materia; un hombre entrenado para matar.

—Y si es el mismo hombre, ¿a qué volver ahora, tantos años después? —preguntó Harper—. ¿Dónde ha estado todo este tiempo? ¿Cumpliendo condena por otro crimen? ¿O acaso es alguien que va vagando por ahí, sin rumbo fijo; alguien que vino un día y que ha acabado volviendo?

—Todas esas preguntas tienen mucho sentido —reconoció Miles.

A estas alturas, el cansancio que Harper sentía antes ya había desaparecido: le iba la mente a toda pastilla. Porque Miles era un hombre cauto que tenía un conocimiento enciclopédico del mundo del crimen. Y si no creía que estuviera loca, era que andaba sobre la pista de algo.

—Llevo un rato pensando —le contó, mientras él tomaba otra vez la cámara entre las manos—. Lo primero que tengo que hacer es investigar a fondo el asesinato de mi madre. Y ver si hay algo ahí que tenga relación con el caso Whitney. Y luego quiero averiguar más cosas del asesinato de hoy, para casar todas las piezas.

Miles iba a coger una herramienta, pero dejó la mano suspendida en el aire.

—Ten cuidado —la previno—. Ahí pisas en terreno minado. Si los detectives se enteran de que estás investigando por tu cuenta, no les va a gustar un pelo. Blazer es un hueso duro de roer que sigue la ley al milímetro. Le encantaría dar con algo para poder empurarte.

—Tendré cuidado.

Pero el tono con que lo dijo no mostraba preocupación alguna. Lo que menos le importaba en ese momento era que Blazer le fuera a Smith con alguna queja sobre ella.

Tenía los nervios a flor de piel, y le costaba pensar en nada que no fuera dar inicio a sus pesquisas. Era la primera vez en su vida que veía la posibilidad —solo eso, una posibilidad— de dar con el hombre que mató a su madre. Si Smith estaba equivocado, y ella creía que lo estaba, entonces Marie Whitney podía llevarla directamente al asesino.

—Vale, pues ponte con eso —dijo Miles—, que yo también indagaré por ahí. A ver qué puedo encontrar. Una ex mía trabaja en la oficina del forense. La llamaré; a ver si puedo plantar las manos en ese informe de la policía científica.

Miles tenía antiguas novias por todas partes. Y, a veces, les venían muy bien.

—Gracias. —Se las dio de corazón—. Significa mucho para mí.

—La verdad —dijo, y dejó otra vez la cámara en la mesa para mirar a Harper—, he de decir que jamás lo hubiera imaginado, Harper, todo lo que tuviste que pasar cuando eras pequeña... No me puedo creer que no me lo hayas contado.

—Imagino que todo el mundo tiene sus secretos. —Harper cogió la botella—. Solo que unos son peores que otros.

CAPÍTULO TRECE

Al día siguiente, Harper llegó al periódico con dos horas de antelación. La luz del sol se colaba por la hilera de ventanas altas que daban a Bay Street y caía sobre las filas de mesas con un brillo etéreo; desmentido en el acto por la ruidosa realidad del día a día: quince periodistas que escribían en el teclado del ordenador cien palabras por minuto y hablaban todavía a más velocidad.

Cuando llegó a su mesa, con una taza de café grande en una mano y el detector en la otra, y la vio D. J., él tuvo que frotarse los ojos, como si no se creyera lo que estaba viendo.

—¿Qué haces aquí tan temprano? ¿Es que se ha muerto alguien? —preguntó—. Alguien más..., quiero decir.

—Todos nos acabamos muriendo, D. J. —dijo ella, y encendió el ordenador.

Pero eso no logró disuadirlo.

—¿Pasa algo? ¿Es por el caso Whitney? ¿Ha habido novedades?

—No pasa nada —dijo sin inmutarse—. Estoy mirando unas cosas, para un segundo artículo, y pensé que sería mejor madrugar.

Y se ajustaba casi del todo a la verdad. Porque, después de volver de casa de Miles, no pudo dormir. Y se pasó casi toda la noche tomando notas para dar forma a un plan. Acabó quedándose dormida en el sofá poco antes del alba, con el bolígrafo todavía en la mano; y tuvo una serie de espasmódicos y desasosegantes sueños llenos de persecuciones y de sangre. Cuando despertó, era ya bien entrada la mañana: el sol batía con fuerza contra las cortinas y Zuzu ronroneaba, acurrucado en el hueco que había detrás de sus rodillas. Pasado un instante, ya estaba despierta del todo; y no quería quedarse en casa todo el día y esperar a que llegaran las cuatro, quería ponerse a trabajar.

Miró, pues, a D. J., como si acabara de ocurrírsele algo.

—Ahora que lo pienso, sí que podrías ayudarme otra vez, siempre que no estés muy ocupado.

A D. J. se le encendió la cara y fue rodando con la silla hasta la mesa de su compañera.

—Claro, lo que haga falta; no tienes más que decírmelo.

—Ayer me ayudaste mucho —le dijo.

Y era verdad. D. J. se recorrió toda la ciudad y estuvo recopilando información para el artículo de Harper; y luego trabajó a buen ritmo con ella para que saliera antes de que lo sacaran los canales de televisión.

—Anda, no exageres, si no hice nada —insistió D. J., y se puso rojo.

Harper disimuló para que no se le notara la sonrisa en la cara; aquel chico no tenía doblez.

—Sí que hiciste —dijo ella—. Y a Baxter también la dejaste impresionada.

Él bajó la voz, para que los compañeros que escribían en las mesas próximas no lo oyeran.

—Si te digo la verdad, Harper, con el periódico de hoy, ha sido la primera vez que mis amigos han leído un artículo mío sin que yo los obligara a ello. Está claro que el crimen es lo que vende. Nada menos que en la portada, me siento como una estrella del *rock*.

—Claro —dijo ella—, y esto hay que repetirlo.

Hojeó la copia del periódico que tenía encima de la mesa y señaló la foto de Marie Whitney: era la que salía en la página de la universidad, con su sonrisa de dientes blancos, la piel dorada y el pelo rubio brillante.

—Hay que escarbar un poco más. ¿Crees que algún contacto de los que tienes en la universidad la conocería lo suficiente como para estar al tanto de qué se cocía en su vida? —Harper dio unos golpecitos a la fotografía a la altura de la barbilla—. Tenemos que saber con quién salía. Si había alguna persona que acabara de aparecer en su vida. Y cómo se comportó los días previos al asesinato: ¿se la notaba nerviosa? ¿Con miedo? Todo eso nos ayudaría bastante.

A D. J. se le abrieron los ojos de par en par detrás de los cristales de las gafas.

—¿La estás investigando?

Harper tenía que ir con cuidado, no podía pasarse de la raya. Lo único que le faltaba era un D. J. que se emocionara tanto que contara a todo el mundo que Harper y él estaban investigando un asesinato.

—En realidad no —dijo sin mucho entusiasmo—. Solo quiero saber si hay algo que averiguar que esté a nuestro alcance; algo que pueda habérsenos pasado por alto. Imagínate que hay algo que salta a la vista y nadie ha reparado en ello todavía: no me gustaría que lo sacaran los del Canal 5 antes que nosotros.

A D. J. se le ensombreció la expresión de la cara.

—Ese tonto del culo de Josh Leonard seguro que ha metido sus manazas en el asunto. No soporto a ese niño pijo recién salido de la pelu.

—Pues por eso —asintió Harper, aunque estaba segura de que Josh no iría nunca por ahí preguntando ese tipo de cosas—. Si te pasaras por la oficina en la que trabajaba y sondearas a sus compañeros, eso nos sería de mucha ayuda: mira a ver si alguien sabe algo; pero procura pasar desapercibido. Porque no nos conviene que nadie, ni siquiera la poli, sepa que estamos metidos en esto.

—Un subterfugio —dijo D. J. sin poder ocultar su entusiasmo—. Me gusta, es como en el Watergate: yo seré Woodward y tú serás Bernstein.

Casi daba botes en la silla.

—¿Sabes qué te digo? —miró el reloj—: que me voy para allá ahora mismo, a ver qué puedo averiguar.

—Eso sería fantástico —dijo Harper—. Asegúrate de que...

Y lo dejó ahí; porque vio, al otro lado de la sala, al director del periódico, que salía de la pecera de cristal en la que se ubicaba su despacho y se dirigía a buen paso hacia ellos. Al ver que no acababa la frase, D. J. se volvió para ver qué miraba Harper.

—Ay, mierda —susurró D. J., y se hundió en la silla—. Es Dells.

El director, Paul Dells, casi nunca hablaba con los reporteros; solo cuando los contrataban, o cuando los echaban a la calle. A Harper se lo presentaron el día que ascendió de becaria a reportera a tiempo completo; y desde entonces, solo había vuelto a verlo hacía dos años, cuando reunió a toda la redacción para anunciar la primera oleada de despidos. Luego, para la siguiente tanda —en la que Miles perdió el trabajo—, Dells ni se molestó en dirigirse a la plantilla. Y allá que venía ahora, derecho a la mesa de Harper, con una sonrisa en la boca.

—Disculpa —dijo con gran jovialidad—. ¿Tú eres Harper McClain? Es que oí rumores de que trabajabas aquí, y pensé que tenían que ser infundados.

Dells tenía el pelo moreno, con vetas grises muy bien llevadas, y dientes de una blancura cegadora. Aparecía de punta en blanco a cualquier hora del día, luciendo bronceado y un traje que puede que costara más de lo que Harper ganaba en un mes. No obstante, Harper no le guardaba ningún tipo de inquina personal. Porque eran tiempos duros y nadie se gastaba ya el dinero en periódicos. Dells no tenía la culpa de que todo el mundo se hubiera vuelto loco. Además, jamás se metía en el trabajo que hacía ella; y eso era lo mejor de tener un jefe así. Por todo ello, le sonrió con afabilidad.

—Hola, señor Dells, ¿cómo va todo?

Los que estaban en las mesas cercanas en la redacción enmudecieron; y Harper notó que escuchaban atentos, por mucho que no apartaran los ojos de la pantalla del ordenador.

—Llámame, Paul, haz el favor —dijo con una sonrisa todavía más pronunciada, lo que le sacó unas arrugas muy atractivas en las comisuras de los ojos—. Todo va perfectamente, a no ser que el hecho de que estés aquí a estas horas tenga que ver con algún suceso apocalíptico; en cuyo caso, haz el favor de decírmelo, para que pueda ponerme a salvo en el búnker.

A Harper aquel torrente de zalamería la pilló completamente desprevenida e hizo lo posible por ocultar su azoramiento con una risita seca.

—No hace falta ponerse a cubierto. He venido solo para empezar con tiempo el artículo de hoy.

—Vale, pues no te entretengo más. Solo quería felicitarte por tu labor. Es un artículo de una vez, un trabajo excelente se mire por donde se mire. Has ganado por goleada a todos los canales de televisión de la ciudad.

—Gracias. —Harper no pudo evitar ponerse roja.

Vio que, detrás de Dells, D. J. los observaba sin dar crédito; y, sin más dilación, hizo un gesto hacia su compañero.

—Aunque sin la ayuda de D. J. no lo habría conseguido, eso es verdad.

D. J. sonrió como un chiquillo que se acaba de enterar que le van a traer una bici los Reyes. Al oírlo, Dells enarcó más la sonrisa, para abarcarlos a los dos.

—Formáis los dos un gran equipo. A finales de año, presentaremos el artículo a varios premios. —Dells dio unos golpecitos en una esquina del periódico que descansaba en la mesa de Harper—. A seguir trabajando así.

Luego les dedicó una sonrisa de despedida muy profesional y volvió a la pecera en la que tenía su despacho. Y el ruido en la redacción fue poco a poco volviendo al nivel de todos los días.

D. J. no apartaba los ojos de la espalda del director según se iba alejando.

—Llevo aquí año y medio y nunca antes se había fijado en mí. —Se volvió hacia ella—. Harper, te lo juro por Dios: haré lo que sea por ti. ¿Quieres que te limpie la casa? ¿Qué te saque brillo a los zapatos?

Harper no se pensó la respuesta:

—Averigua todo lo que puedas sobre Marie Whitney.

D. J. se fue, de lo más emocionado, a cumplir su misión clandestina para ella, y Harper cogió una libreta y un bolígrafo y atravesó la redacción.

Al pasar al lado del despacho del director, vio a Dells a través del cristal, sentado a una mesa reluciente de diseño moderno; pero él no levantó la vista.

Detrás, había una serie de puertas de doble hoja que se abrían a un pasillo largo. Allí estaban las tripas del periódico; y una sala de descanso para los trabajadores que olía siempre a café quemado. Había también despachos para alojar a los de la sección de estilo, y a los de deportes. De uno de estos, salía una parla incomprensible sobre béisbol que estaba emitiendo un aparato de televisión oculto a la vista. Después de ese tramo, el pasillo acababa en una puerta que daba acceso a una escalera. Hasta allí fue Harper, y empezó a subir dejando un eco leve de pasos que la llevaron a la tercera planta. Una vez en ese punto, tomó otro pasillo que discurría entre los misteriosos despachos de ventas y *marketing*, la administración y la oficina corporativa, fuera lo que fuera esto último. Harper no se había visto obligada nunca a entrar en ninguna de aquellas oficinas. Allí las puertas estaban abiertas y le llegaba el ruido de las conversaciones y el zumbido insistente del teléfono. Cuando iba por la mitad de pasillo, abrió una puerta sencilla blanca, identificada por un pequeño letrero que decía: *Archivo*.

Todo el mundo en el periódico lo llamaban «la morgue», desde tiempo inmemorable. Pero Harper pensó que poner ese letrero, en vez del otro, habría sido de mal gusto. Era una pieza sin ventanas y de estilo austero, carente de toda decoración; con paredes sucias de color vainilla e hileras e hileras de armarios de metal negros, ordenados por el año. Olía un poco a papel viejo y tinta antediluviana.

Empezó por la que tenía más cerca: fue mirando las tarjetas que había en cada cajón y vio que las más cercanas en el tiempo databan de hacía siete años. Unos años atrás el periódico había cambiado de *software*, y jamás nadie se tomó la molestia de cargar las ediciones viejas en los servidores nuevos. Era un cambio que estaba previsto; pero, justo entonces, empezaron los despidos, y los empleados sobre los que habría recaído esa tarea acabaron en la calle. Es decir, que de todo lo ocurrido hasta hacía siete años, solo había un registro en papel.

Harper fue caminando despacio por la primera hilera de archivadores y cuando llegó al final, ya se había adentrado diez años en el pasado de la ciudad. Llegó a la fila de atrás y vio que había retrocedido veinte años: se había pasado. Desanduvo entonces los pasos, pasó a la fila contigua, y fue mirando un año después de otro hasta que llegó al que buscaba: tres lustros atrás en el tiempo.

En el armario que ocupaba cada año, las carpetas estaban ordenadas por temas, catalogados siguiendo un criterio caprichoso la mayoría de las veces. Así que fue cajón por cajón y pasó los dedos por carpetas etiquetadas con marbetes como *políticos, tornados, partidos de fútbol americano, obras de ampliación de la universidad*, hasta que encontró lo que estaba buscando: *McClain, Alicia*.

A Harper se le quedó la mano petrificada cuando vio la carpeta. Y la desorientó eso de ver a su madre reducida a un nombre más, entre los miles que albergaba un armario de metal tan frío, sepultado entre otros armarios, en un cuarto al que no entraba prácticamente nadie; archivada por algún extraño que no la conoció, ni contempló nunca ninguno de sus cuadros. Alguien que jamás la vio bailar en la cocina mientras hacía la cena. Porque entre aquellos papeles, ya no era la madre de Harper: allí era solo esas dos palabras. Y dos palabras no pueden contener a un ser humano; su sonrisa, su olor. Dos palabras son solo una serie de letras que siguen un orden reconocible por todos.

Se quedó sin aliento, como si le hubieran dado un puñetazo a traición. Por eso, en todos los años que llevaba trabajando en el periódico, nunca se había dejado caer por allí para ver esos archivos. Porque, en su fuero interno, siempre supo que se sentiría exactamente así: desolada.

Aun así, ahora tenía que hacerlo. Se cuadró de hombros, adoptó una actitud resuelta, sacó la gruesa carpeta del armario y la llevó a una mesa, a la cual se sentó en una fría silla de metal. El aire acondicionado pegaba muy fuerte en un espacio tan pequeño como aquel y Harper se echó a temblar cuando abrió lo que tenía entre las manos.

Desdobló con cuidado el artículo que aparecía en primer lugar y notó lo suave que le resultaba el tacto del papel entre los dedos. Era la foto de la pequeña casa blanca en la que creció. A tantos años vista, parecía mentira que pudiera resultarle tan lejos y tan cerca a la vez: como una casa que viera todos los días en un programa de televisión que le gustaba. Por si fuera poco, el titular le taladró los oídos, como un grito a voz en cuello: *Asesinato a primera hora de la tarde.*

—Tiene gancho —dijo Harper entre dientes, pero se le quebró la voz; y siguió con la vista fija en la casa. Estuvo doce años cruzando ese camino de cemento que llevaba a los escalones de entrada, un día detrás de otro. Se veía a sí misma en el recuerdo: abría la puerta como si tal cosa; empujaba el pomo en forma de herradura y ponía un pie en lo que fue su vida de antes. Hasta tal punto que le costó apartar los ojos de aquella foto y empezar a leer lo que contaba el artículo.

Era bastante directo; el estilo buscaba claridad y precisión. Y hubo algo que llamó su atención desde las primeras líneas y que le hizo mirar la firma instintivamente: *Tom Lane*.

—Quién sino —susurró.

Lane era el reportero que cubría la sección de delitos cuando Harper empezó de becaria en el periódico, y tendría casi sesenta años por aquel entonces. Era un periodista de la vieja escuela: escribía rápido, después de consultar sus fuentes con meticulosidad. Nada de florituras: los hechos mondos. Fue él quien le enseñó a Harper casi todo lo que sabía de la sección de sucesos. Lo que no le había contado nunca era que fue él quien cubrió el asesinato de su madre. Pero es que no podía haber sido de otra manera. Porque cuando ella se incorporó, él ya llevaba veinte años en el periódico. Y seguro que supo quién era, en cuanto se la presentaran el primer día. Tenía un nombre poco común, y fue una historia que conmovió a toda la ciudad. Sin embargo, jamás le dijo nada.

Huraño siempre, le dejó bien claro desde el principio que no le apetecía nada llevarla pegada a los talones. Apenas tenía tiempo para las mujeres; y menos para las mujeres que, además, eran tan jóvenes. Pero ella no dio su brazo a torcer y lo bombardeó a preguntas, hasta que al final él tiró la toalla y le enseñó cómo funcionaba todo.

Fue Lane el que le enseñó lo que había de mollar en un parte de la policía; a trabajarse la escena del crimen; y a llevarse bien con los polis para que no te dejen a verlas venir, incluso después de que hayas escrito un artículo en el que no salían bien parados. Él cultivaba su relación con los policías y estaba siempre fomentando vínculos con ellos. Por ejemplo, los detectives solían comer en el descanso en el café Slow and Easy, en el Johnny Mercer Boulevard, y allí era donde iba a comer Tom también. Estaba siempre al quite; pero, a su vez, les dejaba amplio espacio y ocupaba una mesa cercana: lo suficiente para que supieran que estaba allí, pero nunca encima de ellos.

—Unas veces quieren conversación; otras veces, no —le contó a Harper una noche—. Si es que sí, entonces obtengo información. Si es que no, ese restaurante hace un bocadillo caliente de carne en lata estupendo, o sea —dijo alzando los hombros—, que siempre saco tajada.

Llevaba dos décadas en Savannah y se le notaba todavía el acento de Nueva York. Aunque siempre decía que acabó en Savannah por accidente: «Me equivoqué de salida en la I-95 cuando iba a Florida».

Harper comprendió enseguida que ella no podía trabajar como trabajaba Tom: porque si metes a una reportera joven en un recinto atestado de detectives, estos reaccionarán siempre de forma completamente diferente a como se comportarían en presencia de un reportero varón. Fue con toda la intención al Slow and Easy una vez; pero los detectives que había en una mesa cercana se pasaron toda la comida torciendo el cuello hacia ella y soltando risotadas. Y Harper se aprendió bien la lección.

En el artículo que tenía delante, Lane abría con su estilo directo tan característico:

La noticia del asesinato a puñaladas de una madre de treinta y cinco años a plena luz del día ha sacudido hoy un tranquilo vecindario de Savannah.

Alicia McClain fue hallada muerta en casa por su hija de doce años cuando volvía del colegio, según testimonio de la policía. Estas mismas fuentes describen el apuñalamiento con saña de la señora McClain, quien falleció a causa de las hemorragias antes de que llegara la ambulancia.

La policía dice que no halló señales de robo, ni de que se hubieran forzado ventanas o puertas. En estos momentos, se busca a los autores del crimen...

Harper paseó la vista por el resto del artículo sin hallar nada que no supiera ya. Solo se detuvo en una cita:

«Una niña pequeña ha perdido a su madre hoy en un crimen sin sentido», palabras del sargento Robert Smith. «Vamos a encontrar a quien haya hecho esto para que comparezca ante la justicia».

Tenía en el recuerdo la imagen de un furioso y comedido Smith, quien vio cómo le habían destrozado la vida a la niña que ella fue: lo recordaba vengativo, igual que un superhéroe. A la policía le costó dar con el paradero de su padre aquel día, y Smith no le quitó ojo de encima en ningún momento. Le trajo comida que ella no probó, le dio refrescos en tazas de cartón que ella hizo trocitos y redujo a pulpa blanca. Hasta mandó a un policía de uniforme a la tienda a comprar libros para colorear; aunque, a los doce años, Harper ya no tuviera edad para eso. Cuando por fin apareció su padre y fue a buscarla, con los ojos enrojecidos, hecho un manojo de nervios, Harper se llevó los libros. Siempre confiaba en que Smith lo arreglaría todo mejor que su padre, quien, según le decía el instinto, no estaba a la altura.

Entonces hizo acopio de fuerzas y pasó la página. El siguiente artículo que contenía la carpeta estaba fechado días después: *La víctima era una artista de talento*. Y allí vio el delicado óvalo de la cara de su madre, que le sonreía desde la foto. Y aunque esperaba algo parecido, Harper se quedó sin aliento. En la foto, su madre estaba sentada en el escalón de la parte delantera de la casa: le daba el sol en los ojos y el pelo cobrizo le caía sobre los hombros. Llevaba una camisa que le estaba grande y tejanos azules. Y parecía tan joven. Harper no recordaba haber visto esa foto antes. Por un momento llegó a dudar de su procedencia, pero supo enseguida que su padre debió de dársela al periódico.

Sabía bien cómo funcionaban esas cosas, porque ella misma lo había hecho cientos de veces. Tom habría llamado a casa, deshaciéndose en mil perdones por molestar a su padre en momentos como ese. Y entonces, con la mejor voz que tenía, le explicaría que

129

querían mostrar el lado más amable de la señora McClain, y le preguntaría que si no tendría por casa alguna foto que quisiera que sacaran en el periódico. Le costaba imaginarse a su padre en semejante situación: estuvo tan desamparado en los días que sucedieron al asesinato; mientras hacía todo lo posible por consolarla a ella, traumatizado por una pena que no lograba asimilar. Aunque la verdad era que ninguno de los dos había conseguido recuperarse del golpe que supusieron aquellas primeras horas aciagas.

Como no había nada en aquel artículo que no supiera ya, pasó la página. El siguiente era de unos días más tarde. El titular ocupaba la mitad superior de la página e invitaba a especular con la captura del culpable: *La policía interroga al marido por el asesinato de la artista*. Algún fotógrafo captó la instantánea del padre entrando en la comisaría, con la cabeza gacha, rodeado de policías. Llevaba un traje oscuro y solo se le veía un lado de la cara: el rictus del mentón y la barba de varios días. Parecía exhausto; y también culpable. Pero, aparte de las insinuaciones apuntadas en el titular, el artículo no revelaba gran cosa: la policía se guardaba sus cartas por aquel entonces. Solo habían recogido las palabras literales de uno de ellos: «Mantenemos abiertas todas las líneas de investigación», había dicho el sargento Robert Smith. Por aquel entonces, Harper aventajaba a Tom Lane en lo que sabía del asunto: bien podría haberle dado una exclusiva.

La policía no se tomó las sospechas sobre el padre a la ligera: lo llevaban una y otra vez a comisaría para someterlo a interrogatorio. Pusieron la casa patas arriba buscando pistas. Lo mismo hicieron con el coche; y con el bufete. Aunque él mismo era abogado, su padre contrató al mejor criminalista de la ciudad para que lo defendiera. A Harper ya la habían mandado a vivir con la abuela, en la destartalada granja en la que se crio su madre. Estaba en un pueblo a unos quince kilómetros de Savannah. Todo el mundo pensó que ese sería el mejor sitio para la niña, dadas las circunstancias: allí estaría convenientemente alejada de la prensa.

Nadie le dijo que habían arrestado a su padre.

La abuela le contó, con la voz crispada: «Tu papá está colaborando en este momento con la policía, cariño. Volverá a casa muy pronto». Pero el lenguaje corporal con el que lo dijo —la tirantez de los músculos, las arrugas de preocupación que le cubrían la cara—, encerraba para Harper un significado totalmente distinto. Y aquella niña que ella era tenía que saber la verdad.

Así se acostumbró a escuchar las conversaciones a escondidas: agachada a la entrada del salón, mientras los adultos hablaban; pegando bien la oreja a la puerta en cuanto oía el teléfono. Y así fue como se enteró de que su padre fue sospechoso un tiempo. Y luego, de que su abuela creía que podría ser el culpable.

—Porque, a ver, ¿dónde estaba él esa tarde? —La oyó preguntarle a alguien de la familia entre tragos de té helado—. ¿Y por qué no le cuenta toda la verdad a la policía? —El murmullo de asentimiento que sucedió a esa pregunta venía a decir que nadie sabía por qué. Y Harper recordaba todavía la sensación de vacío que le embargó el estómago mientras oía el tintineo del hielo en el vaso cuando alguien que ella no podía ver tomó un sorbo.

—¿No estarás pensando que fue él quien lo hizo? No es eso lo que estás diciendo, ¿verdad que no, mamá? —La voz de la tía Celia sonaba aterrorizada.

—Es abogado —dijo entonces el tío, con un tono muy significativo—; y si hay alguien que sepa cómo encubrir un crimen, es un abogado.

La tía le recriminó sus palabras.

—No digas eso. Peter no le haría daño a Alicia, ¿a que no?
Pero nadie respondió.

Ahora, bajo la luz hostil que iluminaba el cuarto situado en la última planta del edificio del periódico, Harper dejó escapar una larga exhalación y pasó la página.

El marido de la víctima estaba en su nidito de amor durante el asesinato. Este artículo, publicado apenas unos días después del primer interrogatorio a su padre por su posible papel en el crimen, encerraba una fría y velada crítica. Palabra a palabra, Lane explicaba que, mientras a su mujer la apuñalaban con saña, el marido estaba con una amante en un pequeño apartamento, apenas a un kilómetro de allí.

Era la primera vez que Harper veía ese artículo; si bien los rumores que corrían por el vecindario la habían puesto al corriente de esto y de mucho más: el día del asesinato, su padre no fue al trabajo, algo que no contó a la policía en un primer interrogatorio. Y en el bufete pensaban que estaba reunido con un cliente; pero este último contó a la policía que dicho encuentro nunca se produjo. Por eso tardó tanto la policía en dar con su paradero el día del asesinato: y ese fue el motivo de que fuera retenido dos horas en comisaría.

Luego la policía descubrió que la cita con el cliente no había sido tal, y volvieron a llevarlo a comisaría para someterlo a un segundo interrogatorio. Al principio, se negó a decir dónde había estado, pues quería proteger a su amante. Y fue ese silencio lo que hizo que pensaran en él como sospechoso: porque no tenía coartada. Finalmente, lo reconoció todo y confesó que había pasado la tarde con Jennifer Canon, en el apartamento de esa atractiva joven, que trabajaba en un despacho de abogados, y a la que sacaba quince años.

Lane despachaba esto con parcas y duras palabras:

> La policía ha comprobado la veracidad de su relato; y afirman que, dado el giro que han tomado los acontecimientos, el señor McClain ya no es considerado sospechoso del asesinato, aunque todavía puede enfrentarse a cargos por falso testimonio.

Pero fueron cargos que nunca presentaron contra su padre; porque la policía no daba abasto con la investigación del caso. Además, el fiscal del distrito había estudiado con él en la Facultad de Derecho:

todo habría acabado en un apretón de manos, y luego lo habrían dejado correr.

La ley lo perdonaba, pero Harper jamás podría hacerlo. Y cuando se hizo público el lío amoroso, la familia se desintegró: la abuela no quiso dirigirle la palabra a su yerno en el entierro, un gélido espectáculo a la luz de todos los focos de los medios. Las unidades móviles de la televisión los filmaron de lejos; mientras ellos se apiñaban alrededor de una tumba abierta en el cementerio Bonaventure, y Harper no le soltaba la mano a su abuela.

Desde ese momento, la relación de Harper con su padre se resintió, como no podía ser de otra manera. Porque no se quitaba de la cabeza la idea de que ese día él podía haber estado en casa y podría haberle salvado la vida a su madre. Claro que era un sentimiento irracional. Puesto que era un día entre semana y, de no haber pasado la tarde con Jennifer, habría estado en el trabajo; y su madre, igualmente, sola. Aunque bien poco le importaba al corazón de Harper cualquier criterio racional.

Cuando los medios se olvidaron del caso, su padre buscó otro sitio para vivir y ella se fue con él un tiempo; mas no duró mucho la convivencia, pues se pasaban el día discutiendo. Así que volvió con su abuela un año después del asesinato.

Su padre se casó con Jennifer, la chica guapa que asistía en un despacho de abogados; cambió Georgia por Connecticut y empezó una nueva vida en una ciudad en la que nadie había oído nunca hablar de Alicia McClain. Y así continúa la historia.

Pasó otra página. Los artículos eran cada vez más cortos: el caso ya no salía en la portada. Y muchos lo tomaban solo como referencia. Por ejemplo, un robo con violencia acaecido en una calle cercana era descrito como un incidente *sin conexión alguna con el asesinato de Alicia McClain, según fuentes de la policía...* Un apuñalamiento ocurrido en otra parte de la ciudad presentaba *tintes totalmente distintos a los del caso McClain.* Y así uno detrás de otro. Había uno, sin embargo, ocurrido algunos meses después del asesinato, en el que la policía intentaba explicar por qué seguía sin tener ninguna pista en un caso de tanta importancia. Harper lo leyó para buscar más datos y se encontró con las típicas frases que suelta la policía cuando no tiene nada que aportar: *Seguimos investigando... Se trabaja duro en la resolución... Es un caso difícil.* Ella leyó claramente entre líneas: el caso se había enfriado y no había pistas nuevas. Luego, el caso desapareció del todo del periódico.

Harper abrió el último artículo, publicado en la página diez, un año después del asesinato. Era corto y no tenía foto. El titular, *Sigue sin resolverse el caso McClain*, era cierto tanto ahora como entonces. Se trataba, prácticamente, de un refrito, con declaraciones a la defensiva por parte de los investigadores. Luego, casi al final, venían las últimas declaraciones recogidas por boca de Smith sobre el caso:

> La clave está en la absoluta falta de pruebas todavía a estas alturas. Nadie vio nada; nadie oyó nada. El asesino no dejó ningún rastro que pudiéramos seguir. Es como si a Alicia McClain la hubiera matado un fantasma.

Harper dio unos golpecitos con el dedo justo encima de esa línea.

«Un fantasma», pensó. «O un profesional».

CAPÍTULO CATORCE

En los casos de asesinato, las cosas suelen desarrollarse siguiendo dos patrones muy diferenciados: o bien todo pasa muy rápido, y el asesino está entre rejas en veinticuatro horas; o el proceso se ralentiza hasta detenerse casi por completo. Y pasada esa primera oleada de información, a la altura del sábado, parecía que el caso Whitney entraba en vía muerta. Harper no logró recabar ningún dato más por parte de la policía: Blazer no respondía a sus llamadas y Smith estaba desaparecido. Todo apuntaba a que la investigación perdía fuelle: no se oía por el detector ninguna llamada para que siguieran investigando en la casa amarilla; y la policía no interrogó a nadie, ni anunció la existencia de ningún sospechoso. El caso se enfriaba a marchas forzadas.

La misma Harper avanzaba a paso lento con sus indagaciones. D. J. no trajo nada de aquella primera incursión en la universidad: como todos los que habían trabajado con ella estuvieron presentes en la misa que se ofició esa tarde en honor de Whitney, el reportero no pudo hablar con nadie.

—El lunes volveré a intentarlo —le prometió a Harper según salía de la redacción.

Baxter tenía reservada una franja de la portada del domingo para el caso Whitney. Y si bien es difícil ocupar con dignidad la cabecera con una columna que diga: *No hay más datos*, Harper mantuvo el tipo como pudo. Claro que a la directora no le hizo mucha gracia.

—No hay nada nuevo aquí, Harper —le dijo en voz alta desde el otro lado de la redacción el sábado por la noche—. Todo remite a lo que ya sabíamos. Solo te faltaba decir: «Lean el periódico del pasado viernes si quieren estar a la última en este caso».

—Hago lo que puedo —le contestó Harper—. Pero es que si la policía no tiene nada, ¿qué le voy a hacer? —Baxter no se mostró en absoluto comprensiva.

—Pues vas y haces lo imposible, Harper —dijo—. O si no, la próxima vez que Dells cruce toda la redacción para ir a tu mesa no será para lamerte el culo.

El domingo a mediodía, la reportera aparcó el coche delante de la casa de Smith, un edificio nuevo que imitaba el estilo colonial, con la intención de sonsacarle algo más sobre el caso. Vivía en la parte sur de la ciudad, en el tipo de urbanización que se inventa un nombre como Westchester y lo planta a la entrada con letras forjadas en volutas que seguro que ha costado un pico. Faltaba conducir todavía un trecho hasta llegar a la entrada de la casa propiamente dicha, llena de ostentación y flanqueada por dos plantas de boj con la copa recortada en forma de bola. Cuando Smith se mudó allí, dejando la casa más modesta en la que vivió con su familia una década, Harper se metía con él siempre que iba de visita.

—El mayordomo no ha abierto la puerta —solía decir—: debería despedirlo.

—Aquí el mayordomo soy yo —respondía Smith con gesto de hastío—. Pero si tuviera algún lacayo, tendría órdenes estrictas de no dejarte pasar cuando te comportas como una estúpida.

—Sabe usted de sobra que me adora —solía responder Harper, y entraba en la casa dejándolo a él sujetando la puerta abierta.

Sin embargo, esta vez la que abrió fue Pat.

—¡Harper! —exclamó, y le dio un afectuoso abrazo. Olía a algún perfume con reminiscencias de miel—. Qué puntual. Entra, entra.

La mujer de Smith era casi tan alta como él, pero de rasgos mucho más angulosos. Tenía la sonrisa franca y atractiva, y unos ojos azules enmarcados por el pelo castaño, que llevaba corto para no complicarse la vida. Fue caminando a paso vivo por el suelo de cerámica, sin parar de hablar, llenando el enorme espacio abovedado de la entrada con el eco de su voz.

—Cuánto tiempo, ¿dónde te has metido? ¿Qué tal está Bonnie?

—Es que he estado muy liada en el trabajo —le contó Harper—. Ha habido casos de mucho impacto mediático. Ah, y Bonnie está bien.

—¿Da todavía esas clases en la Facultad de Bellas Artes?

—Ajá.

Cuanto más cerca estaban de la cocina, más se le hacía la boca agua a Harper con los sabrosos olores que emanaban del fuego. Pat era una cocinera de leyenda.

—He hecho pollo con canelones, puré de patata y col rizada —le contó Pat—. Y como ya hay melocotones tempranos y son algo fuera de serie, he preparado una tarta de melocotón de postre. Estará todo listo en unos minutos. Los chicos están en el salón. ¿Por qué no vas a saludarlos?; y enseguida te llevo un vaso de té helado.

El salón era una pieza, como el resto de la casa, muy espaciosa, y estaba amueblado con cuatro mullidos sofás de cuero, dispuestos alrededor de una mesa de café muy grande, y una televisión de gran pantalla que, en ese momento, ofrecía la imagen de un lanzador de béisbol que escupía a la bola antes de tirarla.

Casi todo el arte que colgaba de las paredes eran reproducciones de paisajes sin pretensiones, enmarcados en madera basta, de masculino aspecto. Si bien, cerca de la ventana, había una foto de un Smith más joven que le daba la mano al gobernador y sonreía mientras recibía una condecoración por lo valeroso que había sido.

La fotografía estaba colgada a la derecha del modelo de carne y hueso, embutido en unos pantalones de algodón y un polo blanco, repantingado en el sofá, mientras leía el periódico y llevaba puestas las gafas de leer. Sus dos hijos, Kyle y Scott, estaban sentados enfrente de él y no apartaban la vista de la pantalla del teléfono móvil.

—¿Qué pasa, chicos? —dijo Harper, quien tiró de la visera de la gorra a Scott hasta taparle la cara con ella, y luego se dejó caer en el sofá a su lado—. ¿Por qué no dejáis ya de digitar con tanto chateo; es que no os cansáis?

—Venga ya, Harper —se quejó Scott, y se enderezó la gorra. Tenía trece años, y era un manojo de piernas, pecas y espinillas prematuras.

Kyle tenía quince años y se lo veía más seguro de sí mismo. Levantó la vista del teléfono, la saludó con la mano y volvió a centrar toda su atención en el aparato.

—¿Con quién habla? —preguntó Harper, y le dio un meneo a Scott en el hombro.

—Pues con su novia —dijo Scott, quien, por el tono de burla, parecía que no acabara de creérselo.

—Tú cállate —dijo Kyle sin prestarle casi atención.

—En cuanto hablo de ella —dijo Scott en un aparte muy teatral—, sale siempre con lo mismo.

—¿Qué pasa, que es muy fea? —Harper estiró las piernas y puso los pies encima de la mesa de café.

—No es nada fea —dijo Kyle.

Scott soltó una risita malvada y escribió algo con el teclado del teléfono para que lo leyera Harper. Ponía: *VAYA SI LO ES.*

Se miraron Harper y él con una sonrisa cómplice.

Smith dobló el periódico con plácido ademán.

—Venga chicos, a ver si nos comportamos.

—Aquí tienes, Harper. —Pat apareció por la puerta que daba a la cocina, con un té helado en la mano: una ramita de hierbabuena coronaba el vaso, contagiándole todo su aroma y frescura.

Harper tomó el té que le ofrecían y dijo:

—¿Le hace falta ayuda en la cocina?, porque aquí estos señores tan vagos no tienen intención de levantarse.

—Yo la ayudaría —dijo Scott—. Pero dice que no hago más que estorbar.

—Gracias Harper. —Pat le puso una mano en el hombro—. Ya está todo controlado.

La primera vez que Harper comió en casa de los Smith fue pocos meses después del asesinato de su madre. Smith llamó a su abuela y le preguntó si no querrían pasarse a cenar. Aquella fue una velada muy rara: el asesinato sin resolver se cernía sobre los comensales aunque hablaran de cualquier otra cosa. Por aquella época, Pat estaba a punto de salir de cuentas del embarazo de Kyle, y fue ella la que salvó la noche cuando se puso a preguntarle a la abuela de Harper cosas sobre la crianza del bebé; de tal manera que bien pronto estaban las dos dale que te pego a la lengua. Y con el tiempo, Harper llegaría a comprender que así era Pat: una diplomática sureña en cuerpo y alma, que torcía las conversaciones tranquilamente para que no desembocaran en una porfía sin fin y evitaba una discusión detrás de otra.

Después de la cena, Pat y la abuela de Harper estuvieron hablando en voz baja en la cocina y tomando café. Harper se había quedado en el salón con Smith, que ojeaba un informe del trabajo. Entonces él dejó a un lado el papeleo y le estuvo preguntando con paciencia de santo cosas del colegio, y sobre la vida en general.

—Me va bien —le contó ella, porque no sabía cómo decir que el colegio ya no le importaba, y que un día y otro día era como nadar una travesía en agua espesa, cual cola de pegar, y todo para acabar arribando a una costa llena de cuchillas.

Pero a Smith no se le escapó lo que sentía la niña por dentro.

—Si alguien se mete contigo, vienes y me lo dices —insistía el sargento, con ese tono que tenía siempre, como si afilara las palabras—. De todas formas, a lo mejor tienes que venir más veces. Es que, ¿sabes qué pasa? Que Pat se preocupa mucho por ti, y no soporto verla preocupada.

En el transcurso de un año, empezó a pasar cada vez más tiempo con la familia Smith. Luego nació Kyle y la invitaban todavía más, con el pretexto de ayudar a Smith a cuidar del bebé cuando Pat tenía que salir a algún recado. Más tarde comprendió que eran todo excusas para que Smith pudiera estar al tanto de ella, saber que salía adelante. Pero en aquellos días le gustaba sentir que era otra vez parte de una familia. Cuando nació Scott, Harper ya tenía edad para quedarse a su cargo. Y después de eso, cuidaba muchas noches de los dos niños cuando Smith y Pat tenían que asistir a alguna gala de la policía. E incluso ahora que su trabajo en el periódico había puesto cierta y necesaria distancia entre ella y Smith, seguía viniendo a cenar una vez al mes, más o menos, para no perder el contacto.

—¿Sabes? —dijo Smith, y se quitó las gafas de cerca—, ya vi el artículo que escribiste.

A Harper se le dispararon las alarmas en el acto y se lo quedó mirando sorprendida. ¿Es que iba a ser él el que sacara el tema del caso Whitney?

—Huy, huy —dijo Kyle, y levantó la vista del teléfono con una sonrisa malévola—. ¿Te tocó mucho las narices, papá?

—Pues claro que no. —Smith subió los pies al taburete—. Y no hables así delante de una dama.

—Pero es que no es una dama —le recordó Scott a su padre entornando los ojos—. Es Harper, nada más.

—Vale, pasemos por alto ese detalle —gruñó Smith—. Aunque Harper es lo que se dice una dama. Total, que como te iba diciendo... —siguió zarandeando el periódico—, el artículo que escribiste sobre el tiroteo de anoche es muy bueno.

Harper sintió una punzada de decepción, pero se guardó mucho de que se le notara en la voz. Porque a nadie se le escapaba que el tiroteo de la noche anterior no tuvo nada de especial: salió de relleno en la página diez.

—Gracias —dijo—. Hay que ver cómo estaba el suelo, ¿verdad? Quién iba a pensar que un arma del calibre 22 haría que sangrara tanto. Cuando entré allí y lo vi, pensé que habrían muerto al menos seis personas.

—Una del calibre 22 puede causar verdaderos destrozos —afirmó Smith—. La verdad es que, si sabes bien dónde apuntar, puedes matar a un hombre con una tarjeta de crédito.

—¿Dónde, papá? —Scott dejó a un lado el teléfono móvil y se sentó en el borde del sofá—. ¿Dónde tienes que darle?

Harper fulminó con la mirada a Smith, pero él no se dio cuenta, pues se estaba animando con el tema anatómico.

—Hay aquí una arteria —dijo, y se señaló en un lado del cuello—; y otra aquí —indicó poniendo el dedo en la cara interior del muslo—. Si le das a alguien ahí con un objeto mínimamente afilado, no te salva ni el mejor médico del mundo: te desangras en cuestión de minutos.

—Hala —soltó Scott, y resopló con los ojos abiertos de par en par, fascinado. Hasta Kyle levantó la vista del teléfono—. ¿Has visto a alguien morir así?

—Bueno, pues... —empezó a decir Smith, con cierta modestia, pero no pudo acabar la frase.

—¡Robert! —lo recriminó Pat desde el vano de la puerta—. No es un tema de conversación muy aparente que digamos.

Smith arrugó la frente.

—Lo es, si el chico quiere saber cosas de anatomía y criminología.

Pat se secó las manos en un paño con gesto más bien tenso.

—Solo tiene trece años, Robert. ¿Por qué no hablas con él de política, como una familia normal y corriente?

—A mí no me gusta la política —hizo saber Scott.

Su madre soltó un suspiro.

—Vale, pues el caso es que ya está puesta la comida. —Se dirigió al comedor con un roce de alpargatas—. Y en la mesa no se habla de sangre.

Después de comer, Smith estuvo ayudando a Pat a fregar los platos; mientras Harper y los chicos jugaban al baloncesto en la parte de atrás de la casa. Ella siempre había podido con los dos, pero últimamente Kyle había dado el estirón y era más alto que ella; y más rápido también. Al tercer triple que encestó, tan limpio que ni siquiera tocó el aro, Harper se dejó caer contra la pared del garaje sin parar de jadear.

—¿Desde cuándo —dijo casi sin aliento, con la cara sudorosa— eres tan bueno?

—Estoy en el equipo del instituto. —Se le dibujó en la cara una sonrisa chulesca, mientras pasaba el balón con destreza de una mano a otra—. Soy titular.

—Mierda. —Les dijo por señas que siguieran ellos jugando y se retiró de la improvisada cancha—. Vosotros seguid, que yo acabo de caer en la cuenta de que odio el deporte.

Cuando entró otra vez en la casa, el aire acondicionado le heló las gotas de sudor que tenía en la espalda y un temblor le recorrió la espina dorsal. Se respiraba una calma total, como si en aquella casa, que se le antojaba demasiado grande y demasiado nueva, no viviera nadie. Dejó el eco de sus pasos entre el pasillo y la cocina, iluminada por el sol: la encimera de mármol gris presentaba un aspecto inmaculado; zumbaba el lavavajillas, y no había ni rastro de Pat.

Cuando volvió al salón, vio que la televisión lanzaba una imagen detrás de otra, y que le habían quitado el volumen; pero no había nadie en los sofás. La oleada de aire frío le trajo el olor dulce y empalagoso de un habano. Dio la vuelta y se dejó guiar por el humo hasta el pie de la escalera, donde vio entreabierta la puerta del despacho de Smith. Pat solo lo dejaba fumar allí. Harper se tomó un segundo, de pie en el pasillo, para decidir cómo abordar la cuestión. Luego llamó a la puerta y la abrió del todo.

—¿Teniente?

El despacho de Smith estaba decorado en madera oscura y cuero. Tenía la cabeza disecada de un ciervo justo encima de la puerta; y los ojos vidriados de la pobre criatura pasaban revista a las paredes, llenas de fotografías enmarcadas, en las que salía el teniente con las autoridades: el jefe de policía, el alcalde. Había algunas en blanco y negro y se le veía más joven, de uniforme en la escena del crimen, con la placa bien visible en el pecho, al lado de hombres esposados. Encima de la mesa tenía una foto de Pat y los niños, que sonreían a la cámara, al lado del ordenador portátil; y, nada más verla, cerró este último.

Fue un gesto del puro lo que la invitó a entrar.

—¿Quién ganó? —preguntó, cuando ella se sentó en uno de los sillones de cuero que había delante del escritorio.

—Kyle. —Harper negó con la cabeza y cierto deje triste—. Ese chico es un encestador nato. ¿Por qué no me dijo que estaba ya compitiendo?

Él sonrió con una pizca de orgullo.

—Es que me hizo jurar que le guardara el secreto.

Estuvieron un rato hablando de los chicos: de cómo le iba a Scott en el colegio; de la nueva novia de Kyle, que era una de las *cheerleaders*. Y estaban comentando algo que Scott había dicho en la mesa, riéndole la gracia, cuando Harper entró a matar.

—Ah, por cierto —dijo afectando indiferencia—. El viernes fui a buscarlo y no di con usted. Quería hablarle del caso Whitney.

Smith se echó hacia delante para sacudir la ceniza del puro y, cuando volvió a mirarla, lo hizo con la cautela dibujada en los ojos.

—Los domingos no nos está permitido hablar del trabajo —le recordó él.

—Ya lo sé.

Ella se apoyó en el respaldo del sillón y puso cara de disculpa.

—Es que parece que el caso se ha parado estos últimos días. ¿Va todo bien? —Y al ver el brillo de un aviso en los ojos de Smith, añadió—: Venga, teniente, no le pido que haga una declaración oficial, es pura curiosidad, nada más.

Él se quedó mirando el puro.

—Por pura curiosidad echan a la gente a la calle.

Harper alzó un hombro, dando a entender que a ella le daba igual; luego tomó una revista de caza que había en la mesita, al lado del sillón, y la estuvo hojeando sin prestar atención a lo que veía.

—Es igual —dijo—. No habría sacado el tema de no ser porque Baxter no deja de darme la tabarra para que escriba un artículo sobre los pocos avances que hay en el caso. Y ya sabe cómo es.

Smith le dio una calada al puro y echó una nube de humo que olía amargo y dulce a la vez.

—Lo que tiene que hacer Emma Baxter es ocuparse de sus asuntos —dijo con un gruñido.

—A mí me lo va a decir —reconoció Harper—. Por ahora la tengo a raya, pero cuando vuelva a la redacción el martes... —Hizo un gesto de impotencia—. En fin, que pensé que era mejor prevenirlo. —Volvió a concentrarse en la revista, que ofrecía un profuso despliegue de todo tipo de armas—. Darle tiempo para que no lo pille por sorpresa. Porque yo creo que lo van a sacar en un editorial.

Vio con el rabillo del ojo el juego que se traía Smith con la colilla del puro: hacía que girase entre sus dedos mientras fruncía los labios.

—Mira —dijo el teniente al cabo—. No te voy a negar que es un caso duro. Ni que mis hombres no tienen gran cosa de lo que tirar: no vio nada ningún vecino; no consta la presencia de ningún coche en la calle, a la puerta de la casa; ni hubo tampoco ruido de ningún forcejeo. —Lo dejó ahí por un momento—. Aquí, entre tú y yo, quienquiera que haya hecho esto sabía lo que se traía entre manos. Porque dejó impoluta la escena del crimen.

Harper puso otra vez la revista en la mesita.

—¿Y qué me dice del exmarido? —preguntó, sin poder disimular ya las ganas de conocer más detalles de la investigación—. ¿Podría haber sido él? ¿Tiene cabeza para tanto?

Smith se la quedó mirando. Hubo un tiempo en que disfrutaba contándole cosas de los casos que estaba investigando. Él le daba la información recopilada, y luego dejaba que fuera ella la que adivinara quién había cometido el crimen. Pero cuando se convirtió en la reportera que llevaba la sección de sucesos, cesó esa confianza que él le tenía. Y tuvieron que dar con un término medio entre el afecto que se profesaban el uno al otro y lo que no dejaba de ser profesionalidad pura y dura. La verdad sea dicha, hasta ahora les había ido bastante bien, pero es que este caso era distinto. Porque Harper se sentía implicada en el caso: como si fuera parte del mismo. Y Smith lo sabía.

—El padre estaba en el trabajo —le dijo, pasados unos segundos—. Tiene una coartada sólida como una roca. Estaba encargado de ir a recoger a la niña ese día, pero lo llamaron para que volviera a la oficina en el último minuto.

—¿Tenía novio? —insistió Harper—. ¿O alguien con quien se peleaba?

Smith apretó los labios y dijo que no con la cabeza.

—Venga, Harper. Sabes de sobra que me encantaría hablar contigo de este caso, pero es que no te puedo dar semejante información. Te juro que me encantaría, pero no puedo.

—Teniente. —Se inclinó hacia él—. No tiene usted ningún sospechoso, ¿y todavía dice que este caso no tiene nada que ver con el asesinato de mi madre? Pues explíquemelo porque no lo entiendo.

—Yo no te he dicho que no tengamos ningún sospechoso. —Un tono acerado se le notaba ahora en la voz—. Te he dicho que el ex no está entre ellos.

—Pero ¿cómo es posible que, sobre el terreno, ambos crímenes sean idénticos? —preguntó, sin poder contener las palabras—. ¿Me está diciendo en serio que es solo una coincidencia? ¿Que las dos mujeres acabaron así, desnudas, por pura casualidad: muertas exactamente de la misma manera, en el mismo sitio de la casa, con idéntico *modus operandi*?

—Sí, eso es lo que te estoy diciendo —dijo él, sin perder la calma—. Sé que es difícil de aceptar, pero los asesinatos se parecen muchas veces. —Y al ver la cara que ponía Harper, levantó una mano—. Pero tienes razón en que tanta similitud es sorprendente, y le he dicho al detective Blazer que lo tenga en cuenta en la investigación. Por si acaso. No obstante, mi instinto me dice que no es el mismo tío.

No era mucho, pero algo sí que era. Y Harper tenía la sensación de que no le sacaría más.

—Se lo ruego, teniente, si averigua algo más del caso de mi madre, cuéntemelo, ¿vale?

Sucedió un embarazoso silencio, poblado por los recuerdos que ambos compartían: el suelo lleno de sangre, las manos pegajosas. Más las carencias de su verdadero padre; y la decisión que tomó Smith de ponerse en su lugar y estar a su lado siempre.

—Te prometo —le dijo muy serio— que te contaré todo lo que pueda contarte.

Y antes de decir nada más, miró la colilla del puro que tenía en la mano y lo apagó rápidamente en un cenicero de madera maciza que había en el escritorio. Luego empezó a dar manotazos al humo que lo rodeaba.

—Voy a tener que abrir la ventana; si no, Pat me va a matar. —Se puso en pie de un salto y levantó la cortina—. Mira, llama a Blazer cuando vuelvas a la redacción. Ya le diré yo que te ponga al día de todo lo relativo al caso.

Fue un alarde de confianza, y solo duró un momento.

CAPÍTULO QUINCE

El martes, nada más entrar a trabajar, Harper tuvo que salir corriendo a cubrir un accidente de tráfico con víctimas mortales en las afueras de la ciudad; así que ya eran más de las cinco cuando llegó a la comisaría. Pasó rauda al lado de un coche patrulla y una ambulancia que estaban aparcados a la puerta y, después de cruzar el vestíbulo, fue derecha a recepción.

Darlene miró el reloj con un significativo gesto.

—Ay, ay, ay —dijo—: hoy llegamos un poco tarde. Ya estaba a punto de irme a casa.

Harper echó mano del fajo de partes en el mostrador y habló sin levantar los ojos de él.

—Es que hubo un accidente con muertos en la autopista.

—Ay, Señor, —Darlene negó despacio con la cabeza—. ¿Por qué la gente no es consciente de que puede morir al volante?

—Eso mismo me pregunto yo todos los días —respondió Harper sin dejar de pasar las hojas—. ¿Qué me he perdido por aquí? ¿Hay algo nuevo?

—Uf. —Darlene miró hacia atrás por encima del hombro y luego se inclinó sobre el mostrador—. Aquí están todos de uñas.

Harper dejó un dedo sobre el fajo de partes y alzó la vista.

—¿Ah, sí? ¿Qué pasa?

Darlene bajó la voz hasta rozar casi el susurro.

—Es otra vez el caso Whitney. Ha llamado el alcalde. Y el jefe de policía ha puesto el grito en el cielo. A Blazer parece que le va a dar un ataque al corazón: uno detrás de otro.

Harper dejó a un lado los partes policiales y se apoyó en el mostrador.

—¿Y por qué están tan cabreados?

Darlene la miró con toda la intención.

—Pues ya sabes: porque han matado a una señora blanca en su propia casa, en un vecindario de lo más seguro, a plena luz del día, y no tienen ni una sola pista. —Alzó las cejas casi hasta rozar el punto en el que le nacía el pelo—. Al alcalde le falta poco para echar a la calle a todo el personal de este edificio y salar la tierra en la que se levanta.

O sea, que la actitud de Smith el domingo, cuando se mostró relajado al preguntarle ella por el caso, fue un farol. Porque, al fin y al cabo, seguía habiendo presión sobre ellos para que lo resolvieran cuanto antes.

—¿Está Blazer? —preguntó—. Porque me ha dicho Smith que hable con él.

La recepcionista dijo que no con la cabeza.

—Salió echando chispas hará como media hora. Dijo que volvería antes de las seis. —Entonces bajó otra vez la voz—. Me han dicho que el teniente y él tuvieron una buena: el teniente le dijo que encontrara un sospechoso, que si no se iba a enterar.

Justo en ese momento, sonó un zumbido y se abrió la puerta; y ambas mujeres se llevaron un susto. Darlene concentró entonces toda su atención en la pantalla del ordenador, como si no hubiera visto nunca nada tan fascinante. Harper siguió repasando los partes policiales, aunque la única información que halló allí fue un batiburrillo de datos sobre allanamientos de morada, exhibicionistas y consumo de alcohol a menos de cien metros de un colegio.

—¡Hola, Harper! —Un hombre con el uniforme verde del personal sanitario salió de los despachos del fondo, carpeta en mano.

Tenía más o menos la misma edad que Harper y era de complexión fuerte, pelo corto y rubio, y ojos azules, llenos de candor.

Harper se relajó al ver quien era.

—¿Qué pasa, Toby? Hace la tira que no te veo. ¿Dónde te metes?

A él se le desdibujó la sonrisa.

—Me han cambiado al turno de tarde. Y lo odio, porque es tan aburrido. No hay más que accidentes de coche y gente que se escurre y se cae, así todo el puñetero día.

—Pero seguro que Elaine está encantada con el cambio. —Y le dio un golpecito con el codo—. Así te ve más.

Conoció a Toby Jennings cuando él estaba recién salido de la Facultad de Medicina, hacía ya cuatro años, nada más entrar en el servicio de ambulancias. Como era joven e inexperto, constituía una fuente de información muy buena, y se lo pasaba una bien con él tomando algo después del trabajo. Su mujer, Elaine, trabajaba de médica en el hospital, y era una de esas mujeres que, nada más ver a Harper, empezaban a mandarle a casa las sobras de la comida.

—Sí —reconoció él—. En ese sentido sí que he ido a mejor, menos mal. Pero pienso volver al turno de noche bien pronto: ya lo he solicitado. ¿Y tú? ¿Sigues persiguiendo a los detectives por toda la ciudad?

—Lo de siempre, lo de siempre. —Lo miró con un brillo de esperanza en los ojos—. Oye, ¿tú no sabrás nada del caso Whitney, no?

—Carajo, pues no, Harper. —Y se echó a reír—. Para llegar a ese nivel tendrían que pagarme como veinte veces más. Además, no llaman al personal sanitario cuando ya están muertos.

—Ya me lo temía yo —dijo ella, y alzó los hombros con gesto de impotencia—. En fin, había que intentarlo.

Él miró el reloj y dijo:

—Mira, tengo que irme: he de llevar el autobús a la central para el próximo turno.

Por algún motivo, el personal sanitario nunca pronunciaba la palabra «ambulancia».

—Pues nada, vete. Pero qué bueno verte —dijo ella—. Y dale muchos recuerdos a Elaine.

Él dio un paso hacia la puerta y entonces se detuvo.

—Oye, ¿vas a ir a la fiesta esta noche?

Harper y Darlene se lo quedaron mirando.

—¿Qué fiesta? —preguntó Harper.

—¿No estuviste en la última que hubo, en casa de Riley? Aquella tan pasada de vueltas en la que empezaron a arrestarse unos a otros. Pues la vuelven a dar, esta noche; y deberías venir. Yo tenía pensado pasarme a tomar algo rápido y pirarme antes de que aquello eche a arder. A lo mejor se viene también Elaine.

Harper recordó entonces: Riley era un policía de patrulla que daba unas fiestas que duraban toda la noche. La última acabó un poco mal, y Harper se fue cuando los polis empezaron a cantar canciones de Frank Sinatra e hicieron una hoguera en el jardín de la parte de atrás. Si la nueva fiesta era esta noche, ella no tenía ningún plan; y asistir a una fiesta de polis, aunque solo fuera un par de horas, le podía venir bien. Porque en cuanto tomaban unas cervezas, se les soltaba la lengua.

—Vale —dijo—. Pues a lo mejor voy yo también. Aunque no salgo del periódico hasta pasadas las doce de la noche.

—Ni tú ni nadie. Además, la fiesta no empezará antes de esa hora. —Entonces, con un desenfadado gesto de la mano, se dirigió a la salida—. Hasta la vista, periodista.

Darlene esperó hasta que hubo salido por la puerta para emitir un juicio.

—Esas fiestas de los del turno de noche —dijo, y sorbió el aire por la nariz— tienen muy mala fama.

Cuando volvió al edificio del periódico, D. J. la estaba esperando con claras señales de impaciencia.

—Te he estado llamando. —Le dio impulso a la silla giratoria y fue hacia ella—. ¿Tienes el teléfono encendido?

Pero, justo en ese momento, Baxter vino hasta la mesa de Harper hecha un basilisco.

—¿Dónde demonios te metes? Tenemos la página web pendiente de ese artículo que ibas a escribir sobre el accidente; y hay que poner al día el caso Whitney.

D. J. se alejó a toda rueda de la línea de mira.

—Lo siento. —Harper metió la contraseña en el ordenador—. Es que me entretuve en comisaría.

Baxter no tenía el día para perdonar retrasos.

—¿Y para qué tienes el teléfono móvil, si nunca lo llevas encendido? A la compañía le cuesta un ojo de la cara ese aparato. Y en tu contrato se estipula claramente que tienes que coger alguna llamada de vez en cuando, aunque solo sea para ver si funciona.

—No lo oí —dijo Harper, y echó mano del bolso.

—Imagino que porque volviste a ponerlo en silencio una vez más. —Por el tono, se diría que Baxter estaba a punto de perder los nervios—. Dime, al menos, que tienes algún dato nuevo en el caso Whitney, que tengo la portada en espera.

—Pues la verdad es que no —añadió Harper, a la defensiva, al ver la cara que ponía su directora—. Y mira que lo intenté, pero es que el detective que me iba a facilitar la información había salido.

—Maldita sea. —Baxter repiqueteó con los dedos en la mesa y posó la vista en otra parte: estaba pensando—. Vale, pues invéntate algo que diga que la policía sigue investigando, buscando pistas, toda esa mierda que se suele decir. Y mételes un poco de caña con lo de que ya va para varios días sin que haya progresos. Menciona de pasada que los casos que no se resuelven en las primeras veinticuatro horas no se resuelven nunca. Quiero declaraciones de la policía, o algún dato nuevo de la oficina del forense. Llama a la familia. En fin, que hagas lo que tienes que hacer.

Se dio la vuelta y puso rumbo a su mesa sin dejar de hablar.

—Y que me des algo, Harper, porque dejar la portada en blanco, ni me lo planteo.

—Ostras —dijo entre dientes Harper—. A ver si le da alguien a esta un poco de descafeinado.

Sin embargo, sabía cuándo Baxter iba en serio: esta era una de esas ocasiones. O sea, que tenía que dar con algo. Entonces D. J. se dio la vuelta en la silla con la intención de hablar con ella, pero Harper negó con la cabeza.

—Ahora no puedo —le dijo—. Luego me lo cuentas.

Cogió el teléfono y marcó de memoria un número. El tono de llamada solo sonó una vez.

—Brigada de homicidios. —La voz no le resultaba familiar; tenía un fuerte acento del sur y bastante prisa. Pero es que los detectives iban siempre a la carrera.

—Aquí Harper McClain, del *Daily News* —empezó a decir.

—Ajá —dijo la voz, y sonó risueña.

Por puro instinto, Harper forzó el acento sureño al hablar, porque eso le daba más calidez a sus palabras y desterraba todo asomo de amenaza.

—¿Quién está al aparato?

—El detective Al Davenport, para servirla a usted, señora. ¿En qué puedo ayudarla?

Del baúl de los recuerdos, Harper sacó una imagen borrosa de Davenport: alto y flaco, como un espantapájaros; de cara enjuta y lento caminar, como si nada en la línea del horizonte pudiera ser de tanto interés como lo que tenía delante de las mismas narices. Solo llevaba un año trabajando en la brigada de homicidios, dos a lo sumo; por eso no había coincidido mucho con él: trabajaba sobre todo en labores de documentación para los casos.

—Quería hablar con el detective Blazer —dijo—. ¿Está por ahí?

—Lamento partirle el corazón, señorita McClain, pero es que ha salido un momento.

Harper estuvo un instante pensando por dónde entrarlo ahora.

—Detective, ya sé que tiene usted tarea y no quiero molestarlo —dijo con su tono de voz más tierno—. Tan solo me preguntaba si podría ayudarme.

—Estaré encantado, siempre que pueda.

Una delgada hebra de cautela se le notaba ahora en la voz; así que Harper no cargó las tintas en el tono seductor.

—Tengo que poner al día toda la información sobre el caso de Marie Whitney. —Antes de que él pudiera replicar, añadió—: Y sé que usted no puede decirme gran cosa. Pero es que el teniente Smith me dijo que llamara hoy. ¿No podría contarme algo?

Hubo una pausa larga.

—¿Qué tipo de información está buscando usted?

Era reacio a dar detalles y eso quedaba claro por el tono de voz; pero también era cierto que no le había colgado el teléfono, y eso ya era algo.

—Es que estoy escribiendo un artículo sobre cómo avanzan las investigaciones en el caso —le explicó—. Lo que me hace falta son datos muy básicos. ¿Han llevado a alguien a comisaría para someterlo a interrogatorio en estos días?

Otra larga pausa.

—No, señorita; por lo menos, que yo sepa. —Lo decía ahora más serio—. Señorita McClain, no quiero que aparezca mi nombre como fuente en su artículo, porque no es un caso que lleve yo directamente.

Harper hizo caso omiso de lo último que dijo el detective y siguió aguijándolo.

—Pero habrá alguna línea de investigación que el detective Blazer esté siguiendo, ¿no? ¿No me puede decir nada al respecto?

—No, en estos momentos no puedo... —Sucedió una nueva pausa y luego Davenport habló con tono de alivio—: El detective entra ahora mismo por la puerta. ¿Puede esperar un minuto?

La línea quedó en silencio. Harper se puso a mirar las marcas en la madera de su mesa, teléfono en mano. Pasó un minuto; e imaginó que, al otro lado del aparato, estaban discutiendo. Sonó un clic, seguido de un leve zumbido, como si Blazer tuviera el teléfono acoplado a la boca.

—Aquí Blazer —dijo en tono distante.

—Soy Harper McClain. —Ella también habló muy seria, porque era imposible utilizar técnicas de encantamiento con una víbora—. Llamo por si me pueden poner al día en el caso Whitney.

Silencio. Entonces probó con una pregunta directa.

—¿Me podría decir en qué punto de las investigaciones están ustedes en este momento?

—No puedo. Es información confidencial.

Harper se llevó la mano a la frente y ahogó un ataque de ira.

—Detective, el teniente Smith me aseguró que usted me pondría al día en el caso, hoy mismo. Si no me cree, puedo llamarlo otra vez; ya sabe que tengo su número de teléfono personal.

Lo dijo con tono comedido, pero cortante. En esta ocasión, Blazer no respondió y ella dejó que creciera el tenso silencio entre los dos. Finalmente, él fue el primero que cedió.

—A día de hoy, seguimos todas las pistas posibles —dijo con voz neutra.

—¿Han interrogado a algún sospechoso?

—A día de hoy —repitió—, seguimos todas las pistas posibles.

—¿Les ha llegado ya el informe del forense del caso Whitney?

—Puede que sí —dijo él—; pero no tengo ninguna intención de compartirlo con la prensa.

Se notaba que disfrutaba al decirlo; y quizá pensó que Harper se enfadaría o tiraría la toalla. Pero eso era porque no la conocía muy bien.

—Mire, detective —dijo ella, paladeando cada palabra—. Tengo a la directora del periódico con un cabreo importante. Quiere que escriba uno de esos artículos que una lee sobre una buena mujer asesinada en una ciudad que se supone que es segura, dejando claro que el asesino ha salido impune. Y podría llamar a Smith y él me daría la información. Pero, según tengo entendido, el teniente ya lo está presionando bastante a usted, y es posible que no le haga ni pizca de gracia recibir más presión. —Tomó aliento—. ¿Tiene el informe del forense en el caso Whitney?

Parece difícil hacerse una idea de lo mucho que nos odia alguien solo con escuchar el tipo de silencio que te dedica en una conversación telefónica, pero la verdad es que se puede.

—Tengo el informe encima de mi mesa —dijo él finalmente—. Y hay datos ahí que no puedo hacer públicos para no entorpecer las investigaciones. —Hizo una pausa—. No obstante, lo que sí le puedo decir es que a la señora Whitney la mataron con un cuchillo de cocina, como el que se usa normalmente para trinchar la carne: casi todo el mundo tiene uno de esos. Y como no se halló ningún cuchillo de esas características en la escena del crimen, creemos que el asesino se lo llevó.

Lo decía con cierto resentimiento, como si le hubiera arrancado esas palabras con una pinza. Pero Harper no iba a tener escrúpulos con lo que le había sacado, porque era información valiosa. Así que, sujetó el auricular con un hombro y tomo nota rápidamente.

—¿Cuántas veces la apuñalaron? ¿Cuántas de esas heridas eran mortales de necesidad?

—A la señora Whitney le dieron siete puñaladas —dijo él—. Tenía también heridas superficiales en las manos y en los antebrazos, de cuando intentara defenderse, y eso indica que hubo algún tipo de forcejeo con el atacante. Uno de los tajos le cortó la arteria carótida, y ese fue el que al final la mató.

—¿Podría darme algún dato sobre el asesino basándose en las heridas infligidas o en alguna prueba hallada en el enclave?

—El asesino era un varón armado con un cuchillo —dijo Blazer en tono de burla—. Venga ya, McClain, ¿cómo puedo darle una descripción de un hombre al que no vio nadie?

Harper no mordió el anzuelo.

—Por el ángulo y el punto de impacto de las heridas, ¿pueden deducir algo sobre la altura o el peso del asesino? —preguntó con toda la calma—. ¿Se ha hallado algún cabello en la escena del crimen? Y si es así, ¿qué color de pelo tiene el atacante?

—Creemos que el asesino fue un hombre, por la profundidad de las heridas y la fuerza que hace falta para causarlas. Además, el ángulo indica que era un hombre musculoso, de al menos uno ochenta de estatura, quizá incluso más alto. No tengo ningún dato más.

—¿La agredieron sexualmente? —preguntó Harper.

—No hay pruebas sobre ese particular.

Harper tomaba notas muy deprisa, no tenía ningún problema en seguir el relato que le hacía él. Cuando Blazer dejó de hablar, Harper se reclinó contra el respaldo de la silla. Porque tenía la sensación de que solo habría ocasión de hacerle una pregunta más y quería elegirla con tiento.

—¿Por qué avanza tan despacio la investigación? —preguntó—. ¿Hay algo sobre las indagaciones que están llevando a cabo que le gustaría contarle a la ciudadanía? ¿Hay motivos para temer que un asesino ande suelto?

—¿Por qué demonios me pregunta eso? —Blazer levantó la voz—. No quiero que conste lo que voy a decirle a continuación, McClain: si cree usted que puede hacer nuestro trabajo mejor que nosotros, pues adelante. Y para que conste: la investigación avanza a buen ritmo, pero es que el asesino tomó todo tipo de precauciones para salvaguardar su identidad. Creemos que llevaba guantes, y más prendas de protección. Todavía estamos en los primeros estadios de la investigación, pero la ciudadanía no tiene nada que temer.

Harper pensó en aquello que le había dicho Smith: que Blazer estaba al tanto del asesinato de su madre.

—¿Tienen motivos para creer que el asesino haya actuado antes? —apuró Harper—. ¿Ha habido otros asesinatos parecidos?

Hubo una pausa.

—En eso no puedo entrar —dijo Blazer.

—Pero es que...

Él la interrumpió con algo que sonó definitivo:

—El teniente me dijo que la pusiera a usted al día y eso he hecho. Y ahora, si no le importa, tengo que volver a mi tarea.

Y colgó el teléfono.

Eran más de las nueve cuando Harper pudo entregar por fin su artículo; y en la calma que sucedió a esas horas frenéticas, recordó que D. J. quería hablar con ella. Así que marcó con dedo enérgico el número en su teléfono móvil y, al quinto tono de llamada, él lo cogió.

—Oye, D. J., soy Harper. ¿Puedes hablar?

—Espera un momento —dijo él—, que me salgo fuera.

Oyó el ruido que hacía al levantarse con ajetreo; luego, que se difuminaban las voces de fondo; y, por fin, la puerta, al abrirse y cerrarse.

—¿Dónde estás? —preguntó Harper, y apoyó los codos en la mesa.

—En el Rosie: estoy viendo el partido con los de la sección de deportes.

Harper arrugó la nariz.

—Planazo.

—¿Lo ves? Por eso no te invito nunca a nada —dijo él—. Pero, en fin, que me alegro de que hayas llamado. Porque lo que quería decirte antes es que volví a la universidad a recabar datos sobre Whitney. Y seguro que te va a interesar lo que averigüé. —Oyó cómo pasaba unas páginas y dedujo que debió de llevarse la libreta al bar, por si acaso lo llamaba ella—. Marie Whitney no tenía muy buena prensa entre sus compañeras. O, más bien, lo que pasaba era que tenía demasiada buena prensa entre los hombres.

Harper arrugó la frente.

—¿Y eso qué quiere decir?

—Pues, así resumiendo, te contaré que casi todos estaban deseando decirme que era una zorra —soltó a lo bruto.

—Estás de coña.

Casi lo oyó decir que no con la cabeza.

—Les levantaba los maridos a sus compañeras, era un ninfómana, no se cortaba ni un pelo; eso me dijeron.

Harper se quedó de piedra. Porque para nada esperaba que lo que fuera a recabar D. J. con sus pesquisas apuntara en absoluto en esa dirección. Echó mano de la libreta, pero no sabía qué escribir.

—Pues no lo entiendo. Porque ¿qué tendrá que ver su vida sexual con el hecho de que la asesinaran?

—Si quieres saber la opinión de los catedráticos y estudiantes de posgrado de la Universidad de Savannah, lo que pasó fue que se metió en la cama con quien no debía y el que fuera la mató —dijo D. J.—. Caso resuelto, según ellos.

—Vale —dijo Harper—, es un motivo relativamente frecuente para cargarse a alguien. ¿Alguno te dio nombres? ¿Alguien con quien estuviera saliendo últimamente?

—Sí, de eso quería hablarte: cuando preguntaba a la gente que si estaba saliendo con uno nuevo antes de que la mataran, todos se rieron de mí —dijo—. Un estudiante de posgrado me contó que «Solo le gustaban los nuevos». Y el chico parecía resentido. Me dio la sensación de que él fue algún día uno de esos nuevos.

—¡Toma! —Harper ya estaba tomando notas—. ¿Te dieron algún nombre? A lo mejor conviene seguirle la pista a alguno de esos tipos.

Harper oyó la algarabía de vítores entre la audiencia del partido: uno de los dos equipos debía de haberse adelantado en el marcador en ese preciso instante.

—Tengo un par de nombres —dijo D. J.—. Pero nadie sabe si eran ligues de ahora o de hace tiempo. Al parecer, a Whitney le gustaba salir con más de uno a la vez, y pasaba de uno a otro con frecuencia: para ponerlos celosos. —Respiró hondo—. Los datos que me dieron no parecen infundados: a esa mujer le iba la marcha.

—¿Y ninguno en especial les parecía sospechoso? ¿No había ningún tipo raro con pinta de tener escondida un hacha en casa? —preguntó Harper, con un asomo de esperanza en la voz.

—A eso voy —dijo él—: es que parece que era más bien al contrario. Salía con algunos tíos de corte bohemio, pero solía decantarse por hombres que ostentaban posiciones de poder. Le gustaban los abogados, los políticos y los polis.

A Harper se le resbaló el boli y dejó un rayajo sobre la página.

—Un segundo, D. J., ¿has dicho que le gustaban los polis?

—Sí, y pensé que eso te podía interesar. —Harper se imaginó que, por como lo dijo, en ese momento tenía en la cara una sonrisa de satisfacción—. Parece ser que le molaban las armas, y los tíos que las llevan encima.

A Harper se le encogió el estómago. Y fue repasando vertiginosamente todo lo que sabía del caso Whitney: el enclave del asesinato estaba limpio de toda huella; el asesino no había cometido ningún error: era un profesional. Es decir, cosas al alcance de un poli.

—¡Hostia puta! —exclamó, y tomó una bocanada de aire—. Me tienes que pasar esos nombres.

CAPÍTULO DIECISÉIS

Harper estuvo a punto de no ir a la fiesta esa noche. Después de colgar con D. J., él le mandó los nombres por un mensaje de texto; y fue corriendo a consultar lo básico sobre cada uno de ellos. Sí que era gente de nivel: alguien de la alta administración municipal, un senador del estado y el director de una compañía. Ninguno era policía, pero D. J. le dijo que faltaban nombres en la lista y que la completaría más adelante.

—Pero muchos más —dijo—. Seguiré escarbando por ahí.

La verdad era que ninguno de esos tres llamaba la atención como un posible asesino. Y mucho menos como el asesino de dos mujeres; una de ellas, hacía ya quince años. Hizo una comprobación de urgencia con cada uno de ellos: ninguno estaba fichado; ni constaba que tuvieran un pasado violento.

De camino a casa, no dejó de darle vueltas. Hubo un momento, cuando D. J. le dio los nombres, en que pensó que ya tenían lo que estaba buscando; pero ahora, horas después, no estaba tan segura. Y hasta que no tuvo aparcado el coche, no se acordó de la invitación de Toby. Ni siquiera se habría planteado ir, de no ser porque Riley vivía a apenas ocho manzanas de allí. Era el único poli, que ella supiera, que vivía dentro del casco histórico. Los demás preferían los barrios residenciales de las afueras, todo lo lejos que podían del centro. Pero es que Riley era diferente a los demás, y por muchos motivos: era vegetariano, estaba cachas, iba a clases de yoga, no bebía alcohol y daba unas fiestas de lo más estrambóticas. Su casa era una monada de comienzos de siglo, y Harper oyó la fiesta aun antes de ver ningún indicio de ella: le llegó el rumor grave de las voces, los ecos machacones de los altavoces.

Un martes no era un día muy al uso para dar una fiesta; pero es que los fines de semana la policía tenía mucho trabajo, y muchos polis de patrulla tenían libres los martes y los miércoles. Subió los escalones que conducían a la entrada y vio que la puerta estaba entreabierta. Y que, al parecer, ya estaba todo el mundo dentro. Casi toda la música que sonaba era rap y pop, y temblaban los altavoces. Habían puesto los muebles contra la pared y dos invitados ya estaban bailando.

Cuando una ve a los polis vestidos de calle, sin el uniforme, como gente normal y corriente, se tiene una sensación muy extraña: es como ver a un cura en vaqueros. O como si una sorprendiera a su médico en pantalones cortos de jugar al tenis en el supermercado. Si bien, no es lo mismo, porque hay algo inherente a los polis que es de suyo policial e inconfundible: los cortes de estilo militar, la postura rígida, esos nervios que les entran siempre que se habla de ir contra la ley, algo que todos sienten pero de lo que nadie habla; cosas bastante evidentes cuando se es consciente de ello.

Como no vio a nadie conocido, fue abriéndose paso entre la gente que abarrotaba el salón, el comedor y la cocina, hasta que llegó a la parte de atrás de la casa. Era un espacio largo y estrecho; un poco pasado de moda por el aspecto, pero con cierto gusto también: había armarios con puertas de cristal, y uno de esos frigoríficos en tonos pasteles tan de moda que parecían neveras de los años 1950. Allí encontró a Riley, apoyado contra la pared, al lado de la puerta. Tenía en la mano un refresco sin alcohol y discutía en broma con Toby y su mujer, Elaine. El anfitrión vio entonces a Harper y fue a saludarla.

—¡Hola, Harper! —dijo, y movió hacia ella la mano en que tenía la copa—. No sabía que ibas a venir.

—Me convenció Toby —dijo ella—. Pero no hizo falta que insistiera mucho, porque me encantan tus fiestas: son reuniones tranquilas y formales.

Riley se echó a reír a carcajada limpia.

—Sí, sí, formales... —dijo, y se le escapó algo de bebida de la boca al decirlo—. Tú lo has dicho. Anda, pilla una birra y cántale las cuarenta a este Toby; porque no da una a derechas.

Habían colmado el fregadero de hielo y cerveza, y hacía las veces de frigorífico. Harper abrió una Corona helada y fue a reunirse con ellos.

—A ver, ¿en qué no da una a derechas hoy el amigo Toby?

—Pues le estaba yo explicando aquí al señor agente que, cuando un sospechoso pone los ojos en blanco porque se ha metido una sobredosis de anfetas, mejor llevarlo al hospital que a la cárcel —dijo Toby.

—Y yo le explicaba a Toby —dijo Riley con una sonrisa de autosatisfacción— que uno de cada dos sospechosos finge los síntomas de una sobredosis cuando lo arrestamos; precisamente para que metamos la pata y hagamos eso: llevarlo a urgencias. Porque las camas del hospital son más cómodas que las de la prisión federal.

—Dios mío —dijo Elaine mirando a Harper—. Haz algo para que dejen de discutir.

Elaine era menudita, tenía el pelo ondulado y castaño, y rasgos de muñeca que podían llevar a una a infravalorar lo mucho que valía como médica. Y de mayor, Harper quería ser como ella.

—Oye —dijo la reportera haciendo caso omiso del debate—. Pensé que no vendrías; que doblabas turnos esta semana.

—Así es —dijo Elaine—. Pero tengo el miércoles libre, así que me dije, qué demonios. Espero convencer así a Toby de que trabajar en un horario normal no es una condena; que se lo puede pasar hasta bien.

Toby la miró con cara de pena.

—Muy bien, cariño, al menos lo has intentado —le dijo a su mujer.

En la habitación de al lado, subieron a tope la música y Riley se acercó a ellos para hacerse oír por encima del estruendo.

—No me puedo creer que hayáis dejado la hora bruja. ¿Qué se siente cuando uno se hace una persona normal y corriente? No, de verdad, ¿es mejor que la noche?

Elaine miró a Toby y este alzó una ceja.

—Mira —dijo ella—. Tener un horario normal es lo mejor. Porque duermes más. Y cuando voy al supermercado, lo que me encuentro es a la gente haciendo la compra; y no a una panda de drogadictos robando chocolatinas, la escena típica a las tres de la mañana. Y puedo ir al gimnasio, y salir de cena con los amigos... —Según la oía hablar, Toby se cabreaba más, y la mujer acabó la frase a toda prisa para que su marido no la interrumpiera; no sin antes apoyar una mano en el brazo de él—. Pero no te voy a engañar: el trabajo es más aburrido. No hay esos subidones de adrenalina, como cuando le tienes que quitar la vesícula a alguien que entra por urgencias —lo decía con total naturalidad—. Dios, es un poco retorcido decirlo así, pero es que jamás pensé que echaría de menos las heridas por arma de fuego.

—Yo pienso volver al turno de noche —dijo Toby sin que se le quebrara la voz—. Estoy harto de tanta normalidad. A mí que me den tiroteos y sobredosis.

Levantó la cerveza y chocó la botella con Harper y Riley. Elaine lo dudó un momento, pero luego también se les unió con la suya en alto.

—Venga, ¡qué demonios! —dijo.

Estuvieron hablando un rato, pues se estaba fresco al lado de la puerta, bebiendo sin parar. A Harper se le subió la cerveza, y eso le vino muy bien. Le alcanzaron otra más y también se la bebió. Y es que, después de aquellos días que había pasado, daba gracias por aquel estado en el que no tenía que pensar en nada. Por eso, cuando Riley se puso a contar un caso en el que había intervenido la noche anterior, cuando una mujer mayor llamó al teléfono de emergencias porque se le había extraviado el gato, Harper se echó a reír sin parar.

—Le dije: «Discúlpeme, señora, pero es que dar con el paradero de su gatita moteada no es ninguna situación de emergencia». Y ella va y me dice: «Lo será, joven, si no la encuentra usted».

—¿Y qué hiciste? —preguntó Harper.

—Pues me puse a buscar la maldita gata —confesó Riley, entre una risa que lo dejó ronco, añadiendo en su descargo—: Es que la mujer se puso muy pesada.

Justo en ese momento, pusieron una canción que le gustaba a todo el mundo, y Toby y Elaine salieron corriendo hacia el salón con intención de bailar. Riley quiso que Harper se uniera a ellos, pero ella dijo que no con la cabeza.

—No puedo ponerme a bailar delante de todo el mundo —dijo a modo de excusa—. Porque tengo una reputación, ¿sabes?

Él le tomó la mano, la atrajo hacia sí y metió la pierna entre las de Harper, con un gesto que quería ser seductor; para luego acompañarlo con un movimiento de caderas en tenues círculos concéntricos.

—Si quieres, te enseño —dijo él y, para más énfasis, le dedicó un meneo de cejas.

Ella se echó a reír y lo apartó con las manos.

—Anda, vete y búscate una novata que quiera bailar contigo —le dijo—. Bailas demasiado bien para mí.

Él se alejó sin soltarle del todo la mano.

—No dejes pasar esta oportunidad, nena —imploró—. Estaría tan bien.

Como Harper no cedía a sus ruegos, Riley se entregó al ritmo de la música y fue dando botes con los demás por todo el salón. Harper estuvo un rato observándolos, pero hacía calor allí dentro, hasta con las ventanas abiertas, y empezó a marearse. No tenía que haberse bebido la cerveza tan rápido. Entraba la brisa de la calle y era una delicia: así que salió por la puerta de atrás para tomar un poco de aire. La noche era húmeda y cálida, pero se sintió mejor que dentro de la cocina, con la atmósfera cargada y llena de gente. Una vez allí, vio que de la puerta salía un caminito de piedra que atravesaba el jardín, largo y estrecho; y la luna, en cuarto creciente, arrojaba sobre toda la escena una luz azulada y pálida. Harper cerró los ojos y dejó que la brisa le secara la cara sudorosa.

—Yo que tú, tendría cuidado —dijo una voz detrás de ella—. Dicen que hay mucha delincuencia en esta zona últimamente.

Harper se dio la vuelta y vio que tenía a Luke Walker a escasos metros de distancia: estaba apoyado contra un árbol y la miraba fijamente; tanto, que se puso nerviosa y se le aceleró el corazón, porque no lo había sentido llegar.

—Los del 911 acudirían raudos a mi llamada —lo informó ella.

—Ya, pero los tiempos de respuesta de la policía son una mierda. —Se acercó a ella—. Eso ponía en el periódico, ¿no?

—¿El panfletucho ese? —Ella le sonrió—. No te creas ni una palabra; no cuentan más que mentiras.

A diferencia de los otros, Luke sí parecía una persona normal y corriente en ropa de calle. De hecho, vestido con pantalones vaqueros oscuros y una camisa que dejaba ver un triángulo de piel suave y bronceada por la abertura del cuello, daba miedo de lo bien parecido que era. Y había algo en aquel instante a la luz de la luna, cuando el aire se frotaba con suave caricia contra su piel, que tenía todos los visos de ser inevitable: porque a nivel subconsciente, instintivo casi, ella siempre supo que él estaría allí. ¿Acaso no llevaba un tiempo esperándolo, desde aquella noche en que apareció a su lado como un ángel gigante, pistola en mano?

—No te vi antes dentro —dijo ella—. ¿Estabas bailando?

Él soltó una risa seca, burlona.

—Es que acabo de llegar. Fui a la cocina a por una cerveza y vi que te escaqueabas.

—No me escaqueaba —aclaró ella, aunque no hiciera falta—. Solo estaba paseando.

Él levantó los ojos con gesto de indiferencia.

—Además —dijo a continuación—. Te he estado buscando.

Ella alzó la mirada al instante y sus ojos se encontraron.

—Porque me metiste el miedo en el cuerpo la otra noche —dijo—. Y sigo sin entender a qué vino exponerse tanto.

A Harper le parecía que habían pasado ya siglos desde el tiroteo. Y aunque no le hacía ni pizca de gracia que le dijeran cómo debía hacer su trabajo, tampoco tenía ya fuerzas para ponerse a discutir.

—Mira —le dijo—. Se me fue la mano, ¿vale? Y me puse demasiado gallito. Pero no volverá a pasar. —Soltó una sonrisa enigmática—. ¿Y sabes qué fue lo más divertido? Pues que todo el mundo puso el grito en el cielo; todos, menos mi directora, que casi me da una medalla.

Él hizo un gesto afirmativo con la cabeza, como si eso le pareciera de lo más natural.

—Ya te digo; cuanto más te juegas la vida, más le gusta al jefe. Porque tampoco van a ser ellos los que te paguen el entierro, al fin y al cabo.

Lo decía con cierta sorna; y Harper arrugó el entrecejo. Le sorprendía un asomo de amargura en el tono. A Luke le encantaba antes su trabajo; o sea, que algo había cambiado.

—Oye —dijo midiendo las palabras—. ¿Va todo bien?

Él la miró un instante con una expresión dibujada en la cara que era difícil desentrañar; aunque, cuando respondió, lo hizo en tono cortante.

—Bien, bien. Es lo mismo de siempre, lo mismo de siempre.

Sin embargo, por cómo abrió la botella, y por el largo trago que le dio a la cerveza, costaba creer en la literalidad de esas palabras. Y en circunstancias normales, Harper lo habría dejado correr en ese punto. Pero la cerveza le sacaba el lado más temerario.

—Es que, bueno, sigo sin entender por qué te pasaste a la secreta —dijo—. Eras muy bueno en homicidios. Uno de los mejores detectives, y, para mí, no tuvo ningún sentido ese cambio.

Él se quedó mirando la botella de cerveza que tenía en la mano.

—Política de despachos —lo dijo con un tono abrupto que la estaba previniendo para que no preguntara más. Pero ella decidió apurar la indagación, aunque solo fuera un poco más.

—¿Y eso qué quiere decir?

—Quiere decir —añadió él— que no quiero hablar de ello, Harper.

—Vale —dijo ella entonces, sin inmutarse lo más mínimo—, pues que sepas que estás echado a perder persiguiendo a traficantes de drogas. Lo que tenías que estar haciendo es resolver casos de asesinato. Como ese de Marie Whitney, que tan mala pinta tiene.

Eso le llamó la atención y ladeó la cabeza.

—¿Por qué dices eso? ¿Qué pasa con el caso ese?

—Blazer la está cagando ahí —le contó, y salió de golpe toda la ira que tenía guardada—. No tiene ningún sospechoso. Por no tener, creo que no tiene ni idea de por dónde van los tiros. Smith no se aviene a razones, y he ahí las consecuencias: otra niña sin madre, porque nadie se ha parado a pensar un poco en el caso. —Le dio un meneo a la botella—. El asesino va por ahí tan tranquilo y nadie hace nada al respecto. Y mientras, todo queda en el aire.

Se hizo de repente un silencio y ella soltó una larga exhalación.

—Maldita sea. ¿De dónde me habrá salido todo eso?

Luke llevaba un rato sin decir nada, dejándola hablar, atento a todo lo que le decía; algo que la desconcertó, pero que no dejó de agradarla. Y entonces, en vez de dar una respuesta a su pregunta, le cogió la botella vacía. Se tocaron sus dedos al tomársela él de la mano; y Harper notó la piel cálida y seca de él cuando rozó la suya.

—Quédate aquí —le dijo.

Entró por la puerta de atrás en la casa, en cuyo interior, el ritmo machacón de la música había ganado volumen. No tardó ni un minuto y volvió con dos cervezas de repuesto. Luego le pidió que lo acompañara, la llevó al fondo del jardín, donde ya no se veía la casa, y le dio una de las botellas.

—Gracias. —Harper se pasó el cristal frío por la frente y notó que la refrescaba como un bálsamo.

—Vale —dijo Luke—, ya me ha quedado claro que estás cabreada con Blazer. Pero es que tampoco comprendo por qué. Cuéntame tu teoría sobre el caso Whitney, desde el principio.

Harper se mordió el labio. Porque hasta ese momento, tampoco se había planteado nunca contarle a Luke lo que estaba pasando. Y puede que esto fuera una distracción por parte de él para que ella no le preguntara por su vida. Sin embargo, de repente, sintió que le daban ganas de contárselo todo.

—Te parecerá una locura —lo previno—. Y me faltan piezas para recomponer todo el puzle; pero es, más que nada, una corazonada.

Con un gesto impaciente de la mano que sostenía la cerveza, él le indicó que se dejara de rodeos.

—Mira, Harper, como te dirá cualquier poli, toda teoría sobre la autoría de un caso empieza como un lío de puta madre. Y según la vas exponiendo, se va desenredando. Porque la mierda va quedando a un lado y te ves cara a cara con la verdad. Así que... Venga, habla.

Harper respiró hondo para tranquilizarse.

—Tengo en mente dos casos muy parecidos —le contó ella—, separados por quince años nada menos.

Él hizo un círculo con la botella que venía a indicar su impaciencia.

—¿El caso Whitney y...?

—El asesinato de mi madre.

A los de la policía secreta los enseñan bien al principio a no revelar lo que están pensando; de tal manera que Harper pudo deducir que lo había cogido con la guardia baja solo por lo mucho que tardó en responder.

—¿Qué une ambos casos? —preguntó, aunque una décima de segundo a destiempo.

Se mostraba tranquilo, revelaba un interés sincero. Pero lo más importante para Harper era que en ningún momento dijo... en ningún momento preguntó nada de cómo ni cuándo mataron a su madre. ¡O sea, que ya lo sabía! Y darse cuenta de eso la sacudió toda por dentro. Porque siempre había pensado que casi todos los detectives conocían su caso. No en vano, los de más edad habían trabajado en él. Si bien Luke era joven. Y le pareció raro pensar que a lo mejor siempre lo había sabido, y jamás se lo había dicho.

—¿Harper? —Luke insistió en preguntarle, con una ternura que ella no esperaba.

—La escena del crimen —dijo, después de recomponer como pudo la figura—, que es idéntica en ambos casos.

Entonces le contó rápidamente todo lo que sabía.

—Ya sé que suena a pura locura —dijo cuando acabó—. Porque quince años es mucho tiempo. Pero es que si hubieras visto las dos escenas del crimen, Luke. Te habrías dado cuenta de que son exactamente la misma. —Hizo una pausa, para intentar dar con la forma de explicarlo—. Es como si el asesinato de mi madre hubiera hecho un ruido tremendo hace muchos años y este asesinato fuera el eco de aquel.

Luke se quedó mirando las sombras con un rictus de la mandíbula, mientras la brisa le acariciaba el pelo. Y como no hablaba, Harper creyó que él también pensaba que no podía ser cierto. Igual que Smith y Miles, y todo el mundo. Porque quizá todos tuvieran razón; quizá Harper solo viera lo que quería ver. Le dio un trago a la cerveza e insistió:

—Te lo dije: parece una locura.

—Pero lo que me cuesta —dijo con calma él—, es comprobar que no es algo tan descabellado como yo hubiera pensado.

Harper lo miró con sorpresa mayúscula. Alguien rio entonces en alto dentro de la casa y ese ruido hizo que se estremecieran.

—A ver si me entiendes. —Luke miró hacia la casa con el ceño fruncido—. Sería prematuro ir con ello a los tribunales; pero creo que merece la pena que indagues algo más.

Algo se rompió y dejó un eco de cristales; y hubo una ovación entre los asistentes. La fiesta avanzaba hacia su punto culminante. Muy pronto, los vecinos llamarían a la policía, y había algo irónico en ello. Porque tendría que ser algún poli del turno de noche al que mandaran a disolverla. Jamás aparecería en el taco de partes policiales que quedaban cada día en el mostrador de recepción; pues todo queda en casa entre gente que viste el mismo uniforme. Y, al parecer, Luke había llegado a idéntica conclusión.

—Mira —dijo de repente—, vámonos de aquí. ¿Has traído coche?

—Pues... no —tartamudeó ella, y es que la había pillado con la guardia baja—. Vine andando.

La sonrisa de él dejó en las sombras un fogonazo blanco.

—No me acordaba de que vives en la zona *hippy*; eres peor que Riley.

—Te apuesto lo que sea a que pago menos que tú de alquiler —respondió ella con un filo en la voz.

Él sofocó una risa. Luego dejaron las cervezas, que todavía no se habían terminado, en una mesa del jardín y fueron caminando hacia la casa.

—Por aquí. —Luke señaló un sendero en sombra que discurría por un lateral—. A ver si logramos salir sin dar pie a ningún rumor. Porque los polis para eso son peores que las adolescentes.

Según desaparecían, vieron un montón de cuerpos ebrios que fingían una pelea y salían a trompicones por la puerta de atrás.

—Ahora empezarán a esposarse unos a otros.

Luke se lo susurró al oído y ella sintió su aliento contra la piel como una descarga eléctrica. Hizo todo lo posible por que él no se percatara de que estaba temblando. Iban caminando en la oscuridad y ella se notaba alerta, con todos los nervios a flor de piel. Esa noche, algo era distinto: lo notaba en el ambiente, lo olía, como si fuera humo. Él estaba muy cerca de ella, más de lo que se había atrevido a estarlo nunca; y casi se rozaban sus manos. Ya no buscaba una excusa para alejarse de ella, como hacía siempre: no hacía lo imposible por interponer entre ambos una mínima distancia de seguridad; ni por asegurarse de que no cruzaran la línea roja que los separaba. Entre ellos siempre había habido algo: una atracción implícita que los empujaba el uno al otro por lo bajo. Y ellos siempre habían pasado por alto esa atracción por culpa de sus trabajos. Pero, desde el tiroteo, ella había sentido cada vez más la necesidad de tirar abajo esas barreras. Y quizá él también. Había peligro ahí, y a Harper le gustaba el peligro.

Salieron a la acera por un lateral de la casa y fueron caminando en silencio, calle abajo. Los edificios de factura histórica se extendían a ambos lados; y, aparte de ellos dos, lo único que se movía en la noche era un gato negro, allá en la distancia, que buscó cobijo al instante debajo de un coche aparcado.

Harper miró de soslayo a Luke sin que él lo notara: balanceaba con naturalidad las manos al andar y tenía la vista puesta en el frente. Iba a paso largo, sin apresurarse, como un vaquero que se acaba de bajar del caballo y vuelve a los barracones. Entonces se obligó a sí misma a desviar la mirada.

—Mira —dijo él, cuando ya no se oía ningún ruido proveniente de la fiesta—. Sobre el caso Whitney, pues yo he oído cosas.

A Harper se le pasaron en el acto los efectos del alcohol.

—¿Cosas como qué?

—Como que no se recogió en el enclave ni una sola prueba que resultara de utilidad —dijo—. Como que estaba todo tan limpio que no había quien se lo creyera. O que el asesino era profesional. Son todo cosas que tú ya sabes. —La miró—. No eres la única que se ha dado cuenta: la gente habla. Hasta en otros departamentos, no solo en homicidios. Todo el mundo tiene la sensación de que a Blazer se le ha ido de las manos.

—¿Y por qué no hace nada el teniente? —preguntó ella con un deje de frustración en la voz—. Debería sacar a Blazer del caso.

—Política de despachos —dijo Luke, por segunda vez esa misma noche—. Blazer y Smith hace mucho que se conocen. Y el último jamás va a reconocer que tiene sus dudas sobre el primero. O, por lo menos, nunca en público.

Harper pensó que había cierta lógica en todo ello: porque Blazer era el siguiente en la escala de mando por debajo de Smith. Compartían aficiones y se veían fuera del trabajo. En verano, muchas veces, Blazer se llevaba al teniente de pesca en el barco que tenía anclado en el río.

—¿Tú qué crees que está pasando? —preguntó Harper— ¿También piensas que el asesino era profesional, como dice Blazer?

Luke chasqueó los labios.

—Pero eso no encaja. ¿Para qué iba a matar un asesino profesional a Marie Whitney? Parece más bien una excusa para no meterse a resolver el caso de verdad. —Se mostró dubitativo—. Pero es que... Harper, es muy poco probable que el caso Whitney tuviera nada que ver con lo que le pasó a tu madre. Eso sí que lo sabes, ¿no? Los asesinos no se pasan quince años hibernando para reaparecer luego y cometer dos veces el mismo asesinato. Al oír eso, ella miró para otro lado.

—Ya lo sé —dijo, pero un rigor que no había antes le embargaba la voz.

—Oye. —Él le puso una mano en el brazo—. Escúchame.

Detuvieron sus pasos; él se puso serio.

—Si hubiera sido mi madre, yo habría hecho exactamente lo mismo que estás haciendo tú. Y si te puedo servir de algo dentro del cuerpo de policía, no tienes más que decírmelo.

Harper se lo quedó mirando. Porque aquel ofrecimiento iba contra varios preceptos y reglas policiales; y no era Luke hombre de ir contra las reglas.

—¿De verdad que harías eso?

—Pues claro. Echaré un vistazo, a ver qué encuentro. —Sonrió, como sonríen los vaqueros—. Todavía no me han asignado un caso nuevo: en la secreta nos obligan a esperar seis semanas antes de volver a infiltrarnos. En estos momentos solo me dedico a perseguir traficantes de droga de poca monta; así que me vendrá bien hacer algo más para estar ocupado.

—Gracias —dijo ella, y se las dio de corazón—. Me sería de mucha ayuda: porque si estoy siguiendo una pista que no va a conducir a ninguna parte, querría saberlo.

Casi sin darse cuenta, habían llegado ya a su calle. Se iban acercando a los escalones de la entrada, cuando se pararon, y estuvieron contemplando el edificio: las fachadas azules, las dos plantas coronadas por un tejado en forma de pico. Los estudiantes que vivían en el piso de arriba dormían: todas las luces estaban apagadas, salvo la del recibidor.

—O sea, que aquí vives —dijo Luke en voz baja, y se volvió hacia ella.

Sus miradas se encontraron. A Harper se le hizo un nudo en la garganta: porque era verdad que esta noche no era como las de antes. No sabía cómo ni por qué, pero algo entre ellos había cambiado, y los dos eran bien conscientes. A Luke no le pegaba eso de romper las reglas por ella, o presentarse en la fiesta de Riley; tampoco lo de acompañarla a casa. Ni estar allí, delante de ella, mirándola de aquella manera. Como si la deseara.

Pero allí estaba, y ella no quería que se fuera; y sabía que él no quería irse tampoco. A él se le tensó entonces un músculo de la mandíbula. Harper creyó ver en su mirada esa misma mezcla de anhelo y confusión que ella sentía; y era como si los ojos de él le atravesaran las mismas entrañas. Con una demora que casi era angustiosa, él adelantó la mano y le quitó una mecha de pelo de la mejilla con las yemas de los dedos. Su tacto era cálido y ella adelantó la cara para sentirlo más.

—Harper... —Su nombre sonó en sus labios con ternura y reticencia a la vez; como si estuviera a punto de decir: «Me tengo que ir». O bien: «No podemos hacerlo».

Pero no dijo nada de eso; no dijo nada. Y el instante se revistió de cierta tensa fragilidad, como la de una capa de hielo. Harper hizo todo lo que pudo por serenarse y pensar con la cabeza fría: ¿era esto lo que realmente quería? Porque la única regla que no había violado nunca —pues pensaba que era de cajón— era la de empezar una relación con un policía. Para ella, los polis eran material de trabajo: eran las fuentes de las que obtenía la información. Solo que ahora, de repente, todo eso le importaba bien poco. Ahora quería romper esa regla, hacerla pedazos. ¿De verdad lo quería? Pues claro que sí. Porque notó el deseo que emanaba de él, igual que una oleada de calor: la miraba como si contuviera el aliento.

—Podrías entrar —dijo, con voz ronca, a modo de invitación—. Tengo café.

Él estuvo un segundo así, entablando una batalla en su fuero interno que ella ya había perdido. Luego acentuó el rictus de la mandíbula, le tomó la mano a Harper y subieron los escalones de la entrada de dos en dos. A ella le temblaba la llave entre las manos y abrió la puerta presa de una enfebrecida impaciencia. Entraron en la casa dando tumbos y sus labios se encontraron aun antes de cerrarse la puerta. Ella lo atrajo hacia sí y notó la dureza de sus músculos; la urgencia con la que se besaban dejaba entrever unas ganas que les ardían en lo más hondo. Tropezaron con un par de zapatos que ella había dejado al lado de la puerta y cayeron contra la pared. Entonces él recuperó el equilibrio y la sujetó, muy pegada a su cuerpo. Y allí donde la tocaba, Harper se sentía arder como el fuego. Porque el cuerpo de él encajaba perfectamente contra el suyo: ella siempre había sabido que sería así; que olería así, y que así sabría.

—No deberíamos estar haciendo esto —le susurró él, con la boca muy pegada a la piel de Harper.

¿Y cómo iba ella a decirle que una parte de sí misma había querido besarlo con todas sus ganas desde esa noche en el coche patrulla, cuando tenían los dos veintiún años y querían conquistar el mundo? Ella le recorrió la espalda con las manos y alzó luego los labios hasta rozar su oreja.

—No se lo diré a nadie si tú también lo mantienes en secreto.

Y volvieron a besarse, y él le metía la lengua entre los labios, juguetón, de tal manera que su aliento le colmaba los pulmones. Olía a jabón, a sal, a algo que podría causarles a los dos muchos problemas; y ella quería a toda costa que se quedara a dormir. Los besos de Luke le recorrían la mandíbula, desde la barbilla hasta la oreja, y Harper se quedó casi sin aliento cuando él apretó los dientes contra la piel tan sensible de esa parte de su cuerpo.

—Podrían ponernos de patitas en la calle —susurró él.

De alguna manera, todo lo que le decía sonaba como una promesa del mejor sexo que ella había disfrutado nunca. Entonces se puso de puntillas y susurró tres palabras mientras lo besaba en los labios:

—Merecerá la pena.

Él le recorrió la columna vertebral con las manos, hasta que las dejó apoyadas contra su baja espalda y la apretó contra su cuerpo.

—Qué carajo —dijo él, y la miró a los ojos—. Yo creo que vas a tener razón.

Entonces cesó toda resistencia y se entregaron el uno al otro. Él la llevó contra la pared y le cubrió la boca con la suya; y entonces ella pasó los dedos por las finas hebras de pelo que siempre había querido tocar. Y estaba intentando recordar si había dejado algo en el dormitorio que pudiera resultar embarazoso, cuando sonó el teléfono de Luke.

Se quedaron los dos parados en el acto. La insistencia de ese timbre seco era lo único que se oía en el pasillo. Luke soltó una larga exhalación y apoyó la frente en la de Harper. Tenía los ojos de un color azul sereno que a ella le daba mucha confianza, y era como si él pudiera ver directamente el contenido de su corazón.

—Tengo que cogerlo.

Ella frotó sus labios contra los suyos.

—Ya lo sé.

Se notaba que le costaba separarse de ella, pero al final lo consiguió y sacó el teléfono móvil del bolsillo. Entonces carraspeó y dijo:

—Walker.

La voz al otro lado del aparato le hablaba en tono autoritario, y a gran velocidad: soltaba frases que Harper no alcanzó a distinguir. Luke escuchaba lo que le decían sin apartar los ojos de los de ella.

—Recibido —dijo él pasado un minuto—. Voy para allá.

Colgó el teléfono y acto seguido lo dejó caer de nuevo en el bolsillo.

—Era del trabajo, me tengo que ir. —Le acarició la mejilla a Harper con las yemas de los dedos, dibujando la curvatura que seguía su mandíbula; y solo de sentir ese roce, a ella se le puso la piel de gallina en la nuca—. La verdad es que no quiero, pero me tengo que ir.

—Vete —dijo ella con ternura—. Tienes que atrapar a un traficante de droga.

Él la atrajo para sí y la besó una última vez. Cuando por fin la soltó, ella se notó más fría. Luego él abrió la puerta y la noche entró a raudales. La miró con una sonrisa malévola.

—Harper McClain —dijo—, eres una caja de sorpresas últimamente.

CAPÍTULO DIECISIETE

Al día siguiente, Harper no se levantó hasta el mediodía. Despertó, y la luz del sol entraba tamizada por el tenue filtro de las persianas. Fue al estirarse cuando notó que tenía el cuerpo rígido. ¡Mierda! Se incorporó de golpe en la cama, hasta quedar sentada. Luego tiró de las sábanas para cubrirse con ellas: Zuzu, que estaba durmiendo en el borde, dio un salto y cayó de pie al suelo. ¡Luke!

Dejó caer la cabeza entre las manos y volvió otra vez mentalmente a los últimos minutos de la noche anterior. Desde la perspectiva del día siguiente, todo parecía un sueño. Pero, incluso entre los flecos de neblina que tenía en la cabeza esa mañana, bien sabía que había sido real. Porque todavía sentía la presión de las manos de él contra la espalda; y oía el eco de sus palabras: «No deberíamos estar haciendo esto». Y al calor de aquel recuerdo, se le aceleró el pulso.

—¡Mierda! —dijo en alto, y lo repitió varias veces de forma enfática—: Mierda, mierda, mierda.

No podían haber hecho nada peor. Porque Luke y ella eran amigos; y nada da al traste con la amistad de manera tan fulminante como sentir una piel contra la otra. Eso sin tener en cuenta que él podría perder su trabajo por culpa de aquel incidente; y, si la policía insistía lo suficiente, también ella podría verse en la calle como consecuencia de todo ello. Harper tenía un nudo en el estómago, una mezcla contradictoria de anhelo y aprensión. Y es que, en lo más hondo, no quería otra cosa que acabar lo que habían empezado. Si bien era cierto que, muy probablemente, Luke, dondequiera que se encontrara en aquellos momentos, era consciente, igual que ella, de las implicaciones de la noche anterior.

No podían seguir adelante con ello. Las normas en el cuerpo prohibían todo tipo de «camaradería» con la prensa, más allá de lo estrictamente necesario para desempeñar la labor, «en cualquier forma que pudiera comprometer la integridad de las investigaciones de la policía». Claro que flirteaban unos con otros, los policías y los periodistas que cubrían las noticias. De hecho, apenas si se contaba con los dedos de una mano el número de policías varones en el cuerpo que no le hubiese tirado la caña a Natalie, la del Canal 12. Eso sí, que Harper supiera, no había oído nunca que un poli tuviera relaciones con una reportera. Y no solo por las normas: la desconfianza mutua que se tienen la policía y la prensa daba pábulo a una especie de tierra de nadie, borrosa y arriesgada, entre los dos. Porque los periodistas se ganaban la vida precisamente mediante la revelación de todo aquello que los policías se esforzaban en mantener oculto. Por lo general, tampoco nadie tenía que poner mucho empeño en subrayar la gruesa línea que los separaba, ya que eran como el agua y el aceite.

Salvo en el caso de Harper: ella era diferente. Ella había crecido entre polis; y, en cierto sentido, era parte del cuerpo. Cuando su padre salió de la ciudad, la abuela no podía ir siempre a buscarla al colegio. Por lo general, iba a casa de Bonnie cuando pasaba eso. Pero, si acaso no podía quedarse allí, era Smith el que pasaba a recogerla. A veces iba él mismo en persona; otras, mandaba un coche patrulla para llevarla —con las luces de emergencia puestas y la sirena a todo meter— hasta la propia comisaría, donde se ponía a hacer los deberes. Y una vez allí, mientras esperaba a que Smith acabara su jornada, los polis se peleaban por hacerle monerías. Le llevaban refrescos y bolsas de patatas fritas de las máquinas expendedoras. Y los de tráfico hasta le daban vueltas en sus motocicletas por el aparcamiento. Iba cumpliendo años, doce, trece, catorce, y seguía siendo su mascota: casi una de ellos. Y, aun así, a pesar de todo y de la relación tan cercana que tenía con Smith, no era una de ellos. No del todo, al menos. O sea, que Luke podía meterse en un verdadero lío.

De repente, lo que habían hecho la noche anterior le pareció algo estúpido y temerario. Porque los podía haber visto cualquiera en el jardín diciéndose cositas al oído. Cualquiera podía haberse dado cuenta de que salían juntos de la fiesta; y de ahí, deducir lo que iba a pasar. No en vano eran polis.

Llevaba tanto rato sin moverse que Zuzu soltó un bostezo, arqueó la atigrada espalda y se fue con la cola tiesa.

—Tú métete en tus propios asuntos —exclamó Harper, al ver a la gata salir del dormitorio.

Por fin se levantó de la cama y fue dando pasitos, descalza, por el pasillo, allí donde la luz del sol rebotaba en los suelos pulidos de madera para reflejarse, después, en las paredes lisas. Casi no tenía muebles: aquello parecía una habitación de hospital. Solo había dos sofás grises de Ikea y una televisión pequeña. Le gustaba darse el lujo de caminar en línea recta de un lado a otro del apartamento sin tropezarse con nada. La verdad era que nunca se había parado a preguntarse por qué: ella era así y punto. Todas las paredes presentaban todavía el mismo tono de pintura que tenían cuando ella se mudó, y jamás se le había ocurrido cambiarlo. El color lo aportaban los cuadros que tenía colgados: la pared entre el salón y la diminuta cocina albergaba un lienzo en tonos luminosos y flores blancas y amarillas, pintadas con esmero, en lo que se diría reflejaba un día ventoso. De todos los cuadros de su madre, ese era el favorito de Harper.

Tenía otro encima de la chimenea: una ensoñación henchida de sol que Bonnie pintó hacía años. Era un retrato de Harper, más joven, con un vestido blanco sin mangas, la llameante melena al viento; y multitud de pecas que le salpicaban los pómulos. Posaba un poco de lado, pues volvía la cabeza para ver el esplendor dorado del ocaso. Ironías del destino: la que sacó el gen artístico fue Bonnie, y no Harper. Pero es que Harper jamás volvió a coger un pincel después de la muerte de su madre.

—Me gustaba tanto ver pintar a tu madre —le dijo Bonnie la primera vez que se planteó estudiar Bellas Artes como opción de futuro—. Se la veía tan feliz; y tan libre. Yo no conocía a ningún adulto que amase su trabajo tanto como ella.

Al igual que el resto del apartamento, el baño era pequeño y lo tenía muy ordenado: las toallas colgaban con el ángulo justo de caída; la jabonera relucía de limpia. Harper ni siquiera se daba cuenta de que hacía esas cosas: como ahora, que estiró el felpudo del baño antes de meterse en la ducha.

Al poco rato, recién duchada y con ropa limpia, encendió el detector de la policía y se hizo una cafetera de café bien cargado. Y mientras esperaba a que cuajara el brebaje, se quedó así, ensimismada en las conversaciones bruscas y frías de los agentes, quienes debatían sobre pequeños alcances de un coche contra otro en la calzada; o sobre las caídas de la gente en las aceras.

La cocina era pequeña, pero contaba con todo lo que le hacía falta; hasta tenía una ventana que daba al pequeño jardín de atrás, y armarios de cuerpo entero que Billy había hecho con sus propias manos. Al igual que el pasillo, las paredes y los armarios eran todos blancos. El suelo era de baldosas blancas y negras, y sintió ahora el frescor que le daba, al caminar descalza con la taza de café para sentarse a la mesita que tenía en la cocina.

Zuzu estaba agazapada junto a la gatera que había debajo de la ventana, sin dejar de mover la cola. Luego la atravesó de un repentino salto, rauda a la conquista del mundo.

—Pues adiós a ti también —dijo Harper entre dientes, y echó mano del ordenador portátil.

Lo del gato no había sido idea suya. Hacía tres años, los inquilinos del piso de arriba, una panda de incompetentes, se fueron sin pagar los dos últimos meses, según le contó un consternado Billy, y dejaron a la gata de recuerdo. La barcina, escuálida, apareció en el porche de Harper una tarde, y se la quedó mirando con pinta de no haber comido en varios días.

—Ni hablar —le dijo Harper, y se fue derecha al trabajo.

Pero cuando volvió esa noche, a las dos de la madrugada, en plena lluvia, la gata seguía allí, esforzándose por conciliar el sueño, con el lomo pegado a la puerta. Le salpicaba la lluvia en el pelaje, y Harper puso cara de asco.

—Qué le vamos a hacer —se dijo a sí misma mientras abría la puerta para que entrara el minino—. A lo mejor la comida para gatos no es tan cara.

Y resultó que tenían las dos mucho en común: eran independientes y no soportaban dormir solas.

Se sentó con las piernas cruzadas y metió la contraseña en el servidor de correo. Pero, apenas si había abierto un mensaje, cuando la llamaron al teléfono móvil.

—Aquí Harper —dijo mientras seguía leyendo en la pantalla.

—Soy D. J.

Se oía el zumbido de la redacción como trasfondo: el rumor grave de las conversaciones, los teléfonos que no paraban de sonar.

—Ah, hola —dijo ella—. ¿Qué pasa?

—Pues que, escarbando en el asunto este de Marie Whitney —dijo, en voz tan baja que costaba entenderlo—, he encontrado algo, y me parece que tienes que oírlo.

—Cuéntamelo con pelos y señales —le ordenó Harper, y echó mano de papel y bolígrafo.

—Vale, pues el caso es que... —Parecía nervioso y seguía hablando en voz muy baja—. ¿Podemos quedar en alguna parte?

—¿Quieres que me pase un poco antes por la redacción? —propuso ella.

181

—No, aquí no —dijo él rápidamente—. ¿No podemos vernos en otro sitio?

Harper arrugó la frente.

—¿No quieres que nos veamos en la redacción del periódico?

—Eso es, aquí no —lo decía casi con un susurro—. ¿Por qué no vamos a ese café que te gusta a ti? Ese tan pretencioso al que van los artistas.

Algo en la forma de decirlo podía delatar emoción, o nerviosismo. Había encontrado algo. Harper dejó el café encima de la mesa con tanta fuerza que derramó parte del líquido.

—¿El Pangaea? Vale. ¿A qué hora?

—¿En treinta minutos?

—Llego de sobra —dijo ella con voz serena—. Nos vemos allí.

Para cuando él colgó, Harper ya había salido corriendo hacia la habitación para vestirse.

Veinte minutos más tarde, cuando Harper entró en el café, D. J. ya estaba esperándola, sentado solo en el extremo más alejado de la puerta, debajo de un cuadro de unos garabatos azules difíciles de identificar como nada concreto; tenía un capuchino doble en la mesa. Ella pidió uno solo, también doble, y fue a reunirse con él.

—Hola, D. J. —dijo—. Oye, tú no vienes mucho por aquí.

—Pensé que podía estar bien. —Había cierta calma en su voz, pero, por debajo de la mesa, no paraba de mover mecánicamente una pierna.

—Ajá, pero vayamos al grano: ¿cómo va lo del subterfugio? —Y sopló la taza sin apartar los ojos de él. Lo veía tan nervioso, que quiso ofrecer una imagen de serenidad para que su compañero no se pusiera a dar botes en la silla. D. J. paseó la mirada por el local: era la hora de las comidas y estaba lleno de veinteañeros; casi todos pegados al ordenador portátil o al teléfono móvil. Como entraba el sol a raudales por las grandes ventanas, buscaban la contorsión perfecta con el cuerpo para hacer de pantalla; mientras los altavoces derramaban una *bossa nova* que impregnaba el ambiente—. Nadie nos mira —confirmó ella—. Puedes hablar.

D. J. respiró hondo.

—¿Recuerdas que me pediste que volviera a la universidad para cotillear un poco y ver si podía desempolvar algo sobre Marie Whitney? Pues bien, volví ayer y hablé con algunas compañeras que trabajan en su misma oficina. Ellas me contaron más cosas de los tíos con los que salía, y sobre ella también. Me llegó todo tipo de comentarios de lo más inverosímil. —Entonces apartó a un lado el café y se echó hacia delante—. En las facultades universitarias hay mucho chismorreo, aunque no lo parezca; y casi todo es inventado, por lo general. Pero es que por la forma en que hablaban era como si fuera verdad. Me contaron que por todas era conocido lo mucho que le gustaba el sexo peligroso; sobre todo, seducir a los maridos de otras mujeres. Y por lo que me decían, es como... —Hizo una pausa—. Es como si a Whitney le gustara jugar con la gente. Me pareció que disfrutaba haciendo daño a los demás.

Harper lo miraba sin perder detalle.

—¿Y tú los creíste? ¿Te creíste lo que te decía esa gente?

—Es que a las mujeres con las que hablé les tocaba muy adentro lo que me estaban diciendo, porque se emocionaban al contármelo. Lo difícil era no creerlas —dijo—. Y todo lo que me contaron... pues parecía que encajaba. Algunas le tenían mucho miedo.

Harper se frotó la frente: la idea que se había formado de una Marie Whitney madre y mártir, igual que la suya, perdía ahora esos contornos; y los reemplazaba la imagen de la Marie Whitney ávida de sexo: la diosa del amor que destruía matrimonios.

—Pero es muy raro —dijo Harper—. Porque el perfil en el que encaja es en el de una mujer de negocios, cabal y como Dios manda: la madre soltera que cría ella sola a su retoño. Y ahora tú vas y me cuentas que era una sociópata devoradora de hombres.

—Se puede ser las dos cosas —le recordó D. J.—. Yo creo que puede que fuera las dos cosas a la vez.

Harper había cubierto muchos crímenes en los que alguien, celoso, mataba a su expareja; o bien casos en los que una mujer desairada se cargaba a tiros a la nueva favorita que venía a reemplazarla. Pero eso no acababa de encajar con la escena que vio en esa cocina.

—La muerte de Whitney no responde a un móvil pasional —dijo muy seria.

Él arrugó el entrecejo.

—¿Y eso tú cómo lo sabes?

—Porque vi... —Se mordió la lengua justo a tiempo—. Vi los informes del asesinato: la escena del crimen estaba en perfecto estado de revista; el asesino no dejó ni una sola huella, ni un pelo siquiera. Lo planearon al detalle y la ejecución fue perfecta. Mientras que en los crímenes pasionales todo está manga por hombro; porque los que matan así no piensan, solo reaccionan. Dejan el enclave hecho una pena, hay pruebas por todas partes. Es gente que mata en un arrebato.

Tuvo una visión entonces del cuerpo de Whitney, y de la cara llorosa de Camille, en esa cocina tan bien ordenada.

—Aquí mataron a sangre fría, con una premeditación que asusta de lo exhaustiva que fue.

—Vale —dijo D. J.—, pues ahí es donde entra lo otro.

Harper lo miró de repente a los ojos.

—¿A qué te refieres con lo otro?

—¿Recuerdas que me habían contado que le gustaban los poderosos?

Harper dijo que sí con la cabeza.

—Pues cuando hablaba con la recepcionista de su oficina —dijo D. J.—, me contó que vio a Whitney de la mano de un tipo con placa, meses antes de morir; aunque no llevaba uniforme. Iba de traje. Pero estaba claro que era un poli. —Entonces la miró a los ojos—. Y, Harper, ¿no equivale eso a decir que salía con un detective?

Ella le devolvió la mirada y notó que se le aceleraba el pulso.

Nadie, ni un solo poli, había dicho nada de que Whitney tuviera un lío con un agente de policía.

—Vale —dijo ella, y se obligó a sí misma a aceptar esa posibilidad—. Vamos a pensar que fuera así. O que fuera alguien que trabajaba de escolta: un guardia de seguridad. Esos tipos visten muchas veces igual que los detectives.

—Eso mismo pensé yo —reconoció él—. Y así se lo dije a la recepcionista. Pero, según ella, llegó a preguntarle a Whitney si el tío era poli. Y Whitney sonrió y le dijo: «Es que me van los que tienen placa».

—Pero eso no es un sí —dijo Harper.

—Pues esta fuente en concreto dijo que sí lo era; y que como tal se lo tomó.

—Maldita sea —soltó Harper—. Ojalá hubiera dicho que sí o que no.

D. J. no paraba de mover la pierna debajo de la mesa, hecho un manojo de nervios.

—Pero es que, Harper, como sea un poli, esto se vuelve muy pero que muy peligroso.

—Sí —dijo ella—. Y muy interesante también.

—No, ahora en serio, Harper. —La miró con toda la intención—. Esos tipos no te van a dejar que escribas sobre un detective que puede que haya matado a alguien. Y, además, fíjate. —Cambió de apoyo en el asiento—. Imaginemos que no tiene nada que ver, ¿vale? Imaginemos que ella sale con ese tío, no llegan a nada, rompen y ya está, y que de eso hace tres meses. Porque, según la recepcionista, no volvió a ver a Whitney con él. Y ojalá sea así. Pero, como esté implicado un poli, y haya matado a una mujer... —Sus ojos marrones escarbaron, desde detrás de las gafas, hasta quedar fijos en los de Harper—. Irá a matarte antes de permitir que lo saques a la luz.

La preocupación era contagiosa, y Harper tragó saliva con dificultad. Tuvo que hacer un esfuerzo para sobreponerse al estado de nervios que amenazaba con apoderarse de ella.

—Venga, D. J. —dijo, haciendo todo lo posible por adoptar un tono optimista—, que yo sé lo que me hago. No voy a ir de repente a un detective a decirle: «Sé que fuiste tú». La duda ofende.

Él no dejaba de mirarla, y buscó con cuidado lo que quería decir.

—Imagino que sabes lo que haces —dijo, pasados unos momentos—. Pero, aun así, esta vez tienes que tener cuidado, Harper.

—Yo siempre tengo cuidado —dijo ella en tono cortante—. A ver, esta recepcionista amiga tuya ¿qué más sabía del detective? ¿Pudo llegar a identificarlo?

—No sabe cómo se llama —dijo D. J., como pidiendo perdón—. Al parecer, a la oficina no entraba y lo vio desde lejos. Era alto, de más de uno ochenta de estatura; frisaba ya los cincuenta. Y tenía el pelo rubio, o castaño claro. —Hizo una pequeña pausa—. Ah, y también dijo que tenía unos ojos que daban miedo, aunque no sé a qué podía referirse.

El ruido de fondo que reinaba en el café cesó de repente: la música, las conversaciones..., todo se sumió en un profundo silencio. Porque solo había un detective que respondiera a semejante descripción. Y era precisamente el que estaba al cargo de las investigaciones en el asesinato Whitney. El detective Larry Blazer.

CAPÍTULO DIECIOCHO

Aquella misma tarde, en la redacción, Harper hizo lo que solía hacer cualquier día de la semana: escribió artículos cortos relativos a los casos de delincuencia que había deparado el día, pequeñas piezas que acabarían en las páginas finales, e hizo unas cuantas llamadas. Pero no paraba de darle vueltas a lo que le había contado D. J. Cuando quiso acabar y levantó la vista de su mesa, vio que no había nadie en toda la sala. Hasta Baxter había ido a la mesa de redacción. Harper estaba sola. Así que sacó la libreta e hizo un pequeño esquema con todo lo que sabía del caso de Whitney, de Blazer y del de su propia madre. Apenas le ocupó una página.

Whitney llevaba una vida sexual muy compleja en la que estaban implicados varios amantes a la vez. Había muchas mujeres resentidas, exmujeres y exnovias, que se la tenían jurada; a ellas había que sumar los hombres despechados que había ido dejando por el camino. Cualquiera de todas ellas, y de todos ellos, tenía motivos más que suficientes para desear su muerte. Y puede que, unos meses atrás, tuviera también un ligue con un detective que se parecía a Blazer.

Por lo que respectaba a la madre de Harper, y que ella supiera, no se daba el caso de que tuviera inclinaciones sexuales de esa índole. No estaba felizmente casada, pero no parecía que fuera infiel. Harper recalcó la suposición en su cabeza: no lo parecía. Y dio unos golpecitos en la libreta. Cuando la mataron, su padre la estaba engañando con otra: ¿acaso lo sabía su madre? ¿Se le pasaría por la cabeza buscarse ella también una pareja alternativa, a modo de venganza, o aunque fuera solo para curarse el orgullo herido? ¿Sería esa la persona que la mató?

Era muy aventurado pensar en Blazer como en un psicópata que vagaba por el país buscando mujeres solas y guapas; y que había recalado en Savannah quince años atrás: demasiado aventurado. Aun así, escribió en la libreta, a modo de posible hipótesis: *¿Se la estaba pegando mamá a papá?* Pero pasó un segundo y tachó las palabras con saña. Porque incluso ponerlo por escrito era una forma de deslealtad hacia su madre. Ella era tan joven cuando la mataron que la relación que tuvo con su madre había quedado como congelada para siempre en sus doce años de edad. Su padre viajaba mucho por trabajo; así que era su madre la que tenía que ofrecerle siempre consejo y consuelo. En realidad, nunca hubo oportunidad de que se separaran una de otra, ni de que buscara cada una su independencia. Y de compartir confidencias de persona adulta, tampoco. Entonces cayó de repente en la cuenta, por primera vez en su vida, de que no sabía gran cosa de ella.

Estaba tan ensimismada en sus elucubraciones que la voz afilada de Baxter le dio un susto de muerte.

—¿Qué estás haciendo? ¿Ahí, esperando que el periódico se escriba él solito o qué?

La directora la increpaba desde el otro lado de la sala de redacción, sin apartar la mirada de ella a través de las hileras de mesas vacías que las separaban. Afuera, el sol se había puesto ya en ese rato que había pasado Harper absorta en sus pensamientos; y las ventanas reflejaban su propia imagen: el óvalo pálido de su rostro, la mata de pelo enmarañado que lo coronaba. Tenía aspecto de estar cansada.

Echó mano del detector y dijo:

—Pues estoy esperando a que empiece el tiroteo.

Y justo en ese momento, como si la hubiera estado oyendo, el detector crujió con un aviso.

«A todas las unidades: han denunciado una señal nueve en el cruce de Broward Street con East Avenue. Vayan preparados, porque hemos recibido numerosas llamadas de testigos. Se ha mandado ya una ambulancia».

—¿Lo ves? Ahí lo tienes —dijo Harper—: nada menos que el primer tiroteo de la noche.

—Tú te lo estás inventando —soltó Baxter, y sonó como una acusación.

—Ya has oído a la señora de centralita. —Harper se puso de pie y fue recogiendo sus cosas—. Han mandado una ambulancia.

—Pues parece cosa de brujería —gruñó Baxter.

Harper no le hizo ni caso, se colgó el detector de la cinturilla, cogió la libreta y pasó las páginas hasta que desaparecieron las líneas que acababa de escribir sobre el asesinato de su madre.

De alguna manera, solo pensar que iba al enclave de un tiroteo ya la llenó de contento; porque era justo lo que le hacía falta: algo directo, sin remilgos. Y sin bagaje alguno: nada más que una pistola, una herida de bala y una historia que uniera ambas cosas.

—¿Lo cubre Miles contigo? —preguntó Baxter.

Harper atravesó la sala de redacción.

—Ya lo llamo yo desde el coche.

El Camaro estaba aparcado a la entrada. Harper se deslizó en el asiento del conductor y enganchó el detector en el salpicadero. Luego arrancó y el motor volvió a la vida con un rugido que delataba energía en estado puro. Puso el teléfono en manos libres y marcó el número de Miles. Para su sorpresa, saltó directamente el contestador. El mensaje que dejó fue conciso: «Hay un tiroteo en Broward. Baxter quiere que lo cubras conmigo. Voy de camino». Dejó luego el teléfono en el asiento del copiloto y arrugó el entrecejo. Porque Miles siempre cogía las llamadas.

Broward Street estaba al sur de la ciudad, cerca del sitio en el que se desencadenó el tiroteo la otra noche. Le llevaría unos quince minutos llegar allí si no había mucho tráfico. Hizo el trayecto sobrepasando en ocasiones el límite de velocidad y, en diez minutos, ya oteó las luces azules de emergencia. Aparcó el Camaro a una manzana del enclave y cubrió con un trote ligero el resto del camino.

Hacía un calor pegajoso esa anoche. El asfalto había absorbido el sol durante todo el día y lo bombeaba ahora hacia fuera sin quedarse nada dentro. En el aire flotaba un olor ácido al humo que salía de los tubos de escape, mezclado con la basura podrida al sol demasiados días.

Había dos ambulancias estacionadas formando un ángulo abrupto que bloqueaba el tráfico; delante de ellas, se apelotonaban cuatro coches patrulla. En la acera se topó con un grupo de unos treinta curiosos, atentos a la acción que transcurría al otro lado de la calle.

—¡He dicho que se echen para atrás! —les gritaba un policía de patrulla todo sudoroso a los mirones, justo cuando llegó Harper—. Tres pasos hacia atrás, y bien largos. De lo contrario, tendré que emplearme a fondo con ustedes.

Harper se abrió paso entre el grupo y llegó al otro lado para ver qué pasaba. Había dos hombres en sendas camillas. Los dos llevaban pantalones anchos hasta la altura de las rodillas y camisetas; eran los dos jóvenes y flacos, y tenían idéntica expresión de susto en la cara. Como si no hubieran caído en la cuenta, hasta ese momento, de que las balas abrían heridas de verdad en la carne.

El personal sanitario no paraba a su alrededor: les ponían vías y bolsas de suero, iban cortando las camisetas para tener acceso a las heridas.

—¡Maldita sea! —dijo un adolescente que miraba desde la acera—. Esa camiseta vale cien dólares.

El chico alzó las cejas todo lo que le daban de sí. Había quedado meridianamente claro, pues, a qué debía de dedicarse alguien que llevaba una camiseta de cien dólares en un barrio en el que la gente ganaba poco más a la semana.

Harper llegó a la altura del chico que había dicho eso.

—Hola —dijo con tono jovial—. Soy reportera del *Daily News*. ¿Has visto lo que ha pasado?

Él arrugó la frente y la miró de arriba abajo: lo único que vio fue una mujer con un boli en la mano, así que alzó los hombros con indiferencia.

—Lo ha visto todo el mundo: se han peleao en mitad de la calle, y luego han empezao a disparar.

—¿Con quién se han peleado? —preguntó Harper.

—¡Pues entre ellos! —respondieron tres personas a la vez.

Harper buscó las caras entre la gente.

—¿Cómo? ¿Que se enzarzaron en una pelea y acabaron a tiros?

—Eso es. —Una mujer negra de baja estatura y pelo gris se abrió camino entre los curiosos para llegar hasta donde estaba Harper—. Porque esos dos llevan meses liándola buena. Yo llamé a la policía, y no han hecho nada. O sea, que esto se veía venir.

Tenía la espalda tan tiesa como la de una bailarina y miraba a Harper inquisitivamente desde detrás de unas gafas de cristales relucientes.

—¿Es usted policía? Porque los hemos llamado muchas veces.

La gente que la rodeaba movió afirmativamente la cabeza.

—No soy policía, señora —dijo Harper con amabilidad—. Soy periodista.

—Periodista. —A la mujer eso le gustó menos todavía—. ¿Del periódico?

—Sí.

—Pues el periódico tampoco hizo caso —proclamó la mujer en tono acusatorio.

—Lo siento mucho —dijo Harper—. ¿Le importaría contármelo ahora? ¿Quiénes son los que se han peleado?

—El chico de la izquierda es Jarrod Jones —terció el adolescente, sin darle tiempo a la mujer a responder.

—El otro es Lashon Williams —dijo alguien más.

191

Harper tomó nota a toda prisa.

—¿Y dicen que llevan un tiempo peleándose? —La reportera lanzó la mirada en torno, por ver si animaba a la gente a contarle más cosas.

—Llevan seis meses a pelea diaria —dijo la mujer mayor con tono de reproche—. Porque uno dice que esta manzana es suya; y el otro, que no, que es de él. Y así están, en un tira y afloja; tira y afloja. Y yo le dije a la policía que iba a haber muertos.

—Y hoy ya ha reventado todo —le explicó el adolescente, que quizá se alegraba un poco de ello.

Con eso, Harper ya tenía suficiente.

—Se lo agradezco mucho —dijo, y tomó una última nota—. ¿Puedo citarlos en el artículo?

Todo el mundo se mostró en claro desacuerdo.

—Ni de coña. —El chico puso la misma cara de espanto que si le hubiera dicho que lo iba a quemar vivo.

—No sé ni cómo se atreve a pedirnos eso —la amonestó la anciana.

Lo decía con tanta autoridad que Harper tuvo que recular.

—Lo siento —dijo—. Yo no quería...

—Por todos los santos —dijo la mujer, y negó con la cabeza.

De repente, el grupo de curiosos pasó a tomar un perfil más agresivo.

—Lo que quiere es meternos en líos —murmuró alguien; y los demás lo jalearon, entusiasmados.

Sin dejar de pedir perdón, Harper optó por una retirada a tiempo y buscó confundirse con la noche. Cuando dejó atrás a los mirones, se fue acercando a la escena del crimen, donde estaban dándoles los primeros auxilios a las víctimas que eran a su vez verdugos y viceversa. Se puso en un lateral y aguzó la vista para estudiar el lugar de los hechos, puesto en relieve por el resplandor inmisericorde de las luces azules de emergencia.

Había dos manchas de sangre en el pavimento, apenas a un

metro de distancia una de otra. Y el grupo de curiosos tenía razón: por el aspecto que presentaban, debían de haberse disparado a quemarropa.

—¡Harper! —Toby saltó de la parte trasera de la ambulancia ataviado con un pijama verde: estaba a punto de ponerle una vía intravenosa a uno de los heridos, pero fue hacia ella con la vía en la mano, dando saltitos, como un cachorro con forma de hombre—. Mírame, aquí estoy, de vuelta al turno de noche.

Ella lo miró y fingió que no se lo creía.

—¿Has secuestrado la ambulancia? ¿Sabe alguien que estás aquí? Mira que llamo a la policía.

—Todo por lo legal —se defendió él siguiéndole el rollo—. Me apunté en la lista de sustituciones y hubo alguien que se puso malo esta noche. Tenía las manos en alto y el tubo de la vía le colgaba de una de ellas—. Soy un antisistema.

—Un loco es lo que eres, Toby —dijo ella, pero se notaba que no lo decía en serio.

—Sí, pero loco en el buen sentido de la palabra, ¿a que sí?

—Eso. —Luego señaló a las dos víctimas—. Oye, ¿es verdad que estos dos se han disparado como en las películas de vaqueros?

—Ya te digo —dijo él; encantado, al parecer, de estar atendiendo el caso—. Es lo que se dice un pelotón de fusilamiento circular y de carne y hueso. Ahí el genio de la izquierda creyó que el genio de la derecha le había invadido el territorio de trapicheo, así que tiró de pistola. Pero es que el genio de la derecha ya la tenía en la mano, y dispararon a la vez los dos.

—¿Hay más heridos?

Él dijo que no con la cabeza.

—Ay, amiga, esto es lo que se suele llamar justicia divina.

Una de las compañeras de Toby, que atendía al de la izquierda, le hizo una seña para que se acercara.

—Espera un minuto —le dijo Toby a Harper—. Vuelvo enseguida.

Harper se echó a un lado mientras él iba a toda prisa a ponerle la cánula intravenosa al hombre en el brazo. Un minuto después volvió y se quitó los guantes azules de goma.

—¿Vivirá? —preguntó Harper.

—Sí, sí —dijo ladeando un hombro con indiferencia—. Está sangrando, pero ya parará. —Entonces cambió al instante de tema y le dio un empujoncito con el hombro—. Oye, Walker y tú desaparecisteis de la fiesta la otra noche —dijo burlón—. ¿Qué pasa, hay algo entre vosotros que yo debería saber?

Harper hizo una mueca de disgusto: o sea, que los habían visto.

—Qué va, Toby —dijo fingiendo falta de interés en el asunto, aunque también con cierta irritación—. Lo que pasa es que nos fuimos a la vez, pero nada más.

Toby esbozó una sonrisa cómplice y le dio de nuevo en el hombro, solo que más fuerte esta vez.

—Walker es buena gente, Harper. Podrías estar tirándote a otro peor.

—Eso ya lo sé —lo cortó en seco, con la esperanza de que el tono gruñón disimulara el pánico que sentía por dentro—. Pero es que yo no me estoy tirando a nadie.

Oyeron un traqueteo de camillas y el personal sanitario las metió en las ambulancias y las aseguraron.

—¡Sube a bordo, Toby! —le gritó alguien.

Él dio un paso hacia atrás.

—Pues a lo mejor no te lo estás tirando, pero qué más querrías —dijo, no sin cierta malicia—. Porque ese tío es puro sexo. Yo me lo tiraría, pero es que no me va ese rollo. Además, yo ya estoy pillado.

Entró de un salto por la puerta abierta de la ambulancia, abrió los brazos y miró al cielo oscuro.

—Dios, cómo he echado de menos esto.

A los pocos segundos, la ambulancia se incorporó a la calzada y fue partiendo la noche en dos con el chirrido de la sirena. La ráfaga de luces azules iluminó en ese momento a un grupo de policías que, hasta entonces, había quedado a oscuras detrás de los vehículos de emergencias. Y en el centro de todos ellos estaba el detective Larry Blazer. A Harper se le quedó la boca seca.

Como estaba enfrascado en plena conversación, no se percató de la presencia de Harper; quien volvió apresuradamente a la zona no iluminada de la calle y lo estuvo estudiando a escondidas, con innegable interés: era guapo, pensó, de una belleza nórdica, con esos pómulos que parecían esculpidos a cincel. Pero había algo cruel en esa boca que no transmitía ninguna calidez, ni siquiera cuando sonreía. En cualquier otro momento, le habría pedido alguna declaración concerniente al tiroteo, pero lo que hizo fue darse la vuelta y alejarse de allí. Porque si cabía la más remota posibilidad de que Blazer tuviera algo que ver con el asesinato de Whitney, también la había de que estuviera implicado en la muerte de su madre. Y todavía no estaba preparada para plantarse delante de él como si tal cosa.

Estaba ya a punto de llegar al coche cuando vio a Miles, que comprobaba las fotos que había hecho en la pantalla de la cámara a la luz de una farola.

—Hola —dijo Harper—. ¿Dónde te has metido? ¿Cómo es que no respondiste a mis mensajes?

Él levantó la vista muy serio.

—Al final fui a ver a mi amiga, la médica forense. —Había un tono sombrío en esa voz—. Tenemos que hablar.

—¿Qué has averiguado?

Miles y Harper se metieron en el Mustang de él, a una manzana del lugar del tiroteo. Estaba todo oscuro, solo les llegaba un ligero resplandor de las luces azules de los coches de policía en la distancia. Era como si los bañara una luz estroboscópica que le daba a la escena cierto aire de irrealidad. Y como Miles no había puesto el aire acondicionado, hacía mucho calor en el coche. Tanto que Harper notó cómo se le pegaba el top a la espalda.

—Mi amiga, la forense, ha echado un vistazo al caso Whitney —dijo— y me ha contado que hay cosas que no encajan.

—¿Como qué?

—La escena del crimen está impoluta, no hay nada que los de la científica puedan sacar en claro de ahí: todo fetén. Hasta le habían limpiado las manos a Whitney.

Harper arrugó el entrecejo.

—¿Hasta las manos?

Él dijo que sí con la cabeza.

—Alguien le pasó un trapo por las manos; le frotaron hasta debajo de las uñas. La piel le olía a alcohol; Y mi amiga dijo que había indicios de que le habían limpiado también la cara.

Harper no sabía qué pensar.

—¿Eso es normal?

Él negó con la cabeza.

—Dice mi amiga que no lo había visto en toda su carrera de forense.

—Según los detectives, tiene toda la pinta de ser un asesino profesional —añadió Harper.

—Será por eso. —Miles se removió en el asiento, para mirarla a la cara—. Y fíjate en esto: Whitney estaba desnuda cuando su hija encontró el cadáver, pero tenía fibras de ropa en las heridas.

Harper arrugó la frente.

—¿Y eso qué implica?

—Implica que cuando la mataron estaba vestida —le explicó—. Y que el asesino se llevó la ropa con él cuando salió de la casa.

A Harper se le erizó la piel de la nuca.

—No sé qué estarás pensando —dijo la reportera—, pero dímelo.

Él la miró a los ojos.

—Harper, hasta donde yo llego, tiene toda la pinta de que se han llevado de la escena del crimen todo aquello que les permite a los forenses hacer su trabajo de investigación: no hay ropa, ni arma;

las manos de la víctima están limpias; las uñas, cepilladas; la cara, lavada. El asesino se molestó incluso en ponerse calzas, de las que usan en cirugía, para no dejar huellas cuando pisaba la sangre. —Era raro, pero Harper estaba muy tranquila, como si ya supiera que eso era lo que le iba a contar Miles. Todo apuntaba en una dirección—. Normalmente, un asesino no tendría por qué saber qué buscan los forenses en la escena de un crimen —acabó deduciendo Miles—. Pero este tío lo tenía controlado todo.

Harper miró calle arriba, allí donde parpadeaban las luces azules.

—Como los polis —dijo en voz baja.

—Igual que los polis —repitió él.

Se volvió para mirarlo.

—Tengo que contarte algo.

Y, rápidamente, le explicó lo que había averiguado D. J. en la universidad; hasta la descripción del hombre que llevaba placa. Eso sí, lo que no le contó fue a quién le recordaba a ella ese perfil; porque quería ver si llegaba el solo a la misma conclusión. Cuando acabó de contárselo, Miles reclinó la espalda contra el asiento. El detector crujió con una voz que pedía una ambulancia desde la calle 27 Este, donde acababa de personarse la policía en un caso de robo con allanamiento de morada.

—Por esa descripción, parece Blazer —dijo por fin. Harper no esperaba que oírlo por boca de él la aliviara tanto, porque venía a decir que no se estaba volviendo loca—. O podría ser otra persona —siguió diciendo él con cierta cautela—. No podemos sacar ninguna conclusión todavía. En muchos trabajos tienes que llevar traje y placa identificativa; podría ser un guardia de seguridad.

—¿Un guardia de seguridad que se acuerda de lavarle la cara a la víctima? —preguntó Harper alzando la voz—. ¿De llevarse la ropa? ¿De limpiarle los restos de debajo de las uñas? ¡¿Y de ponerse calzas en los zapatos?!

Estaba tensa y se le notaba en la voz.

—Porque entonces sería el mejor escolta privado de todos los Estados Unidos a día de hoy.

—Ya te he oído —dijo él con calma—. Yo solo digo que no podemos sacar conclusiones apresuradas. Hay muchos factores que hay que tener en cuenta en este caso.

Y como viera que no se le había mudado la expresión de rebeldía en la cara a Harper, levantó una mano.

—Pero es cierto —dijo— que sí, que tiene pinta de ser un poli. O alguien que se sabe al dedillo cómo trabaja la policía. Y eso no es bueno.

—No —reconoció ella—. Nada bueno.

Él se puso a mirar hacia delante por el parabrisas.

—¿Tú crees que es algo que podrías comentar con tu colega, el teniente Smith?

Harper movió negativamente la cabeza.

—Son amigos —dijo—. Y los dos son polis.

No hacía falta decir más. Y el coche se llenó de un silencio denso, como si fuera agua. Harper se sentía perdida. A ver qué palo tocaba ahora. Jamás había investigado a ningún policía, y mucho menos por nada que se le pareciera a esto. Lo que sabía de los polis malos lo había visto solo en las películas y se reducía a esto: que eran muy peligrosos; que estaban fuera de control, y que mataban a la gente cuando se sentían investigados.

—Con todo esto que sabes ahora —dijo Miles mirándola a los ojos—, ¿sigues creyendo que es el mismo tipo que mató a tu madre?

Harper llevaba todo el día dándole vueltas a eso y no sabía muy bien a qué atenerse.

—Puede. —Hasta a ella misma le llegó el tono de duda que encerraba esa palabra—. Pero tengo que enterarme de más cosas antes de estar segura de nada. Solo cuento con mis propios recuerdos; me haría falta echarme a la cara los informes originales del caso de mi madre. Y compararlos con lo que sabemos del caso Whitney.

—Casi ninguno de esos registros es de acceso al público —le recordó él—. Lo que nos dejan ver es solo el parte que redactaron en su día.

—Ya me encargaré yo de verlos. —Se removió en el asiento y volvió la cara para mirarlo—. Pero, Miles, ¿y si es Blazer? A ver... —Hizo una pequeña pausa—. Digamos que es él, ¿vale? ¿Qué demonios vamos a hacer entonces?

En la penumbra del coche, se miraron a los ojos, a cada cual más preocupado.

—Para eso sí que no tengo respuesta —dijo él—. Solo sé que, de repente, este caso se ha vuelto muy peligroso. Harper, ¿tú estás preparada para esto?

Al fondo de la calle, los policías iban cargando todo en los coches y empezaban a arrancar la cinta balizadora de las farolas, para dejar libre la zona. Vio cómo se movían las figuras: rápidamente, entre las sombras; listos para salir corriendo hacia el próximo tiroteo, el próximo apuñalamiento. Fueron apagando las luces azules de emergencia, una detrás de otra. De tal manera que cuando volvió a hablar, la calle estaba de nuevo a oscuras.

—Tengo que estarlo.

CAPÍTULO DIECINUEVE

Al día siguiente a las cuatro de la tarde, cuando Harper llegó a la comisaría, había muy poca gente en el pasillo esperando a que los recibieran. Ella entró con paso rígido y cauteloso, pero intentó poner una expresión neutral; y, si había algo raro en ella, al parecer nadie se dio cuenta. Pasó al lado de dos policías de tráfico que conocía, y que llevaban los cascos debajo del brazo; enganchadas en el bolsillo de la pechera de sus uniformes azul marino, colgaban las gafas de cristales reflectantes.

—Hola, McClain —dijo uno de ellos.

Los saludó con la mano y dijo algo cortés de lo que ya no se acordaba a los dos segundos. Hacía calor ese día, pero notó frío conforme iba aminorando el paso; esperó a que los dos salieran del edificio antes de seguir camino hacia el mostrador de recepción. Cuando llegó allí, tuvo que hacer un esfuerzo con los músculos faciales para forzar la mejor de sus sonrisas.

—A ver, Harper McClain —dijo Darlene mientras la miraba con sumo interés—. ¿A qué viene ese rebosar energía y entusiasmo?

—Pues a nada —dijo Harper alegremente—. A que estoy encantada de estar aquí trabajando.

—Ya, ya. —La voz de Darlene rezumaba sarcasmo—. Un planazo, ¿a que sí?

La recepcionista empujó hacia ella el taco de partes de la policía y apoyó los codos en el mostrador. Harper fue pasando las hojas y puso todo su empeño en concentrarse en las palabras, mientras los nervios le bullían en el estómago.

«Robo, robo, robo, agresión sexual, denuncia por disparos, denuncia por disparos, ruido a horas intempestivas, robo, robo...».

Sacó el parte de la agresión sexual y dos robos a mano armada, y empezó a tomar notas sin demora.

—Harper. —Darlene dio unos golpecitos en la hoja con una uña pintada de mil colores—: Me ha llegado un cotilleo sobre ti.

A Harper se le cayó el alma a los pies, aunque siguió con la cabeza gacha e intentó quitarle importancia al asunto con el tono de voz.

—Ah, pues qué bien. ¿Y qué se me atribuye ahora en la fábrica de chismes?

—Algo que tiene que ver con el asesinato de la semana pasada: esa señora de la universidad.

Harper levantó la vista para mirarla.

—¿Qué pasa con eso?

Darlene bajó la voz.

—Dicen que estuviste espiando en la escena del crimen, con una de esas lentes de telefoto, y que el teniente está que trina. Le salpicó hasta al jefe superior de policía. ¿Es cierto?

Harper relajó los hombros.

—A ver, Darlene —la amonestó, y siguió tomando notas—, ¿a ti te parece que yo pueda haber hecho algo así?

—Sí, señora —dijo Darlene, y lo acompañó con un movimiento afirmativo de la cabeza.

—Pues entonces será verdad. Pero no fui yo, sería más bien cosa de Miles; porque, a ver, ¿quién soy yo para poner límites a la inspiración de un fotógrafo?

—Ese Miles —apuntó Darlene con cierto deje de ensoñación en la voz— es un poco misterioso, ¿no?

—Bah. —Harper no quiso dar indicio de ni que sí ni que no con la respuesta.

—Nada menos que un fotógrafo —siguió diciendo Darlene con un deje melancólico en la voz—. Un verdadero artista. Y un caballero también. Porque siempre que viene es tan atento, y se arma tanto de paciencia.

Entonces dejó la mirada perdida en el largo pasillo de entrada.

—Podías decirle que estoy soltera —proclamó, así sin más.

Harper se lo estuvo pensando.

—Pues lo haré —dijo.

Aquella conversación sirvió para calmarla; y cuando acabó con las notas y le devolvió el registro a Darlene, estaba preparada. Entonces hizo como que se le acababa de ocurrir algo.

—Ah, por cierto: estoy trabajando en un artículo sobre algunos crímenes de hace unos años, asesinatos que sucedieron en la pasada década, o incluso antes. Es como una retrospectiva. —Le dedicó un esperanzado parpadeo a Darlene—. ¿Dónde podría echar un vistazo a los partes de esa época? Ya sabes, esos casos que tuvieron bastante impacto y salieron en su día en las portadas de los periódicos.

Darlene, que estaba atareada poniendo la carpeta otra vez en su sitio, casi ni la miró.

—Pues esos están en el archivo; abajo, en el sótano —dijo—. ¿No has bajado nunca allí?

Harper conocía el archivo de sobra, porque de becaria pasó allí bastante tiempo. Por eso sabía que los periodistas necesitaban una autorización del jefe superior de policía para bajar. Y solo esperaba que Darlene no lo supiera.

—Ah, vale, se me había olvidado —dijo, y meneó la cabeza con una sonrisa irónica—. ¿Me abres, por favor?

—Claro, cariño. —Entonces sonó el teléfono que Darlene tenía al lado, y alargó la mano para cogerlo—. Ya sabes, todo recto y enseguida estás en el sótano. Recepción, buenas tardes.

Harper fue caminando como si tal cosa hacia la puerta de seguridad. Andaba sin prisa y nadie habría dicho que estaba de lo más tensa por dentro, como cualquier otro día de los muchos que iba por allí. Darlene apretó el botón que abría la puerta sin alzar la vista ni dejar de hablar por teléfono. La verdad era que cuando le dijo a Miles que pensaba echarse a la cara los partes viejos no desveló todas sus cartas, pues no le dijo cómo pensaba llegar a ellos. Y esta era la forma.

El pasillo, largo y sin ventanas, que discurría por entre los despachos de los detectives, estaba muy concurrido a aquella hora; y se unió al tráfico de policías de uniforme, detectives y personal administrativo en su rutina diaria. Había estado montones de veces allí; o sea, que no había razón para que nadie sospechara de ella. Sin embargo, los nervios le atenazaron el estómago al pasar por delante de la sala de emergencias. Una de las telefonistas la vio por la ventana y la saludó con la mano, sin dejar de hablar por los auriculares. Harper le devolvió el saludo y pasó aprisa; luego bajó la vista.

Como a mitad de camino entre la recepción y el despacho del teniente, estaba la escalera, ancha y funcional; y Harper sintió un tremendo alivio al agarrar la barandilla y bajar a buen paso los escalones. Cuando llegó al sótano, se detuvo: a partir de ese punto, estaba quebrantando la ley: el Departamento de Policía exigía que toda persona ajena al cuerpo que bajaba hasta allí fuera escoltada. Y tenían sus razones; porque había celdas y arsenales: era una zona de máxima seguridad. Además, solía estar muy concurrida. O sea, que había que cruzar los dedos por que la misma tónica que había presidido su paso por el piso de arriba se mantuviera aquí: que no pensara nadie en ella como ajena al cuerpo.

Así que se cuadró de hombros, giró a la derecha y fue por el estrecho pasillo, entre paredes de cemento. Apenas había dado un par de pasos, cuando salieron tres policías de patrulla recién cambiados del vestuario de hombres. A Harper empezó a latirle el corazón a cien. Siguió con la mirada al frente, seguro el paso. Pero sabía que con eso no bastaba. Porque alguno de ellos la pararía y querría saber qué hacía allí.

Iban enfrascados en alguna conversación, porque no se percataron de su presencia hasta que ya estaba casi encima de ellos. Uno de mediana edad, con entradas, la panza oculta arteramente gracias al cinto en el que no le cabían ya más aparatos, alzó la cabeza, la miró a los ojos y arrugó el entrecejo. A Harper se le quedó la boca seca. Él tenía esa mirada astuta y atenta de quien ha nacido para ser policía.

—Vaya —dijo el agente con una sonrisa—, discúlpeme, señora. —Y se volvió para decirles a sus compañeros—: Dejad que pase la dama.

Y se apretaron contra la pared para dejarle el paso libre. A Harper no le quedaba sangre en las venas; no obstante, hizo lo que pudo para sonreír con amabilidad.

—Gracias —dijo con voz ronca.

Pero ya se habían olvidado de ella.

—¿Te ha tocado otra vez la misma unidad? ¿Le han arreglado ya los frenos? —preguntó uno de ellos.

—No —dijo el de las entradas, y se pasó la gorra de una mano a otra con gesto taciturno—. Yo creo que el sargento quiere que me mate.

—Pues tú saca un pie cuando tengas que parar el coche —dijo uno de los otros. Y resonaron las risas hasta que desaparecieron del pasillo, escaleras arriba.

Harper respiró, aliviada, y apretó el paso, dejando atrás los vestuarios, de los que salía un leve olor a gel de hombre (una destilación de pino y algo que podía ser clavo) y el chapoteo del agua de la ducha. Luego, el túnel seguía en ángulo recto.

Casi llegó corriendo a la sala de archivos. La puerta se abrió en cuanto le puso la mano encima. Y ante ella se abrió un espacio enorme que parecía un almacén. El suelo era de cemento; la luz, fría e inmisericorde, y las paredes estaban sin desbastar: había hileras e hileras de cajas de cartón sobre estanterías de metal que llegaban hasta el techo.

Cualquier parte de la policía tiene que ser, según marca la ley, público; y se le debe mostrar a la prensa, o a cualquier ciudadano que así lo solicite. Eran estos partes —por lo general, muy breves— los que aguardaban cada mañana a Harper en el mostrador de recepción. Pero los archivos en los que la policía guarda los informes de las investigaciones, eso ya es harina de otro costal. Se trata de documentos más largos, a veces tienen docenas de páginas; y contienen información que los equipos de detectives y forenses han acumulado a lo largo de semanas de trabajo; o, en ocasiones, hasta meses. Incluyen las fotografías de la escena del crimen, los interrogatorios a testigos y sospechosos, todo lo investigado: un manual en el que se detalla paso a paso la resolución de los crímenes más importantes. Y esto no se le enseña a nadie: los tenían todos almacenados en aquella pieza del sótano.

Cada una de aquellas cajas contenía lo que había quedado de semanas y meses de labor policial; y, a veces, años. Eran casos que se habían investigado hasta un nivel molecular y que luego archivaban, resueltos o no, en cajas de cartón; dentro de aquella sala tan fría, fea y tercamente iluminada. Las cajas tenían una etiqueta que las numeraba con combinaciones de letras, números y códigos de barras. Y nada más: ni nombres, ni fechas. Era un sistema cuya lógica se revelaba despiadada, impenetrable. No le costaría encontrar la caja que buscaba..., no había más que dar con el número... Pero es que el número no lo sabía. No había querido pedírselo a Darlene, pues eso habría llamado la atención a la recepcionista, y no era lo que quería Harper. Pero, sin número de caso, tendría que abrir miles de cajas.

Aunque...

En medio de la sala había un ordenador en una mesa de metal, dispuesta a tal efecto. En tiempos de Maricastaña, seguro que había un archivero a cargo de los informes. Esa persona tendría como tarea asegurarse de que todo lo que sacaban lo volvían a meter otra vez. Pero claro, nada más ver a Harper, esa persona habría dado la voz de alarma al teniente. Si bien, afortunadamente, hacía ya mucho que a esa persona la habían puesto de patitas en la calle.

Harper tocó el ratón, la pantalla se encendió y apareció el emblema del Departamento de Policía de Savannah. El lema escrito debajo era: *Proteger y servir*. En la parte inferior de la pantalla había un recuadro y las instrucciones: *Introduzca su número de identidad.* Acercó las manos a las teclas y dudó un instante, pues no se acordaba de la combinación de números y letras que le dieron en su día, hacía ya mucho tiempo, cuando trabajaba de becaria, para que pudiera acceder al sistema. Los ordenadores de la policía se desconectaban a los cinco minutos si nadie los utilizaba; o sea, que tenía que meter el código un montón de veces al día. Seguro que todavía lo guardaba en algún rincón de la memoria. De lo que no estaba tan segura era de si funcionaría.

El departamento de tecnología de la policía era pequeño y estaba saturado de trabajo. Y eso de renovar los números de identidad cada cierto tiempo y eliminar los antiguos no figuraba entre las prioridades. De hecho, el departamento reciclaba los números de los antiguos empleados, en vez de solicitar uno nuevo cuando se incorporaba alguien. Eso fue lo que hicieron cuando ella empezó a trabajar allí. O sea, que Harper no llegó a tener su propio número de identidad: utilizaba el de otro que quizá llevara años sin usarlo. Y si estaba en lo cierto, nadie se habría molestado en borrarlo del sistema. Lo malo era que no sabía si lo recordaba o no. Además, podía haberse dado el caso de que hubieran cambiado el sistema. La única forma de saberlo era ponerse manos a la obra.

Cerró los ojos y se imaginó a sí misma tecleando el número, sin pensarlo, solo moviendo los dedos de forma no premeditada. Hizo lo posible por borrar de la memoria la contraseña del trabajo, la del servidor de correo electrónico, las del banco..., toda la parafernalia logarítmica de la tecnología moderna.

815NL52K1

Aguantó la respiración y le dio a Intro. El ordenador estuvo cosa de un par de segundos musitando algo. Luego cambió la pantalla, y apareció un fondo blanco con el mensaje: *Bienvenido Craig Johnson*. Harper alzó un puño en el aire en señal de triunfo. El bueno de Craig, qué habría sido de él. Aunque no le duró mucho la euforia; pues sabía que, a partir de ese momento, estaba quebrantando la ley.

Tardó unos minutos en acordarse de cómo funcionaba el sistema de archivo de la policía, pero al final lo logró. Encorvada sobre el teclado, trabajó a un ritmo frenético, atenta al posible ruido de pasos en el pasillo, o a voces que delataran a alguien que venía en aquella dirección. Por fin, después de lo que se le antojó una eternidad, encontró la sección de registros y escribió en el buscador: *McClain, Alicia*.

Apareció en el acto una carpeta; a su lado, el cursor parpadeaba con metódica precisión. Harper respiró hondo e hizo doble clic encima: entonces la carpeta se abrió y reveló docenas de archivos; ninguno de los cuales le decía gran cosa, por lo que empezó a abrir uno por uno, empezando por el primero. Eran todo notas manuscritas y aleatorias que habían perdido todo significado; papeleo de rutina.

Fue haciendo clic en todos los archivos hasta que, por fin, halló lo que buscaba: *Informe oficial sobre el caso de HOMICIDIO: McClain, Alicia*. Entonces sacó la libreta del bolsillo y fue apuntando lo que leía a toda prisa, dejando que fueran las palabras las que le salieran al encuentro: *Finada. Puñaladas. Autor desconocido. Nunca se encontró el arma*. Y la dirección de su casa cuando era niña. Iba tomando notas con trazo rápido y laxo, mientras sujetaba el bolígrafo con dedos fríos.

Luego la pantalla se llenó de imágenes que le revolvieron las tripas: una fotografía detrás de otra de la vieja cocina de su madre. La mesa en la que ella se comía los cereales para desayunar, desplazada a un lado en un ángulo violento. La silla, patas arriba. Y un cuerpo desnudo y pálido en el suelo, boca abajo, que extendía un brazo y abría la mano con una muda imploración.

Exactamente igual que ella lo recordaba. Exactamente igual que Marie Whitney.

Harper se obligó a sí misma a mirar; se obligó a sí misma a buscar algún detalle que pudiera haber pasado por alto entonces. Vio las señales que ella misma había dejado: una marca alargada en el suelo, de su zapatilla, cuando resbaló en la sangre. Pero no había nada allí, nada en absoluto, que no tuviera ya grabado en la memoria para siempre. Y cerró ese archivo.

El siguiente contenía todavía más datos del horror, descritos con total neutralidad, y aparecía mencionada ella: *El cuerpo lo encontró la hija, Harper, de doce años.* Pasó la vista rápidamente por el documento y se detuvo en dos líneas: *No fue hallada ninguna huella en la escena del crimen.* Y luego, una nota añadida: *Según informe del forense, le quitaron la ropa después de muerta.* Le dio un vuelco el corazón. Tuvo que leer esas palabras una vez y otra vez: ¡Le quitaron la ropa después de muerta! Lo mismo habían hecho en el caso de Marie Whitney. Exactamente lo mismo. ¿Acaso no era esto prueba suficiente?

Sin embargo, algo había allí que no venía a aclarar la situación, porque ¿qué más les hacía falta a los detectives? ¿Cómo podían decir que no había ninguna relación entre los dos casos? Porque era mentira, y estaban protegiendo a alguien. A Blazer.

Seguía haciendo clic encima del último archivo, cuando oyó voces en el pasillo que venían hacia la puerta. Maldijo por lo bajo y empezó a mover el ratón de manera frenética: iba cerrando los archivos a toda prisa, mientras hacía lo posible por recordar cómo se salía del sistema.

—Por favor, por favor, por favor... —susurraba, y ponía el cursor en todos los puntos posibles hasta que, por fin, lo halló, enterrado en el menú.

En cuanto desaparecieron los archivos, cuando el ordenador todavía digería con un zumbido su propia desconexión, dio un salto para alejarse de la mesa y se escondió detrás de las altas pilas de cajas.

Oyó más cerca la voz ahora: era grave, de varón; si bien no logró descifrar las palabras por encima de los machacones latidos que le daba el corazón. Entonces, mientras se apretaba contra lo más denso de las sombras, Harper empezó a romperse la cabeza para buscar una excusa. Solo había entrado a buscar un archivo, y no lo había encontrado. Lo sentía mucho.

La voz estaba justo a la puerta del archivo ya, y ella clavaba los dedos en la fría barra de metal que tenía detrás. Hasta que... siguieron camino.

Fuera quien fuera, había pasado de largo el archivo y continuaba por el pasillo hasta el arsenal. Poco a poco, la voz se fue desvaneciendo. Harper estuvo un minuto así, recostada contra la caja más próxima. Luego agarró la libreta y empezó a buscar el número de registro de su madre. Casi todo lo que había recopilado estaba en el ordenador; pero, llegada hasta ese punto, tenía que saberlo todo: todo lo que la policía sabía. Luego echó mano del número de caja que había copiado del ordenador y encontró muy pronto la que buscaba: estaba en la cuarta fila empezando por el fondo del archivo, en la estantería del medio. Era de cartón, de un color tostado, igual que el resto, y no tenía nombre.

Con sumo cuidado, Harper la deslizó por la superficie de metal para acercársela. Pesaba tan poco que la preocupó. Se la había imaginado lleno a rebosar, con todo el peso acumulado en la larga investigación de un asesinato; pero no le costó nada bajarla de la estantería y depositarla en el suelo. Entonces se arrodilló al lado de la caja y la destapó.

Estaba llena solo hasta la mitad, como bien había deducido por el peso. Casi todo lo que contenía eran papeles, originales de los documentos que ya había visto en el ordenador. Y debajo, una pila de sobres de plástico con pruebas recuperadas de la casa. Harper las sostuvo en alto y examinó los contenidos de cada una: un plato roto, sobres viejos. Y, sin que lo esperara, aparecieron sus zapatillas de deportes, manchadas de sangre. Harper se había preguntado siempre qué habría sido de ellas. Y entonces recordó cuándo fue la última vez que las vio: ella estaba sentada en una silla de plástico en la comisaría y tenía a alguien de rodillas delante que le limpiaba las manos con una toallita y le desataba los cordones de las zapatillas.

Smith mandó a un agente a que le comprara un par nuevo. Ella estaba tan aturdida que casi no comprendía qué estaba pasando, por qué le ponían unas zapatillas nuevas que le resultaban incómodas y le hacían daño.

—¿Dónde están mis zapatillas? —preguntó entonces.

—Nos las tenemos que quedar —le dijo Smith—. Pero estas son mejores.

Y ahora comprendió, mientras le daba vueltas a la bolsa de plástico que las contenía, que Smith había mantenido su palabra y se las había quedado, todos esos años. Entonces, un poco a regañadientes, Harper dejó las zapatillas en el suelo y centró su atención de nuevo en la caja: ya solo quedaba una bolsa. Y allí estaban los pinceles de su madre. De repente, se le hizo un nudo en la garganta. Porque le recordaban tanto a ella. Compraba siempre la misma marca de pinceles, con el mango de madera basta, sin barnizar. Y los dejaba por toda la casa..., en el salón, en el baño. Era como si fuera dejando por todas partes pedacitos de sí misma, de su pelo y de su piel.

Harper sostuvo la bolsa de pinceles contra la luz: dos de ellos tenían pintura seca en las cerdas de pelo, y formaba allí una pasta dura y agrietada de dos colores: bermellón intenso y blanco inmaculado. Lo que no comprendía era por qué los había recogido como prueba la policía. A lo mejor era con los que estaba pintando su madre cuando llegó el asesino y se le cayeron al suelo. Fuera como fuera, la horrorizaba saber que habían acabado allí, en una caja de cartón, en la cuarta fila, de un total de doce, bañada por la luz fría de un fluorescente. Le costó dejar a un lado la bolsa. Pero había llegado hasta allí para verlo todo y no pensaba dejar de mirar ahora.

Estuvo escarbando rápidamente entre los otros contenidos de la caja, siendo cada vez más consciente de que se estaba arriesgando demasiado al seguir allí abajo después de tanto tiempo. En el fondo, halló un fajo de papeles, recopilados sin orden ni concierto aparentes. Se arrodilló en el duro suelo de cemento y empezaron a dolerle las rodillas; pero fue pasando rápidamente las páginas del fajo, con el labio de abajo entre los dientes.

Había varios papeles que eran notas manuscritas pegadas en su día a las distintas pruebas forenses, en su trasiego de la escena del crimen al departamento de homicidios; y, de allí, a la oficina del forense. Cerraba el fajo un formulario de solicitud, dirigida a esta última, que debió de acompañar unas muestras de sangre para las que se solicitaba un análisis más en detalle. La fecha era posterior en un mes al asesinato de su madre.

En el formulario figuraban las siguientes y parcas instrucciones: *Se ruega analicen grupo de sangre/ADN*. La letra era apretada y laberíntica; los sesgos conectivos, abruptos e inclinados, mostraban el ángulo típico de un zurdo. Y la firma, al final del formulario, era clara y no admitía duda alguna: Larry Blazer.

CAPÍTULO VEINTE

Cuando Harper volvió a la sala de redacción media hora más tarde, no quedaba nadie, solo Baxter, que tecleaba a un ritmo frenético.

—¿Tienes algo? —le preguntó la directora sin levantar la vista del ordenador.

—Poca cosa —dijo Harper, y fue derecha a su mesa.

Solo esperaba que la amalgama de emociones que sentía no le saliera a la superficie en la expresión de la cara. Porque lo único que le faltaba era que Baxter se diera cuenta y empezara a preguntarle. Pero la directora tenía bastante con lo que fuera que estuviera escribiendo como para darse cuenta de lo rígida de hombros que entró Harper en la redacción, o del tono cortante de su respuesta.

Lo de la firma la había conmocionado. En realidad, y pese a todo, hasta que no vio el nombre estampado allí, tenía sus dudas sobre aquella hipótesis de trabajo. Porque le parecía poco probable que Blazer, o cualquiera de los polis que conocía, pudiera ser el asesino. Sin embargo, ahora, después de lo que había descubierto en las últimas veinticuatro horas, todo era distinto. Pero ni con esas: sabía que tenía que calmarse y pensar de un modo racional, ir acumulando pruebas para construir poco a poco los cimientos de la investigación y demostrar que había caso. Por eso sacó la libreta y pasó las páginas, hasta que dio con una en blanco. A ver, ¿qué tenía? Fue anotando:

> Escena del crimen obra de un profesional: asesino sabía cómo trabaja la poli
> Blazer involucrado en la investigación de los dos asesinatos
> Posible relación de Blazer con Marie Whitney antes de su muerte
> Si cierto: Blazer oculta que conocía a Whitney

Dejó el bolígrafo suspendido encima del papel mientras intentaba dar con más datos que pudieran implicar a Blazer. Pero no encontró ninguno. Así escrito, no parecía gran cosa. De hecho, no era nada; puesto que nada era lo que lo vinculaba a su madre: ni una sola cosa. Daba la sensación de que cada nueva prueba hallada hacía que Harper sospechara más de Blazer; pero, a su vez, no le ofrecía nada que la ayudara a cohesionar el caso en un todo. Faltaba la prueba de autoría del asesinato. Le hacía falta algo sólido de verdad, y no lo tenía. Además, ¿qué sabía ella de Blazer? Pues que era detective, y que había ascendido en la escala de mandos con relativa facilidad. También, que era la mano derecha de Smith; hasta tal punto que había quien lo veía como el primero en la línea de sucesión a detective en jefe. Pero, aparte de eso, bien poco más sabía: nada de su vida personal. ¿Estaba casado? ¿Tenía hijos?

Entró en la base de datos del ordenador y buscó su nombre. Le salieron cientos de artículos. Muchos los había escrito ella; otros, el reportero de sucesos que la precedió, Tom Lane.

Casi todos los detectives evitan la atención de los medios. Porque es importante no ser conocido cuando se interroga a un asesino: cuanto menos sepan de ti, más miedo puedes meterles. Pero Blazer no era así. Le gustaba que lo entrevistaran; sobre todo, los reporteros de la televisión. En más de una ocasión, había pasado de largo por donde estaba Harper en alguna escena de un crimen y se había ido derecho a donde estaban las cámaras: recién peinado, con la corbata en perfecto estado de revista.

Casi todos los artículos eran palabras textuales, declaraciones que hizo en los distintos crímenes investigados: siempre breves y al grano. No encontró nada personal sobre él: ni una palabra sobre su pasado o su familia; ni la edad, ni los estudios que tenía. Para averiguar eso, había que tener acceso a los archivos policiales. Y en cuanto empezara a tirar del hilo, se enteraría. Dejó caer el bolígrafo y se pasó los dedos por el pelo.

En circunstancias normales, el teniente Smith sería la primera persona a la que recurriría en una situación así. Confiaba en su honestidad. Pero él conocía a Blazer desde hacía veinte años: ¿cómo irle con el cuento de que su amigo pudiera ser el psicópata que había matado a su madre? Además, por cómo reaccionó cuando Harper sugirió la mínima posibilidad de que una misma persona matara a Whitney y a su madre, con aquella negativa tan rotunda, no creía que fuera a ver con buenos ojos esta teoría que estaba barajando ahora.

Apoyó la espalda en la silla y miró hacia la ventana. Ya era de noche. En el río, un barco enorme de la marina mercante surcaba el cauce lentamente, cargado de contenedores, con todas las luces encendidas. Su tamaño empequeñecía los edificios de la orilla. Tanto era así que, por un instante, se creaba una ilusión óptica: era el barco el que se diría que estaba quieto y la ciudad la que bogaba a ritmo sereno en dirección al mar.

De la nada, apareció en su recuerdo la cara llorosa de Camille Whitney, y se preguntó dónde estaría: si alguien se habría ocupado de ella; si se habría dado ya de bruces con la idea de que le había cambiado la vida para siempre.

Vibró el teléfono móvil que había dejado encima de la mesa y Harper apartó la mirada del barco y cogió el aparato. Era un mensaje de texto de un número que no tenía en su agenda: *Me parece que tenemos un asunto pendiente.* Harper lo leyó dos veces, con el ceño fruncido. Porque podía ser de cualquiera, de una de las fuentes que le facilitaba habitualmente información. O de alguien que había leído un artículo suyo en el periódico y se las había ingeniado para dar como fuera con su número de teléfono.

Dudó un instante y luego respondió con un: *¿Quién es?* Un segundo más tarde, el teléfono volvió a vibrar y solo había una palabra en la pantalla: *Luke*. A Harper le dio un vuelco el estómago.

—Maldita sea —susurró.

El caso Whitney le ocupaba todas las horas del día, y casi había desterrado a Luke de su mente. Además, estaba convencida de que él estaba arrepentido de haber llegado tan lejos con ella, porque se jugaba el puesto de trabajo. Y ella misma se había convencido de que era lo mejor para los dos dejarlo ahí. Pero ahora le volvía todo de repente a la cabeza, con una estela de fuego, y sentía el cuerpo de él pegado al suyo: el limpio olor que desprendía, y la sensación de tener sus manos agarrándole la espalda.

—Maldita sea —volvió a repetir con un susurro, mientras le daba vueltas al teléfono entre las manos. Y la pregunta que se hacía era: con todo lo que estaba saliendo a flote en su vida en ese momento, ¿quería liarse con Luke precisamente ahora? Se veía a sí misma enfangada en la investigación de un asesinato, metida en algo de mucho más alcance que nada de lo que la había ocupado antes. Porque podía estar a punto de resolver un asesinato que le había destrozado la vida. Y sin embargo...

En todo el rato que pasó con él aquella noche, cualquier pensamiento que tuviera que ver con el asesinato, con la corrupción y la muerte, había sido desterrado por completo de su cabeza; al menos, durante ese breve intervalo de tiempo. Solo hubo espacio para el deseo, la emoción y el sentimiento. Y fue maravilloso.

Lo vio de nuevo en el recuerdo: a su lado en aquella calle, con el brazo extendido por encima del hombro de Harper, y la pistola apuntando a los tres hombres armados; y con aquella mirada fría, furiosa y protectora a la vez. Sintió que la sangre le corría con un calor nuevo por las venas. Así que, antes de que se le pasara, sin darse tiempo a cambiar de idea, le escribió un mensaje muy corto: *Pues ya sabes dónde me tienes.*

Cuando salió del edificio del periódico a medianoche, una parte de ella esperaba encontrar a Luke afuera, esperándola. Pero no había nadie en la calle, y no pudo soportar el desencanto. «Pues precisamente por eso, esto no es buena idea», se recriminó a sí misma. «Te distrae de tu trabajo, y tienes muchas cosas que hacer ahora mismo; tantas, que no hay tiempo para esto».

Debería estar pensando en el caso Whitney, en su madre y en cómo demonios iba a hacer lo que tenía que hacer. Y no en Luke. De repente, notó un bajón de cansancio, montó en el Camaro y estuvo un rato así, con las manos en el volante, mirando la calle vacía que tenía ante sí. Pasó más de un minuto hasta que arrancó.

Estuvo todo el camino a casa haciendo lo posible por no pensar en él; diciéndose que lo que haría sería mandarle un mensaje en cuanto llegara a casa, y decirle la verdad: que no podían seguir con esto, que había demasiadas cosas en juego.

Cuando aparcó el coche en su hueco de siempre, debajo de un roble que ofrecía el abrigo de sus ramas, ya lo había decidido. Así que cogió el bolso, salió del coche y fue hacia su casa. Solo entonces lo vio: Luke estaba apoyado contra la puerta de un coche deportivo negro. Tenía los brazos cruzados, en actitud relajada. Llevaba vaqueros y una camiseta negra que le marcaba los bíceps.

A Harper se le evaporaron todas las dudas que tenía antes, como se evapora el aliento en una noche fría. Cruzó la calle, sorprendida al notar que casi le habían salido alas en los pies. Él la miraba sin inmutarse: la estaba esperando.

—Es una pésima idea —le dijo Harper, pero ni siquiera a ella le sonó convincente aquella advertencia.

—Es posible —dijo él.

Y le tendió la mano. Tenía los dedos cálidos y fuertes; y, cuando la atrajo hacia sí, ella no se resistió. Entonces él inclinó la cabeza para besarla, le vio los ojos, de un azul oscuro, y no vio que los enturbiara duda alguna.

—Pero es la mejor pésima idea que he tenido en todo el día —dijo él. Y su boca se fundió con la de ella.

La besó con más anhelo que la noche anterior, con más urgencia. Y ella respondió con unas ganas muy parecidas que le salían por todos los poros del cuerpo: dio un suspiro y se apretó contra él; dejando que sus labios buscaran, juguetones, los rincones de su boca. Halló con la lengua una suave hendidura, huella de alguna herida desconocida, y siguió explorando sin el más mínimo recato. Subió las manos por sus brazos, le acarició los músculos duros de los hombros, para así llegar a las suaves hebras de su pelo y allí enredarse. Él respiraba entrecortadamente y bajó las manos por sus caderas, atrayéndola hacia sí. Se movían sus cuerpos con tanta naturalidad como si ya se conocieran; como si de alguna extraña manera, estuvieran hechos el uno para el otro.

De repente, a Harper ya no le importó que el periódico y la policía cayeran con todo su peso sobre ellos. Porque, si estaba en lo cierto con Blazer, ya podía despedirse de su carrera en Savannah. Y la policía jamás la perdonaría. Ni siquiera Smith la perdonaría. Todo estaba a punto de irse al garete; y notó el temblor en los cimientos de la vida que se había construido para sí con tanto esfuerzo. ¿Es que no podía darse primero este capricho? ¿Acaso no se lo merecía? Entonces se separó de él. Luke le buscó la cara.

—¿Harper?

Nadie había pronunciado nunca así su nombre: como si significase algo para él. A ella le dolía el pecho, parecía que llevara años aguantando la respiración y, por fin, pudiera respirar.

—Vamos dentro.

CAPÍTULO VEINTIUNO

Cuando despertó a la mañana siguiente, Luke ya se había ido. Al poco de las tres de la madrugada, le había sonado el teléfono. Le siguió una conversación en voz baja y salió del dormitorio. Ella estaba despierta cuando volvió, unos minutos más tarde, con los vaqueros puestos y la camiseta en una mano. Entonces se inclinó sobre ella para darle un beso y notó que le olía el aliento a pasta dentífrica de menta.

—Me tengo que ir. —Ella pensó por un momento que, al igual que la otra vez, eso era todo lo que iba a decir. Pero dudó un momento y añadió—: Han arrestado a uno de mis confidentes —le explicó, y le pasó un dedo por la piel desnuda del hombro—. He de ver si puedo sacarlo antes de que lo encierren.

Harper sabía que un confidente es muy importante para los detectives. Y sabía también que el hecho de que se lo contara a ella era señal de confianza. Entonces estiró el cuello desde la cama, tiró hacia abajo de la cabeza de él, lo que le dejó medio cuerpo fuera de la sábana, y sus labios se encontraron otra vez. Fue un demorado y apasionado beso; y la mano de Luke subió por su cintura hasta abarcarle un pecho.

—Maldita sea, Harper —susurró con la boca todavía pegada a sus labios—. No me lo estás poniendo nada fácil.

Por fin, a regañadientes, se desembarazó del abrazo de ella y cruzó el dormitorio con paso firme y pronunciado: unos andares

218

que Harper creyó ser capaz de reconocer en un desfile de miles de personas. Luego se paró en el vano de la puerta para mirarla y esbozó una media sonrisa con cara de pena.

—Ahora sí que la hemos liado buena.

Y se fue. Harper oyó cómo se alejaban sus pasos por el pasillo; el ruido que hizo al abrir la puerta y luego al cerrarla con cuidado. Pasado un minuto, el motor del deportivo volvió a la vida y luego se fue desvaneciendo. Entonces se estiró todo lo larga que era en la cama, se apoderó de todo el espacio y durmió como un bebé.

El sol lanzaba ahora haces de luz por los agujeros de la persiana, y formaban estrías en las sábanas revueltas. No había ni rastro de Zuzu. Harper dio un suspiro y, desnuda y descalza, atravesó el pasillo para llegar al baño. Luego, mientras esperaba a que se calentara el agua de la ducha, fue a echar mano de la pasta de dientes; pero no la halló donde solía dejarla. Rodeó con la mirada el pequeño espacio y quedó perpleja. Porque nada estaba en su sitio: la pasta de dientes no iba allí, en la parte izquierda del lavabo, sino a la derecha. El paño con el que se lavaba la cara estaba húmedo, y ella jamás lo habría dejado donde lo encontró; y en la jabonera había caído un poco de agua.

Se miró en el espejo que había encima del lavabo: vio sus ojos castaños pensativos, el rímel corrido de color tostado que los enmarcaba; y aquella melena despeinada de pelo cobrizo que le rodeaba el rostro pálido y ovalado. En circunstancias normales, habría empezado en ese punto a preocuparse por tener a alguien en casa: alguien que le tocara sus cosas, que se acercara demasiado a ella. Siempre se le había dado fatal lo de tener pareja: los hombres no entendían esa vida que llevaba. Eso, o bien se sentían amenazados por alguien que pasaba la mayor parte del día en compañía de polis. Y a ella no le gustaba que le invadieran el espacio y le movieran sus cosas. Por eso, al final, lo más fácil era no tener pareja.

Había tenido relaciones con algunos; por lo general, hombres que Bonnie le endilgaba. Pero no salió nada en claro de todo ello.

Hacía dos años, tuvo un ligue con un estudiante de posgrado californiano que la había seducido con su pinta de surfista: tenía el pelo largo y rizado, y la piel tostada, pero llevaban vidas muy distintas. Él daba clases sobre T. S. Eliot en los cursos de grado, no creía en la tenencia de armas y pensaba que Harper era una rara por dedicarse a lo que se dedicaba.

—Anda, enséñales el detector que tienes —le dijo un día que habían quedado con los amigos de él. Entonces Harper tuvo que sacar el detector y estuvieron escuchando todos las conversaciones de la policía.

—Va por ahí persiguiendo polis —les explicó con una mezcla extraña de orgullo y aversión; y ellos la miraban con los ojos abiertos de par en par.

Ya sabía ella que nunca entendería la vida que llevaba; y, cada vez que se quedaba a dormir, Harper sentía que le estaba invadiendo el espacio. Pasado un tiempo, ella le dijo que aquello no funcionaba, y sanseacabó. Jamás lo echó de menos.

Pero es que, aunque ella quisiera, era virtualmente imposible quedar con hombres si trabajabas desde las cuatro de la tarde hasta la una de la madrugada: cuando quería salir del periódico, todo el mundo estaba en la cama; salvo los borrachos y los delincuentes. Total, que lo que le quedaba a tiro eran otros periodistas, los policías y los del servicio de ambulancias. En teoría, la policía quedaba fuera de su alcance; no había quien aguantara a los periodistas, y los de las ambulancias estaban casi todos casados. Y eso no dejaba ninguna opción libre. Además, ella prefería estar sola. Así se complicaba menos la vida y había menos cosas que la distrajeran de su trabajo, que era lo que la ocupaba la mayor parte de la noche, y del día también.

Sin embargo, Bonnie no estaba de acuerdo, y se lo hacía saber a todas horas.

—No engañas a nadie haciéndote pasar por la chica solitaria —le había dicho en más de una ocasión.

—No me hago pasar por nada —le solía responder Harper—. Lo que pasa es que soy así: solitaria.

Pero Bonnie no la dejaba tranquila.

—Por Dios, Harper, ¿no ves que en la vida hay más cosas, aparte del trabajo? No me digas que no te das cuenta de eso.

Pero Harper casi nunca lo veía así. Porque para ella, la privacidad era muy importante, y se le hacía raro ver que Luke había pasado la mitad de la noche en su cama; que se había lavado la cara con el paño que usaba ella; y los dientes, con su pasta dentífrica. Se le hacía raro, cierto; pero lo sorprendente era que no le parecía mal. Porque esto era diferente. Solo hacía falta ver cómo la miraba, con verdadera ternura; y una tremenda sensación de realidad. Y las cosas que se habían dicho: aquellos susurros en plena oscuridad; eso también había sido real. Es decir, que fuera cual fuera la barrera que los había mantenido separados todos esos años, cayó estrepitosamente al suelo la pasada noche.

Luke siempre había sido muy cuidadoso con cualquier cosa que le decía a ella: la amistad acababa a la puerta de la comisaría. Y cuando desaparecía para cubrir alguna operación clandestina, era inútil preguntarle dónde había estado. Además, Harper también tenía sus secretos, esas cosas de las que prefería no hablar jamás con nadie. Si bien esa noche no había habido ningún secreto.

—¿Esto de cuándo es? —le había preguntado mientras pasaba los dedos por una cicatriz larga y estrecha que él tenía en el abdomen.

Eran pasadas las dos de la madrugada, y ella apoyaba la cabeza en el pecho de él; Luke había dejado enredados los dedos en su pelo, y la noche era así: lánguida y sin límite.

—Le di motivos a alguien para enfadarse conmigo —dijo él—. Y resulta que ese alguien tenía un cuchillo bien grande.

No entraba más luz en el dormitorio que la de la farola, afuera; pero Harper vio algo que le llamo la atención: mientras que la piel de la cicatriz presentaba el aspecto terso de una herida cauterizada, los bordes todavía estaban rojos.

—Es bastante reciente —dijo, y alzó los ojos para verle la cara.

Él la estaba mirando y tenía los ojos sumidos en sendas sombras. Pero, de alguna manera, ella notó cómo la invitaba a que le hiciera la siguiente pregunta.

—¿Dónde fue? ¿Qué pasó?

Tardó tanto en contestar que pensó que no querría hablar del tema. Pero entonces...

—Estaba investigando a una banda que, aunque operaba fuera de la ciudad, llevaba un tiempo abasteciendo de droga la zona de viviendas de protección oficial. Era droga sin cortar. Y en grandes cantidades. Yo me hice pasar por un traficante nuevo que podía llevarles al campo coca y pastillas.

Seguía acariciándole el pelo con ternura; pero, con cada palabra, ella notó que se tensaba en sus brazos y que se le contraían los músculos.

—¿Se enteraron de que eras poli? —preguntó ella.

—No. Lo que pasa es que había un tío al que yo no le caía bien; y una noche se metió demasiado de la misma droga que pasaba y me atacó sin previo aviso. —Entonces puso la mano encima de la de Harper y la apartó de la cicatriz—. La cosa llegó a tener muy mala pinta; pero parece más grave de lo que fue.

Una imagen cruzó por la mente de Harper: lo vio en una granja apartada del mundo, rodeado de delincuentes, ensangrentado; y, solo de pensarlo, se echó a temblar.

—¿Y a él qué le pasó? —preguntó.

Luke soltó una larga exhalación.

—Los otros tíos lo agarraron y me lo quitaron de encima: lo rajaron de arriba abajo. —Al ver la cara que ponía Harper, le apartó el pelo de la cara—. Pero no te preocupes, que sobrevivió. Por poco, eso sí. Tuvo suerte.

Ella le tocó la cicatriz una vez más.

—Tú sí que tuviste suerte.

—No te voy a decir que no —dijo él.

Harper no sabía hasta dónde la dejaría que se acercara, pero quiso arriesgarse, aunque solo fuera un poco. Porque había tantas cosas que no entendía de los derroteros que había tomado últimamente la vida de Luke.

—Lo que sigo sin saber es por qué te pasaste a policía secreta —dijo—. ¿Es porque te gusta más ese trabajo? ¿Estás mejor ahí que en la brigada de homicidios? Porque la verdad es que parece horrible.

—Y lo es. —Había cierto tono de desprecio por sí mismo en su voz—. Y no creas que me gusta; qué va, lo odio. Es que, Harper, no te imaginas las cosas que tenemos que hacer en la secreta... Tenemos que vivir como viven ellos: convertirnos en lo que ellos son. Y eso te cambia; yo creo que a mí me está cambiando.

—¿Qué cosas tienes que hacer? —preguntó ella, y sintió que una punzada de preocupación le subía por la columna vertebral—. ¿Qué cosas has hecho?

Por un momento, era como si él hubiera dejado de respirar, y dejó la mirada perdida en las sombras. Luego se encogió de hombros con indiferencia y ella notó que ese momento había pasado.

—Nada. Solo que estoy... Solo que estoy cansado, Harper. Y no tiene mucho sentido nada de lo que digo.

Pero ella no se conformaba con eso; al menos, no por el momento.

—¿Y por qué lo haces? —Se apoyó en un codo para verlo mejor—. ¿Por qué no vuelves a la brigada de detectives? Eras tan bueno, Luke, se diría que habías nacido para hacer ese trabajo.

—No es tan sencillo. —Se le había afilado la voz—. No se puede tener lo que se quiere; la cosa no funciona así.

Pero, antes de que ella le preguntara qué quería decir con eso, él la apretó fuerte contra su pecho.

—No quiero hablar de eso en este momento. —Entonces la envolvió en sus brazos, rodó con ella en la cama y quedó encima, mirándola a los ojos—. En este momento, lo que quiero hacer es esto.

Y la besó con tanta insistencia y tantas ganas que Harper se dejó hacer.

Pero ahora, mientras se lavaba los dientes, ella no podía apartar la cabeza de aquel momento.

Una cosa estaba clara: que fuera lo que fuera lo que le pasó en esa última operación que tuvo encomendada, le había dejado más cicatrices que no se veían. Porque siempre fue un poli de los que cumplen a rajatabla el reglamento. Le obsesionaban tanto las normas que los otros detectives lo llamaban Robocop. Y el Luke de antes jamás habría consentido que pasara lo que acabó pasando entre ellos; ni le habría dado tantos detalles de su trabajo, eso todavía menos. El Luke de ahora se arriesgaba más: cuando quería algo, iba a por ello. Y, dado que Harper no podía irle a Smith con el cuento de Blazer, ¿podría contárselo acaso a Luke? No en vano había sido él el que se había ofrecido a ayudarla con el caso Whitney. Pero fue ocurrírsele semejante idea, y apartarla enseguida de su mente. Porque si lo implicara a él en la investigación, pondría en serio peligro lo que acababa de nacer entre ellos. A lo mejor hasta pensaría que lo estaba utilizando. Y dudaría de ella. No, no podía contárselo. Quizá más tarde. Y con quien tenía que hablar ahora mismo era con Miles.

Después de ducharse, se puso a recoger toda la ropa que había quedado desperdigada por el apartamento, y a ordenarla después. El sujetador le llevó más tiempo encontrarlo, pues se había metido entre los cojines del sofá. Zuzu no apareció por casa hasta que Harper no acabó de ordenarlo todo; y entonces entró por la gatera, la fulminó con una mirada gélida de sus ojos verdes y fue derecha al plato de comida.

—¿Y tú quién eres? ¿El cura de mi pueblo? —le soltó Harper.

Zuzu no le hizo el menor caso y pasó de largo, muy digna.

En cuanto retiró todas las pruebas que la incriminaban en los actos de la pasada noche, restaurado el orden en el apartamento, Harper cogió el teléfono y llamó a Miles.

—Jackson —contestó el fotógrafo con tono escueto; y Harper oyó el rugido del motor de un coche que pasaba.

—¿Dónde estás?

—Voy de camino a Hilton Head —le dijo—. Me ha contratado una agencia de mucho nivel para cubrir un campeonato de golf. Pagan un pastón y todos los gastos.

Harper maldijo por lo bajo, porque eso lo retendría fuera de Savannah todo el santo día. No quería hablar de Blazer por teléfono: tenía que decírselo en persona, ver la cara que ponía.

—¿Y cuándo vuelves? —le preguntó—. Tenemos que hablar de cierto asunto.

—Esta noche —dijo él—. Pero tarde; ¿por qué, no puede esperar?

Harper estaba tan impaciente que llegó a plantearse salir en coche detrás de él, pues Hilton Head quedaba solo a unas horas de Savannah. Pero tenía que estar en el trabajo a las cuatro, y ya era mediodía.

—No hace falta que sea hoy mismo —dijo a regañadientes—. Pero llámame en cuanto llegues, no importa a qué hora.

—¿Qué pasa? —preguntó él, a quien le picaba ahora la curiosidad—. ¿Hay alguna novedad?

Harper hizo una pausa, luego dijo que no con la cabeza.

—Luego te lo cuento.

—¿Va todo bien?

—Todo va bien —lo tranquilizó, aunque no estaba muy segura de que fuera verdad.

—Vale, pues esta noche te llamo —dijo Miles—. Hostia, con lo que yo odio el golf.

Y colgó.

* * *

Después de hablar con Miles, Harper no podía estarse quieta. Todavía no era hora de ir a trabajar, y estaba hecha un manojo de nervios y no podía quedarse en casa. Tenía que hacer algo: investigar a Blazer. Pero sentía que había llegado todo lo lejos que cabía llegar por su cuenta sin hablar antes con Miles. Se vistió deprisa, cogió todo lo que tenía que llevarse al trabajo, montó en el Camaro y puso rumbo al Pangaea.

Antes de entrar, ya supo que Bonnie estaba allí; porque tenía aparcado a la puerta el *pickup*, un cacharro de color rosa y veinte años de antigüedad.

El café estaba lleno. La música de *jazz* contemporáneo salía por los altavoces y fluía por todo el local; y el aire olía tanto a café que le dio un subidón de cafeína solo de respirarlo. La encontró sentada en un rincón; tenía en la mesa el cuaderno de dibujar y una tetera. Ya casi no le quedaba rosa en el pelo, y se lo había recogido en una trenza no muy apretada que le caía sobre un hombro. Lo llevaba así muchas veces cuando pintaba. Esbelta como ella sola, con aquella falda hasta los tobillos, las botas de motero y un sinfín de pulseras en las muñecas, tenía cierto aspecto etéreo: una rubia bohemia, casi una zíngara, que no paraba de hacer trazos con el carboncillo sobre la página.

La cara se le iluminó cuando vio a Harper sentada delante de ella, agarrando una taza de café gigante.

—¡Harpeliciosa! —Dejó a un lado el cuaderno de dibujo, se levantó y fue a abrazar a su amiga con un tintineo de pulseras a cada paso que daba. Olía a la fragancia fresca, como a limones, que llevaba siempre—. Estás guapísima.

—¿Ah, sí?

—Te lo digo yo. —Luego volvió a sentarse y la miró con los ojos entrecerrados, como si sospechara—. Algo ha cambiado en ti, estás exuberante. ¿Qué has estado haciendo?

—Trabajando en un caso muy complicado —dijo Harper, y le dio un sorbito al café—. Y también me he acostado con un poli; en fin, lo de todos los días.

Bonnie estampó la taza de té verde contra la mesa.

—Ni de coña.

— De coña, no: de verdad.

—Espera, espera, espera. —Bonnie se echó hacia delante con tanto ímpetu que casi mete la punta de la trenza en el té—. ¿Es el de la otra noche? ¿Ese que me contaste?

—El mismo.

—Hostia puta, Harper. Yo no creí que de verdad fueras capaz de hacerlo —exclamó Bonnie; y lo dijo tan alto, que el *hipster* barbudo de la mesa de al lado se las quedó mirando. Bajó entonces la voz—: Cuéntamelo todo ahora mismo: ¿qué tal estuvo? ¿Lo amas? ¿Puedo ser la madrina en la boda?

Harper la miró con toda la intención.

—Estuvo bien, pero fue solo una vez, ¿vale?

Pero a Bonnie no había quien la parara.

—Háblame de él: ¿tú crees que a mí me caería bien? ¿Es mono?

Harper recordó la pose de Luke, apoyado contra el coche en mitad de la noche.

—Sí —reconoció—, mono sí es.

—Los polis monos son lo mejor de lo mejor. —Por debajo de la mesa, Bonnie le dio un golpecito con la puntera de la bota en la pierna—. Oye, ¿y no puede hacer que me perdonen las multas? Porque tengo muchas, Harper, pero tú sabes que soy buena persona.

—Trabaja en la policía secreta —la cortó Harper—. O sea, que si alguna vez te coge de rehén algún cartel de la droga, él te puede ayudar. En lo demás, bien poco puede hacer.

—¿En la secreta? —Bonnie parecía impresionada—. ¿Qué pasa, Harper, que ha visto tantas cosas malas que está destrozado por dentro? ¿Tienes tú que recoger los trocitos y hacer que le entren otra vez ganas de vivir?

Eso se ajustaba bastante a la realidad.

—Vale ya. —Harper la miró como previniéndola—. O te comportas, o no te cuento nada más.

—Venga, retiro la pregunta. —Bonnie le dio un recatado sorbo al té—. Dime por lo menos cómo se llama.

Harper bajó la voz.

—Se llama Luke Walker.

Bonnie se atragantó al oírla.

—Luke Walker —dijo con un chisporroteo en los labios—. Ese es el nombre de poli más de poli que he oído en mi vida. —Entonces forzó la voz y dijo—: Señora, soy el agente Luke Walker, que he venido a arreglarle la nevera...

Harper no le rio la gracia. En circunstancias normales, disfrutaría de lo lindo hablando de un tío con Bonnie. Pero Luke era diferente.

Al darse cuenta, Bonnie cortó la broma, y se le borró la sonrisa de los labios.

—Espera —dijo con ternura—. Este tío te gusta de verdad, ¿a que sí?

Para Bonnie, Harper era transparente.

—A eso voy —dijo—, que hace años que conozco a Luke; y creo que siempre me ha hecho tilín, aunque ni yo misma era capaz de reconocerlo. Y ahora... pues no sé si esto va a funcionar o no.

—Ahora que ya le has bajado los pantalones —dijo Bonnie, en un ejercicio de rellenar los huecos—, te da miedo que dejéis de ser amigos.

—Algo así, no sé —dijo Harper—. Además, ya te lo dije la otra noche: a los polis no les dejan que tengan relaciones con las periodistas.

Bonnie le quitó importancia a eso con un gesto de la mano.

—Venga, cariño. Eso es cosa tuya; y nadie te va a decir con quién tienes que salir. Tu jefe no va a elegir novio por ti; ni siquiera en estos Estados Unidos tan modernos que nos ha tocado vivir.

—Pero es que hay normas, Bonnie —dijo Harper.

La situación la ponía tan nerviosa que le salió un tono más severo del que hubiera querido y alzó las manos pidiendo perdón.

—Ay, perdona, no quería soltarte ese gruñido.

Pero Bonnie le quitó importancia con otro gesto de la mano.

—Harper, me parece que tienes que tomar una decisión. —Se puso seria al decirlo—. Puedes decir que no merece la pena tanto riesgo. O bien, si de verdad te gusta, pues al carajo con las normas. Y vas y te arriesgas.

Ladeó la cabeza y se le vio el azul vívido de los ojos en el local iluminado por la luz del sol.

—¿De veras te gusta?

Harper le sostuvo la mirada; un barista calentaba la leche y eso ahogaba los otros ruidos del local.

—Me gusta de verdad.

Bonnie se encogió de hombros con gesto de indiferencia.

—Pues, al carajo con las normas, Harper.

Harper pensó en cómo se había sentido con la cabeza apoyada en el pecho de Luke, mientras él le pasaba la mano por el pelo.

—Pues sí —dijo más para sí que para Bonnie—, al carajo con ellas.

CAPITULO VEINTIDÓS

—¿Cuántos años tiene Blazer? —Harper se quedó mirando a Miles—. ¿Algo menos de cincuenta?

—Por ahí debe de andar.

Estaba al volante del Mustang; y ella, en su Camaro. Habían aparcado los coches de tal manera que, con la ventanilla abierta, quedaban uno enfrente del otro. Acababan de dar las doce de la noche y estaban en un aparcamiento vacío, casi fuera ya del centro de la ciudad. Lo cercaban los setos, a salvo de miradas curiosas desde la calle. Se veían allí en todo tipo de situaciones: para hablar del trabajo, para cotillear; o, simplemente, cuando no podían dormir de tanta adrenalina como les segregaba el cuerpo y quedaban para pasar el rato. Pero esta noche no hablaban de cualquier cosa; ni hacían chistes.

Miles cumplió su palabra y la llamó en cuanto volvió a Savannah. Y saltaba a la vista que había sido para él un día muy largo, porque tenía aspecto de estar cansado. Cuando Harper le contó lo que había hallado en el registro sobre el asesinato de su madre, Miles guardó primero silencio; luego pronunció alguna frase corta que otra y dejó la vista perdida, por fin, en un punto en la distancia.

—Así es que, cuando tenía treinta y dos o treinta y tres años, trabajó en el caso de mi madre —dijo Harper—. Y después, quince años más tarde, va y sale con una mujer que resulta que acaba asesinada en las mismas circunstancias. Miles —imploró—, eso no puede ser una casualidad. Tú lo ves, ¿no?

Él se frotó los ojos varias veces.

—Lo que veo es que no tienes pruebas de nada: solo el nombre de un poli en un pedazo de papel. Eso y nada, todo es lo mismo.

Lo dijo en tono cortante.

—Pero, si fue él... —Harper intentó exponer sus argumentos.

—Todavía te queda mucho para que empieces ya con las oraciones condicionales —volvió a cortarla—. Porque cuando todo se nos vuelve que si esto que si lo otro, perdemos de vista el cómo y el porqué. Eso sin hablar del porqué no. Y hay miles de ramificaciones que salen de todos los porqué no.

Se removió en el asiento del coche para encararla y la miró muy serio.

—Harper, ahí tienes que andarte con cuidado. No conozco a Blazer lo suficiente, pero sí lo bastante como para saber que es un hijo de puta sin piedad. Tiene la carrera bien planificada y lleva cinco años dándole jabón al jefe superior de policía. Es ambicioso como la madre que lo parió; y, si lo amenazas, tiene los medios para mandarte a la estratosfera.

Era verdad lo que decía, y eso le heló a Harper la sangre en las venas.

—¿Y qué quieres que haga? —preguntó, sumida en la impotencia—. Los dos sabemos que este caso tira para atrás de lo mal que huele. Pero, a ver, ¿cómo lo demostramos?

Miles lo pensó un momento. Sonó el silbato de un tren de mercancías en la distancia, un pitido grave y lastimero.

—Es que me parece que lo estás haciendo todo mal —dijo por fin—. Porque has empezado la casa por el tejado: primero eliges cómo quieres que se resuelva todo, y luego vas arrimando los hechos para que te cuadre el final. Tú solita te has dicho cuál es la verdad del caso, y ahora lo tuerces todo para que se amolde a esa verdad.

Harper se puso roja, porque le parecía que era muy injusto con ella; pero lo dejó hablar.

—Y eso tienes que pararlo. Debes tratar la historia esta como cualquier otra que te haya tocado investigar —siguió diciendo—. Ya has demostrado que, hasta cierto punto, Blazer está implicado en ambos casos. O sea, que hay un vínculo entre ellos. Lo que tienes que hacer ahora es averiguar el resto.

Según lo dijo, parecía bien fácil; pero era todo menos eso.

—Es lo que intento hacer —dijo Harper alzando la voz—. Pero es que no sé dónde mirar: estoy en un callejón sin salida.

Miles negó con la cabeza.

—Piénsalo bien, Harper: si Blazer fuera el asesino, tendría que estar relacionado de alguna manera con tu madre; de alguna manera, no sé cómo. Tú buscas lo mismo que busca la policía: la ocasión, el motivo y los medios. Los medios, sabemos que los tenía. Porque es poli, y los polis saben matar. Pero ¿qué me dices de la ocasión y del motivo? ¿Para qué querría matar a tu madre? ¿Qué diantre iba a sacar él de todo eso? ¿Y tuvo la oportunidad de hacerlo? ¿Qué hizo ese día desde el alba hasta el ocaso? Esas son las piezas del rompecabezas que te faltan.

Se pasó una mano por el mentón con gesto cansado.

—Trabaja primero en el motivo; porque casi nadie mata si no tiene uno para hacerlo. Averigua si había algo que lo uniera a tu madre. ¿Conocía a tu familia? ¿Te acuerdas de verlo por casa cuando eras pequeña?

—No —lo dijo con mucho énfasis.

—Pues a lo mejor conocía de algo a tus padres. ¿Todavía vive tu padre?

Harper movió afirmativamente la cabeza.

—Pues llámalo. Mira a ver si se acuerda de un tal Blazer. Síguele la pista a los amigos de tu madre, enséñales una foto de Blazer. Comprueba si alguno de ellos recuerda haberlo visto con la familia. Los padres viven una vida que los hijos desconocen. A lo mejor los tuyos lo conocieron por motivos de trabajo.

La desesperación que sentía Harper empezó a esfumarse, porque aquellos consejos eran muy prácticos: se trataba de cosas que ella podía hacer perfectamente.

—Vale —dijo, y asintió despacio con la cabeza.

—Pero te lo digo ahora bien clarito, Harper. —La voz de Miles se impregnó de un tono más frío—. Si no encuentras nada, tienes que dejarlo correr. No puedes quedarte toda la vida anclada a esto como el capitán Ahab, ¿me oyes? Porque una *vendetta* te vaciará toda por dentro; y entonces no será a Blazer a quien destruyas: te destruirás a ti misma.

Harper desvió la mirada y se mordió el labio. No quería discutir con Miles: era la única persona con la que podía hablar de esto. Pero es que él no había pasado nunca por la situación de Camille Whitney; y ella sí. Y se vio a sí misma reflejada en esa niña, años más tarde. En definitiva, que Miles no era capaz de comprender cómo se sentía. Y se conoce que esa intransigencia le salió a la superficie en el ademán, porque su compañero soltó un suspiro de hastío.

—Haz lo que tengas que hacer, Harper. Yo te ayudaré en lo que pueda. Pero ahora mismo lo que necesito es dormir. Yo creo que hacía más de cuarenta grados hoy a pleno sol, y a los que juegan al golf no les gusta la sombra.

Arrancó el Mustang y su rugido poderoso retumbó en las superficies de cemento que los rodeaban. Tuvo que alzar la voz para hacerse oír por encima del motor cuando se despidió con el siguiente consejo:

—Si vas a ir a por un poli, tienes que tratar este asunto como si tu madre fuese una completa desconocida. Escarba en su vida: y si encuentras ahí algún rastro de Blazer, y demuestras que también conoció a Whitney, entonces tendrás algo con lo que acudir a Smith. Pero ahora no tienes nada.

* * *

233

Fueron las palabras con las que Harper se fue a casa esa noche; y a la cama, después. Porque, aunque le costara tener que admitirlo, había mucho de cierto en ellas, y no dejaba de darles vueltas. Llevaba años evitando constantemente el pasado; y ahora no tenía más remedio que sumergirse en él por entero. Y lo peor de todo era que tenía que llamar a su padre. No hablaba con él desde Navidad; y, por ella, encantada. O sea, que esa llamada la demoraría lo más que pudiera.

Pidió ayuda a Billy y, entre los dos, sacaron del desván las cajas que contenían los papeles y recuerdos de la familia y las llevaron al salón. No había muchas, eran ocho en total. Pero la incomodaba verlas ahí en el suelo, como si fueran bombas de relojería.

—¿Y qué es lo que buscas, cariño? —preguntó Billy, quien miraba las cajas sin saber muy bien a qué atenerse.

Aquel acento tan fuerte de Luisiana que no había perdido nunca daba a sus palabras un aura aterciopelada.

—Estoy escarbando en la historia de la familia —le dijo—: buscando fotografías viejas, ese tipo de cosas.

—Yo eso no lo hago nunca —le contó él, con las manos en los vaqueros manchados de pintura—. Mi mamá tenía las paredes llenas de esas fotos tan puñeteras: y yo me pasé media vida huyendo de todos mis muertos.

Harper se quedó mirando el montón de cajas.

—Pues mis muertos están aquí —dijo.

Cuando se fue el casero, abrió la primera caja y estuvo mirando dentro, sin saber muy bien qué iba a encontrar. Después del asesinato de su madre, ya no vivieron más en aquella casa. Pasados unos meses, el padre de Harper recogió todas las pertenencias de la familia y la puso en venta. Y cuando se mudó al norte, las cosas que eran de la madre de Harper las mandaron a casa de la abuela. O sea que, cuando esta murió, hacía unos años, Harper heredó todo lo que había en esas cajas. Y, tal como llegaron, las metió en el desván; en resumidas cuentas: no tenía ni idea de lo que había dentro.

En la primera caja halló cartas viejas, notas del colegio de Harper con comentarios por parte de los profesores del tipo: *Harper debe esforzarse por prestar más atención...*; y fotografías. Estuvo unos minutos sin saber cómo proceder y, por fin, dividió todo en varios bloques: cartas, facturas, fotos, basura. Las cartas no le aportarían gran cosa, pues eran casi todas las notas que se mandaban Bonnie y ella todos los días en el colegio; o cartas cuando una iba de campamento; las largas peroratas de aquella época en que les entró la locura efímera de llevar un diario; cuando apuntaban todo lo que se les pasaba por la cabeza, para la posteridad, y luego se lo intercambiaban.

Yo creo que a Brad le gusto, había escrito Bonnie hacía dieciocho años, con una letra amplia y florida, rodeada de unos márgenes en los que había dibujado hilera tras hilera de pupitres de clase, ocupados por alumnos diminutos. *Porque me ha sonreído seis veces hoy. SEIS. Hasta cuando le di una patada en el tobillo en clase de gimnasia, él fue y me sonrió. Pero a mí no me gusta.*

Harper soltó una risa nasal y puso a un lado el papel, para dárselo a Bonnie otro día. Lo curioso era lo poco que recordaba de su propia niñez: como si estuviera leyendo las cartas de otra persona; husmeando en la vida de otros.

Sacó otro sobre, y ahí se detuvo. Aparecía su nombre y una margarita de botón dorado y pétalos blancos dibujada al lado. Al ver la letra de su madre, el sesgo perfecto de cada letra, se le cortó la respiración.

Me alegro mucho de que te lo estés pasando tan bien en el campamento —había escrito su madre—. *Pero echo mucho de menos esas tardes que pasamos las dos pintando juntas. Y estoy deseando que llegue otra vez la rutina diaria para ti y para mí...*; menos de un año antes de que la cosieran a puñaladas. Harper se acercó el papel a la nariz, pero no había ni rastro del olor de su madre: nada de su espíritu. Dobló la carta con cuidado y volvió a meterla en el sobre. Aparte de eso, la caja solo contenía recuerdos ya olvidados: un premio que le dieron a Harper en el colegio, un boli de recuerdo de Atlanta, con la tinta ya seca, una pegatina de Canadá. Cuando tocó el fondo vacío de la caja, Harper suspiró aliviada, volvió a llenarla y la puso a un lado. Una ya estaba lista: solo quedaban siete.

Se armó de valor y abrió la siguiente. En esta había más cosas de su madre, aunque sin ningún orden; como si su padre hubiera metido todo ahí sin pararse a mirar qué era cada cosa. Pinceles viejos, un folleto que anunciaba un restaurante, un par de guantes de invierno muy gastados, un pequeño joyero de alabastro, facturas de la luz y del teléfono.

Harper estuvo escarbando hasta que encontró una pequeña libreta de direcciones con pastas de cuero. Pasó corriendo las páginas hasta dar con la letra B, pero no había ningún Blazer. Le sonaban casi todos los nombres: tías y primos, viejos amigos y vecinos; si bien a algunos no los reconoció. La puso aparte para examinarla más a fondo otro día.

En el fondo de la caja, entre capas de polvo, junto a un collar de oro con el broche roto y una caja de cerillas, encontró un fajo de cartas. Casi ninguna era nada del otro mundo: chismorreos que se contaba la familia en cuatro líneas. La última de ellas venía en un sobre de papel grueso de color crema dirigido a su madre. En cuanto lo tuvo entre las manos, Harper reconoció la letra de su padre. No había remite, y el sello de correos era de dos meses antes de la muerte de ella. Lo abrió con sumo cuidado y desdobló la hoja, escrita con tinta negra; y, según parecía, a toda prisa, pues cada palabra era como un aldabonazo que rezumara ira. Su padre no abría la misiva con ninguna fórmula de saludo; se dirigía a su madre con un sencillo «*Alicia*». Pero, según la iba leyendo, de la conmoción, a Harper se le abría cada vez más la boca.

Te voy a hacer pagar por esto. Así empezaba la carta. *Esa forma de acusarme demuestra que estás histérica. Porque me acusas de que tengo líos con otras sin ninguna prueba. Alicia, lo que pasa es que estoy muy ocupado. Tengo que sacar adelante a la familia, y sabe Dios que con tus pinturas no nos da para nada. ¿Cómo te atreves a acusarme de que te estoy engañando con otra? ¿Cómo te atreves a amenazarme con que no voy a volver a ver a nuestra hija? Porque tampoco es que tú seas la mujer más pura del mundo. Como no pares con esto, te juro que lo pagarás. Siempre has sido una puta egoísta. A ver si maduras, porque no te pega nada ponerte celosa.*

Lo firmaba con la P de Peter y, con tanta fuerza, que la punta del boli había traspasado el papel. Harper la leyó dos veces, aferrada al trozo de papel con ambas manos. Así es que su madre se enteró del lío que tenía su padre con otra y lo llamó a capítulo por ello. Y era muy típico de su padre contestar por carta: así funcionaba el abogado que había en él. Pero el tono acalorado y esas palabras tan gruesas, eso no era propio de alguien que se jactaba de mantener la calma siempre, de derrotar a su oponente con una lógica aplastante. Porque, en esta ocasión, había perdido los papeles.

¿Cómo te atreves a amenazarme con que no voy a volver a ver a nuestra hija? ¿Acaso lo había amenazado su madre con dejarlo y llevarse a Harper con ella? Y repetía una y otra vez en su cabeza la frase en la que la amenazaba: *te juro que lo pagarás.* Cargó el peso sobre los talones y se quedó mirando la carta. ¿Era esa la prueba de que su padre tenía un motivo? La coartada se la había dado su amante; quien podía muy bien haber mentido. La única prueba que aportaron, y según la cual estuvo toda la tarde con ella, fue un recibo de una gasolinera cerca del apartamento de ella: allí ponía la hora, y coincidía con la del asesinato. Pero no le habría costado gran cosa venir de las afueras al centro, matar a su mujer y luego volverse a ir sin ser notado. Aquella idea le revolvió las tripas. Porque siempre había aceptado que su padre era inocente: fue tal el acoso al que lo sometió la policía que ella siempre pensó que, si hubiera habido algo que no encajaba en su relato, habrían dado con ello. Harper estaba enfadada con él por haber engañado a su madre con otra, no porque sospechara que pudiera ser el culpable. Pero esa carta demostraba que no sabía nada de la relación entre sus padres. Por lo demás,

cada vez empezaba a albergar más sospechas sobre la policía. Aunque eso hacía añicos su hipótesis de que fuera la misma persona la que cometió ambos asesinatos: su padre llevaba más de una década fuera de Savannah, y eso era innegable. O sea, que tenía que añadir el nombre de su padre a la lista de sospechosos, justo debajo del de Blazer.

CAPÍTULO VEINTITRÉS

Al día siguiente, se llevó al trabajo la agenda de su madre y la estuvo hojeando en los ratos libres; hasta llamó a algunas de las personas que aparecían, buscando una conexión entre ella y Larry Blazer. Porque, después de dar con esa carta, la urgía más que nunca establecer la conexión entre el detective y la vida de su madre.

Cada vez que llamaba a alguien, la conversación se eternizaba, porque tenía que dar muchas explicaciones. Como llevaba años sin hablar con ninguno de ellos, todos aprovechaban la ocasión de aquella llamada inesperada para ponerse al día. («Dios santo, querida: hace siglos que no sabemos nada de ti...»). Y tenía que llevar la conversación poco a poco hacia las preguntas que le quedaban por responder, para lo cual había que emplearse a fondo, y armarse de paciencia. Por lo demás, casi todas las llamadas seguían un patrón parecido al de una que le hizo a una artista amiga de su madre.

—Hola, señora Carney, soy Harper McClain... —Pausa—. En efecto, esa Harper McClain, la misma. —Pausa—. Sí, hace mucho tiempo. —Pausa—. ¿Mi padre? Bien, gracias, ahora vive en Connecticut. —Pausa—. Sí, sí: muy lejos. —Pausa—. Ah, pero eso es fantástico: ¡nada menos que médico! Pues sí que le ha ido bien. ¿Y está en Florida? Qué bonito. Seguro que va usted a verlo de vacaciones. —Una pausa más larga—. Ajá.

Por fin, después de lo que a Harper se le hacía una eternidad, dirigía la conversación hasta un punto en el que no resultara chocante dar explicaciones de por qué aquella llamada.

—Es que estoy buscando a un viejo amigo de mi madre. Era agente de policía y, bueno, me gustaría saber si usted lo conoció por aquella época. ¿Cómo? ¿Que cómo se llamaba? Ah, pues, Blazer: Larry Blazer. ¿Le suena ese nombre de algo?

Y, una llamada detrás de otra, la respuesta era la misma: «No».

Ya era bien tarde cuando llegó a la L. Y el único nombre que había en la lista era Larson: la madre de Bonnie. La señora Larson se partía de la risa cuando le preguntó si existía la posibilidad de que su madre tuviera un amigo que era detective.

—Ay, Harper, pero si tu madre era una *hippy* recalcitrante y pensaba que la poli era el enemigo. Ella tenía amigos solo entre el gremio de los artistas y los músicos. Me pareció siempre tan exótica tu madre. —Entonces se puso melancólica—. Estoy convencida de que ella pensaba que yo no era más que una pobre ama de casa, muy aburrida, rodeada de críos y sin carrera. Pero, qué diantre, si yo la adoraba.

Cuando Harper le dijo que no era verdad que pensara eso, la señora Larson aseguró que tampoco importaba.

—Porque todo eso es ya agua pasada, ¿a que sí, cariño? —Entonces hizo una pausa, como si hubiera caído en la cuenta de algo—. Fíjate, si buscas a alguien que conociera a muchos polis, deberías hablar con tu padre. Porque él siempre andaba con ellos, por lo que yo recuerdo.

Aquello pilló totalmente desprevenida a Harper y tuvo que esforzarse para que no se le notara en la voz.

—¿Mi padre? ¿De verdad?

—Pues claro —dijo la señora Larson—. Era muy amigo de ese fiscal del distrito tan joven, y de su mujer, que... ¿cómo se llamaba? Es igual. Iba a todas las celebraciones de la policía, cuando daban cenas para recaudar fondos y demás. —Soltó una risa por lo bajo—.

A tu madre la horrorizaban esas fiestas, no hacía más que quejarse de lo aburridas que eran. Decía que bebían todos un montón y no hacían más que hablar del trabajo.

Harper, que se había quedado prácticamente sola en la sala de redacción, garabateó una nota rápida para uso propio: *¿Conocía papá a Blazer? ¿Se lo presentó a mamá?* El detector, al lado de la pantalla del ordenador, empezó en ese momento a vibrar con una serie de mensajes de lo más acuciantes, pero Harper ni se dio cuenta. Porque se había acercado a algo importante, y lo notaba. Así que, apagó el detector.

—¿Alguna vez habló mi madre de un detective, un tipo rubio de nombre Larry? Por aquella época debía de tener unos treinta años.

La señora Larson lo estuvo pensando un rato.

—Estoy segura de que no me habló de él —dijo al cabo; y luego, añadió, como disculpándose—: Pero a lo mejor lo he olvidado. Es que me hago mayor ya, Harper.

Hablaron un poco más de otras cosas: del trabajo de Bonnie en la facultad, y de que a uno de sus hermanos le había salido trabajo en Dubái y ya nunca lo veían: «Sí, pero, bueno, por lo menos tiene trabajo». Luego se despidieron. Y nada más colgar, Harper miró por la ventana, a la noche afuera. Primero aquella carta llena de ira y ahora esto. Todo la llevaba hacia su padre.

Ella tenía dieciséis años cuando él se mudó de ciudad. Hizo lo que pudo por mantener el contacto un tiempo y la llamaba cada dos semanas. Pero ya no sabían qué decirse y, con el tiempo, cada vez se llamaban menos. Ahora tenía dos hijos con Jennifer: varones los dos. A veces venía a Savannah en viaje de negocios; la llevaba siempre a cenar y pasaban unas horas de conversación forzada en la que lo más importante era lo que no se decían. Pero hacía dos años que no venía por allí. Y cada Navidad, Jennifer mandaba como postal navideña una foto de ellos cuatro: se los veía con ropa de esquí, en la ladera nevada de alguna montaña; o chapoteando en aguas turquesas; pero siempre, con una sonrisa de oreja a oreja.

Por esas postales, sabía que su padre se estaba quedando calvo. Y que Jennifer ya no era una conquista núbil y joven, sino que se parecía cada vez más a una madre muy ocupada, como cualquier otra. Harper podía haber intentado acercarse a su padre con el paso de los años, pero no sacaba fuerzas nunca: porque él le recordaba todo lo que había perdido. Y esa distancia entre ellos era la única arma que le quedaba. Si bien, ahora, no tenía más remedio. Así que buscó el teléfono móvil a regañadientes y marcó su número.

—¿Dígame?

La voz de su padre sonó cortante. Harper miró el reloj y vio que eran más de las diez.

—¿Papá? Soy Harper.

—¿Harper? —preguntó, sorprendido y preocupado a la vez—. ¿Te ha pasado algo? ¿Estás bien?

—Estoy bien —dijo ella—. Perdona que llame tan tarde.

—No..., bueno..., no es mala hora...

Aunque sí lo era, y se le notaba confuso por la forma en que lo dijo. Como si en realidad pensara: «¿Por qué me llamas ahora? Si yo creía que me odiabas».

—Mira, perdona que te moleste —dijo ella—. Es que... A ver: he estado buscando entre las cosas de mamá y tengo que hacerte un par de preguntas.

Silencio. Entonces, como no le quedaba otra, Harper apretó los dientes y cogió el toro por los cuernos.

—Me preguntaba si conociste a algún policía cuando estabas en Savannah.

—Conocí a más de uno, por el trabajo.

Ahora hablaba con cierta cautela en la voz.

—¿Conociste a un detective que se llama Larry Blazer?

Hubo una pausa; y ella casi lo oía pensar en alto, intentando figurarse qué estaba buscando su hija.

—Harper, ¿de qué va todo esto?

Ella se llevó los dedos a la frente: aquello era mucho más difícil de lo que había pensado.

—Sé que esto te pilla completamente de nuevas, pero es que tengo que saberlo para... para algo en lo que estoy trabajando. ¿Conociste a un detective de nombre Larry Blazer? Es importante.

—No... No sé. A lo mejor sí. Es que conocí a mucha gente. —Se notaba que estaba enfadado, confuso. Pero Harper creyó oír también un tono de ofuscación.

Ocultaba algo. Aguzó el instinto. A lo largo de los años, Harper había entrevistado a cientos de personas; y su padre no tenía ni idea de lo bien que se le daba. Relajó la postura y habló con voz más calmada. Inofensiva.

—Ya lo sé; y también sé que fue hace mucho tiempo. Nadie te culpa por olvidarte de todo aquello. Pero, en definitiva, ¿sabes si lo conociste o no?

—El nombre me suena —dijo su padre a regañadientes—. Puede que sí lo conociera.

A Harper se le encogió el pecho y tuvo que hacer un esfuerzo para que no pareciera que lo preguntaba con toda la intención.

—¿Lo conociste por motivos de trabajo o... erais amigos?

—No, amigos no éramos —dijo su padre en tono seco—. Porque de los amigos sí me acuerdo.

—¿Y cabría la posibilidad —preguntó Harper con una especie de calma ultraterrena— de que se lo presentaras a mamá?

Siguió un silencio tan denso al otro lado de la línea que Harper llegó a pensar que había perdido la conexión. Luego él habló de nuevo.

—Harper, ¿qué pasa?

Había recuperado el tono alerta y profesional en la voz, como el de un abogado que pregunta a un investigador. Harper miró a la noche a través de la ventana y se mordió el labio. ¿Cuánto debía revelarle? Y pensó que quizá ya era hora de que le dijera parte de la verdad.

—Ha habido otro asesinato —reconoció por fin—. Y el *modus operandi* es exactamente el mismo que en el caso de mamá.

—Ah.

No era una palabra, sino una especie de jadeo. Como si en lugar de darle información, Harper le hubiera dado un puñetazo. A su padre le costó unos segundos recuperarse.

—¿Cree la policía que...?

Notó algo en su voz que no esperaba: había pena, y esperanza. Como si él también llevara tiempo esperando que cogieran a alguien. Harper no sabía qué pensar.

—La policía no sabe nada —se limitó a decir—. Están investigándolo.

—Y este Blazer, ¿qué tiene que ver con todo ello? —Todavía se lo notaba sin aliento; si bien se iba recuperando. Echaba mano de la lógica para salir a la superficie; lo mismo que hacía ella.

—Pues no lo sé —tuvo que admitir, y se preparó para lo que iba a decir a continuación—. Son solo suposiciones mías. Hago lo que puedo por ponerme en su lugar, ver lo que ellos ven. Blazer es un poli, y ellos no sospechan nada de él. Pero hay cosas que hacen que yo sospeche.

—¿Crees que pueda haber sido un poli? —No sonaba nada convencido—. Para Alicia, la policía no era santo de su devoción.

—Ya lo sé —dijo ella—. Pero a lo mejor lo conoció por ti. Y si tú lo conocías, eso podría dar respuesta a algunos interrogantes.

—Echaré un vistazo a mis papeles —dijo él, pasados unos instantes—. Pero si de verdad lo conocí, me acordaría; a no ser que no tuviera mucho trato con él. Y lo más seguro es que, entonces, Alicia tampoco. Escucha, Harper: ¿no sería mejor que dejaras que fuera la policía la que llevara esto?

Hablaba ahora con tono de impaciencia. Fue la suya una llamada que no esperaba y que no le apetecía mucho atender, y estaba deseando colgar. Porque ella era un incordio: venía a recordarle un tiempo que quería olvidar. Entonces Harper pensó en la carta furiosa que había encontrado entre las cosas de su madre. Y, de repente, se preguntó por qué la había guardado con los otros papeles para que su hija la encontrara algún día, en vez de tirarla a la basura. Eso diseminó de golpe el sentimiento de empatía que había empezado a albergar por él.

—La verdad es que intento quitarte de encima a la policía, papá.

Eso no era para nada cierto, pero tenía que hacerle daño para que él perdiera pie, y sonsacarle así más datos verdaderos. Y tuvo el efecto que pensó que tendría.

—¿Quitármelos de encima? Pero ¿qué demonios...? ¿Qué tengo yo que ver con todo esto?

Le notó el pánico en la voz. Le había metido el miedo en el cuerpo; y toda aquella calma que su padre había estado alimentando, por fin se evaporaba.

—Nada, papá —dijo—. Es solo que encontré una carta entre las cosas de mamá.

—¿Qué carta? —Su padre alzó la voz—. ¿De qué estás hablando?

Harper disparó sin piedad entonces: cada palabra era una bala, pero hacía más daño del que ella creía.

—Una carta que le escribiste, pocos meses antes de que la mataran. Ella sospechaba que tenías una amante. Tú la amenazaste, papá. Si esa carta cae en manos de la policía...

—Harper. —No podía creer lo que le estaba diciendo su hija—. ¿A dónde quieres ir a parar?

—A ninguna parte, papá —dijo con toda la tranquilidad del mundo—. Solo te pregunto: ¿conoces a un hombre llamado Larry Blazer? ¿Has oído hablar de una mujer llamada Marie Whitney?

Hubo un largo silencio. Encima de la mesa de Harper, el detector vibró con un mensaje que ella no oiría.

—Jamás oí hablar de ella —lo dijo con un tono tan frío que parecía tallado en piedra—. Y ya te he dicho que no recuerdo haber conocido nunca a un hombre llamado Blazer. —Tomó aire—. Si la policía necesita algo de mí, mi número de teléfono ya lo tienen. Y me parece que no quiero que me llames más.

Su padre colgó el teléfono.

Harper se apretó el auricular contra la frente para sentir algo frío en la piel y cerró los ojos. Hacía mucho tiempo que entre su padre y ella ya no había grandes dosis de amor. Pero ahora, los últimos rescoldos de ese sentimiento acababan de desaparecer, estaba convencida de ello. Sentía un peso enorme en el pecho. Porque su padre era familia suya, al fin y al cabo. Y lo que Harper acababa de hacer se parecía bastante a la traición. Pasó un instante y, con mucha calma y mucho cuidado, colgó el teléfono, y cogió la libreta.

Después de la llamada, estaba casi convencida de que su padre no tenía ni idea de quién era Larry Blazer. Y tampoco había reaccionado al oír el nombre de Whitney. Y, cuando le habló de la carta, y amenazó veladamente con hacerla pública, lo que eso provocó fue ira y dolor, mas no un cálculo frío por su parte. Al enterarse de que habían asesinado a otra mujer, la noticia lo disgustó mucho, y eso tampoco parecía fingido. O sea, que Harper no había dado ni una.

El detector no paraba de vibrar encima de la mesa: circulaba un mensaje detrás de otro, pedían refuerzos, y que mandaran una ambulancia. Harper se lo quedó mirando con cara de póquer, sin poder dejar de oír una y otra vez en su cabeza la conversación que acababa de tener con su padre. Él no sabía nada de lo que estaba pasando allí, estaba totalmente convencida de ello. O sea, ¿dónde la dejaba eso a ella?

La voz de Baxter atravesó la redacción vacía y la sacó de sus cavilaciones.

—¡Harper! Ven aquí ahora mismo.

Harper parpadeó.

—¿Qué pasa?

Baxter estaba sentada a su mesa, con el mando a distancia en la mano, sin apartar la vista de la televisión instalada en la pared.

Cuando siguió la mirada a su jefa, vio la cara perfecta de Natalie Swanson en la pantalla. Detrás de ella había una hilera de coches de la policía, cuyas luces de emergencia hacían que el pelo rubio de la presentadora tomara a intervalos un tono azul. A Harper se le encogió el estómago: apartó la silla de un manotazo y atravesó a la carrera la redacción; y cuando llegó a la mesa de la directora, vio los titulares en la parte inferior de la pantalla: *Tres heridos en un tiroteo al sur de la ciudad.*

—Según nos cuentan los detectives asignados al caso, se busca a dos pistoleros —explicaba Natalie en antena, con gesto sombrío—. Los dos son hombres jóvenes, están armados y son peligrosos. Puede que uno de ellos lleve un arma automática. Se trata de una situación a la que ya están demasiado acostumbrados los vecinos de Broad Street; y esta noche, la violencia se ha cobrado tres nuevas vidas. Esto es todo desde aquí, Bob.

Apareció ahora en la pantalla un estudio de televisión, donde un presentador de pelo oscuro negaba con la cabeza.

—Gracias, Natalie. Ten cuidado con esas calles tan peligrosas.

Baxter bajó el volumen con el mando y luego apuntó con él a Harper.

—¿Tú sabías algo de esto?

Harper miró a la pantalla por encima del hombro de su jefa, por si pudiera ver allí escrita la respuesta a esa pregunta.

—Yo no...

Debía de ser eso lo que había detectado el aparato encima de su mesa. Estuvo tan ocupada con las llamadas que hizo que no oyó los códigos por el detector cuando hablaban de un tiroteo, pedían ambulancias y refuerzos. Y ahora sentía náuseas. Porque jamás se había perdido un tiroteo. Ni una sola vez. ¿Cómo podía habérsele pasado por alto? ¿Por qué no la había llamado Miles para avisarla?

—De veras que lo siento, Baxter —dijo por fin—. Es que no oí el detector.

—¿Que no oíste el...? —La directora la miró perpleja—. ¿Cómo no vas a oír el detector si lo tienes encima de la mesa? Harper: ¡si hasta lo oigo yo desde aquí!

—No lo sé —reconoció Harper con impotencia.

Baxter la miró hecha una furia.

—Pero ¿a ti qué demonios te pasa? Llevas años en el periódico y jamás se te ha pasado nada por alto. Y, últimamente, llegas tarde al trabajo, desapareces durante horas, te pierdes las primicias... Se nota que no estás con los pies en la tierra. ¿Dónde los tienes?

—Pues aquí —insistió Harper—. Pero es que he tenido mucho lío estos días, cosas de familia.

—¿Cosas de familia? —Baxter se la quedó mirando—. Cuando trabajas a mi ritmo, te tienes que olvidar de la familia. Miles no tiene familia. Yo no tengo familia. Nadie tiene familia cuando hay un tiroteo con tres víctimas.

Harper iba a abrir la boca para defenderse, pero Baxter no había acabado todavía.

—Te pasas aquí ocho horas al día, a veces más. —Estas tres últimas palabras las añadió al ver la expresión en la cara de Harper—. Solo te pido que en esas ocho horas saques tu trabajo adelante. —Entonces se miró con gesto de impaciencia el reloj de muñeca—. Ahora mismo no tengo tiempo. Y tú tienes que escribir un artículo. —Señaló la pantalla de televisión—. Te doy una hora. Coge el teléfono y ponme negro sobre blanco la historia esta. —Buscó su móvil para hacer una llamada y soltó las últimas palabras con una precisión que helaba la sangre—: Pon remedio a esto, Harper. De lo contrario, ni te molestes en aparecer por aquí mañana.

CAPÍTULO VEINTICUATRO

Al día siguiente, Harper se propuso llegar al trabajo media hora antes. Casi no durmió en toda la noche. Estuvo levantada, atenta al detector. Y cada vez que la voz de centralita mandaba a un policía porque alguien denunciaba un robo en casa, o que le habían robado el bolso, o la presencia de un borracho haciendo eses en mitad de la calzada, ella se ponía tensa. Cuando amaneció, estaba agotada: el alba la halló sentada en el sofá; con una taza de café en la mano, como si fuera un arma. No acababa de creerse que se le hubiera pasado por alto lo del tiroteo. Al final, hizo unas llamadas y logró recabar unos cuantos datos sobre el incidente; gracias a los contactos que tenía en la policía. Así logró tener listo el artículo antes del cierre.

Al parecer, Miles sí que la había llamado para contarle lo del tiroteo. Y no una, sino cinco veces, nada menos. Pero ella estaba ocupada hablando por teléfono. Cada nuevo mensaje del fotógrafo sonaba más apocalíptico: «¿Qué pasa, que quieres que te echen, Harper?», llegó a preguntarle en uno que escuchó ya cuando estaba en casa. «Como no cubras esto, ya verás cómo se va a poner Baxter: te va a caer la del pulpo». Menos mal a sus fotos, y a los contactos de Harper; gracias a eso, los lectores no sospecharon que la reportera no había puesto un pie en la calle esa noche. Pero Miles tenía razón con lo de Baxter. Y Harper sabía que todavía le quedaba por oír una buena de boca de su jefa en el día de hoy.

Afortunadamente, la directora no estaba en su mesa cuando Harper llegó a la redacción. Había mucho ajetreo en la sala, pues los del turno de mañana todavía estaban ocupados acabando los últimos artículos. La luz grisácea de la tarde entraba a raudales por las altas ventanas, y olía un poco a café quemado allí dentro. Encendió el detector y lo dejó a plena vista, al lado del teclado. No dio un solo paso que no viniera cargado de intención; tenía toda la carne puesta en el asador y pensaba no quitarla de allí. En adelante, el caso de su madre tenía que ser un proyecto personal que Harper atendiera en su tiempo libre.

Eso sí, durante aquella noche que pasó en vela, no se le fue de la mente. No paraba de oír la voz de su padre: «Jamás oí hablar de ella... Me parece que no quiero que me llames más». Por el tono con el que lo dijo, era como si su propia hija le diera asco. Hasta ella sentía asco de sí misma, porque había sido muy cruel con su padre, y sin venir a cuento. Pero, a lo hecho, pecho.

—Harper. —La voz de Baxter cortó como un cuchillo el rumor que flotaba por la sala de redacción—. Vente para acá.

Cuando Harper alzó la vista, vio que la directora estaba de pie al lado de su mesa de trabajo con cara de pelotón de fusilamiento. Harper alzó los hombros y se levantó. Notó que la miraban los otros reporteros según cruzaba la sala y llegó a la altura de Baxter con gesto descompuesto. La directora la miró con ojos gélidos.

—Ya te dije que no había terminado todavía contigo. Seguro que lo recuerdas.

Harper mantuvo una expresión tranquila y compungida.

—Sí.

—Lo de anoche fue un pandemonio de puta madre —le contó Baxter—. Que se te pasara algo así es inexcusable. Yo he trabajado en periódicos en los que ya estarías en la calle. Y conozco a directores que te habrían despedido en el acto. —Entonces puso las manos encima de la mesa y se echó hacia delante—. ¿Qué sucede, Harper? Jamás te he visto pasar por alto una historia. ¿Y un tiroteo triple? Eso es el pan tuyo de cada día. ¿Qué demonios te ocurrió? Y no digas que fueron «líos de familia» si es que valoras en algo tu puesto de trabajo.

Harper había estado casi toda la noche preparándose para este momento y se lanzó a darle a su jefa la explicación que había pergeñado en la densa oscuridad de las tres de la mañana.

—Me impliqué demasiado en una historia que estoy investigando —dijo con calma—. Perdí el norte.

Baxter la miró con aire de suspicacia.

—¿Qué caso?

—El asesinato de Whitney.

—¿El asesinato de Whitney? —Baxter frunció el ceño—. Pero ¿qué haces todavía trabajando en eso? ¿Es que hay algo nuevo?

Lo dijo sin inmutarse, pese a todo lo que implicaba para Harper lo que estaba dando a entender: que la misma historia que, hacía una semana, la mantuvo en vilo, era considerada ahora una pérdida de tiempo para Baxter.

—Encuentro discrepancias en los partes policiales que afectan al caso. Y creo que hay más miga de la que la policía deja ver —explicó Harper, con la secreta esperanza de que eso intrigara a Baxter—. He intentado casar todas las piezas. En eso estaba trabajando anoche, cuando no oí el detector.

Baxter arrugó todavía más la frente.

—¿Y se lo has hecho saber a la policía? ¿Les has dado ocasión de hacer declaraciones?

—Ellos... —Harper dudó un instante—. Ellos no están de acuerdo conmigo.

Baxter se mostraba perpleja.

—Si llevas casi dos semanas escarbando en un caso y no has conseguido nada, entonces es que estás perdiendo el tiempo. Y deberías concentrar toda tu energía en el trabajo del día a día. La gente lee tus artículos porque quieren saber qué está pasando ahora; no lo que pasó la semana pasada. El caso Whitney es ya historia, ¿te enteras?

—Sí —dijo una modosa Harper, porque no era ocasión de ponerse a discutir.

La directora se echó hacia delante y la chaqueta azul marino rozó el borde de la mesa.

—Como vuelvas a perder otra noticia de las que hacen portada por desobedecer órdenes precisas mías, no habrá quien te salve. —Señaló una gruesa carpeta que había puesto, con un gesto muy teatrero, encima de la mesa—. Tengo aquí cincuenta solicitudes de reporteros que se mueren de ganas por hacer lo que haces tú. Nadie es imprescindible.

Si Harper tenía pensado decir algo, acabó desintegrándosele en los labios. Porque no podía apartar la vista de la carpeta, repleta a más no poder de currículos.

—Y ahora —gruño Baxter—, a trabajar.

La directora agarró el paquete de cigarrillos y un mechero que tenía encima de la mesa, giró en el sitio con un golpe de talón y echó a andar hacia la puerta, con paso rápido y airado. D. J. entró justo cuando ella salía, y al pasar delante de él, no le dijo ni media palabra. El chico se echó a un lado y la vio, estupefacto, bajar las escaleras.

—¿Qué le pasa a Baxter? —preguntó, cuando llegó a la altura de Harper.

—Que me perdí un tiroteo que hubo anoche —dijo ella, según volvían los dos juntos a sus respectivas mesas—. No nos enteramos hasta que no salió en las noticias.

Él abrió mucho los ojos.

—¿Lo sacaron los dos canales?

—Pues sí.

Al oírlo, soltó un silbido por lo bajo.

—¿Y todavía trabajas aquí?

Era una broma, pero a Harper no le hizo ni pizca de gracia.

—De milagro —fue todo lo que dijo.

Se sentó a su mesa y soltó un suspiro. La verdad es que había ido todo mejor de lo que ella esperaba, pero le escocían las orejas después del rapapolvo. Ya se había vaciado lo bastante aquella sala de redacción: las mesas desocupadas delataban la ausencia de compañeros suyos que perdieron el trabajo. O sea, que Baxter iba en serio; y ella había estado a punto de perderlo todo.

—¿Lo ves? Yo creo que el problema es que eres demasiado buena. —D. J. giró en la silla y se acercó más a ella—. Porque a todos se les pasa alguna que otra historia, pero a ti no se te había pasado nada antes. Y ahora Baxter cree que es el fin del mundo porque te ha pillado en renuncio una sola vez. —Se repantingó en el asiento y cruzó los brazos—. La moraleja es que tienes que hacerlo mal más a menudo.

Lo que intentaba era animarla, pero ella se lo había tomado todo demasiado a pecho.

—Ya —dijo sin mucho entusiasmo—. Supongo que tienes razón.

—Dicho esto, ¿cómo es que te perdiste el tiroteo ese? —D. J. señaló el detector que Harper tenía encima de la mesa y que no paraba de crujir con todo tipo de delitos, faltas menores y alcances en la carretera—. Yo creía que la cosa esa la tenías conectada directamente al cerebelo.

—Y así es, normalmente. —Al decirlo, se puso un poco a la defensiva—. Lo que pasa es que llevo toda esta semana muy ocupada.

Él la miró con una mezcla de pena y sentido práctico de las cosas.

—Oye, no tienen motivos para cabrearse tanto porque la cagues una vez. Pero como vuelvas a hacerlo, te van a lapidar. Así que... tú dime si necesitas ayuda, ¿vale?

Lo bueno de D. J. era que lo decía de corazón: la ayudaría sin pensárselo. Y Harper lo miró agradecida.

—Gracias —dijo.

Él le dedicó una sonrisa perversa.

—Oye, y si te echan, ¿me puedo quedar con tu grapadora?

Ella trató de reprimir una sonrisa y le hizo la señal característica del dedo hacia arriba.

—Que te den, D. J.

Él se echó a reír y se propulsó hasta su mesa con un giro de la silla.

Harper metió la contraseña en el ordenador y la saludó en la pantalla el logotipo del periódico. Y se quedó mirándolo con cara de lela. D. J. lo había dicho en broma, pero algo de razón tenía. Como no le había importado nunca trabajar a horas intempestivas, y tenía contactos en la policía, Harper había sido siempre intocable. Y le habían perdonado muchas más cosas que a los otros reporteros; también le daban más libertad a la hora de correr riesgos. Pero algo muy importante había cambiado ahora, y lo notaba en el ambiente: ahora estaba en el filo de la navaja.

Ella siempre había querido trabajar en el periódico. Pero todo lo que le había dicho a Baxter era mentira. Porque, según estaban las cosas, ahora no podía parar: tenía que averiguar la verdad; y entender qué unía la muerte de su madre con la de Marie Whitney. Y lo que unía a Blazer con ellas dos. Si no era su padre, ¿entonces quién?

Para no perder el trabajo y, a la vez, poder investigar a Blazer, necesitaría ayuda, ella sola no podría hacerlo. Miles y D. J. la ayudaban, pero solo hasta cierto punto. Le hacía falta alguien dentro del cuerpo. Así que cogió el teléfono y lo sostuvo en alto bastante rato. Por fin, fue repasando la agenda hasta que dio con el nombre que buscaba. Entonces, con movimientos rápidos y decididos, le escribió un breve mensaje: *¿Podemos vernos? Necesito ayuda.* Y no había pasado ni un minuto cuando el teléfono vibró un instante. Apareció el nombre de Luke en la pantalla. *Nos vemos a las doce y media esta noche. En La Atalaya.*

CAPÍTULO VEINTICINCO

La Atalaya era una cuña de tierra verde colgada en un risco que daba al río, justo donde trazaba una curva cerrada al este de la ciudad. A la gente que hacía *footing* y sacaba a pasear a los perros le gustaba mucho ir por allí de día, pero no iba nadie por la noche, porque estaba muy oscuro y alejado de la seguridad que ofrecían las calles. Era el sitio ideal para quedar con alguien si no querías que te vieran.

Se ganó ese nombre durante la guerra civil, cuando subían los guardias voluntarios a vigilar la entrada de barcos enemigos que pudieran poner sitio a la ciudad. Al final, los barcos llegaron, armados hasta los mástiles, y, claro, los voluntarios, que no habían recibido instrucción militar, cayeron en cuestión de minutos y, con ellos, la ciudad entera. Todo el mundo bromeaba con ese nombre en Savannah: decían que le pegaba más el de La Derrota, o La Rendición, pero la verdad era que La Atalaya sonaba mejor.

Cuando Harper aparcó el Camaro en la carretera de tierra que llevaba al mirador esa noche a las doce, aquello estaba desierto. No había farolas, ni zonas asfaltadas; tan solo un aparcamiento de tierra; y árboles, y grandes extensiones de hierba que bajaban en suave descenso hasta el río. El coche iba dando tumbos debido a los baches y casi ni se veía entre tanta oscuridad. Harper maldijo por lo bajo, aparcó a un lado y apagó el motor.

El saliente sobre el río no era muy alto, pero la curva pronunciada que allí trazaba el cauce ofrecía una vista espectacular de las luces de Savannah, como si un manto de diamantes salpicara la tierra. Y el río era una ancha cinta de terciopelo que serpenteaba a través de ella.

Cuando bajó del coche, tardó un minuto en acostumbrar la vista a la penumbra reinante. No hacía tanto calor como en la ciudad, y Harper echó la cabeza hacia atrás y dejó que la brisa le acariciara la piel. El aire traía un olor característico a vegetación de ribera. Le llegaba, en el silencio que la rodeaba, el rumor apagado del tráfico en la distancia; y, de vez en cuando, el leve golpear de una cadena contra las aguas, cuando la corriente mecía algún barco varado entre las sombras, allá abajo.

Encendió el teléfono móvil para ver la hora y la luz azul de la pantalla brilló en la oscuridad. Era la una menos veinticinco: Luke se retrasaba. Sintió que los nervios le atenazaban el estómago y cruzó los brazos, apretándose la cintura. Porque, fuera lo que fuera lo que había surgido entre ellos, era increíblemente frágil.

Estar con Luke le había permitido saber qué se siente cuando tienes a alguien que te cubre las espaldas: era como mirar por el agujero de la cerradura y ver la vida de otra persona. La vida de otra persona que es mejor que la tuya. No quería joderlo todo; pero necesitaba consejo sin mayor dilación, y no sabía a quién más recurrir.

Entonces el rugido de un motor muy potente se abrió paso en la noche en calma. Apareció la luz de unos faros entre los árboles, y un coche negro tomó la carretera de tierra; una vez en ella, avanzó por entre los baches a ritmo lento pero seguro, hasta llegar a la altura de Harper. No era el coche que Luke conducía la otra noche. Era más grande y tenía más años. Los polis de la secreta cambiaban de coche constantemente: así era más difícil seguirles la pista. Tenían muchos entre los que elegir; y a Harper le chocó pensar que no sabía qué coche tenía Luke, ni siquiera si tenía coche.

Después de estar tanto rato a oscuras, las luces de los focos eran cegadoras: Harper levantó una mano para taparse los ojos y, con la otra, buscó la manilla de la puerta, a sus espaldas. El coche aparcó al lado del suyo, se apagó el motor y, por un segundo, todo quedó así, en silencio. Luego se abrió la puerta y salió Luke, iluminado desde atrás por la luz que emanaba del interior del coche. En ese momento, Harper se relajó y soltó la manilla. Él vino de frente, con esa zancada larga y calmosa, y a ella se le encogió el estómago.

—¿Qué pasa? —preguntó—. El mensaje parecía urgente.

No tenía noticias de él desde la otra noche, porque ninguno había vuelto a escribirse. La miraba cauteloso, y ella comprendió que Luke pensaba que ese era el motivo que lo había llevado allí. Ella carraspeó y notó una sequedad repentina en la garganta.

—Tengo que contarte algo —dijo ella—. No te va a gustar, pero quiero que me escuches, ¿vale?

Aunque estaba oscuro, vio por su mirada que se ponía en guardia.

—Vale...

Ella respiró hondo.

—¿Recuerdas que te conté que estaba investigando el asesinato de Marie Whitney, y que había cosas que no cuadraban? ¿Que me recordaba mucho el asesinato de mi madre?

Él dijo que sí despacio con la cabeza.

—Creo que el asesino podría ser un poli.

Luke tardó un segundo en reaccionar. Luego, maldijo por lo bajo.

—Venga ya, Harper. Eso no puede ser.

—Pues prepárate, porque lo que te voy a decir ahora es todavía peor. —Harper se llevó las manos a la cintura y las dejó ahí, bien sujetas, preparándose para soltarlo—. Todo apunta a Larry Blazer.

—Maldita sea. —La miró incrédulo—. Tienes que estar de coña.

—Ojalá.

Luke dio un paso atrás y se pasó los dedos por el pelo.

—Es una locura —dijo—. Blazer no es. Sea lo que sea lo que piensas, te equivocas de cabo a rabo. Ese tío es un capullo de marca mayor, pero no es un asesino.

Lo dijo con tanta certeza que, por un momento, Harper olvidó lo que tenía pensado decirle. Pero se recuperó enseguida.

—Tú escucha primero lo que tengo que contarte —insistió—. Y luego me dices si tengo razón o no.

Entonces le contó sin más demora lo que había visto la recepcionista de la oficina de Whitney; y de quién era la firma en la solicitud guardada en el registro. Cuanto más hablaba, menos convicción le daba a sus palabras: lo decía todo alocadamente, y sabía que él lo atribuiría al pánico; pero, aun así, siguió contándole hasta el final.

Él la dejó hablar, sin quitarle los ojos de encima. Pero luego dejó la vista perdida, más allá de ella, en la curva del río.

—Ya sé que no es gran cosa —dijo ella cuando hubo acabado—. Y a lo mejor tienes razón, a lo mejor no es Blazer. Pero tengo que investigarlo bien a fondo, y necesitaré ayuda si quiero hallar más pistas. —Levantó las manos en señal de abandono—. En estos momentos, me supera, Luke: por eso estoy aquí.

La luna hizo más pronunciadas las arrugas de preocupación que le salieron a Luke en la frente mientras pensaba qué responderle.

—Ya sé lo importante que es para ti llevar al asesino de tu madre ante la justicia —le dijo, midiendo mucho sus palabras—. Pero seguro que sabes que esa firma no demuestra nada.

—Pues claro que sé que no demuestra nada. —Se le había erizado el tono ahora—. Por Dios santo, Luke. ¿Por qué crees que te mandé ese mensaje?

Él levantó las manos.

—No lo sé, Harper. A ver, ¿por qué me lo mandaste?

Dolida, se echó para atrás.

—Porque albergo estas sospechas, y necesito que alguien, dentro del cuerpo, demuestre que estoy equivocada —dijo, haciendo lo posible por que no se le quebrara la voz—. Alguien de confianza; que tenga la cabeza en su sitio.

—Espera. —Entrecerró los ojos para verla mejor—. ¿Quieres que sea yo el que demuestre que estás equivocada?

Ella movió afirmativamente la cabeza.

—Necesito alguien que tenga acceso a los registros en poder de la policía para saber si Blazer tiene coartada en el caso Whitney —le explicó—. No es que esté obsesionada con él, si eso es lo que piensas. —Le costó que no pareciera que se ponía a la defensiva—. Tengo abiertas muchas opciones: a Whitney le gustaban los hombres que tenían poder. Podría haber sido cualquiera de los otros. Pero es que necesito meter en la ronda de comprobaciones también a Blazer. —Hizo una pausa—. Se me está acabando el tiempo y yo sola no puedo con todo.

Luke se pasó la mano por el mentón.

—Pareces un poli, Harper, por cómo hablas. Y ya hay un detective que está trabajando en este caso.

—Sí, pero es el propio Blazer —dijo ella levantando la voz—. Y encaja en la descripción de un hombre con el que salió la víctima. —Harper respiró hondo—. Mira —dijo en un tono más comedido—. Esto tengo que comprobarlo. No es que quiera que sea él. Y si no es Blazer, si puedo demostrar que es imposible que fuera él el que la mató, y no tuvo relación alguna con ella, lo borraré de la lista. Ni siquiera tiene que enterarse de que lo he tenido en cuenta en mis pesquisas. —Dio un paso hacia él, implorando con la mirada para que hiciera lo posible por entenderla—. Pero, sea como sea, tengo que meterme ahí a fondo: necesito entender por qué el asesinato de Whitney se parece tanto al de mi madre. —Luke no daba su brazo a torcer así como así; pero ella vio que empezaba a dudar—. Luke —dijo, ya más calmada—. Blazer trabajó en el asesinato de mi madre. Incluso aunque no la matara, él trabajó en ese caso, y vio la escena del crimen.

—Él y media brigada de homicidios —le recordó Luke—.

Smith también estuvo allí ese día. Y Ledbetter. Hasta el jefe superior de policía estuvo allí.

—Ya lo sé —dijo ella, y levantó la barbilla, con un gesto de obstinación—. Pero no estaban saliendo con Whitney tres meses antes de que la mataran.

—Tampoco sabes a ciencia cierta si Blazer estuvo saliendo con ella —apuntó él.

No hacían más que darle vueltas a lo mismo y Harper dejó caer los hombros. Le había contado todo lo que sabía; y si no era bastante para convencerlo de que la ayudara, no tenía nada más que decir.

—Intento ser razonable —dijo Luke, y se le suavizó un poco el tono—. Pero es que me estás pidiendo que averigüe si un detective tiene o no coartada. Y no es un detective cualquiera, sino uno que me odia a muerte.

Harper parpadeó.

—¿Tú y Blazer no os lleváis bien?

Él apretó los labios.

—Demonios, no. Ese hombre me odia desde que entré en el cuerpo.

Esto era nuevo para Harper. Luke era el tipo de persona que se lleva bien con todo el mundo. Hasta cuando era más joven, ella misma percibía lo bien que les caía a los otros polis, y lo mucho que lo respetaban. Porque hacía su trabajo, cumplía las normas y no sacaba los pies del tiesto.

—¿Por qué te odia?

—Es una larga historia.

Al principio, parecía que lo iba a dejar ahí. Pero luego, como la vio tan decidida, cedió con un suspiro de resignación.

—En mi primer año de detective en la brigada de homicidios me tocó un caso que llevaba Blazer. Cometió un pequeño error, nada del otro mundo. Y como yo era joven y estaba verde, pues pensé que lo ayudaría si se lo hacía saber. —Soltó una risita triste—. Se pasó tres días metiéndome caña: ponía en ridículo todo lo que yo hacía, se negaba a firmar mis partes, hostigaba a mi sargento para que me empurara. Hizo todo lo que pudo para que me mandaran de vuelta a la sección de uniforme. —La voz no se le quebraba al hablar, pero Harper lo conocía y sabía que todavía le escocía ese recuerdo—. Mi sargento se dio cuenta de lo que estaba pasando y luchó por mí; hasta que, al final, Blazer renunció a hacer que me echaran. —Alzó los hombros con indiferencia—. Desde entonces, no me puede ni ver. Y todavía hoy, hace todo lo que está en su mano para perjudicar mi carrera en el cuerpo.

Harper iba asimilando todo esto y entonces cayó en la cuenta de algo.

—Por eso dejaste a los detectives —dijo—. Por eso te pasaste a la secreta: estabas huyendo de Blazer.

Con la expresión de la cara, vino a decirle que así había sido; aun antes de abrir la boca para hablar.

—Cuando lo ascendieron a sargento, empezó a cuestionar todos los casos que me asignaban; a devolver todos los informes. Me quiso meter más de un puro por cuestiones nimias. Y me tuve que ir. Dejé de ser detective para quitarme de encima a Larry Blazer. —Entonces la miró a los ojos—. Pero eso no lo convierte en asesino.

—No, es cierto —reconoció ella—. Pero piénsalo, Luke: si tuvo relaciones con Whitney y no se lo dijo a nadie, entonces ha roto al menos cincuenta normas policiales. Incluso aunque no la matara, lo podemos trincar solo por eso.

Se miraron a los ojos; sucedió luego un silencio y Harper oyó que un pájaro movía las alas entre los árboles, al borde del claro en el que se hallaban.

—¿Qué hay en ti? —preguntó él entonces, con lo que parecía perplejidad no fingida—. ¿Por qué no me voy por donde he venido y te dejo aquí? Sé que esto es una locura. Y, sin embargo, aquí sigo; y, además, pensando que te voy a decir que sí. Lo cual quiere decir que yo también estoy loco.

A Harper le brincó en el pecho un atisbo de esperanza.

—¿Eso quiere decir que me vas a ayudar?

Luke se metió las manos en los bolsillos de los vaqueros, con un gesto que venía a decir que no es que estuviera muy contento.

—Blazer no se va a enterar —le prometió ella—. Porque no nos vamos a arriesgar. En cuanto te topes con la más mínima barrera, lo dejas. No puedes dejar rastro ni hacer que salten las alarmas. Y yo, igual.

—Blazer es un tío muy listo —la previno él—. Se enterará.

—Nosotros también lo somos —dijo ella.

—¿Ah, sí? —dijo con tono sombrío—. Dime qué tenemos tú y yo de listos, si nos vamos a meter en esto. —Y abrió los brazos con gesto de impotencia.

Eso cogió a Harper con la guardia baja.

—No te entiendo.

—Míranos —dijo él alzando la voz—. Aquí nos tienes, viéndonos a escondidas en un parque a medianoche. Acostándonos: ¿no te han llegado los rumores? Porque a mí no dejan de darme la barrila desde la fiesta de Riley. Blazer me sigue teniendo en el punto de mira, y yo voy y le doy más munición. —Dejó caer las manos—. No estoy tan seguro de que seamos muy listos tú y yo.

A Harper se le contrajo el pecho. Porque esto era precisamente lo que se temía.

—¿Qué estás diciendo? —preguntó en voz baja.

Luke le dio una patada a un grumo de tierra y lo estampó contra los árboles.

—Demonios, Harper: yo qué sé. No eres tú. Es que... Ni yo mismo me entiendo, a veces. Fíjate, si no: ¿qué estamos haciendo? Y ahora encima esto de Blazer. ¿Qué pasa, que quiero que me despidan?

A Harper se le enfriaron los ánimos con una emoción que no conocía: le entró miedo. Miedo a perder algo que casi no había tenido entre las manos. Y no le salieron las palabras que le hacían falta para convencerlo.

—Venga ya, Luke. Yo no...

Se le quebró la voz; y él tuvo que notarlo, porque levantó la cabeza.

Ella le vio la confusión en su mirada, a través de las sombras.

—Tú me gustas, Harper —dijo—. Desde siempre. Pero en todos estos años, jamás hemos cruzado la línea. ¿Por qué nos estamos arriesgando ahora de esta manera?

—Porque...

Y lo dejó ahí. Había tantas cosas que quería decirle y no podía: tenía miedo a meter la pata. Entonces, al no acabar la frase, Luke dijo que sí con la cabeza, como si hubiera visto confirmados sus temores. Y se parecía todo tanto a lo que Harper siempre había temido que podía pasar: que él no sintiera lo mismo por ella; que hubiera sido todo un terrible error. Que ella no le importara lo bastante y no tuviera derecho a ser feliz. Que volvería a estar sola. Pero ¿no sería mejor así? ¿Acaso no tenía Luke razón? Se estaban arriesgando mucho. Lo primero que la atrajo de él fue ver que tenía una ambición muy parecida a la suya: quería ser poli a toda costa. Y ahora se arriesgaba a perder todo eso por ella.

—Deberíamos dejarlo —dijo ella.

Apenas fue un susurro, pero la noche era tranquila y él la oyó. Notó que la observaba, pero no quiso mirarlo.

—Es arriesgado —siguió diciendo Harper—. Tienes razón. Si tú quieres seguir haciendo tu trabajo y yo el mío, esto es un error.

Él se volvió, le dio la espalda; y ella notó que los hombros anchos se le encorvaban un poco.

—Si tú lo dices... Supongo que tienes razón.

Se sintió desnuda. Y la brisa que antes la había acariciado, le pasó como lija ahora por la piel. Quería volver a casa. Solo le quedó un consuelo: cuando por fin se atrevió a mirarlo, Luke tenía la misma expresión de pasmo que ella dibujada en el semblante. A lo mejor quería que fuera ella la que lo convenciera para que siguieran; puede que esperara mayor resistencia por parte de Harper. Pero no podía pedirle que arriesgara su trabajo por ella más de una vez en una misma noche. ¿O sí podía?

Cuando Luke habló de nuevo, lo hizo con un tono neutro en la voz.

—Veré qué puedo averiguar sobre Blazer. Yo creo que te equivocas con él, pero haré todo lo que esté en mi mano para ver si algo de cierto hay en ello.

No la miró a los ojos.

—Fantástico —dijo Harper sin nada de entusiasmo.

—Ya te llamaré.

Luke se dio la vuelta despacio y fue hacia el coche. Harper ni se movió cuando él arrancó y salió a toda pastilla entre los baches; y quedó, como un eco en la noche, el rugido del motor. Porque así, igual de rápido e inesperado que había empezado todo, todo acabó.

CAPÍTULO VEINTISÉIS

Harper fue derecha a casa desde La Atalaya; y en todo el trayecto, notó sin fuerza las manos al volante. Cuando llegó, la sorprendió la calma y la penumbra del apartamento, no le parecía haberlo visto nunca así antes. Le dio la impresión de un sitio vacío y abandonado, como si nadie viviera allí. Avanzó por el pasillo y notó el eco de sus pasos.

Zuzu no paraba de maullar, y se le enredaba entre las piernas mientras iba de camino a la cocina. La dio de comer en silencio. Y, por un instante, se apoyó en la encimera y estuvo mirando cómo comía la gata, aunque en realidad no la veía. Sabía que no tenía motivos para sentirse así de mal: solo se habían acostado una vez, y no debería importarle tanto. Pero es que sí le importaba. Esos instantes que lo tuvo entre sus brazos... todo cambió en su vida.

A veces, no sabes que vives a oscuras hasta que no llega alguien y da la luz. Y cuando esa luz se apaga otra vez, la noche es mucho más densa. Pero ese había sido el problema, se dijo a sí misma: que se había encendido la luz. Eso para empezar. ¿Por qué tuvo que dejarle que diera la luz?

Se obligó a sí misma a moverse: abrió un cajón y escarbó en su interior hasta que dio con una botella de Jameson's que llevaba años ahí enterrada. La sacó, se puso un trago largo y lo bebió de golpe.

Le quemó la garganta, pero eso era lo que quería: que le doliera. Luego salió de la cocina y encendió el detector para no sentirse abrumada por el silencio; pero el crujido de las voces formaba una algarabía sin sentido que ya se sabía de memoria. Y volvió a apagarlo con un golpe airado de muñeca. Cogió un libro que sabía que no podría leer por falta de concentración y fue hacia el sofá. Estaba a punto de tumbarse cuando llamaron a la puerta.

Se quedó helada. Eran casi las dos de la mañana. Nadie venía a verla nunca a esa hora: hasta Bonnie habría llamado antes. Entonces volvieron a llamar; con insistencia, pero no muy alto. Con mucha cautela, Harper dejó el libro en el sofá y fue hasta la puerta de la calle. Y una vez allí, pegó la mejilla a la madera fría para mirar por la mirilla: era Luke el que estaba a la puerta. El corazón se le puso a cien. Porque, a pesar de todo, a pesar de lo que sabía sobre el sentimiento de pérdida; a pesar de que veía venir todo el caudal de sombra que se le echaba encima, no veía la hora de dejarlo entrar, y se hizo un lío con las manos y el cerrojo hasta que abrió la puerta de par en par.

—¿Qué...? —iba a decir.

Pero él no esperó a que acabara la pregunta.

—Es así de sencillo, Harper: no puedo dejarlo así como así. Pensaba que sí podría, pero no puedo.

Tenía el pelo liso todo revuelto, como si se hubiera estado mesando los cabellos; y las mejillas, rojas.

—Me fui a casa, pero luego di la vuelta y he venido hasta aquí. Porque no quiero perderte.

Lo decía casi sin aliento, igual que estaba ella; que veía, reflejado en sus ojos, el estado de nervios en el que se encontraba.

—No me importa jugar con fuego —dijo él—. ¿Y a ti?

—No —dijo ella con gran convencimiento—. A mí tampoco.

—He dejado tantas cosas por este maldito trabajo, que no pienso dejarte a ti también. —Luke hablaba muy rápido—. No pienso dárselo todo a ellos.

Dio un paso dentro y ella lo tuvo tan cerca que notaba el calor que desprendía su piel. Y entonces, Harper le puso las manos encima antes de caer siquiera en la cuenta de lo que estaba haciendo.

—Que se vaya todo a la mierda —dijo él.

La cogió en brazos, entró y cerró la puerta de un puntapié. Y así fueron, dando tumbos por el pasillo; su boca en la de ella, mientras la besaba con tantas ganas que a Harper casi se le derretían los huesos. Nada más le importaba en ese instante: solo los labios de él, sus manos; solo eso: cómo hacía que se sintiera. Abrió los labios entonces y le pasó la lengua por los dientes, hasta que probó la sal de su saliva. Él agarró el borde del top que ella llevaba puesto y tiró hacia arriba con suavidad. Tenía las manos calientes, y no paró hasta que no le desabrochó el sujetador. Solo que, en el último instante, se impuso la parte racional de Harper.

—Espera. —Le puso las manos en el pecho y lo separó de ella, en un intento por recobrar el aliento—. ¿Dónde has aparcado?

—A cinco manzanas de aquí. En una calle lateral. —Mientras hablaba, no dejaba de pasarle los labios por la garganta y el mentón. La volvía loca su aliento—. Yo vivo de esto, ¿no te acuerdas?

Harper debería haber contado con que él pensaría en todo. Entonces echó la cabeza hacia atrás para recibir la boca que él le ofrecía. Y dejó que se esfumaran todas sus preocupaciones. Porque esto era lo que de verdad importaba. Y solo esto.

A la mañana siguiente, cuando despertó, estaba sola; en el otro lado de la cama, las sábanas estaban frías, vacías. Extendió una mano y alisó la manta; y se sintió, de repente, hueca por dentro. Porque estaba segura de que esta vez él sí amanecería con ella. Se sentó despacio en la cama y se apartó el pelo de la cara. Pero entonces oyó el ruido inconfundible de la ducha. O sea, que todavía estaba allí. Apretó el mentón contra las rodillas y soltó una larga exhalación. ¡Todavía estaba allí!

Esa noche habían decidido muchas cosas: tendrían cuidado; no dejarían que los vieran juntos en público. Pero ellos no dejarían de verse. A las cuatro de la mañana, con la cabeza apoyada en el pecho de Luke, Harper le pidió que la perdonara.

—Porque no debí pedirte ayuda a ti —le dijo, ya casi dormida y, por tanto, sin saber muy bien lo que decía—. No fue justo.

Notó que él le besaba la coronilla.

—Pero tienes que confiar en mí. —Al hablar, le movía el pelo con el aliento—. Y yo tengo que confiar en ti.

Era una forma un tanto rara de decirlo. Le chocó a Harper que no dijera que confiaba en ella, solo que tenía que hacerlo. Pero estaba demasiado cansada como para darle más vueltas y lo dejó ahí. Era lo último que recordaba antes de quedarse dormida.

Lo que no sabía era si él había dormido. Porque, a lo largo de la noche, despertó varias veces y fue consciente en todo momento de que él estaba despierto. Aunque a lo mejor lo había soñado. No en vano tuvo un sueño tan profundo que ni siquiera lo oyó levantarse.

Se tapó el pecho con la sábana y paseó la mirada por el dormitorio. Todo estaba como siempre lo dejaba: la chimenea, con aquella repisa victoriana tan pequeñita; el viejo tocador que encontró en un mercado callejero y pintó de blanco; la foto de su madre, con Harper y Bonnie a los once años, rodeada de aquellos bracillos, sin dejar de sonreír a la cámara: la única foto de familia que tenía en el apartamento. Sabía que a Luke lo habían enseñado a calar enseguida a la gente, así que, ahora que veía dónde vivía a la luz del sol, ¿qué pensaría de ella?

—Ya estás arriba. —Luke entró en el dormitorio, con una toalla atada a la cintura y el pelo mojado y revuelto.

Ella no oyó cuándo había cerrado el chorro de la ducha. Pasaron unos segundos y se quedó parpadeando, con la cara vuelta hacia él. Tenía los músculos bien definidos y la piel tostada pero no bronceada: era perfecto.

—¿Y tú? —Harper se estiró, y fingió un bostezo—. ¿Cuánto llevas levantado?

—Un rato. —La buscó con la mirada—. ¿No te habré despertado, no?

Ella dijo que no con la cabeza.

—Es tarde. Amanezco ahora.

No lo notó tenso, tampoco nervioso; de hecho, parecía estar la mar de bien. Como si llevara años allí, en el dormitorio de ella, con una toalla a la cintura. Y la intimidad del momento desterró las dudas que tenía Harper. Podían vivir así. Eso sí, anduvieron con pies de plomo toda la mañana.

Cuando ella salió de la ducha, un poco más tarde, lo halló vestido con los vaqueros y la camiseta de la noche anterior; en pie en el salón, delante de la chimenea, sin apartar los ojos del retrato que le había pintado Bonnie.

Ella pisó una tabla que crujía en el suelo y él giró sobre un pie para observar la estantería de libros que tenía a un lado: lo hizo con un movimiento muy suave y natural. Harper se encaminó al dormitorio, fingió que no se había dado cuenta.

La sensación que tenían era la de que se estaban descubriendo uno a otro: abriendo puertas que les habían prohibido abrir durante años, y echando un vistazo dentro. Eso sí, debían tener cuidado con las puertas que abrían, porque los dos tenían cosas que preferían mantener escondidas.

Luego, sentados uno enfrente del otro a la pequeña mesa de la cocina, volvieron a hablar del caso Whitney. La distancia que había entre ellos la cubría Luke con sus piernas largas; y los pies descalzos, apoyados en los de Harper.

—¿Y están seguros de que no fue su exmarido?

—Según Smith, la coartada que él tiene es sólida. —Harper le dio unos sorbitos al café—. Fichó en el trabajo antes de que la mataran. Y estuvo allí todo el día. Cuando quiso salir, ya estaba muerta.

—De todas formas, compruébalo —le dijo Luke—. Échale un vistazo por si acaso.

—Lo haré.

—¿Y otros hombres que había en su vida? —Le dio un golpecito en el pie con ternura—. ¿Qué dijiste, que tenía una agenda muy ocupada, no?

Harper dijo que sí con la cabeza.

—Según D. J., se había granjeado muchas enemistades. Tengo una lista de los últimos amantes que tuvo.

—¿Y le vas a echar un ojo a todos? —preguntó.

—Por supuesto.

Lo dijo con un tono un poco más cortante del que ella hubiera querido; y él se la quedó mirando.

—Venga ya, Harper.

Ella no reculó.

—Sé lo que estoy haciendo, Luke.

—En ese caso, sabes de sobra que no puedes quedarte solo con uno de los sospechosos a expensas de los otros —le recordó—. Tienes que investigar todas las opciones.

—Eso no quiere decir que no vaya a investigar a Blazer también —dijo ella con obstinación.

—Muy bien. —Él hablaba con mesura en la voz—. Ahí quería yo ir a parar. Te harán falta pruebas de que Whitney salió con Blazer; evidencia en forma de fotos, vídeo. Algo que sea tangible. Tenemos que demostrar que el hecho de que los vieran juntos no fue una casualidad. A no ser que tengas eso, nadie lo va a tomar en serio como sospechoso. O sea, que ese es tu primer paso.

No era consejo para echar en saco roto; y se disipó en parte la tensión que reinaba entre ellos.

—Hablaré con los compañeros de Whitney —dijo ella—. A ver si me pueden poner en contacto con sus amigos.

—Yo hablaría con esa recepcionista que mencionaste antes —dijo él—. Esa con la que habló tu compañero. A lo mejor ves algo que él no ha visto. A ti se te da eso mejor que a él.

Harper ladeó la cabeza.

—¿Cómo puedes estar tan seguro de que yo soy mejor?

Él sonrió.

—Porque tú eres la mejor, McClain.

Parecía un hombre más joven a aquella luz tenue. Así, despeinado y sin meterse la camiseta por dentro, tenía todo el aspecto de un chiquillo; y los ojos, más azules de lo que ella pensaba: de un lapislázuli profundo muy poco corriente. Él la sorprendió mirándolo y alzó una ceja.

—¿Qué miras?

—A ti —dijo ella—. Porque no te veo a la luz del día muy a menudo. Y tienes unos ojos muy bonitos.

Si pensaba sacarle los colores, se equivocó.

Porque él aceptó el desafío, se inclinó sobre la mesa, le recorrió la cara a Harper con los ojos; luego se fijó en las hebras de pelo que le caían sobre los hombros.

—Pues, la verdad, ahora que lo dices, tú tienes el pelo más rojo de lo que yo pensaba; y los ojos, casi verdes del todo...

—Muy bien —dijo ella avergonzada—. Ya vale.

A él se le acentuó la sonrisa y tomó un sorbito de café.

—A mí me gustas siempre, Harper, de día y de noche.

Un calor repentino le recorrió a ella las venas. En ese momento, le pareció que estaban cayendo en algo verdaderamente real sin siquiera proponérselo. Pero es que caer por accidente siempre es más fácil que caer aposta, porque no ves el suelo que se te viene encima. Entonces Luke miró el reloj y soltó un suspiro.

—Tengo que estar en los juzgados en una hora. O sea, que si vas a preguntarme algo, que sea rápido. Sé que quieres averiguar más cosas sobre Blazer.

Harper no quería que ese momento terminara; pero él tenía razón: había trabajo pendiente. Se puso derecha en la silla y sacó los pies de debajo de los suyos.

—¿Qué sabes de su vida privada? —preguntó—. ¿Está casado?

Luke jugueteó con la cuchara encima de la mesa.

—Es un solterón empedernido —dijo después de una pequeña pausa—. Vive en la zona residencial, en uno de esos apartamentos modernos que tienen piscina, aunque él nunca la use, y guardia de seguridad a la entrada.

—¿No tiene hijos?

Él negó con la cabeza.

—¿Y no sale con mujeres?

—Yo no lo llamaría «salir con mujeres» —dijo con tono seco—. Por lo que sé, prefiere enlazar un rollo de una noche detrás de otro, con mujeres que están deseando y a las que les gustan los hombres con placa.

Harper puso cara de asco.

—Mira, yo nunca te dije que Larry Blazer no fuera un cabrón con pintas —afirmó Luke—. Pero eso no lo convierte en un asesino.

Harper se lo quedó mirando, con una expresión de curiosidad dibujada en el rostro.

—Lo que pasa es que tú no crees que lo hiciera, ¿a que no?

—No, no lo creo —contestó él sin dudarlo.

—¿Por qué no?

—Porque no encaja con ese perfil. Es demasiado controlador —dijo, y le salió de golpe; de lo que Harper dedujo que lo había meditado largo y tendido—. A Blazer le hacen falta normas y reglas: se crece cuando topa con ellas y las utiliza en su propio beneficio. Los asesinos son justo lo opuesto: quieren romper las reglas que la sociedad se da a sí misma; manipularlas, dejarlas inservibles. —La miró a los ojos—. Blazer es un tirano, no un asesino.

—Cualquiera puede matar si lo presionan lo suficiente. Tú eres poli, deberías saberlo mejor que nadie —contestó ella.

—No estoy tan seguro de eso —dijo él con un tono más firme—. Solo te digo que no tienes pruebas suficientes para incriminar a Blazer.

Harper se mordió la lengua para que no se le notara el enfado; luego le dio un demorado sorbo al café, por ver si eso la calmaba. Acababan discutiendo cada vez que hablaban de Blazer, y tenían que encontrar la manera de evitarlo. En ese instante, como si le leyera el pensamiento, Luke le tomó la mano por encima de la mesa.

—Harper, no quiero pelearme contigo. Sobre todo, después de lo de anoche —dijo él suavizando el tono—. Pero... hazme ese favor: investiga a todos los hombres con los que Whitney tuvo trato. Ese asesino que buscas sigue por ahí, y tú lo vas a encontrar. Es solo que me parece que no es Blazer.

CAPÍTULO VEINTISIETE

Cuando Harper entró esa tarde en la sala de redacción, D. J. le estaba dando los últimos toques a un artículo sobre el gimnasio que acababan de inaugurar en un instituto de la ciudad.

—Vaya —dijo ella, y dejó el bolso encima de la mesa—. Qué emocionante.

Él hizo girar la silla y llegó justo a donde estaba ella.

—¡Es la caña! —le anunció él sin ningún entusiasmo en la voz—. Si te digo la verdad, me dieron la oportunidad de escribir sobre una orgía de supermodelos hasta arriba de droga, pero dije: «No. Quiero escribir sobre ese gimnasio. Por favor, cuéntenmelo todo sobre esos planes que tienen para la cancha de baloncesto y las previas de los partidos para animar al equipo».

—Ahí sí que anduviste suelto —dijo Harper—. Es lo que quiere esta ciudad: saberlo todo sobre las previas de los partidos.

Harper estuvo jugueteando con un bolígrafo, pasándoselo de un dedo a otro. Y es que la conversación con Luke la había dejado tocada. Y cuando él se fue esa mañana, se pasó el resto del día consultando sus notas. Sabía que tenía razón: que había que investigar a los otros sospechosos más a fondo; que no podía quedarse solo con Baxter. Es decir, que tenía que averiguar más cosas sobre Whitney y los hombres con los que salía. Y tenía una idea bastante aproximada de por dónde empezar.

—Mira, ya sé que te lo estás pasando en grande con el artículo ese —dijo—. Pero es que hay una pregunta que me ronda la cabeza, y tú eres el único que tiene la respuesta.

—Por fin —dijo él, y se le iluminó la cara al decirlo—, ya era hora de que se me reconociera la facilidad que tengo para resolver crímenes.

—Si yo quisiera hablar con la gente de la facultad que conoció a Whitney —dijo—, ¿adónde tendría que ir?

—Al Departamento de Desarrollo —dijo él—. Ella trabajaba allí.

—¿Y con quién tendría que hablar? —preguntó Harper, así, como quien no quiere la cosa—. Esa recepcionista que tú decías, ¿cómo se llama?

D. J. miró por encima del hombro, hacia su ordenador, y luego volvió la cara hacia ella.

—¿Sabes lo que te digo? Que si tienes ahora un momento, les queda todavía una hora de oficina. —Miró otra vez hacia la pantalla de su ordenador—. Yo ya he acabado con ese artículo que hará que gane el premio Pulitzer. Podemos ir al campus, a ver qué averiguamos.

—¿Seguro que no te importa? —preguntó ella.

—¿Tratándose de ti? —dijo él—. Lo que haga falta.

La sonrisa torcida de D. J. le confería bastante encanto: tenía los dientes delanteros un poco montados, y eso le daba a toda su persona un aspecto destartalado y simpático a la vez. Harper cogió el bolso.

—¿No te había dicho nunca antes que eres mi héroe?

—Tú ponte a mi rueda, pequeña —dijo cuando iban de camino hacia la puerta—. Que te voy a enseñar las tripas del oficio.

Cuando aparcaron en la universidad, el campus estaba muy tranquilo. El aparcamiento tenía el tamaño de un campo de fútbol americano y lo ocupaban muy pocos coches aquí y allá.

—¿Dónde está todo el mundo? —preguntó Harper.

—Son casi las cinco de la tarde —dijo D. J., a modo de explicación.

Pero, al ver la cara de incomprensión que ella ponía, dijo:

—Están en el bar, Harper. Es la hora feliz. ¿Qué pasa, que no te acuerdas de tus tiempos de estudiante?

Harper negó con la cabeza.

—Lo he borrado de mi mente.

Ya no hacía el mismo sol que antes y el cielo estaba cubierto de nubes; cayeron las primeras gotas de lluvia cuando entraban en el edificio de oficinas. Era del siglo diecinueve y cada fachada estaba terminada por la parte de abajo por una fila de columnas de piedra; tenía el aspecto de todas las facultades: señorial y eterno. Pero, como en gran parte de las universidades, el campus era casi todo de moderna construcción: lleno de edificios que no casaban unos con otros entre las grandes extensiones de césped.

Harper miró a un lado y a otro e intentó ubicarse. Debía de tener la distribución del campus en algún rincón de la memoria: no en vano se había pasado allí más de dos años, antes de dejar los estudios y empezar a trabajar en el periódico. Pero lo que más recordaba era sentirse totalmente fuera de lugar allí: tenía dieciocho años, igual que todos los demás de primero. Solo que Harper se sentía centenaria.

Y lo peor era que Bonnie no estaba con ella. Los últimos años que le quedaban para acabar el instituto los pasó casi todo el tiempo en casa de los Larson. Su abuela hizo todo lo que estaba en su mano, pero Bonnie vivía mucho más cerca del colegio; así que, pasado un tiempo, parecía más lógico que Harper se quedara con su familia de lunes a viernes.

Bonnie y ella se llevaron siempre igual que hermanas; o mejor, incluso, porque no era una relación impuesta, sino elegida por ellas mismas. Como es lógico, Harper había dado por sentado que también irían juntas a la facultad. Nunca habían hablado del tema, pero

276

parecía el siguiente paso a dar. Hasta que Bonnie consiguió una beca para estudiar Bellas Artes en una universidad de Boston.

Cuando le dio la noticia, sin caber en sí de gozo, Harper no pudo esconder lo mucho que eso la traumatizaba. Porque Bonnie siempre había estado allí. Siempre. Al notarlo, todo el entusiasmo de Bonnie se evaporó.

—Pues no iré —dijo en el acto—. Lo que haré será... rechazar la beca.

Pero nada más decirlo, Harper notó que se le entristecían los ojos. Y al verla así de desinflada, se dio cuenta de que era mucho pedirle a su amiga del alma. Los padres de Bonnie se habían divorciado, y la madre sacaba adelante a cuatro críos pequeños con su magro sueldo de secretaria: o sea, que no podría costearle la carrera a su hija. Y sin la beca, Bonnie tendría que pedir préstamos que estaría pagando el resto de su vida. Además de tener que dejar la escuela de Bellas Artes con la que había soñado siempre. Es decir, que no podía pedirle tanto.

—No seas imbécil —le dijo Harper—. No podemos pasarnos toda la vida juntas. Tú tienes que ir a esa universidad y empaparte bien de esos estudios que ya tienes costeados. Yo estaré perfectamente.

Seguro que Bonnie notó que no era verdad, siempre lo había sabido. Pero, por esta vez, le hizo caso.

—Volveré por Navidad, y pasaré aquí todos los veranos —le prometió—. Y te escribiré correos electrónicos todo el rato. Ni te darás cuenta de que me he ido.

En setiembre, cargó los bártulos en el coche y emprendió rumbo al norte. Harper no dijo nada, aunque tenía el corazón hecho añicos. Mas, por mucho que se dijera a sí misma que era solo algo temporal, solo lo que duraran sus estudios universitarios, en lo más hondo, sabía que su amiga la había abandonado. ¿Por qué no iba a hacerlo? Si todo el mundo, antes que ella, lo había hecho ya: tenía a la madre muerta; el padre, vivía a cientos de kilómetros de distancia.

No tenía hermanos, y su abuela rondaba ya por aquella fecha los setenta años. Por eso no se llevaba bien con sus compañeros de clase, pues todos tenían a la familia en casa: lugares a los que poder ir en las vacaciones de Semana Santa; gente a la que alegrar la vida cuando sacaban buenas notas. Ella no sabía lo que era eso.

Sola y descentrada, vagaba por la Universidad de Savannah rodeada de una pena negra que no la abandonaba nunca. Los otros alumnos la veían venir y la esquivaban; buscaban compañeros que no estuvieran tan perdidos. No sabía qué estudiar y tampoco le importaba mucho. Pero el primer día de matrícula le dijeron que tenía que elegir una materia troncal.

—Luego la cambias, si quieres —le dijo la mujer que había en ventanilla, sin el más mínimo interés por el futuro de Harper; y, al ver que seguía dudando, añadió—: Tú cierra los ojos y elige una, que tienes a cien personas detrás de ti esperando en la cola.

Con tanta presión, Harper eligió periodismo casi al azar. Sonaba interesante. Sus padres nunca habrían elegido eso para ella. Ni Bonnie tampoco.

Y la primera sorprendida al ver que había nacido para eso fue ella misma: perseguía al rector de la universidad escaleras arriba para preguntarle por el racismo en los círculos estudiantiles. Seguía la campaña de los candidatos al consejo universitario durante tres semanas. Escribía sin vocación de estilo artículos para el periódico de la facultad y se los sacaban en portada.

Los únicos recuerdos felices de aquella época eran los días que se pasaba en la oficina diminuta del periódico estudiantil, días caóticos en los que escribía un artículo detrás de otro en los viejos ordenadores, junto a un puñado de voluntarios entusiastas como ella. Entendió por fin quién era. Y para qué había venido al mundo.

En segundo de carrera, haciendo caso a uno de sus profesores, Harper se presentó en el periódico de Savannah con un artículo que había escrito sobre un altercado en un bar frecuentado por estudiantes.

No fue Baxter quien la entrevistó, sino el director de una sección de menor rango. La miró como perdonándole la vida, cogió un boli rojo y se puso a leer el artículo. Cuando acabó, se quitó las gafas y la miró con más detenimiento.

—¿Y cuántos años dices que tienes?

El periódico sacaba una beca al año; y ese año, se la dieron a Harper. Trabajó duro; a veces, el doble de lo que le exigían para cumplir su horario. Y, sin que se lo pidieran, colaboraba con todo el mundo en la sala de redacción: escribía obituarios, anuncios de nacimientos, hacía labores de documentación para los reporteros. Y todo sin que le faltara a nadie el café en la mano, que también hacía ella. Con el tiempo, los directores le asignaron trabajos más importantes, como reuniones vecinales si los reporteros que lo solían cubrir tenían demasiado trabajo. Y, dado que las reuniones solían celebrarse por la noche, al final era Baxter la que les editaba esos artículos. Harper lo absorbía todo con un apetito voraz, y nunca ponía reparos a las correcciones que le hacían. Ni se quejaba de los horarios. Baxter la premiaba con más encargos.

Al año siguiente, el periódico no cogió a ningún becario nuevo: le renovó la beca a Harper. Y se matriculó en menos asignaturas en la universidad, con el fin de tener más tiempo para el periódico. Cuando la noche estaba tranquila, Baxter le preguntaba por el trabajo, la familia. Harper esquivaba las preguntas personales, pero sí le contó que, cuando estaba en el instituto, trabajó tres años en la comisaría, unas horas cada tarde. Entonces Baxter le preguntó de pasada que con quién había trabajado, y Harper le soltó todos los nombres que se le ocurrieron, entre ellos el de Smith, el jefe superior de policía, y los de varios detectives.

A la noche siguiente, Baxter anunció en la sala de redacción que Harper acompañaría al reportero de sucesos, Tom Lane, en su ronda nocturna, para echarle una mano. Lane dijo que ni hablar, y Baxter y él tuvieron una buena en la sala de redacción.

—Es absurdo —se quejó Lane mientras señalaba a Harper con el dedo—. Porque yo no tengo tiempo para cuidar de mocosos cuando estoy en la escena de un crimen.

—Es que no te lo estoy pidiendo, Tom —informó Baxter—. Te lo ordeno, tómatelo como parte de tu trabajo. Me parece que esta chica tiene lo que hay que tener y quiero saber de qué pasta está hecha.

—¿Que tiene lo que hay que tener? —dijo Lane alzando la voz—. Pero si es una cría, a esa edad no se tiene nada.

Harper, que acababa de cumplir los veinte, se removió nerviosa, pero sabía bien que era mejor no intervenir; y siguió con la cabeza gacha, como si no fuera con ella, aunque no perdió comba de lo que se decían.

—Tom, esta cría ha trabajado en la comisaría, conoce a esos tipos. Le darán la información que no le darían a nadie más —Baxter lo dijo con tono mesurado, pero dejó claro que era innegociable.

Tom se puso rojo.

—¿Qué insinúas, que la policía no me da información a mí? Pues si no estás satisfecha con mi trabajo, Emma, no tienes más que decirlo.

—Tranquilízate, Tom —dijo Baxter, y le dio la espalda para volver a su mesa. Pero Lane no iba a dejar que la cosa acabara así y la siguió sin dejar de quejarse.

—Me va a ralentizar el trabajo; será un estorbo. Yo no tengo tiempo para esto.

—No sé por qué sigues erre que erre —lo cortó Baxter sin miramientos—. Porque no te vas a salir con la tuya. Llévate a McClain en tus rondas, enséñale los entresijos del trabajo. Tengo planes para esa chica.

A Harper se le salía el corazón por la boca: ¡Baxter tenía planes para ella! Eso equivalía a decir que trabajaría como una reportera de verdad; adiós a los obituarios y a las reuniones del consejo escolar.

Al final, Lane aceptó lo inevitable y la dejó que lo acompañara como ayudante. En el escenario del crimen, siempre hacían una pareja de lo más rocambolesca: Lane era más bajo que ella y muy flacucho, con el pelo blanco y ralo. Harper parecía más joven de lo que en realidad era y el pelo cobrizo le llegaba casi hasta la cintura; iba vestida con vaqueros y una camiseta, y se aferraba al cuaderno de reportera como si la vida le fuera en ello.

Al principio, Lane casi no hablaba con ella; como si albergara la esperanza de que, si no hacía ni caso a la chica, se acabaría largando. Era muy posesivo con su territorio: se ponía de los nervios cuando, en un enclave, un detective reconocía a Harper y se paraba a charlar con ella.

—Si quieres que tus declaraciones salgan en el periódico —les decía—, con quien tienes que hablar es conmigo.

Pero los polis seguían buscándola a ella.

Una vez, cuando Lane cogió el coche y se largó, dejándola tirada en una parte bastante peligrosa de la ciudad, ella tuvo que pedirle a Smith que la llevara de vuelta al periódico. Para vengarse de lo mal que Lane la había tratado, el teniente le contó a Harper información de primera mano sobre un tiroteo que nadie le había dado al viejo reportero.

Después de eso, Lane finalmente comprendió que era inútil seguir oponiendo resistencia. Y desde ese día, fue siempre una fuente útil de información; si bien bastante arisca. Fue Lane el que le enseñó lo que tenía que buscar en los partes policiales del día.

—Lo que sangra manda, nena —le dijo una noche en la comisaría—. Todo lo que sean asesinatos, robo a mano armada, apuñalamientos, tiroteos, robos que se salen de lo normal..., ¡ahí le has dado! Ese es el fin último de nuestro trabajo, y nada más: perderás el tiempo escribiendo sobre cualquier otra cosa. Baxter no lo quiere y los lectores no lo leen.

—¿Y qué es un robo que se sale de lo normal? —preguntó Harper mirando por encima del hombro del veterano reportero, mientras él pasaba los partes a una velocidad tal que a ella no le daba tiempo a ver qué era lo rechazado.

—Cuando las víctimas son gente famosa, deportistas y políticos. —Le soltó aquella retahíla sin molestarse en levantar la cabeza del fajo de papeles—. Si llega un fulano y les roba hasta la camisa, eso sí que lo leen los lectores. Y el resto de la ciudadanía, pues que se saquen un buen seguro de hogar, que yo no pienso escribir sobre ellos.

Y ese mismo sistema empleaba Harper en la actualidad. Lane tenía tan afinado el olfato acerca de qué delitos constituían noticia y cuáles no que, con leer la primera línea de un parte policial, le bastaba para saber si merecía la pena o no escribir sobre el caso. Cuando había un tiroteo, Harper se le pegaba a los talones con especial cuidado: sobre todo porque no quería que saliera pitando y la dejara allí a ella sola; pero también porque así veía cómo trabajaba. Y si se hacía tarde y las calles pasaban a ser un sitio poco recomendable, era fascinante ver actuar a Tom: atravesaba los grupos de mirones igual que una bailarina, y siempre daba con la persona adecuada a la que preguntar; la que lo había visto todo y tenía algo enjundioso que decir, pronta al quite, justo en la punta de la lengua.

En esas noches, Harper absorbía el peligro y la emoción como si fuera oxígeno puro. Cuando apenas si llevaba un mes trabajando con Tom, ya sabía lo que quería hacer con su vida. Y no era precisamente seguir en la universidad.

Aquel año que pasó trabajando muy pegada a Lane, iba cada vez menos a clase; hasta que se retrasó tanto en los estudios que el decano le mandó una carta de aviso. Nada de todo ello le pasó desapercibido a Baxter. Y un día, sin que la hubiera prevenido antes, le dijo a Harper que la iba a meter en nómina.

—Me da a mí que en la universidad vas a media jornada —le dijo—, y aquí me eres muy útil.

Al poco tiempo, Harper dejó del todo los estudios. La transición fue fácil: trabajaba algunos días en el turno de día y, cuando libraba Tom, ella cubría esas noches en las rondas de la policía; y así, todo el mundo contento.

Por aquella fecha, Harper ya había encontrado el pequeño apartamento en Jones Street. No tenía más muebles que un colchón y una estantería, pero sentía que por fin había encontrado su sitio en el mundo: sentía que aquello era su hogar. Así que, cuando Tom cumplió sesenta años y anunció que se jubilaba, ella estaba que no se lo podía creer.

—¿Qué vas a hacer? —le preguntó.

—Me voy a vivir con mi hermano a Jacksonville.

—¿Y ya está?

A Harper, que entonces contaba con veintidós años de edad, no le entraba en la cabeza que alguien pudiera dejar su trabajo como reportero de la sección de sucesos por una vida a bordo de un barco en Florida, con una mano delante y otra detrás. Además, para ser sinceros, no le parecía que estuviera todavía preparada para llevar ella sola la sección. Tom no había dejado en ningún momento de ser el reportero al frente de las noticias relacionadas con la policía: cuando Harper se bloqueaba o le surgía alguna pregunta, acudía siempre a él. Era un ser irascible, pero que sabía siempre por dónde salir.

—Mira —gruñó Tom—. Mi hermano es un capullo, pero un capullo con un piso en una urbanización y licencia de pesca. Y yo ya no aguanto más. Me merezco unos años de estar con el culo apoyado antes de irme para el otro barrio. Luego vio la cara que ponía Harper y suavizó el tono.

—Tú no te preocupes —le contó—. Baxter tenía razón: naciste para esto. Ya tienes en el bote a casi la mitad del departamento de policía.

Fue el único cumplido que le dedicó nunca. Y el día que se fue, le dio su detector: el mismo que seguía usando ella.

—No escuches demasiado el aparato este —le dijo con un refunfuño— o te comerá la vida.

—Es por allí. —La voz de D. J. fue como un cable que le tiraban a Harper para sacarla del pasado.

Parpadeó un par de veces, se dio la vuelta y miró hacia donde señalaba su compañero: un edificio pequeño de acero y cristal, rodeado de azaleas. Harper despejó la mente de recuerdos y lo siguió por una acera que cruzaba en zigzag el césped cortado al rape. Un poco más allá, había unos chicos jugando con un *frisbee*. Uno de ellos rio y gritó algo, pero se perdieron sus palabras en la brisa. Eran tan jóvenes. Ella nunca había sido tan joven.

D. J. abrió la puerta de cristal y ella lo siguió hasta una entrada pequeña y de moderno aspecto. La temperatura era gélida allí dentro: habían programado el aire acondicionado para un día más caluroso.

—Hola, Rosanna —le dijo D. J. en español a la mujercilla morena que atendía la recepción.

Ella soltó una risa que le formó sendos hoyuelos en las mejillas, y dijo alguna palabra en español que le arrancó a su vez la sonrisa a D. J.

—Harper McClain —dijo D. J., e invitó a su compañera a acercarse—, esta es Rosanna Salazar, que conoce a todo el que hay que conocer en el mundo de la recaudación de fondos.

Rosanna respondió con una risita nerviosa.

—Ay, David —dijo—, qué zalamero eres.

Estuvieron los dos riéndose las gracias; pero, por cómo miraba a D. J., a Harper le dio la sensación de que a Rosanna le gustaba el chico. Tenía cinco o seis años más que él, pero era muy mona. Y retuvo el dato para comentarlo con él más tarde, porque a D. J. le pegaba no darse cuenta de esos detalles.

—Harper también trabaja en el periódico —explicó él—. Es la que ha escrito todos los artículos sobre Marie Whitney.

—Ah. —La sonrisa se le evaporó de la cara a Rosanna.

—Qué historia más triste —dijo Harper con tono atento—. ¿Era usted amiga suya?

Rosanna no supo muy bien qué decir: le lanzó una mirada a D. J., que asintió con la cabeza para animarla a hablar.

—Yo no diría tanto —dijo—. Es que Marie era muy... suya.

Detrás del mostrador de recepción, la oficina era de corte moderno, toda diáfana; y las mesas y armarios archivadores de bajo cuerpo se repartían holgadamente el amplio espacio. Cubrían las paredes pretenciosas fotografías en blanco y negro de gente elegante en ropa de gala, y eso no pegaba mucho con la atmósfera de trabajo que se respiraba allí.

—¿Les ha dicho algo la policía? —Rosanna miró a ver qué cara ponían los dos—. ¿Tienen algún sospechoso?

D. J. señaló a Harper, quien negó con la cabeza.

—Por ahora no sueltan prenda —reconoció—. Sé que están investigando a la gente que la conocía: los hombres que salían con ella.

Se acercó a Rosanna, buscando una distancia que invitara a la confidencia.

—Imagino que la policía habrá venido a interrogar a sus compañeros de trabajo.

Rosanna miró por encima del hombro, para cerciorarse de que no las oían, pero no había nadie cerca.

—Le registraron la mesa y se llevaron todo a comisaría —susurró la recepcionista—. Hasta el ordenador se llevaron.

—Parece lógico —le dijo D. J. con aire de entendida—. Porque querrán comprobarlo absolutamente todo. —Entonces se apoyó con familiaridad en el mostrador. Formaban los tres una piña: muy juntitos, conspiraban entre susurros.

—¿Tenía Marie alguna amiga íntima? —preguntó Harper—. ¿Alguien con quien saliera a comer, por ejemplo?

Rosanna arrugó su boquita.

—¿Puedo serle sincera?

—Pues claro —le aseguró Harper.

—Marie era rara —dijo la recepcionista—. No se podía fiar una de ella. De frente, te ponía buena cara; pero luego, por detrás, la ponía a una pingando. Y, a veces, delante del jefe. Yo diría que era un poco trepa, que se abría paso pisando a los demás. No sé si tiene mucho sentido esto que le estoy diciendo.

Casi se la notaba aliviada de poder contárselo a alguien. Como si lo tuviera guardado desde que supo que la habían asesinado; y ahora, pasados ya unos días, como una especie de luto por los muertos, pudiera soltarlo.

—A esos bien que me los conozco yo —dijo D. J.—. ¿Por eso la ascendieron? Porque era muy joven para ser vicepresidenta.

Harper tenía que reconocer que se estaba trabajando muy bien a la tal Rosanna: mostraba paciencia y amabilidad, no la atosigaba. Parecían dos amigos en distendida conversación. Y funcionaba, porque Rosanna estaba deseando contar secretos que la quemaban por dentro.

—Vale, fíjense, ¿la mujer que tenía el puesto antes que ella? —susurró Rosanna—. Pues Marie le dijo al jefe que estaba mintiendo al declarar los gastos. Y era cierto que lo estaba haciendo. Pero es que cuando se fue, me dijo a mí que Marie la animó a ello, que le dijo que todo el mundo lo hacía. —Rosanna abrió los ojos marrones—. Antes de irse me dijo que no me fiara nunca de Marie; y jamás lo hice.

Quedaba confirmado, pues, que Marie se rodeaba de enemigos donde quiera que fuese. A Harper la fascinaban cada vez más los dos lados que mostraba aquella mujer: era perfecta de cara al exterior y no escondía más que mentiras por dentro.

—¿Y qué me dice de sus novios? —preguntó Harper—. Usted le dijo a D. J...., vamos, a David, que salía con hombres que tenían poder. ¿De verdad la vio con un poli?

Rosanna asintió con tanta fuerza que le rebotaban los rizos en la cabeza.

—Vino a buscarla varias veces esta primavera. Y yo sé que era policía, aunque no iba de uniforme. La esperaba siempre fuera; y la placa, la llevaba enganchada al cinto. Y hubo una vez que sopló algo de viento y le abrió la chaqueta; y le vi la pistola, aquí.

Señaló un punto debajo del brazo, donde se solía llevar la cartuchera. Blazer llevaba la cartuchera al hombro, como la mayoría de los detectives. Harper notó que le subía la adrenalina; hasta tuvo problemas para que no se le notara al hablar.

—¿Recuerda cómo se llamaba?

Rosanna negó con la cabeza; y, por el gesto, se notaba que lo lamentaba.

—No llegó nunca a entrar a preguntar por Marie. Se quedaba siempre fuera y la llamaba por el teléfono móvil.

—Vale, Rosanna —dijo D. J.—. ¿Y no se lo contaste a la policía?

—No —dijo ella como sorprendida—. Porque jamás me lo preguntaron.

A Harper se le ocurrió de repente algo.

—Rosanna, cuando la policía registró el despacho de Marie, ese hombre, el que usted veía afuera, ¿estaba entre ellos?

—No. —Y su respuesta fue categórica—. De hecho, le puedo decir quién vino exactamente.

Abrió un cajón, estuvo rebuscando un momento y sacó una tarjeta de visita.

—Fue este hombre —dijo, y se la dio—. Dijo que lo llamara si caíamos en la cuenta de algo.

En la tarjeta ponía: *Sargento Ledbetter, Departamento de Policía de Savannah*.

Harper le dio la vuelta y arrugó el entrecejo. Los detectives solían dividirse la tarea cuando trabajaban en un caso; pero no tenía mucho sentido que Blazer no viniera en persona a supervisar el registro del sitio en el que trabajaba la víctima. ¿Por qué sería que no quería aparecer por allí? Puede que porque no quería que lo reconocieran.

Harper le devolvió la tarjeta y dijo:

—Ya sé que nos lo ha contado, pero ¿le importaría describir a ese hombre otra vez, el que salió con Marie?

—Era un tipo grande —dijo Rosanna en voz baja—. Alto. Y creo que era rubio, o a lo mejor es que tenía ya canas... —Lo dejó ahí y puso cara de lástima—. Lo siento, ahora mismo no me acuerdo. Es que fue hace meses.

«Alto, pelo claro». Esa era la descripción de Blazer, pero lo de que fuera corpulento, eso no encajaba. Porque Blazer era alto y delgado. Aunque quizá la mujer no se acordara bien. O a lo mejor era que donde decía «grande», quería decir «alto», pues mucha gente confundía ambos términos.

—¿Tiene alguna foto de él? —preguntó Harper—. ¿Hay circuito cerrado de televisión aquí?

—No, ni nada que se le parezca —dijo Rosanna en tono categórico.

—¿Y hay algo más que recuerde de sus otros novios? —preguntó Harper—. ¿Alguno que usted viera?

Rosanna se mordió el labio y estuvo pensando.

—Tenía citas constantemente —dijo pasados unos instantes—. A veces, se cambiaba aquí, en el trabajo, y se iba derecha. Pero nunca los invitaba a entrar en la oficina; como si los mantuviera en secreto. Por eso me acuerdo del poli, porque era raro que vinieran aquí. Seguro que con él tenía algo especial, para dejarlo que acudiera a la oficina.

Harper iba a tener que buscar en otra parte para saber más cosas de los exnovios de Marie. Miró a D. J. y él se encogió imperceptiblemente de hombros: allí no había nada más que rascar por el momento.

D. J. sonrió y dijo:

—Muchísimas gracias, Rosana.

Luego siguió tirando de encanto y Harper aprovechó para cruzar la sala y mirar otra vez las fotos en blanco y negro. Todo era glamuroso en ellas: largos vestidos de seda, esmóquines relucientes, arañas de cristal y aflautadas copas de champán. Parecían anuncios de colonia, de lo artificiales y ostentosos que eran; solo que, en alguna de ellas, dio con una cara que conocía.

El centro de una de las fotografías, con una sonrisa de oreja a oreja, lo ocupaba un hombre que había sido alcalde. En otra, vio a un conocido hombre de negocios de la zona que protagonizaba pésimos anuncios de televisión para promocionar su compañía. En la tercera que vio, la cara colgada en la pared la paró en seco.

—Oiga —dijo, y de lo nerviosa que se había puesto, casi olvidó las formas—. ¿No es esta Marie?

Señalaba la imagen de una hermosa mujer rubia que llevaba un vestido largo blanco. Era esbelta, de hombros pálidos y estrechos. Estaba con un hombre que daba la espalda a la cámara.

Rosanna se tuvo que poner de pie para ver la foto.

—Ah, pues sí —dijo—. Se me había olvidado que teníamos ahí esa foto.

Pasado un segundo, siguió hablando con D. J.; Harper se quedó donde estaba: con la vista fija en la preciosa cara de Marie Whitney.

El *flash* le sacaba brillos al pelo; la sonrisa era franca y seductora. Pero no se podía decir lo mismo de los ojos: oscuros y peligrosos, se los veía llenos de secretos. Harper habría dado cualquier cosa por hacerle una pregunta. La única persona en el mundo que podía decir lo que pasó aquel día estaba en esa foto. Y ya nunca le contaría a nadie qué ocurrió exactamente. Harper jamás había tenido un caso como ese entre las manos: era harto difícil determinar hasta el más básico de los hechos. Y cada nueva pista se le escurría entre los dedos antes de poder atraparla.

Una vez más pensó en Camille Whitney y se preguntó si estaría bien. Y si su madre había sido buena con ella o si, por el contrario, se habría comportado con su hija con la misma crueldad que dedicó a todo el mundo. Era como si hubiera demasiadas Marie Whitneys, y ninguna de fiar. Marie Whitney la madre soltera. Marie Whitney la víctima. Marie Whitney la mentirosa y manipuladora. Y ninguna de ellas tenía lo más mínimo que ver con su madre:

solo la muerte que tuvo. Se diría que Whitney, desde la misma tumba, estaba jugando con Harper. Y solo para divertirse. Mientras que Harper lo arriesgaba todo en este caso. Todo. Y tenía que dar con algo tangible. Algo real. Y, además, más pronto que tarde.

CAPÍTULO VEINTIOCHO

A la mañana siguiente, sentada a la mesa de la cocina con el ordenador portátil y un café, Harper empezó a indagar en la lista de examantes de Marie Whitney. Como no había mucho más de donde tirar, parecía lógico identificar los nombres de sospechosos en potencia partiendo de los nombres que ya tenían. Para empezar, dividió la lista en dos: los que podrían ser el culpable y los que tenían toda la pinta de no serlo.

A los artistas y a los estudiantes de postgrado los puso en la columna de los que no. Parecía bien poco probable que supieran limpiar la escena de un crimen para dejarla libre de todo resto forense, tal y como había hecho el asesino. De los nombres que le había dado D. J., eso dejaba a tres en la columna del sí: el alto ejecutivo, un abogado muy conocido en la zona y un senador del estado.

Llamó a sus respectivas oficinas y dejó un mensaje lo suficientemente vago, sin mencionar la verdadera razón de la llamada. No era ninguno el tipo de hombre que una se echa al teléfono la primera vez que los llama; y tampoco de esos que te llamarían si sospecharan lo más mínimo que pensabas en ellos como autores de un asesinato.

Y se puso a esperar.

El abogado fue el primero que llamó. Pasados los primeros preámbulos, Harper fue derecha al grano.

—Estoy escribiendo un artículo para el periódico sobre una mujer llamada Marie Whitney. —Así empezó.

Nada más oír esas dos palabras, él montó en cólera.

—Yo no sé nada de ella. Hace un año que no la veo —dijo alzando la voz una octava—. No comprendo por qué me tiene que llamar a mí.

—Pura rutina —dijo Harper manteniendo la calma—. Solo me gustaría saber qué relación tuvo usted con ella.

—No tuve ninguna relación con ella —insistió—. ¿Quién le dijo a usted que sí?

—Una de mis fuentes —dijo ella.

—¿¡Una de sus fuentes!? —dijo a voz en cuello—. ¿Y quiere usted dañar mi reputación por una fuente anónima? Eso sería una pésima idea, se lo aseguro. Conmigo no se meta, señorita McClain. Porque le mando un requerimiento judicial a su periódico en menos que canta un gallo. Póngame a prueba y verá.

—Usted perdone —dijo ella intentando a toda costa que aquella llamada le resultara de utilidad—. Por favor, ¿no podríamos hablar...? Yo le prometo que no mencionaré su nombre. Solo con que me dijera dónde estaba usted el día que murió.

Eso lo puso otra vez hecho una furia. Pero entre la retahíla de cosas que dijo, soltó que había estado todo el día en los juzgados —todo el día—, y que no pensaba contarle nada de Whitney.

—De ninguna de las maneras pienso hablar con usted de Marie Whitney. No tengo nada que decir sobre ella. Como le acabo de comentar, hacía mucho tiempo que no tenía trato alguno con ella, gracias a Dios. Le recomiendo que se busque a otro con quien hablar del asunto y que me deje a mí fuera por completo.

Y dicho esto, colgó. Harper se quedó mirando el teléfono. ¡Qué furia la de aquel hombre! Más aún, el puro miedo que tenía: eso se le notaba en la voz. Pero ¿miedo a qué? Después de eso, ya no creyó que los otros dos la fueran a llamar.

Sin embargo, y para sorpresa suya, el senador del estado le

devolvió la llamada en menos de una hora. Harper pensó que tendría que perseguirlo durante días; y, cuando le dijo que llamaba por el caso Whitney, el otro se puso más nervioso que un gato en un cuarto lleno de pitbulls.

—Es que... No veo por qué me llama usted a mí —dijo, y se le notaba casi histérico—. Hace más de un año que no veo a Marie Whitney. —Hizo una pausa—. Dios. Todavía no acabo de creerme lo que le ha pasado: estoy conmocionado.

—Solo quiero tachar su nombre de la lista. —Después de cómo le había ido con el abogado, Harper empleó un tono muy conciliador—. Me ayudaría usted un montón si pudiera darme algún indicio de dónde estuvo.

—¿Dónde... dónde estuve cuándo?

—Pues —dijo ella—, dónde estuvo la tarde que Marie murió.

El senador puso entonces el grito en el cielo.

—¿No irá usted a creer que yo haya tenido nada que ver con lo que le pasó? Dios santo, señorita McClain. Yo le juro...

—Para nada —le aseguró ella—. Solo tengo que borrarlo de mi lista. Estoy haciendo esto con todas las personas que conocieron a Marie. De ningún modo constituye alegación alguna, y no pienso mencionarlo en el artículo. Pero, por favor, dígame dónde estuvo: es así de simple.

—Ay, Dios. Esto es una pesadilla —dijo él, bastante incómodo con la pregunta—. Yo no... ¿Qué día fue cuando... cuando pasó?

Con toda la paciencia del mundo, Harper le dijo el día y la hora aproximada de la muerte. Se produjo una pausa; ella oyó cómo tecleaba algo en el ordenador: muy posiblemente, consultaba su agenda. Cuando volvió a hablar, se le notaba muy aliviado.

—Había sesión ese día en el legislativo. Y a las tres en punto exactamente, me dirigí como orador a la cámara. No salí de allí hasta las siete de la noche.

Harper lo anotó para comprobarlo más tarde, pero se inclinaba por creer lo que le decía el hombre. Por cómo se expresaba, no tenía la cabeza ni la sangre fría para cometer un crimen tan perfecto. Al menos estaba más calmado que el abogado, eso sí. Así que decidió apurarlo un poco más, a ver si sacaba algo.

—Senador —dijo—: ahora que eso ya ha quedado claro, ¿me podría decir usted algo sobre Whitney? Tengo oído que era una mujer un poco... complicada.

—Decir eso se queda corto —hablaba ahora con un tono más acerado en la voz—. Esa mujer quiso buscarme la ruina. No sabía lo que era el más mínimo código moral; no tenía corazón. No era más que una...

Calló de repente, como si hubiera caído en la cuenta de con quién estaba hablando.

—No me atribuya ninguna de estas declaraciones —dijo de repente—. La demandaré si imprime una sola palabra de todo esto.

Ya iban dos amenazas en una mañana.

—Por favor, senador —dijo, y se llevó los dedos a la frente—. Bajo ningún concepto diré nada de esto en el artículo. Yo voy con mis preguntas un poco más allá. Y cualquier cosa que me diga me puede ayudar a entender a qué me enfrento.

Al parecer, eso lo apaciguó un poco.

—No hay mucho que decir. Nadie merece morir así —dijo—. Pero Marie Whitney se la estaba buscando. Y no pienso decirle nada más: he de pensar en mi carrera política.

—Espere —dijo ella—. ¿Seguro que no me puede decir nada más? Lo que sea. Según parece, la gente le tenía miedo. ¿Se lo tenía usted?

Hubo una larga pausa.

—No puedo —dijo, y Harper le notó que se debatía entre contarle más cosas o no. Había algo que tenía en la punta de la lengua, pero el senador no se permitió a sí mismo correr ese riesgo—. No es posible. Pero una cosa sí le diré: siga usted escarbando, señorita McClain. Y alguien más valiente que yo le dirá la verdad. Porque sé que no fui el único.

Dicho lo cual, colgó. Harper se quedó un rato escuchando el silencio al otro lado de la línea; luego dejó el teléfono encima de la mesa.

«Sé que no fui el único». ¿A qué se refería con eso? Cada vez se sentía más confusa. ¿Por qué se había granjeado Whitney tanto odio en su entorno? Todavía se les notaba el miedo en la voz a algunos de ellos. Si estaba muerta, ¿qué daño iba a hacerles ya?

El director ejecutivo fue el último que le devolvió la llamada. Tardó días en hacerlo; mientras que ella lo llamaba todos los días y dejaba unos mensajes muy amables que no recibían respuesta. Por fin, una noche, al cuarto día, recibió un correo electrónico muy breve y parco del tal Robinson. Al parecer, lo había escrito él mismo, pues no constaba la firma de ninguna secretaria.

No me llame más a la oficina. Sé qué se trae entre manos y no quiero tener nada que ver con ello. No la avisaré más.

Harper se quedó mirando el correo electrónico con cara de perplejidad. Porque no le había dicho nunca a su secretaria cuál era el motivo de la llamada; jamás había mencionado para nada a Marie Whitney. ¿Cómo lo sabía él? Aunque a lo mejor no lo sabía. Porque ¿quién le decía al señor ejecutivo que estaba en lo cierto? Además, aquello de *No la avisaré más*, sonaba a pura amenaza.

Empezó a escribir una respuesta furibunda. Pero entonces miró con más detenimiento y vio que había mandado el correo electrónico con copia a otro hombre: James Cohen, del despacho de abogados Barrington y Asociados; una firma de abogados bastante potente en la ciudad. Estaban especializados en proteger la privacidad de los poderosos, y tenían fama de despiadados.

Harper soltó el aire de golpe y cerró el correo. Porque no podía enfrentarse a un director ejecutivo ni a un abogado de prestigio sin que Baxter y Dells se enteraran de qué estaba haciendo. Esos tíos no la llevarían solo a ella a los tribunales: también implicarían a todo el periódico. Y Baxter le había prohibido explícitamente trabajar en ese caso. Si bien había otras cosas que podía hacer. Porque si pensaban que se iba a amilanar, no sabían con quién se las tenían que ver. Ella no se rendiría tan fácilmente.

Cerró todas las pantallas que tenía abiertas y buscó información sobre Sterling Robinson: aparecieron cientos de artículos. Entonces arrugó el entrecejo y limitó la búsqueda por perfiles, y cayó sobre un artículo del *The Wall Street Journal*.

Robinson tenía cuarenta y seis años, y era director general de un conglomerado mediático llamado Empresas Sterling. Eran los dueños de páginas web, cadenas de televisión y editoriales por todo el mundo. La mayor parte de las páginas web eran *clickbaits*, artículos que llamaban la atención con el titular y desviaban el tráfico hacia sus contenidos: ponían fotos de hermosas actrices y enlaces del tipo: *¡Ni te imaginas lo feas que están ahora!* Algunos, sin embargo, eran sitios perfectamente legítimos, muy respetados por la información que daban.

En la foto que encabezaba el artículo, Robinson salía más joven de lo que era: estrecho de hombros, tenía el pelo tupido y moreno, y llevaba gafas con montura metálica. Según el artículo, estaba divorciado y no tenía hijos. Vivía la mayor parte del año en Nueva York, pero también tenía casas en San Francisco y en Martha's Vineyard. Pero solo se mencionaba Savannah, comprobó Harper, porque su empresa había abierto una oficina allí hacía cinco años.

Sin embargo, lo más interesante era aquella perla que encontró, según la cual, además de la corporación, dirigía una fundación sin ánimo de lucro que daba millones de dólares a iniciativas en apoyo de las artes; y a las universidades, para financiar sus investigaciones en el campo de la medicina. Harper abrió la libreta y anotó el nombre de la fundación. Debajo, escribió: *A lo mejor así conoció a Marie Whitney.* Y subrayó la frase tres veces.

Se preguntó entonces si Robinson aparecería en alguna de las fotos en la oficina de Whitney. De haber sido así, ella no se habría dado cuenta: muy posiblemente sería uno más de los hombres de esmoquin, todo sonrisas delante de la cámara.

Por otra parte, no veía que hubiera ninguna conexión entre él y su madre. Quince años atrás en el tiempo, seguro que estaba en Nueva York, muy atareado levantando su empresa. Parecía poco probable que se hubieran conocido; y nada indicaba que hubiera bajado a Savannah hasta hacía pocos años. Aun así, la posible conexión con Whitney sí que era de sumo interés.

La labor de caridad que hacía le daba cierto mérito, pero sus empresas no tenían escrúpulos. Hacía unos años había llevado a la quiebra un periódico en Tennessee solo para aumentar el tráfico de visitas en la zona en su página web: cientos de personas perdieron su puesto de trabajo. Cuantas más cosas averiguaba sobre él, más turbio le parecía el tal Robinson a Harper. Y la verdad era que alguien tan rico como él no tendría que matar a Whitney con sus propias manos. Un hombre como Robinson podía contratar un asesino a sueldo para que le hiciera el trabajo sucio. Un profesional. Solo de pensarlo, se le heló la sangre. Y, si bien nunca la había convencido la idea de que hubieran contratado a un sicario para liquidar a una mujer como Whitney, de repente, ya no le parecía tan absurdo.

De camino a casa esa noche, Harper no se podía quitar el caso de la cabeza: al caer súbitamente en la cuenta de que Robinson era un sospechoso en potencia, todo cambiaba. Como Luke estaba tan convencido de que Blazer no podía ser el asesino, Harper llegó a dudar de su propio criterio. Pero ahora aparecía Robinson, un candidato del todo viable, y ya no sabía qué pensar. Además, Luke tenía la convicción de que el asesino era uno de los amantes de Whitney. Y puede que tuviera razón. Pero entonces, ¿quién era el hombre de la placa que iba a ver a Whitney al trabajo? ¿Era Blazer?

Si pudiera dar con alguien que conociera de verdad a Whitney y tuviera ganas de hablar, eso lo cambiaría todo. Giró para tomar Bay Street, completamente iluminada aún a aquella hora tardía, y se halló a sí misma pensando en Camille Whitney. ¿Qué sabría ella de todo esto? Debía de estar en casa de algún familiar: quizá con su padre. Pero ¿dónde? ¿Y qué le había contado a la policía? ¿Sabía ella con quién salía su madre? ¿Qué vería aquel día?

Absorta en sus pensamientos, no vio el Mercedes negro que se incorporó al tráfico detrás de su Camaro. Cuando giró en Habersham Street, el Mercedes negro también giró. Como se había acabado lo último que le quedaba de pan, paró delante de una tienda abierta veinticuatro horas y salió apresuradamente del coche a por algo de pan, leche y huevos. Fue al volver a incorporarse cuando vio que el Mercedes hacía lo propio y se le encendieron las alarmas.

No había más tráfico en la calle y el Mercedes siempre mantenía la misma distancia detrás de ella: el largo de tres coches. Si ella aceleraba, aceleraba también. Si aminoraba la marcha, el otro coche también. Y no podía decir cuándo había aparecido detrás.

Tomó un par de desvíos sin necesidad, dio toda la vuelta a la manzana y volvió a Habersham. El Mercedes no se apartaba de su estela, a tres coches de distancia; enfilado detrás de ella, sin cejar en su pausada persecución. A Harper la atenazó el miedo con sus tentáculos. Porque, que ella supiera, los secretas no llevaban Mercedes: solo deportivos y cuatro por cuatro; y los detectives solo conducían coches de alguna marca del país. ¿Qué era aquello, entonces?

Por un momento, se le pasó por la cabeza la idea de ir derecha a la comisaría, pero le pareció ridículo. Porque si la seguían, quería saber quién era. Se armó de valor y giró a la altura de Jones. Pasados unos segundos, el Mercedes giró también. Harper se echó hacia atrás en el asiento, intimidada, al notar el impacto de las luces en el espejo retrovisor.

—Pues muy bien, cabronazo —murmuró mientras reducía de marcha—. A ver qué se te ofrece.

Aparcó en su sitio de siempre con toda la calma: debajo del roble, mientras recorría la acera buscando a alguien que pudiera estar esperándola también. Pero la calle estaba vacía. Apagó el motor y se quedó allí sentada, mirando a ver qué hacía el Mercedes. Al pasar a su lado, aminoró la marcha, como si quisiera que lo viera bien.

Se le iba a salir el corazón del pecho, pero volvió despacio la cabeza. Los cristales estaban tintados y solo alcanzó a ver la silueta del conductor, que no apartaba la vista del frente. Cuando pasó, Harper se dio cuenta de que tenía apagada la luz de la matrícula y no pudo distinguir nada en la oscuridad, solo lo que parecían los caracteres 90K. Sin apartar los ojos del coche, metió la mano en el bolso y buscó un bolígrafo; luego, se apuntó lo que había visto de la matrícula en el dorso de la mano. Por fin, lo vio llegar hasta el final de la calle, poner el intermitente de la izquierda y desaparecer.

CAPÍTULO VEINTINUEVE

Cuando el coche traspuso la esquina, Harper abrió a toda prisa la puerta del Camaro y salió de un salto, cerrando luego de un portazo. Sin aliento casi, fue corriendo hasta el medio de la calzada y se quedó mirando el punto en la oscuridad por el que había desaparecido, como si hubiera dejado algún rastro. Pero no había nada allí. Pasado un minuto, subió las escaleras de la puerta de entrada, abrió con la llave y, una vez dentro, echó el seguro. Sin encender la luz, fue hasta la ventana y se asomó: la calle estaba vacía.

Dejó que pasaran diez minutos; entonces dejó caer la cortina y dio un paso atrás. ¿De verdad la había estado siguiendo aquel coche? A lo mejor había sido pura coincidencia. Quizá no fuera nada y diera la casualidad de que iba en la misma dirección que ella. O a lo mejor no era el mismo Mercedes que había visto al principio. O puede que alguien que sabía en qué estaba trabajando hubiera querido darle un susto. Fuera como fuera, iba a tener que estar ojo avizor a partir de ahora. Porque si estaban dispuestos a mandarle un coche que la siguiera, eso era que la cosa se estaba poniendo seria.

Zuzu entró de un salto, con la cola enhiesta, sin dejar de maullar.

—¿Y tú qué? —le preguntó mientras le pasaba la mano por la piel suave—. ¿Has visto algo raro hoy?

La gata ronroneó y se frotó contra su tobillo.

—Menuda gata guardiana me he echado contigo.

Fueron hasta la cocina y le sacó algo de comida. Mientras la gata comía, abrió la nevera a ver qué encontraba para ella. Fue entonces cuando cayó en la cuenta de que se había dejado la compra en el coche. Dio un suspiro, cogió las llaves y desanduvo el camino hasta la entrada, por el apartamento a oscuras, justo cuando llamaron a la puerta.

Le dio un vuelco el corazón. Porque era la forma tan peculiar que tenía Luke de llamar: tres toques muy leves. Por si acaso, Harper miró primero por la mirilla, y lo vio bajo el resplandor de las luces del porche: tenía los ojos, de aquel azul tan oscuro, clavados en la puerta, como si pudiera atravesarla con la mirada.

Abrió y sacó una mano para meterlo dentro a toda prisa, sin dejar de comprobar que la calle, detrás de él, seguía vacía: ni rastro del Mercedes.

—¿Qué pasa? —preguntó Luke, alertado al ver cómo se comportaba—. ¿Por qué estás a oscuras?

—Puede que no sea nada —dijo ella, y cerró la puerta y echó la llave—. Pero a lo mejor sí.

Llevaban varios días viéndose casi todas las noches. A veces, él le mandaba antes un mensaje de texto; otras, se presentaba sin más. Dejaba el coche siempre escondido unas manzanas más allá, en alguna calle tranquila de algún lateral. Y a Harper casi le daba miedo comprobar que eso había pasado ya a ser de lo más normal en su vida.

Entonces, intentando mantener la calma, le contó lo del Mercedes.

—Ya sé que a lo mejor fue pura coincidencia —dijo—. Pero me ha dado un susto de muerte.

—Sea coincidencia o no, no me gusta nada —lo decía con verdadera preocupación—. Dame los números, a ver si puedo comprobar la matrícula mañana. Puede que me valga, aunque no la tengas entera. Harper le enseñó el dorso de la mano. Luke sacó el teléfono, grabó los caracteres y los guardó.

—Si no fue una coincidencia —dijo—, ¿quién crees que podría ser?

Ella levantó las dos manos vacías.

—Les estoy siguiendo la pista a tres hombres por lo menos; y puede que los tres crean que les voy a arruinar la vida —dijo ella—. Si uno de ellos fue el que mató a Whitney, tienen ahora la ocasión propicia para liquidarme, antes de que averigüe nada más. —Soltó una bocanada de aire—. O podría ser alguien que vive a la vuelta de la esquina y volvía tarde a casa. No lo sé.

Se miraron solo un segundo; luego, Luke le tomó la mano y la acercó hacia sí.

—Mañana mismo busco esa matrícula, a ver si, con eso que me has dado, podemos cerrar el campo y dar con la matrícula entera —le prometió él—. Estoy seguro de que no es nada.

Había una parte de Harper que seguía en ascuas, que quería ir de un lado a otro por la casa para analizar todas las posibilidades. Pero dejó a un lado esas ideas y reclinó la cabeza en el pecho de él. Si bien no quería depender de eso; porque era lo fácil: tener a alguien allí a su lado, alguien que lo arreglara todo. Alguien que se preocupara por ella. Pero es que era algo más que fuerza de voluntad: cuando Luke estaba a su lado, encajaba mejor los golpes que le daba la vida.

Le envolvió el cuello con ambas muñecas y buscó sus labios con los suyos.

—Te pones tan sexi cuando te ofreces a mirar una matrícula solo para mí —dijo.

Él sonrió y se le arrugaron los ojos.

—Es fácil tenerte contenta —dijo, y le pasó la mano por la espalda.

—Voy a tener que pedirte que me lo demuestres —le dijo Harper. Pasó un rato, y ninguno de los dos habló.

Más tarde, cuando estaban en la cama, ella le contó lo del correo de Robinson, y lo que había hallado con sus indagaciones.

—¿Qué piensas? —preguntó él, mientras le pasaba una mano lánguida por el pelo.

—Pienso que Robinson se acaba de convertir en un sospechoso muy interesante —dijo.

—¿Más interesante que Blazer? —La miró a los ojos.

—Por lo menos tanto como él —reconoció ella—. Puede que más.

Los dedos de él le buscaron la piel desnuda del hombro y trazó un ocho detrás de otro.

—¿Y qué vas a hacer ahora? Porque no parece que tenga muchas ganas de hablar.

Harper estaba tan cómoda y calentita, y se pegó todavía más a él.

—Seguiré escarbando en su historial —dijo con un amago de bostezo—. A ver qué encuentro. Y también tengo que hallar la manera de hablar con Camille Whitney.

—¿Y esa quién es? —preguntó él, y arrugó la frente.

—La hija de Marie —dijo ella.

Hubo una pausa.

—Pero ¿no decías que tenía doce años?

Harper movió afirmativamente la cabeza.

—Reconozco que va a ser difícil.

Él dejó caer de golpe la mano sobre las sábanas.

—No me creo que estés hablando en serio.

Se la quedó mirando y, por la cara que ponía, Harper comprendió que se había perdido algo.

—¿Qué pasa? —preguntó, porque era verdad que no sabía por qué la miraba así.

—Venga ya, Harper. —Le notó muy pronunciada la mandíbula—. No puedes hablar con una niña de doce años si acaban de matar a su madre. ¿Es que te has vuelto loca?

303

—Espera un momento. —Harper agarró con fuerza la sábana y se sentó en la cama—. No le voy a hacer daño, Luke. Solo quiero ver qué sabe la niña.

—Pues no puedes. —Por cómo lo dijo, parecía verdaderamente horrorizado—. Es una cría, Harper. Esté donde esté, el Estado la protege. Lo último que le hace falta es que venga cualquier reportero a escarbar en sus recuerdos.

Aquello escocía, y Harper se apartó de él.

—Pero yo no soy cualquier reportero —dijo en tono seco—. Soy muy buena en lo mío; y no pensaba escarbar en sus recuerdos. —Al ver que la duda le ensombrecía la mirada a Luke, dijo—: Yo pasé por lo mismo, ¿no te acuerdas? Yo también fui Camille Whitney. Hablaré con ella, nada más.

La trataba como a una sospechosa; fue un cambio repentino, y Harper no lo pudo soportar. Tenía que hacer que Luke la entendiera a toda costa.

—Escúchame, Luke —dijo—. No le voy a hacer nada malo a esa niña. Solo quiero hablar con ella. Sé qué es lo que no tengo que preguntarle; y si veo que se disgusta, dejaré de hacerle más preguntas.

—¡Si ves que se disgusta! —Luke se llevó los dedos a la sien.

—He hablado antes con niños que han sufrido un trauma, ¿sabes? —le recordó ella, toda acalorada—. Soy reportera de sucesos. He entrevistado a niños que han sido atacados con armas de fuego; a niños que han presenciado un tiroteo. Sé cómo hablar con ellos.

Luke también se sentó, y el torso le quedó al descubierto. Se quedaron mirando uno a otro, separados por el escaso espacio de una sábana blanca.

—¿Y cómo la vas a encontrar? —preguntó él—; si no se ha revelado dónde la tienen.

Harper abrió la boca para decírselo, pero enseguida la volvió a cerrar. Porque sí que era cierto que Luke se preocupaba por ella; eso lo sabía. Había visto la inquietud en su rostro esa misma noche.

Pero era poli; y lo que Harper se vería obligada a hacer si quería hablar con Camille era ilegal.

—Todavía no lo sé —dijo dándole largas—. Pero me voy a enterar.

Que ella supiera, era la primera vez que le mentía.

Se produjo un silencio más largo y la estuvo observando detenidamente. Por fin, le dijo:

—Harper, quiero que me prometas que no vas a hacer nada que sea ilegal. —Ella abrió la boca para decir algo, pero él alzó una mano y la detuvo ahí—. Ya sé lo que vas a decir. Pero ¿me prometes que no quebrantarás ninguna ley y que no harás ninguna tontería sin hablar antes con Smith o conmigo? ¿Es eso mucho pedir?

El silencio que siguió fue gélido y parecía que no iba a acabar nunca. Finalmente, Harper fue la que lo rompió.

—No quebrantaré ninguna ley —dijo.

Pero hubo algo que se mudó en sus ojos y ni siquiera parpadeaba.

—¿Por qué será que no te creo? —Su voz era ahora más grave y gélida.

—Luke, esto es absurdo —dijo ella, sin saber muy bien qué había pasado para que la noche se fuera al traste—. Yo no te digo a ti cómo tienes que hacer tu trabajo, y tú tampoco deberías decirme a mí cómo tengo que hacer el mío.

—Si lo que intentas hacer es alguna tontería para hablar con esa niña, eso no es trabajo —dijo él alzando la voz—. Ya tienes a gente que te sigue. ¿Es que vas a tocar todos los botones habidos y por haber hasta lograr que alguien te mate?

—No pienso hacer ninguna tontería —le dijo con visible enfado—. Dios santo, Luke: déjalo estar.

Ninguno de ellos durmió mucho esa noche. Harper no se movió en las largas horas de insomnio y estuvo escuchando la respiración entrecortada de Luke; pensando que ojalá pudiera dar con las palabras para arreglar aquella situación. Pero ninguna le venía a la cabeza.

A la mañana siguiente, Luke se fue temprano, dijo no sé qué del trabajo. Y como no podía dormir, Harper se levantó y fue a la cocina a hacer una cafetera de café bien cargado. Ella sola en la cocina, rodeada de la luz de primeras horas del día, a la que no estaba acostumbrada, repasó en su cabeza la discusión una y otra vez.

Sí que era cierto que seguirle la pista a la niña sería como llevarlo todo un poco hasta el extremo, pero eso no quería decir que estuviera loca. No en vano había hablado con muchos niños víctimas de crímenes. Su trabajo pasaba por eso, y las cosas no iban a cambiar. Lo peor, pensó, era que le había mentido a Luke. Y que él lo sabía, desde luego. Porque estaba entrenado para detectar el más mínimo engaño. Pero es que la había acorralado y no había tenido más remedio.

Harper soltó el aire despacio y se quedó mirando el corazón negro esmaltado en la taza de café. A lo mejor era verdad que se trataba de una locura. Pero no paraba de darle vueltas a la cabeza: ¿y si Camille sabía algo? Llevaba semanas avanzando en círculos, detrás de los antiguos amantes de Whitney; corriendo evidente riesgo, con tal de encontrar una prueba, cualquier indicio. ¿Y si cinco minutos con esa chica la llevaban derecha al asesino? Además, no la haría daño: tendría cuidado. Harper siempre tenía cuidado.

De camino al trabajo esa misma tarde, no hacía más que mirar por el retrovisor, pero no vio ni rastro del Mercedes. Luke no dio señales de vida hasta las seis de esa tarde, momento en el que le mandó un mensaje de texto bastante escueto, de una sola línea: *Datos de matrícula no aclaran nada*. Ni siquiera le preguntó cómo estaba; ni si todavía la seguían. Tampoco dijo nada de verse; ni esa noche ni nunca.

Pese a todo, se le pasó una idea por la cabeza: ¿qué ocurriría si le respondía con un mensaje diciendo que renunciaba a buscar a Camille? ¿Se presentaría él acaso a su puerta a media noche, con una sonrisa y todo sexi diciendo: «Hiciste lo que te dije, nena, pelillos a la mar»?; ¿haría eso?

Se le pasó de golpe todo asomo de remordimiento; porque nadie podría controlarla: ni Luke ni nadie. Le hacía falta saber dónde tenían a Camille, y vaya si conseguiría averiguarlo; y esa misma noche sin falta.

Cuando entró en la comisaría a las diez en punto esa noche, Dwayne hacía guardia en recepción; estaba medio dormido y no apartaba los pesados párpados del televisor que tenía debajo del mostrador. La vio acercarse sin poder sacudirse la modorra.

—¿Qué pasa, Harper? —dijo—. ¿Cómo te va?

Por el zumbido del televisor, Harper dedujo que sería la retransmisión de un partido de béisbol, o de cualquier otro deporte: le llegaban los anuncios y el rugido de la multitud.

—Todo bien, Dwayne —dijo ella—. Y tú, ¿qué tal? —lo dijo totalmente relajada, sin apuro ni prisa. Así era más fácil.

—Pues aburrido como una mona —le confesó, y apoyó la cabeza en la mano—. Prefiero las noches moviditas; porque, cuando está así de parada la cosa, los minutos pesan como si fueran un día entero. —Negó con la cabeza—. No me gusta esto de no hacer nada.

—Ni a mí tampoco —reconoció ella—. Venía yo con la esperanza de que pasara algo hoy aquí para poder dedicarle unas líneas.

—Qué más quisiera yo, Harper, de verdad te lo digo.

—No importa —dijo ella con un gesto de los hombros—. Qué se le va a hacer.

Ya se iba a marchar por donde había venido, cuando se detuvo como si la hubiera asaltado un pensamiento. Fue entonces cuando le empezó a latir el corazón de un modo que casi parecía que se le iba a salir del pecho.

—Ah, oye, Dwayne —dijo, y volvió sobre sus pasos—. Me parece que me dejé el paraguas allí al fondo el otro día. ¿Te importa abrirme la puerta, para ver si todavía está por ahí? Me dijo el teniente que me lo dejaba a la puerta de su despacho.

Dwayne arrugó el entrecejo.

—Pasé por allí hará cosa de unos minutos y no vi ningún paraguas.

Harper soltó una risita forzada que simulaba descuido.

—Bah, seguramente se le habrá olvidado, sabiendo cómo es. —Dio un paso hacia la salida—. No importa, mañana le pregunto.

—No, mejor entra ahora y compruébalo tú misma —dijo él, y se encogió de hombros con indiferencia—. Puede que sea yo el que no lo ha visto. Pregúntale a las de centralita si saben dónde lo ha puesto.

Harper tuvo un recuerdo repentino de cuando tenía dieciséis años, y se sentaba con Dwayne en el mostrador de recepción, mientras esperaba a que saliera Smith para llevarla a casa. Tenía los deberes de álgebra abiertos en la mesa de Dwayne, pero estaban los dos charlando, y ella se esposaba a la silla. Recordó con toda nitidez lo mucho que la tranquilizaba el ruido metálico que hacía el cierre de las esposas.

—Y Bonnie dice que tenía que echarme de novio a Larry. —Recordaba haberle dicho, y cerraba otra vez las esposas.

—No te eches de novio nunca a nadie que se llame Larry —la aconsejaba Dwayne, sin dar su brazo a torcer.

Él tendría unos veinte años por aquel entonces, recién salido de la adolescencia; pero a ella le parecía muy mayor.

—¿Por qué no? —Harper iba a echar mano entonces de los llavines plateados, que había dejado encima de la mesa, pero que ya no estaban allí.

ponerla nerviosa, no dijo nada: se quedó a la espera de su próxima pregunta.

—¿Qué archivo está buscando, de qué caso? —preguntó, pasada una larga pausa.

Harper echó rápidamente la vista atrás y pensó en los muchos crímenes a los que había dedicado algún artículo: vio imágenes de cadáveres en el suelo, pasaron rápidamente por su cabeza los charcos de sangre que salpicaban suelos de mármol, los balazos incrustados en la pared, pistolas abandonadas en la hierba alta. Tantos y tantos casos. Pero el único nombre que le vino a la cabeza fue...

—Buscaba los archivos sobre el asesinato de mi madre.

A Blazer le dio como un espasmo en una mano y tiró algo de café, que fue a caerle en los zapatos relucientes de cuero.

—¿Ah, sí?... ¿Y por qué?

Harper se lo quedó mirando con detenimiento. Porque ¿acaso la mera mención del caso de su madre lo había puesto nervioso?

—Porque tengo la teoría de que el asesinato de mi madre guarda relación con el caso Whitney —le explicó—. Y para saber si estoy en lo cierto, he de ver los archivos del caso de mi madre. Esta noche está la cosa tranquila, así que pensé en aprovechar para consultar el registro. Pero olvidé que hay que tener el número de caso, y yo no lo tengo. O sea, que desistí.

—¿No vio el archivo del caso?

Ella señaló las largas hileras de estanterías metálicas que tenía detrás, y la infinidad de cajas de cartón que las atestaban.

—¿Cómo lo iba a encontrar sin el número?

La calibró con una mirada tan gélida que Harper tuvo que hacer un esfuerzo para no echarse a temblar.

—¿Qué diantre le hace pensar que hay relación entre los dos casos? —le preguntó él de repente.

Harper ni parpadeó.

—El tipo de arma es la misma, y *el modus operandi*; las escenas del crimen se parecen, y las víctimas también.

Se fijó con cuidado en cómo reaccionaba el detective, a quien, al parecer, no sorprendía demasiado que ella supiera todo eso: simplemente, frunció el entrecejo, como si estuviera valorando lo que le había dicho.

—Eso es prácticamente imposible —dijo—, porque a su madre la mataron hace más de una década.

—Soy consciente de ello. —Harper hablaba ahora con más aplomo—. Si la persona que la mató tenía entonces treinta y dos años, eso implicaría que en la actualidad tendría, ¿cuántos, cuarenta y siete?

En ese momento se apagaron las luces del pasillo y Blazer fue engullido por las sombras. Pasaba a menudo, porque detectaban el movimiento y la presencia; si no, no se encendían. Él no tenía más que moverse para que volviera la luz; pero no se movió. Se quedaron mirando el uno al otro, sumidos en la más absoluta oscuridad. Harper casi ni lo veía.

—¿Y usted cómo sabe cuántos años tenía el asesino de su madre? Si nunca fue capturado.

Había una amenaza velada en esa voz. Estaba casi pegado a ella; y a Harper no le gustaba nada tenerlo tan cerca.

—Yo... —Se le quedó la boca seca—. No es que lo sepa —dijo—, era solo a modo de ejemplo.

De repente, Blazer dio un paso atrás y ese pequeño movimiento fue suficiente para que la luz volviera a inundar el pasillo rebotando en las paredes de cemento. Y en la pena que vio reflejada, totalmente inesperada, en los ojos de Blazer.

—Mire, McClain —dijo con un suspiro de hastío—. No sé cómo se ha enterado de tantas cosas sobre el caso Whitney; pero, dado que lo sabe, puedo entender que crea que guarda alguna relación con el asesinato de su madre. A nosotros también nos llamó la atención que hubiera más de una similitud superficial. —Hizo una pausa—. A lo mejor no sabe que yo trabajé en el caso de su madre, al poco de entrar como detective; y lo recuerdo bien. —A Harper la dejó sin habla oír aquello; pero Blazer siguió hablando, sin esperar a que ella dijera nada—: No tengo una explicación de por qué los dos crímenes se parecen tanto —reconoció—. A veces se da el caso de que dos crímenes que no tienen nada que ver uno con el otro comparten el *modus operandi*. A veces pasa. Pero, al final, lo cierto es que hay diferencias cruciales que no apuntan a la misma persona. —Hizo una pequeña pausa—. Yo pensaba que el teniente ya se lo había dicho.

—Y lo hizo —admitió Harper reaccionando—. Lo que pasa es que...

—Lo que pasa es que usted no le cree —la interrumpió él—. Ni a mí tampoco. —Dio entonces otro paso atrás y puso cara de circunstancias—. ¿Sabe cuál es su problema, McCain? Que no es usted tan lista como se cree. Y la gente que es así, lista solo hasta cierto punto, mete a los demás en problemas.

—Yo no estoy metiendo a nadie en problemas —dijo ella.

Pero a él ya se le había acabado la paciencia.

—Olvídelo —dijo, y dio otro paso atrás en el pasillo—. Mc-Clain: ha entrado usted sin autorización en un área de seguridad restringida y pienso denunciar esta infracción al jefe de la Unidad de Información, para que le retire la credencial. Le sugiero que se lo notifique a sus superiores del periódico.

Y le hizo un gesto a Harper para que echara a andar delante de él.

—Vamos.

Ella sabía que no merecía la pena discutir: no le quedaba más remedio que hacer lo que le decían. Fue por todo el pasillo frío y húmedo caminando detrás de ella; y escaleras arriba también, poniéndola nerviosa, al sentirlo pegado a sus talones, sin soltar el café. Cuando llegaron a la puerta de seguridad, dio un golpe con el puño en el botón verde de apertura, empujó la puerta y se echó a un lado para que pasara ella. Luego señaló hacia la recepción y la salida.

—Fuera de aquí inmediatamente, McClain, antes de que la arreste.

317

En el mostrador de recepción, Dwayne se levantó de la silla con un gesto de preocupación dibujado en el ceño. Harper lo miró con cara de pena al pasar. Cuando llegó a la puerta, echó la vista atrás. Blazer seguía donde lo había dejado, de pie derecho, sin apartar los ojos ni un segundo de ella: quería cerciorarse de que salía de allí.

CAPÍTULO TREINTA Y UNO

Cuando le sonó el teléfono a Harper a la mañana siguiente, poco después de las nueve, estaba sentada en el sofá del salón, esperando la llamada. Apretó el botón y dijo:

—Harper.

—¿Qué demonios has hecho?

Era la voz de una encolerizada Baxter.

—Mira, Baxter —empezó a decir Harper—, solo estaba...

Pero era, claramente, una pregunta retórica. Porque no la dejó seguir explicándose.

—El jefe superior de policía ha llamado esta mañana a Paul Dells ¡nada menos que a su casa! Y le ha echado una buena por culpa de una reportera suya que se saltó anoche la ley y entró en el archivo de la policía para obtener información confidencial. Paul tuvo que aguantar toda una conferencia sobre la Ley de Secretos Oficiales sin tener ni idea de qué estaba pasando.

Hizo una furibunda pausa para respirar.

—Baxter —volvió a decir Harper, por ver si esta vez tenía más suerte—. No fue tan grave como lo ponen.

—¿Ah, no? —La voz de Baxter subió un decibelio—. Pues para que te enteres, vengo de pasarme media hora al teléfono intentando convencer a Dells de que no te despida. Y me parece que no lo he conseguido. Pero, claro, ¿cómo culparlo? Harper, ¿en qué demonios estabas pensando?

La furia de la directora era palpable. Y Harper decidió que por ahora no intentaría defenderse.

—Cometí un error.

—Y bien gordo, maldita sea —la atajó Harper—. O sea, que ya te estás viniendo para acá cagando leches, y espero una disculpa por todo lo alto. Dells te espera en veinte minutos, ni uno más. Y te aviso: como no salgas airosa de esta, me veo buscándote sustituto antes de que acabe la mañana.

Cortó de una forma tan brusca, que Harper tardó un segundo en comprender que la conversación había concluido. Se le cayó el teléfono de entre los dedos, y fue a dar en un brazo del sofá.

—Maldita sea.

Le costó horrores que no se le notara por teléfono lo nerviosa que estaba; y el estómago le dio tal vuelco que pensó que se le iba a salir por la boca. Llevaba casi toda la noche trabajando en la estrategia que iba a emplear en su defensa; y ahora que había llegado el momento, no se acordaba de nada. Estaba jodida y bien jodida.

La noche anterior, después de salir de comisaría, volvió al periódico y fue como alma en pena de una tarea a otra hasta que acabó su turno. No le había dicho nada a Baxter, quien, al parecer, no se percató de lo apagada que estaba su reportera. Pensó en llamar a Smith para prevenirlo, pero eso habría puesto al teniente entre la espada y la pared. Además, ya se enteraría. Y, claro estaba, ya se había enterado. Blazer debió de llamarlo nada más salir Harper de la comisaría.

Todavía en una nube, salió de casa, cerró la puerta con llave sin mirar lo que hacía, montó en el Camaro, al que ya le había pegado bien el sol, y condujo a lo largo de Jones Street, entre la abundante vegetación que crecía en las aceras y los líquenes, mecidos por la brisa grácil de la mañana. Luego torció por Broad Street, allí donde acababa el liquen y la ciudad se hacía más palpable con la omnipresencia del asfalto, y donde las casas victorianas no estaban todas recién pintadas. Una vez en Bay Street, tuvo un primer atisbo del río, que brillaba a la luz cegadora del sol.

Había hecho aquel corto trayecto miles de veces en los últimos siete años; pero esa mañana se le antojó interminable y ajeno a ella: como si viera el perfil de la ciudad, que tan bien conocía, por primera vez en su vida. Los estudiantes de Bellas Artes, con su despliegue de colores en el pelo, los coches de lujo que entraban en los aparcamientos del centro de la ciudad, los turistas ataviados con sus pantalones cortos: todo le saltó a la vista con una claridad que hacía daño casi. Y todo se desvanecía luego inmediatamente, como se desvanece un sueño al despertar.

¿Qué podía decir en su defensa? ¿Cómo iba a convencerlos de que no la despidieran?

A aquella hora temprana, halló ocupada la plaza de aparcamiento en la que solía dejar el Camaro; de hecho, no había ni un hueco libre en todo el aparcamiento del periódico y tuvo que aparcar a varias manzanas de distancia y echar dinero en el parquímetro. Se puso patosa con los nervios y no atinaba a coger las monedas con los dedos.

Cuando entró en la sala de redacción, la halló repleta de gente. Hacía mucho que no iba tan pronto, desde aquel primer año en que estuvo en el turno de mañana. Ya no se acordaba del efecto que tenían los rayos del sol cuando entraban a raudales por las amplias ventanas y hacían resaltar la pintura blanca de las columnas; y las hileras de mesas, apelotonadas unas al lado de otras. La sala parecía otra cuando estaba llena y la noche no se aplastaba con todo su peso contra las paredes. El ruido reinante era desagradable: había media docena de personas hablando por teléfono, todas a la vez; otras tecleaban sin parar, y la risa inundaba el pasillo proveniente de la cocina.

¿Es que no podían despedirla sin que tuviera que aguantar tanto ruido?

En las salas de redacción no hay secretos. Y fuera lo que fuera lo que hablaran Dells y Baxter, no sería en silencio. Por eso, Harper estaba convencida de que todos los presentes sabían qué estaba pasando. De hecho, el que no levantaran la cabeza de la mesa venía a indicar la gravedad de la situación. Todos tendrían el oído atento a la conversación, pero para ninguno sería plato de buen gusto ver cómo le cortaban la cabeza a un compañero.

El único que le buscó los ojos fue D. J., quien, desde el fondo de la sala, le dirigió una mirada de apoyo y cierta angustia. Ya le había mandado al menos una docena de mensajes esa mañana. Doce variaciones sobre un único tema: «¿Qué cojones está pasando?». Y ella no le había contestado porque esperaba la llamada de Baxter. Ahora, mientras le sostenía la mirada a su compañero, negó casi imperceptiblemente con la cabeza.

—McClain —Baxter ladró su nombre desde el vano de la puerta de cristal; estaba en la pecera de Dells—. Ven aquí ahora mismo.

El ruido de la sala se apagó por un instante, como si todo el mundo hubiera respirado hondo al mismo tiempo.

Con la cabeza bien alta, Harper fue al encuentro de la directora. Baxter estaba pálida. Llevaba la mejor chaqueta que tenía y una falda de mezclilla, quizá excesiva para un día caluroso. Pero perfecta, pensó Harper, para asistir a un ahorcamiento. La miró sin decir nada, se echó a un lado y señaló la puerta de cristal abierta. Harper entró.

Dells tenía la cabeza volcada sobre un montón de papeles encima de la mesa y le brillaba el pelo castaño, recién pasado por el secador. Le brillaban también los gemelos, y olía a una colonia que Harper no pudo determinar pero que delataba buen gusto. Baxter cerró la puerta y el ruido de la sala de redacción se desvaneció poco a poco, hasta que solo fue un rumor en la distancia.

Había dos sillones de diseño moderno, con acabados en cuero y cromo, delante de la mesa de Dells, negra y reluciente; pero a Harper no le habían dicho que se sentara, así que se quedó de pie detrás de uno de los sillones, a la espera de recibir alguna indicación. Detrás de ella estaba Baxter, con la espalda apoyada en la puerta, de pie también.

Así estuvieron lo que pareció un rato muy largo, hasta que Dells levantó la cabeza. Llevaba gafas de montura metálica, con unos cristales tan finos que Harper llegó a pensar que no le hacían nada a la vista, y que buena gana llevarlas puestas. Toda aquella cordialidad tan profesional con la que se dirigió a ella el otro día, cuando la felicitó por su trabajo, había desaparecido. Y en su lugar percibió idéntica profesionalidad, pero rayana en manifiesta desaprobación ahora.

—Señorita McClain —dijo en tono relajado—. Lamento mucho que nos tengamos que ver en estas circunstancias. —Entrelazó los dedos de ambas manos sobre el tablero de laca del escritorio—. El jefe superior de policía la ha acusado a usted gravemente, y es mi intención aclarar ahora mismo la naturaleza de dichas acusaciones. Así que haga el favor de decirme la verdad: anoche, ¿allanó usted o no el archivo de la policía en la comisaría sin autorización?

—Yo no allané nada —respondió Harper—. Entré en ese archivo, pero ya he estado allí muchas veces, y no pensé que se fuera a liar tan gorda.

Era la respuesta que se le había ocurrido, después de mucho meditar, a las tres de la mañana. Pero ahora, hasta a ella misma le sonaba a hueca. Y no sabía qué estaría pensando el director, porque sus ojos claros, detrás de aquellas lentes tan finas, no permitían hacerse idea alguna al respecto.

—Vamos a dejarnos de jueguecitos de palabras. La policía lo considera un allanamiento, porque entró usted sin permiso.

Seguía dirigiéndose a ella con tono comedido, pero Harper notó cómo asomaba las orejas la ira.

—¿Manipuló usted los archivos?

Ella no parpadeó.

—En ningún momento.

—Entonces, ¿qué hizo allí abajo?

—Fui a mirar el archivo de un caso antiguo —explicó—. Pero como no sabía el número, pues no pude hacer nada.

—Muy interesante. —Seguía sin alterar el tono—. Y cuando entró en el ordenador de la policía, ¿no le dio el sistema el número del caso? —Harper notó una punzada de miedo puro y cristalino en el pecho. El director estaba al tanto. Sabía que había accedido utilizando la contraseña de antes. La policía también estaba al tanto. Lo sabían todo. Estaba acabada.

—¿Cómo dice? —Incapaz de hablar con normalidad debido a la falta de aire, le salió aquella pregunta como un susurro.

—Según tengo entendido —dijo sin alterarse—, accedió usted al programa valiéndose del código de identificación que le dieron en su día, cuando fue becaria hace años, y consultó unos archivos. ¿No es eso acaso cierto?

Pronunció cada palabra con calmosa precisión. Harper podía haberlo negado todo, pero tenía la sensación de que eso solo pondría peor las cosas. Había que confesarlo todo y comprobar si tenían algo de piedad con ella.

—Sí —dijo con calma—. Es verdad.

Sin moverse de la puerta, Baxter soltó una larga exhalación. Harper no se atrevió a darse la vuelta y mirarla a la cara.

Apoyado en los codos, Dells había cruzado los dedos debajo de la barbilla. No dijo nada. Como si estuviera esperando algo. Y fue entonces cuando Harper rompió su propia regla, la de no hablar nunca demasiado cuando te ves en un aprieto.

—Llevo un tiempo investigando dos asesinatos. —Habló con palabras rápidas y carentes de emoción, como hacía él—. Median quince años entre uno y otro; pero, por lo demás, son como dos gotas de agua. Uno es el asesinato de Marie Whitney. El otro, el asesinato de mi madre.

Dells arqueó las cejas, pero la dejó que siguiera hablando.

—Los archivos de anoche estaban relacionados con el caso

Whitney —dijo—. Me hacía falta información para cerciorarme de que iba por el buen camino.

Cuando Harper hizo una pausa para tomar aire, él habló por fin.

—¿Ha compartido esas sospechas con la policía?

—Lo he hecho. —Dejó ambas manos en el respaldo del sillón que tenía delante—. Se lo dije al jefe de la brigada de homicidios al principio de todo.

—¿Y él qué dijo?

—Se mostró en desacuerdo. Por eso he tenido que seguir yo por mi cuenta, sin la cooperación de la policía.

Se hizo un significativo silencio.

—¿Por qué demonios tuvo usted que hacer eso? —preguntó Dells.

—Porque sospechaba que el asesino es un poli.

—¡Mierda! —susurró Baxter detrás de ellos.

Harper no apartó la vista de Dells, que seguía mirándola como si ella fuera un experimento de laboratorio. Si aquello lo dejaba perplejo o le provocaba algún tipo de emoción, lo disimulaba la mar de bien. Y pensó que no le gustaría tenerlo delante en una partida de cartas.

—¿Qué le hizo pensar eso? —preguntó, pasados unos segundos.

A Harper le dio un vuelco el corazón. No tenía ni idea de por qué, mas, por alguna razón, el director del periódico le estaba dando una oportunidad. Ojalá hubiera dormido algo la noche anterior, porque así sabría a ciencia cierta si tenía sentido o no lo que les estaba contando. Notaba una sensación de mareo con tanto cansancio y tanto estrés. Pero siguió allí de pie derecho, defendiendo su causa.

—En ambos casos, el método utilizado en el asesinato era profesional; palabras de la propia policía. Y en ambos casos, el enclave del asesinato apareció limpio como la patena. El asesino se cubrió los zapatos con calzas como las que llevan los policías en la escena de un crimen. También en ambos casos. Y a las dos víctimas les quitaron la ropa después de muertas. Es posible que Whitney tuviera relaciones con un detective poco antes de morir; y nadie sabe mejor que ellos cómo dejar limpia la escena del crimen. Esta semana he intentado averiguar si lo mismo se puede decir también del caso de mi madre, pero, por ahora, no he dado con la conexión entre ambos.

Como se quedó sin aliento, lo dejó ahí. Y pensó que, si no les valía con eso, bien poco más podía decir.

—Dice usted que «sospechaba» —dijo Dells—. ¿Por qué en pasado?

Había que reconocerlo: no se le pasaba ni una.

—Porque hay más opciones —dijo Harper, y pensó en la conversación que había tenido con Blazer la noche anterior. Y en el Mercedes que la siguió por las calles oscuras—. Whitney hizo daño a mucha gente.

Dells estuvo pensando esto un largo intervalo de tiempo. Llegaba, del otro lado de las paredes de cristal, el rumor de las conversaciones, las risas en la distancia.

—Mire usted, señorita McClain. —Reclinó el cuerpo contra el respaldo del sillón y apartó con la mano algo que se le había pegado al pantalón a la altura de la rodilla—. Es una reportera estupenda. Hacía tiempo que no veía un trabajo tan bueno como el suyo. Pero debe saber que hay un mal que afecta incluso a los mejores reporteros. Es una dolencia psicológica real, y los aqueja cuando se implican demasiado en su trabajo. Puede llegar a convertirse en una obsesión. Y no es bueno, ni para el escritor, ni para el lector. Y yo creo que el suyo —y en ese punto la señaló con el dedo— es un caso de libro.

Harper quiso rebatirlo: explicar que a ella no le pasaba eso; que procuraba mantener la distancia. Que estaba perfectamente. Cuando tomó aire para hablar, vio que el director enderezaba imperceptiblemente los hombros, y notó también que alzaba las cejas como una especie de aviso. Así que apretó los labios y dejó que siguiera hablando.

—No puede ni debe investigar el asesinato de su propia madre para este periódico —dijo—. Es del todo imposible. No puedo consentirlo. Lo dejará usted inmediatamente. Y por lo que respecta al caso Whitney, pese a que tengo en la mayor estima los instintos de un reportero, y sé que es todo un arte, tengo entendido que tanto Emma como el jefe de la brigada de homicidios le han dicho que no anda usted bien encaminada, y le pido que abandone también ese caso. Dejemos que la policía haga su trabajo.

—Pero es que no lo hacen. —Las palabras salieron solas de su boca—. Jamás se implican cuando hay uno de ellos en el ajo.

—El caso no es suyo, señorita McClain. —Alzó un poco la voz, pero fue suficiente para intimidarla y hacer que guardara silencio—. Usted no es la policía. Ni tiene ninguna obligación de averiguar la verdad del asunto; y me parece que si sigue investigando el caso, la relación que tiene con la policía se resentirá, y ya no me servirá usted como reportera. ¿Comprende lo que le estoy diciendo?

La miró a los ojos y, por un instante, Harper vio que no tendría piedad de ella, que sería capaz de liquidar fulminantemente su carrera como periodista, y que bien poco le importaría lo que fuera de ella después. Se mordió el labio con tanta fuerza que le salió sangre. Y fue ese dolor, y el sabor amargo y metálico, lo que la ayudó a decir lo que dijo a continuación.

—Lo comprendo —afirmó.

—Todavía no la estoy despidiendo —dijo él pasado un instante—. Si le soy sincero, no me gusta que me digan lo que tengo que hacer; y menos me gustó el tono de ese jefe superior de policía esta mañana al teléfono. Que yo sepa, él ni pincha ni corta en este periódico. Eso sí, me parece de suma importancia que un error así no vuelva a producirse. Por lo tanto, la dejaré diez días sin empleo y sueldo a partir de ahora mismo. Cuando se incorpore otra vez, estará usted a prueba seis meses. Y la más mínima violación de las normas a las que debe respeto mientras trabaje aquí conducirá al despido inmediato sin compensación económica ni notificación previa. ¿Comprende usted estas condiciones?

A Harper le hubiera gustado decir algo más en su defensa, o explicarse con mayor detalle. Pero se le había quedado la mente en blanco.

—Comprendo —dijo con humildad.

Dells cogió el bolígrafo de encima de la pila de papeles que tenía en la mesa y volvió a sumergirse en lo que fuera que estuviera haciendo cuando ella llegó. La reunión podía darse por concluida.

CAPÍTULO TREINTA Y DOS

Harper salió como flotando del edificio del periódico unos minutos más tarde; dando pasos que no eran suyos sobre una acera que, de repente, había perdido consistencia y se movía debajo de sus pies. Llevaba a Baxter pegada a los talones. La directora de la sección había sido muy parca en palabras cuando resumió la reunión.

—Hija de puta, qué suerte tienes, McClain.

Estaban en la puerta principal del edificio, en la zona más al sol, que brillaba con fuerza y empezaba a caldear la acera. Pasaba la gente que iba a trabajar, a toda prisa, pero Harper ni los veía.

—Mira, Baxter... —empezó a decir.

La directora levantó una de sus delgadas manos para que no siguiera. Luego buscó en el bolso, sacó un paquete de Marlborough Lights, encendió un cigarrillo y aspiró el humo con avidez.

—Dios santo, me merezco cada calada que le dé a este cigarro. —Le salieron las palabras entre bocanadas de humo—. Vaya mañana de mierda, me cago en la puta.

Luego dejó el cigarrillo prendido con holgura entre dos dedos y miró a Harper a los ojos.

—Te has ido viva, McClain —dijo en tono más bien seco—. Te has ido de rositas, lo que yo te diga. Y te digo también que Dells no te dará más oportunidades. Esta y se acabó. O sea, que deja ya

329

de husmear en el caso Whitney; porque, de lo contrario, te pondrá de patitas en la calle.

Se apretó la correa del bolso por encima del hombro y le dio otro tiento al cigarrillo.

—Si sigues husmeando, que yo creo que es lo que vas a hacer, que no te pillen. Porque no tengo tiempo para andar buscando a alguien ahora mismo.

Extendió hacia ella la mano que tenía libre y movió los dedos.

—Dame el detector.

—¿Cómo?

Harper pensó que no había oído bien y se la quedó mirando, incrédula. Pero Baxter soltó un suspiro.

—Vas a estar fuera dos semanas —le explicó—. Alguien tiene que ocuparse de tu sección; así que me hará falta tu detector.

Harper metió la mano en el bolso y sacó el detector, que estaba apagado, pero del que no se desprendía nunca. Lo miró un instante: era casi una antigualla; ya los hacían más pequeños y ocupaban mucho menos espacio. Pero era el que había llevado siempre; el que le dio Lane cuando se jubiló. Y, un poco a regañadientes, se lo entregó a Baxter.

—Diles que no se lo dejen caer —dijo—; que está ya viejo.

La directora aplastó la colilla con el talón de su zapato bajo y le tomó el aparato de entre los dedos.

—Lo tratarán como oro en paño, McClain —dijo con tono seco—. Y ahora, vete a casa, ¿vale? Y, por el amor de Dios, no te metas en líos.

Dicho esto, la directora entró de nuevo en el edificio del periódico; y su pelo tieso, cortado a navaja, le iba dando botes con cada paso.

Cuando se quedó sola, Harper no supo adónde ir. Se le hacía raro estar por allí a esa hora. Y poco verosímil verse así, a la puerta del trabajo, un sitio en el que, de repente, no la recibían con los brazos abiertos precisamente. Notó entonces la vibración del teléfono en el bolsillo; y sabía que sería D. J., que la acribillaría a mensajes, preguntándole si la habían despedido. Y ella todavía no tenía fuerzas para dar explicaciones.

Sabía que lo más sensato era irse a casa. Pero en vez de eso, tomó el camino opuesto, atravesando Bay Street, que estaba abarrotada, para bajar luego, por la calzada de adoquines, hasta el río. Allí no había mucha gente: los restaurantes típicos todavía no habían abierto. Quedaba en el aire el olor dulce y pegajoso de la cerveza que había caído al suelo la noche anterior. Y debajo de ese tufo, el aroma fresco del ancho río, que relucía con un marrón azulado a la luz perezosa del sol. Vio en la distancia los arcos altos y blancos del puente Talmadge, como velas que surcaban el viento, desplegadas por la brisa. En el agua, un remolcador pasaba raudo y dejaba en el aire el ronroneo áspero del motor. Le llegó el rumor del tráfico, en la concurrida calle que quedaba a sus espaldas: la vida seguía como si tal cosa.

Vio un banco libre, ocupado solo por un trío de botellas de cerveza, abandonadas a su ambarina suerte junto a una de las patas de hierro. Se sentó en la piedra, calentada por el sol, y respiró hondo.

¿Cómo era que no la habían despedido? No lograba hacerse a la idea. Llevaba siete años trabajando en el periódico y había visto al menos a media docena de personas que se fueron a la calle por mucho menos. Porque los reporteros son todos de usar y tirar para un periódico; y los reporteros de la sección de sucesos son los más prescindibles de todos. Con ir a una clase de la Facultad de Periodismo en el último año de carrera, ya tenía una doscientos candidatos potenciales para reemplazarla. Aun así, no pensaba dejar de investigar los puntos en común que había entre los dos asesinatos.

Se le acercó un indigente que caminaba sin levantar los pies, muelle adelante. Tenía la mirada vidriosa y una mata de pelo basto y sucio que le caía encima del cuello del abrigo. Lo olió mucho antes de que llegara a su altura: una mezcla de orina curada al sol y sudores varios.

—Por favor —dijo con una voz ronca y áspera—. ¿Tiene un dólar para comida? —Tendía una mano sucia que asomaba por debajo de la raída manga.

Siguiendo un impulso, Harper metió la mano en el bolsillo, sacó unos cuantos billetes arrugados y se los dio sin contarlos. Él se quedó mirando el dinero con muda fascinación; como si, de mirarlo largo y tendido, se fuera a convertir en las drogas y el alcohol que era lo que realmente quería.

—Suerte —dijo ella.

La voz de Harper lo despertó de aquel estupor que le había producido el dinero y, apretando los billetes en un puño, se fue por donde había venido. Harper lo vio desaparecer por un callejón, detrás del restaurante Huey.

Menuda estupidez acababa de hacer. Porque, como casi todo el mundo, estaba apenas a dos meses de caer en bancarrota. No se sacaba mucho dinero como reportera en el periódico de una ciudad de aquel tamaño. Con el paso de los años, había ahorrado un poco para las reparaciones del coche y alguna que otra emergencia, pero estarse dos semanas sin cobrar le iba a hacer pupa. Lo superaría, pero se resentiría de ello.

A lo mejor el indigente ese tuvo trabajo alguna vez y también sacó a su jefe de quicio. Y a lo mejor cuando eso ocurrió no tenía ni la paga de dos semanas ahorrada en el banco. Por primera vez en su vida, la posibilidad de perderlo todo no parecía tan inverosímil. Y caer en la cuenta de ello le aclaró las ideas.

El jefe superior de policía había removido Roma con Santiago para que la echaran del trabajo. Y muchos más, en la comisaría no querrían volver a verla en cuanto se enteraran de lo que había hecho. Porque había un código, y ella lo había roto. Le haría falta un plan si quería salir de esta; y para dar con uno, lo que le hacía falta ahora era un café. De un salto, se levantó del banco y echó a andar hacia el coche, con paso rápido y decidido.

Todos los excéntricos de la ciudad andaban sueltos a aquella hora. Cuando pasó por la calle paralela a la del periódico, adelantó a un hombre que llevaba una chaqueta de *tweed* y un sombrero de fieltro. Paseaba de la correa a un bulldog con cara de matón, embutido en una camiseta de la Universidad de Georgia. El hombre la saludó con el sombrero cuando ella pasó a su lado. El perro, feliz con su camiseta y su trote cochinero, ni la miró siquiera. Esta parte de la ciudad —jovial, amiga de los turistas, diurna— le era tan ajena a Harper como Tokio. Su Savannah era muy distinta. Su Savannah eran las noches oscuras y peligrosas en barrios a los que esta gente no querría ir ni loca. ¿Y cómo había llegado a sentirse más a gusto y feliz en esa Savannah turbia que en esta otra luminosa? No paraba de darle vueltas a algo que Dells había dicho: aquello de que los reporteros se implicaban demasiado en lo que escribían. Si bien ese no era el caso de Harper. Porque ella tenía, y siempre había tenido, el control de la situación. Y cuando lograra recabar todas las pruebas, el director del periódico vería que así era.

Esa tarde, Harper se sentó en el sofá del salón a comer galletas rellenas que iba cogiendo directamente de la caja mientras leía sus notas sobre el caso Whitney. Pensó en mandarle un mensaje a Luke, pero tenía miedo de lo que le fuera a decir cuando se enterara de lo que había hecho. Aunque, por otra parte, seguro que ya se había enterado. Él y todo el mundo en la comisaría. Se hundió todavía más en el sofá y pensó que ojalá los cojines la absorbieran por completo.

D. J. la había tenido al día con mensajes y correos electrónicos; y así se había enterado de que hubo una reunión de toda la plantilla en la que Baxter y Dells anunciaron que la habían suspendido de empleo y sueldo. También estaba al tanto de que Baxter había repartido su trabajo entre varios reporteros que cubrirían la sección de sucesos en días sucesivos. Mark Jansen, el de la sección municipal, haría la primera noche, tal como era él: la alegría de la huerta personificada, lleno de camaradería.

A Jansen se le ha ido la pinza que te cagas, le escribió en un mensaje D. J. *Dice que lo que tienen que hacer es contratar a alguien y que él no es un interino para ir por ahí haciendo sustituciones. Baxter y él se han dicho de todo, y siguen a la greña. Si quieres te mando un vídeo para que los veas. Es desternillante. Esa mujer lo va a hacer picadillo.*

Jansen tenía entradas, barriguita cervecera y cara de amargado a todas horas. Era el primero que salía por la puerta en cuanto daban las cinco y media de la tarde. No costaba nada imaginarse cómo se habría puesto cuando le dijeron que tenía que trabajar una noche, aunque solo fuera una al año; porque el tío era una marmota. Harper le escribió un mensaje a D. J.: *Nada de vídeos, que si te pilla Baxter, te mata. Pero no dejes de ponerme al día, porfa.*

Cuando acabara todo, pensaba mandarle a D. J. una cesta de fruta o unas entradas para el fútbol; lo que se les mande a los chicos que se portan bien con una y le hacen favores sin esperar nada a cambio. Entonces vibró otra vez el teléfono anunciando un nuevo mensaje, alargó la mano hasta el brazo del sofá y lo cogió para ver las últimas noticias que le mandaba D. J. Pero no era de él, era de Miles: *Me acabo de enterar. Voy para allá.*

Harper puso cara de disgusto. Porque no tenía el cuerpo para más adoctrinamientos. Aunque sabía que Miles no aceptaría una negativa por respuesta. Hizo un esfuerzo para levantarse, se sacudió las migas y metió la caja de galletas otra vez en el armario. Luego fue a su cuarto y se cepilló el pelo aprisa, se alisó el top que llevaba puesto y reconoció que nada podía hacerse con las ojeras que le habían salido.

Diez minutos más tarde, Miles estaba a la puerta, con la camisa recién planchada metida por dentro de unos pantalones de algodón de color gris titanio. Y no le gustó nada a Harper la expresión de cautela con la que acudía el fotógrafo.

—Ni siquiera sé qué decir —así la saludó.

—Pues entra, no te vayas a poner a gritar ahí en la calle. —Harper se echó a un lado para dejarlo pasar.

—No voy a dar ningún grito.

Fueron juntos hasta el salón.

Ella lo vio tomar buena nota de las libretas que tenía desparramadas por el suelo y el sofá; y centrar toda su atención luego en el detector que zumbaba con un chisporroteo en un rincón del salón. Porque Baxter le había quitado el detector del trabajo, pero no el que Harper tenía en casa para situaciones de emergencia.

—Lo tengo conectado por si ocurre algo y se le pasa a Jansen —dijo, y no pudo evitar que sonara a la defensiva—, que ese tío es imbécil.

—Vaya que lo es. —Miles no podía estar más de acuerdo.

—¿Quieres beber algo? —preguntó Harper—. ¿Un café, quizá?

—No quiero nada, gracias. Vamos a hablar. —Se sentó en el sofá sin que lo invitara—. ¿Qué pasó?

Harper se sentó en el otro extremo con la espalda tiesa. Le contó por encima; dudando mucho de qué decir al principio; pero luego se soltó, según hablaba, y le hizo un repaso por lo más destacado: el Mercedes que la siguió, las llamadas a Sterling Robinson y otros ex de Whitney, todos igual de histéricos. Y también que había decidido seguirle la pista a Camille Whitney.

Cuando acabó, él se echó hacia delante con las manos apoyadas en las rodillas.

—Y ese Mercedes, ¿todavía te sigue?

Ella negó con la cabeza.

—No he vuelto a verlo.

Hubo una pausa en la que se habría dicho que Miles estuvo asimilando todo lo que le contó. Pero cuando rompió a hablar, no salió por donde ella esperaba.

—¿Qué te pasa, Harper? —dijo con ternura—. Tú nunca te has comportado de esta manera.

No lo decía enfadado, pero sí sorprendido y con cara de pena, y eso le dolió a Harper.

—Vas siempre muy al límite, pero jamás te había visto arriesgarte tanto como ahora —dijo Miles—. ¿Por qué lo haces?

—Pues no lo sé —dijo ella—. Pero si tiene que ver con el asesinato de mi madre, eso he de verlo sobre la marcha. —Él intentó decir algo, pero ella no le dejó y siguió hablando a toda velocidad—. No me fío de Blazer, no creo que vaya a resolver el caso. Y yo tengo que saber quién fue, Miles. ¿Es que no te das cuenta?

Sabía que, al oírla decir aquello, cualquiera podía pensar que estaba loca de atar, pero no podía evitarlo. Porque estaba al borde de las lágrimas ya; y hubiera dado cualquier cosa por que él le dijera que claro que la comprendía. Pero Miles desvió la mirada y posó la vista en el retrato que le había hecho Bonnie, encima de la chimenea. A aquella luz de un amarillo intenso a primera hora de la tarde, el rojo y el naranja parecía que estuvieran ardiendo.

—Te mentiría si dijese que lo pillo —dijo él—. Del todo no, pero lo intento. —Se la quedó mirando—. ¿Sigues pensando que es el mismo tío el que mató a Whitney y a tu madre?

Harper dudó un instante.

—Ya no sé qué pensar —dijo—. Pero no me parece ninguna casualidad. Y si el que las ha matado es un poli, todos lo van a proteger. Hasta Smith.

—¿Y si no es un poli? —preguntó Miles introduciendo en la conversación una duda razonable—. Si te equivocas, ¿entonces qué? Pues que acabas de apostar toda tu carrera por algo que puede que no sea nada.

—¿Tú crees? Espero que no sea un poli. No lo hago por eso. No tengo ninguna intención de ir a por nadie: solo quiero saber quién fue.

—¿Y estás dispuesta a arriesgarlo todo por eso? —La miraba con ojos fríos, como una báscula.

—Ya lo he hecho —dijo Harper.

Miles apoyó la espalda en el sofá.

—¿Qué vas a hacer ahora?

—Voy a hablar con Camille Whitney —dijo—. A averiguar lo que sabe. Ella estaba allí ese día. Y era la persona más cercana a Marie Whitney.

Miles negó despacio con la cabeza, dejando ver que no estaba de acuerdo.

—Si hablas con esa niña, Blazer te arrebatará el pase de prensa con tanta rapidez que te vas a quedar temblando. No es que te vayan a suspender: es que acabarán contigo.

Pero Harper estaba dispuesta a correr ese riesgo.

—Me presentaré con un nombre falso —le dijo ella—. Llevaré ropa distinta. Me haré algo en el pelo. No es más que una niña. No sabrá con quién ha hablado.

Miles se la quedó mirando muy serio.

—Sabes de sobra que es una pésima idea, Harper.

Ella hizo lo posible por ocultar su decepción. Sabía que no estaba en su mejor momento: sin dormir, con demasiadas horas de soledad a sus espaldas, dándole vueltas y vueltas a la situación. Pero estaba convencida de que era la única salida.

—Tengo que averiguar lo que sabe —insistió, con cabezonería—. Se me acaban las pistas ya; y esto es lo último que tengo: si no saco nada de esa niña, se acabó.

Él se miró las manos y lo estuvo pensando.

—No deberías hacerlo; y creo que lo sabes. —Hablaba en voz baja—. Tienes que dejarlo cuando todavía te queda algo que perder. Porque estás así de cerquita, Harper. —Le mostró el pulgar y el índice separados por un centímetro—. Así de cerca de mandar al carajo toda tu carrera.

Y ella no podía apartar los ojos de ese diminuto espacio: era odioso comprobar que una parte de sí misma creía que Miles estaba en lo cierto. Pero la otra parte tenía que saber si Camille Whitney sabía quién mató a su madre. Y como se lo viera reflejado en la cara, Miles negó con la cabeza y con un gesto de fastidio.

—Si no logras sacar nada de esa niña, ¿juras que te conformarás con eso? ¿Que pondrás fin a esta locura? ¿Que volverás a tu trabajo de siempre?

En su fuero interno, Harper no estaba segura de que pudiera dar su brazo a torcer. Al menos, no mientras su madre estuviera debajo de la tierra y el hombre que la mató siguiera por ahí, tan campante. Pero si la hija de Whitney no sabía nada, había que reconocer que no tenía ni idea de cómo proceder con la investigación.

—Te lo prometo.

Al otro lado del salón, encima de la mesa, el detector de Harper crujió con un nuevo mensaje.

«A todas las unidades disponibles: un Código Doce con múltiples Códigos Cuatro. Cruce de Broad con White Street. Cuatro vehículos implicados. Uno de ellos es un Código Once. Equipo de ambulancias y bomberos ya en camino».

El cerebro de Harper tradujo cada código a imágenes y sopesó todo lo que se estaba perdiendo: un accidente en el que había cuatro coches implicados y heridos múltiples, en mitad de la hora punta. Y uno de los coches estaba ardiendo.

Miles se levantó y puso esa cara que ponía siempre cuando había pasado algo gordo.

—Me tengo que ir.

Harper lo acompañó hasta la puerta. Ya fuera, desde los escalones, la estuvo mirando antes de irse.

—Si al final vas a ver a esa niña, que sepas que su imagen te perseguirá mientras vivas —la previno—. Eso lo sabes, ¿no? Porque ella eres tú, en cierto sentido. Y por eso quieres verla. No porque quieras encontrar al poli asesino ni resolver el asesinato de tu madre. Qué va. Lo que haces, lo haces por esa niña que tú fuiste a los doce años. Pero tú no puedes ayudarla, Harper. Al menos, así no.

Fue hacia el coche y quedaron en el aire las últimas palabras que le dijo por encima del hombro.

—Por el amor de Dios, Harper, a ver si acabas ya con esto.

CAPÍTULO TREINTA Y TRES

Aquel aviso de Miles seguía zumbándole en los oídos cuando se puso a revisar todo lo que sabía sobre el caso. Y volvió a caer en la misma conclusión: las únicas piezas que quedaban por mover en el tablero eran Camille Whitney y Sterling Robinson. Ya iría a hablar con Whitney a su debido tiempo, pero, mientras tanto, tenía que saber más cosas de Robinson para entender cómo encajaba en el rompecabezas. Ya había comprobado los datos básicos que tenía de él, pero debía de haber más cosas. Así que cogió el portátil y metió en el buscador todas las combinaciones de palabras que se le ocurrieron, como «Robinson y Whitney», «Robinson y la delincuencia», «Robinson y los tribunales».

Para cuando cayó la noche, sabía más de Robinson que de sí misma: se enteró de que, de niño, era pobre; de que fue a la universidad gracias a una beca. Allí le dieron más becas e hizo estudios de postgrado en una de las universidades más prestigiosas del país. Luego montó su primera editorial, con amigos de la facultad, y, antes de los treinta años, ya era rico.

No halló nada que lo involucrara en ningún caso de delincuencia. Ni artículos en los que se los relacionara a los dos: a Sterling y a Whitney. La parte de su emporio que tenía en Savannah estaba dedicada, casi exclusivamente, a proyectos de caridad: empleaba a veinticinco personas en una oficina del centro, y ellos supervisaban las donaciones que hacía. Harper estaba convencida de que era esta faceta de caridad lo que lo relacionaba con Whitney; mas no halló prueba alguna de ello.

Llegó la medianoche y tenía el sofá lleno de libretas y le escocían los ojos de tanto leer; llevaba días sin dormir como es debido. Tenía sensación de mareo, porque no había comido nada en todo el día desde las galletas rellenas. Luego se obligó a sí misma a levantarse del sofá para dar de comer a Zuzu, y vio que solo quedaba una lata de comida para gatos en el armario.

Le hacía falta café y una bocanada de aire fresco. Y andaba mal de sueño, pero eso ya iba a ser más difícil.

—Salgo un momento —dijo en alto. Zuzu no levantó la cabeza del plato.

Cogió las llaves y salió por la puerta. Se dio de bruces con la humedad y el calor, la pesantez del aire; le cubrió la piel un manto de humedad muy sofocante.

La noche era tranquila; no había nadie por la calle. Y, pese a eso, se le erizó la piel de la nuca como una especie de aviso. Le decía el instinto que no estaba sola. Arrugó el ceño y se quedó en lo alto de los escalones, escudriñando la calle. Pero no vio más movimiento que el de los insectos en su frenético vuelo en torno al resplandor de las farolas. Fue presurosa hacia el Camaro, se montó y, de la prisa que tenía por arrancar, se le escurría la llave entre los dedos. No sabía qué le pasaba: porque aunque no había nadie en la calle, se sentía vigilada. Si bien, pese a que no apartó los ojos del retrovisor mientras sacaba el coche del hueco, no vio que nada se moviera. «Te estás volviendo una histérica», se dijo, y relajó un poco los hombros.

Paró delante de una tienda abierta las veinticuatro horas y entró corriendo; consciente de que no se había cepillado el pelo ni lavado la cara desde primera hora, antes de salir para el periódico. Hizo la compra rápidamente, sin levantar en ningún momento la cabeza: metió comida para la gata, café y algún que otro paquete en la cesta. Y, pese a que no le apetecía cocinar a esas horas, ni siquiera comer comida de verdad, algo compró también.

En la tienda tenían puesta la radio y, aunque Harper no vio los altavoces, le llegó la voz que derramaba toda su infelicidad sobre las ondas. El dependiente no perdía ripio del programa y casi ni la miró según iba pasando por el lector de la caja lo que ella había comprado.

—Son 32,98 dólares —dijo, y le acercó la máquina para pagar con tarjeta sin mirarla en ningún momento a los ojos.

Después de pagar, Harper cogió las bolsas y fue derecha al coche. Luego dejó como pudo la compra en el asiento del copiloto y arrancó el motor: seguía sin ver a nadie en toda la calle. Pero cuando se incorporó a la calzada con una suave maniobra, vio que el Mercedes negro se incorporaba también. «Mierda», dijo Harper entre dientes, sin apartar la vista del reflejo oscuro en el retrovisor. Eso sí que no era una coincidencia: la estaban siguiendo, no eran figuraciones suyas. El coche guardaba distancia; no se acercaba tanto como para que pudiera verle la matrícula.

Harper no dejaba de mirar alternativamente al espejo y al frente, y tomó una calle sin previo aviso hacia la izquierda; luego torció hacia la derecha, hacia la izquierda de nuevo, mientras le iba la mente a cien por hora. ¿Adónde ir? ¿A casa? ¿Al periódico? ¿A la comisaría?

Al final, decidió que no le quedaba más alternativa. No tenía otro sitio adonde ir. Porque ni en el periódico ni en la comisaría sería bien recibida en esos momentos. Y no iba a pasarse toda la vida al volante. O sea, que iría a casa y le tomaría la matrícula; con meticulosidad ahora, puso el intermitente antes de torcer por Habersham Street. No había acabado de doblar la esquina cuando el Mercedes apareció de nuevo en su estela. Un par de giros más tarde, entró en Jones Street. Y lo mismo hizo el Mercedes. Solo que, esta vez, no la siguió por Jones, sino que se paró en la esquina.

Harper apagó el motor, y se quedó un instante sentada en el coche, sin apartar la vista de los focos que tenía detrás. Así no podía ver la matrícula: la cegaban las luces. Pero tenía que hacerse como fuera con esos números. Se desabrochó el cinturón de seguridad, abrió la puerta y tomó fuerzas. Salió de un salto del Camaro y, contra toda lógica, fue corriendo hacia el Mercedes, todo lo rápido que le daban las piernas.

Al principio, el conductor no reaccionó; y las luces y los cristales tintados no le dejaban a Harper verle la cara. Pero, según se acercaba, el Mercedes empezó a recular de repente, alejándose de ella; siempre a conveniente distancia, para que no le viera la matrícula.

Harper se sintió más frustrada que nunca.

—¿Quién es usted? —gritó, y su voz hendió la calma de la noche—. ¿Qué quiere de mí? No hubo respuesta.

En vez de eso, el coche siguió marcha atrás, con una suave maniobra, sin aminorar la marcha; dio la vuelta a la esquina y, entonces, nada más incorporarse a la otra calle, salió a toda velocidad, con un crujido de neumáticos. Harper lo siguió a la carrera como media manzana; luego, por fin, cejó en su empeño, con la respiración entrecortada. Y allí, parada en mitad de la calle, con las manos apoyadas en las rodillas, mientras recobraba el aliento, empezó a descartar mentalmente a algún sospechoso. Solo había dos personas en el caso Whitney que tuvieran los medios para hacer que la siguieran: el abogado y Sterling Robinson. No había vuelto a tener noticias del abogado después de aquella primera llamada de teléfono. Y no era lógico que empezara ahora a seguirla, pasado ese tiempo. Posiblemente pensara que la había amedrentado, que se había olvidado de él.

Solo quedaba, pues, el escurridizo millonario: Sterling Robinson. Y Harper ya estaba harta. Se puso derecha y subió como un torbellino las escaleras para entrar en su apartamento. Una vez dentro, fue a toda prisa a la cocina y se dejó caer en una silla delante del ordenador. Abrió el correo y fue sin dudarlo al que recibió de Robinson hacía unos días. Le dio a responder y escribió, hecha una furia, una rápida respuesta.

¿Es que ha ordenado usted que me sigan? Dígame solo si sí o si no, para que yo sepa si es suyo el cabronazo ese que acabo de echar de aquí a la carrera. Es usted un cobarde, Sterling Robinson. Y los cobardes siempre esconden algo. Pues bien, que sepa que si esconde algo, lo pienso averiguar. Eso delo usted por sentado. Porque no me da ningún miedo.

Le dio a enviar, antes de que pudiera arrepentirse.

Harper no recordaba en qué momento se quedó dormida. Después de mandarle el correo electrónico, fue de acá para allá por la cocina, pensando qué pasaría cuando lo leyera. Lo más seguro es que fuera derecho a Dells, para enseñarle las amenazas que ella vertía en aquel correo y pedirle a toda costa que la despidiera. Tenía tal cabreo encima que bien poco le importaba. Pero en algún momento tuvo que quedarse sin fuerzas y acabó en el sofá, entre todas sus notas, con un vaso de *whisky*. Era lo último que recordaba, hasta que despertó con una especie de jadeo. Al principio no sabía ni dónde estaba; luego intentó discernir qué la había despertado. Fue algo que se movió, como si hubiera entrado alguien en el apartamento. No había amanecido aún y la oscuridad oprimía desde afuera las ventanas. Tenía algo duro debajo de un hombro. Echó una mano a la espalda y sacó una libreta arrugada, abierta por la página en la que había anotado la dirección de James Whitney. Se incorporó despacio y dejó caer la libreta al suelo. Allí pasaba algo.

En la mesa había un vaso de *whisky* vacío. La lámpara al lado del sofá estaba encendida, pero el resto del salón estaba a oscuras. Con la espalda rígida, se levantó del sofá y fue hacia la puerta. Una luz cegadora y blanca penetró por la ventana que daba a la calle, clavando justo en el centro de su haz a Harper, que se quedó helada, perpleja, con el corazón a cien por hora. Por un instante, la luz la retuvo allí; luego recorrió, errática, todo el salón: primero a la izquierda y luego a la derecha, con un lento barrido del foco.

De repente, Harper comprendió qué era aquello y fue corriendo hacia la puerta: abrió los cerrojos y salió fuera a toda prisa. Había llovido y el aire guardaba ese frescor. Los nubarrones tapaban la luz de la luna. Y las farolas proyectaban sombras fantasmagóricas entre los líquenes, que colgaban de los árboles como cuerpecillos fláccidos.

Había un coche de policía, sin distintivos, aparcado a la puerta de su casa. Y Luke estaba fuera del coche, al lado de la portezuela abierta, con una mano en el foco montado al lado del espejo retrovisor. Se miraron a los ojos y entonces él apagó el foco. Harper ni se molestó en ponerse los zapatos: salió corriendo y bajó descalza los escalones. Aunque se odiara a sí misma por el alivio que sentía al verlo. Entonces Luke dijo:

—Llevo toda la noche llamándote. —Había frialdad en esa voz, como el asfalto que pisaban—. ¿Qué pasa, que tienes el teléfono estropeado?

Harper se quedó a unos metros de él. Como no se había atrevido a llamarlo, había apagado el teléfono hacía ya varias horas.

—Luke, perdóname. —Hablaba en voz baja, pues solo faltaba que se despertaran los vecinos—. Es que... no sabía qué decir.

—Han sido diez veces —dijo él—. Te he llamado nada menos que diez veces.

—Lo siento —dijo, y sintió pena de sí misma—. Es que no me atrevía a decírtelo.

—Me lo imaginé.

Quedaron los dos en silencio, mirándose a los ojos.

—¿De verdad hiciste eso, Harper?

Ella tragó saliva con dificultad y apretó los puños, según tenía las manos caídas, a la altura de las caderas.

—Sí, de verdad.

Él cerró los ojos.

—Harper...

Ella creía que se iba a enfadar, pero lo que estaba era dolido. Y notó que la invadía una oleada de pánico.

—Tenía que saber lo que sabían ellos —dijo, y le buscó la mirada entre los pétreos rasgos de la cara—. Lo entiendes, Luke, ¿verdad?

—¿Cómo voy a entenderlo? —Él alzó la voz—. ¡Si quebrantaste la ley! Si hiciste todo lo que yo te pedí que no hicieras. —Levantó ambas manos—. ¿Por qué, Harper? ¿Qué pasa, que querías tirarlo todo por la borda? ¿Qué es lo que te propones?

—Pues claro que no quería hacer eso. —Dio un paso hacia él y notó la acera húmeda y rugosa debajo de los pies—. Solo quería ver qué tenían en los archivos sobre el caso Whitney; nada más.

—Pero es que tú no eres quién. —Se pasó una mano por el mentón: estaba sin afeitar; y la sombra de unas patillas le cubría la cara—. No eres poli. Te juro que, a veces, me parece que no te das cuenta de eso.

A Harper le dolió oírlo hablar así.

—Ya sé que poli no soy —dijo Harper—. Pero es que este caso..., este asesinato...

Él ya no la escuchaba.

—No haces más que echarle la culpa al caso por cada paso que das. Como si el asesino te obligara a hacer esas estupideces. Nadie te ha obligado a quebrantar la ley. Eso lo has hecho tú solita.

Por la voz, ella dedujo que estaba igual de cansado que ella.

—Luke —susurró—: no te enfades.

Y le tendió una mano.

—Ven dentro, ¿vale? Y ahí podemos hablar.

Él negó con la cabeza, con gran contundencia; como si no hubiera oído lo que le decía.

—¿Sabes qué es lo más divertido? —dijo él—. Que siempre me pareció una estupidez eso de que los polis no pudieran salir con la prensa. Pero ahora, por fin, lo entiendo. Somos muy diferentes. Estamos cada uno en una orilla.

A Harper se le encogió el corazón.

—No digas eso —protestó—. No es cierto.

—¿Ah, no? —La miró con tal cara de aflicción, que ella no lo pudo soportar—. Te pedí que no husmearas por ahí, te lo supliqué casi. Y tú no me hiciste ni caso.

—Luke...

—¿Sabes por qué te pedí que no lo hicieras? —No esperó a que ella contestara—. Porque sabía que si lo hacías, la cosa no pararía ahí, y habría consecuencias. Para ti y para mí. Y no quería perderte.

A Harper se le quedó la boca seca.

—¡Luke! —dijo su nombre con una especie de jadeo—. ¿Qué pasó?

—Qué raro que tú me lo preguntes. —Luke torció los labios en un remedo airado de sonrisa—. Hoy me llamó el teniente Smith a su despacho. Me dijo que sabía que tú y yo estábamos liados. Eso dijo: que estábamos «liados». Me amenazó con mandarme de vuelta a la sección de uniforme si seguía viéndote. Y me contó que me estabas utilizando para obtener información sobre una investigación oficial de la policía. Dijo que había hasta sospechas de que fui yo el que te ayudó a entrar en el archivo. —Se le quebró la voz—. Dijo que era un imbécil por dejar que se sirvieran de mí. —Se apretó la frente con los dedos—. ¡Maldita sea, Harper! ¿Por qué tuviste que entrar en el archivo?

Harper se había quedado de piedra, no le salían ni las palabras. Smith siempre se había puesto de su parte. Siempre. No le entraba en la cabeza lo que le estaba contando Luke.

—Yo no... ¿De verdad te dijo eso Smith?

—Palabras textuales. —Tenía la voz rasgada—. ¿Te das cuenta ahora de lo que has hecho? Ya nadie se fía de ti. Ni de mí tampoco. Si me ven contigo otra vez, se acabó mi carrera de policía. O sea, que hemos terminado.

—No.

A Harper se le escapó esa palabra contra su voluntad. Pero Luke ya no la escuchaba.

—Está todo patas arriba, Harper. Tuvimos algo y ya no lo tenemos. Y todo por culpa de esa obsesión tuya. Porque no sabes cuándo decir basta. —Respiró hondo, entre grandes jadeos, y soltó la pulla final—. Me van a mandar a otra misión en la secreta.

Harper se quedó helada.

—¿Cuándo...? ¡¿Ahora?!

Él asintió bruscamente con la cabeza.

—Pero si dijiste que tenías que esperar seis semanas...

—Hay un caso en pleno desarrollo en Atlanta —la interrumpió—. De la policía del estado. Me mandan allí en un traslado temporal. Smith dijo... —Miró hacia la puerta abierta de la casa de Harper, detrás de ella—. Dijo que se me aclararían las ideas si volvía al trabajo.

A Harper no le gustó un pelo oír eso. Había una razón por la que los policías secretas tenían que estar fuera de las calles una temporada después de cada operación: para protegerlos. Porque había gente por ahí que los andaba buscando. Gente mala hasta decir basta.

—Espera. ¿Cómo te va hacer eso? —Hasta ella misma se notó el tono de desesperación en la voz—. Es demasiado peligroso.

Luke la miró con resentimiento.

—Ya está todo acordado —dijo—. Salgo al alba.

Era la primera vez, desde que empezó a investigar el caso Whitney, que Harper tenía miedo de verdad; porque perdía demasiadas cosas de golpe: la policía, Luke, Smith, quizá su trabajo. Y quería aferrarse a algo, a cualquier cosa.

—¿Podré ponerme en contacto contigo? —preguntó, y volvió a notar el tono de desesperación en su propia voz—. Cuando ya no estés, para asegurarme de que...

—Ni hablar, Harper —la cortó él en seco—. Estaré en una banda de narcotraficantes, en una caravana, y sabe Dios qué estaré haciendo.

En ese momento, Luke le pareció atrapado, y un escalofrío le recorrió la espalda a Harper.

—Por favor, Luke, no te vayas —le imploró—. Tengo un mal presentimiento.

—Yo también lo tengo —dijo—. Pero lo que no tengo es alternativa.

Fue caminando hacia el coche, con la espalda erguida y rígida. Harper sintió que estaba clavada a la acera y que no podía moverse. Pero hizo un último intento.

—Mañana por la mañana llamaré a Smith. Intentaré explicarle todo.

Al oírlo, él se volvió de repente y ella dio un paso atrás, asustada.

—No hables con Smith. ¡No hables con nadie! —Levantó las manos—. Cada vez que das un paso, rompes algo. Eres tan destructiva, Harper, ¿no te das cuenta? Destruyes todo lo que tocas.

Se montó en el coche y cerró de un portazo. Un segundo después, sonó el rugido del motor, que volvía a la vida, y el coche se separó del bordillo con una diestra maniobra.

Harper estuvo allí parada hasta que el ruido del motor se desvaneció entre las sombras, hasta que la noche se le metió en los huesos y empezó a temblar.

CAPÍTULO TREINTA Y CUATRO

A la mañana siguiente, Sterling Robinson contestó a su correo electrónico. Era parco en palabras: *Estaré por la zona el domingo por la noche. Si rellena la declaración jurada que le adjunto y me la envía antes de esta noche, me reuniré con usted.* Harper, que llevaba toda la mañana de los nervios, tuvo que leerlo tres veces para que su cerebro asimilara lo que ponía en el correo. Después, apoyó la espalda en la silla y se quedó mirando por la ventana de la cocina, sin dejar de pensar. Desde luego, podía ser una trampa; y si Robinson era el asesino, quizá fuera una estratagema para librarse de ella. Sabía que debería sentirse amenazada, pero no tenía nada de miedo. Necesitaba averiguar la verdad. Y pagaría cualquier precio por ella.

La declaración jurada era tan directa como el correo electrónico: la sucinta promesa por su parte de que no escribiría sobre él para ninguna publicación. No ocupaba más de un párrafo. Harper la firmó y puso la fecha, y, esa misma tarde, la llevó en mano a la oficina que su compañía tenía en Savannah.

Una recepcionista muy arreglada, con la manicura perfecta, le quitó el sobre de la mano sin alzar ni una ceja.

—Es muy importante —le dijo Harper—. Tiene que verlo él en persona.

—Yo se lo llevo —le aseguró la mujer con tono seco, y lo dejó en una bandeja antes de volver a lo que estaba haciendo.

Como no podía hacer nada más, Harper se fue a casa, a esperar.

El día siguiente era sábado y Robinson no se puso en contacto con ella. El domingo por la tarde, ya había perdido toda esperanza de que la llamara, cuando le vibró el teléfono. Era un mensaje de texto de un número sin identificar. Solo decía: *Officer's Row, número 235, en la isla de Tybee, a las 9 esta noche. SR.*

A Harper se le encogió el estómago. La isla de Tybee estaba a veinte minutos de Savannah, en la costa. Pensaba que querría verla en sus oficinas, o en el bar de algún hotel anónimo. Pero esto era la casa de alguien: quería que se vieran por la noche en una casa en las afueras, a varias millas de la ciudad. Harper no era una persona miedosa, pero la idea de ir al encuentro de un millonario que puede que fuera un asesino, le disparó todas las alarmas. Aunque ya era demasiado tarde para tenerle miedo. Se lo estuvo pensando un instante y luego respondió. *Allí estaré.*

Si no tienes barco, la única manera de llegar a la isla de Tybee es por una autopista de dos carriles que se abre paso entre los meandros de la densa marisma de Georgia, rumbo siempre hacia el este. Es una carretera aislada: mires donde mires, solo se ve el suave perfil de la hierba alta de la marisma y el cielo. Por la noche, la envuelve una sensación de vacío e infinitud. Harper siempre pensó que era el lugar ideal para deshacerse de un cadáver.

De camino al encuentro con Robinson, el Camaro hundía sus faros en la noche opaca. Había poco tráfico: los que habían ido a la isla a pasar el día ya se habían vuelto. Nadie salía a esa hora hacia la costa. Harper asía el volante con firmeza cuando vio la señal que indicaba el término de Tybee. Había estado allí muchas veces, claro está, para pasar un día en la playa con Bonnie. Sin embargo, se liaba con el laberinto de calles en la isla. Llegó un par de veces a un callejón sin salida y le costó dar con el camino que buscaba: una carretera estrecha que abrazaba la costa norte.

A un lado, vio casas de veraneo; del otro, le llegaba de vez en cuando algún vislumbre del océano oscuro; pero enseguida le bloqueaba la vista otro edificio de altas paredes. Casi había llegado al final, cuando apareció de la nada una puerta de madera blanca que le impedía seguir camino. Harper paró el coche y aguzó la vista para intentar leer el letrero en la alta pared de piedra, al pie de la entrada. *Officer's Row*, ponía, en un tipo de letra muy elegante. Aquí era.

Se abrió la puerta de carruajes y salió un hombre vestido de uniforme oscuro que hablaba por un *walkie-talkie*. Le hizo señas para que bajara el cristal de la ventanilla.

—¿A quién viene usted a ver, señora? —preguntó muy amable.

—A Sterling Robinson —dijo Harper.

—¿Y se llama usted?

—Harper McClain.

—Un momento, por favor.

Se alejó mientras hablaba por el aparato. Pasó un instante. Y no medió más palabra: el hombre volvió hacia la entrada y, un segundo después, se abrió la puerta con un silencioso zumbido. El guardia le indicó que siguiera adelante.

Eran todas casas enormes, de jardines amplísimos; construcciones que imitaban el estilo victoriano rodeadas de grandes extensiones de inmaculado césped. Harper solo se cruzó con la furgoneta de seguridad, que venía muy despacio en dirección opuesta. Y dedujo que a la gente que vivía en Officer's Row le preocupaba mucho la seguridad.

El número 237 estaba al final del todo: era una casa blanca con almenas y balcones corridos en la primera y segunda planta. Ofrecía una vista magnífica del océano Atlántico, que se extendía a sus pies y brillaba con tonos de un negro azulado a la luz de la luna.

Harper aparcó en la entrada, vacía de coches, y apagó el motor. La fachada de las casas quedaba a bastante distancia de la calle, y la separaban de ella los setos y los jardines, cultivados a distintas alturas. No era un lugar aislado del todo, pero tampoco parecía muy acogedor. Fue la primera vez en su vida que sintió verdaderos deseos de tener una pistola a mano. A falta de otra cosa, se metió el teléfono móvil en el bolsillo, salió del coche y cerró.

Un caminito de piedra, iluminado por farolas a ras de suelo, unía la entrada a la finca con las escaleras que llevaban a la casa, a través del exuberante jardín tropical. Hacía mucho más fresco que en la ciudad: la brisa soplaba con fuerza desde el mar, impregnada de un aroma embriagador a sal marina, algas y el dulzor de los jazmines, que abrían sus flores a la noche. Contó diez escalones hasta la ostentosa puerta de entrada, cuadró los hombros y llamó al timbre.

Pasaron unos angustiosos segundos y nadie acudió. Luego oyó una cerradura que se abría y, por fin, la puerta también. Sterling Robinson era más alto y delgado en persona de lo que aparentaba en las fotos. Llevaba pantalones beis de algodón y un jersey azul. Tenía el pelo ondulado y las gafas de montura metálica le daban un aspecto muy profesional; si bien detrás de ellas se adivinaban unos ojos muy vivos, de depredador.

—Harper McClain —dijo con resignación—. Imagino que, ya que está aquí, tendré que dejarla pasar.

Por dentro, la casa parecía más grande todavía que por fuera, como un castillo de hadas. Giraban los ventiladores en los techos altísimos y los suelos eran de mármol. No había muchos muebles, lo que le daba al espacio un tono, no frío, pero sí calmo y sereno.

—Sígame —dijo en tono cortante.

La casa daba la sensación de estar vacía: Harper estaba casi convencida de que no había nadie más aparte de ellos dos.

Robinson abrió paso por el enorme recibidor hasta un ancho pasillo, pasando luego a un salón muy espacioso, amueblado con sofás mullidos y blancos, y sillones a juego, dispuestos alrededor de unas alfombras de color beis.

La invitó a sentarse y le preguntó:

—¿Quiere beber algo?

Por ahora, se comportaba con una amabilidad y una calma que no había visto en ninguno de los otros examantes de Whitney. Y Harper llegó a preguntarse por qué, a diferencia del senador y del abogado, no tenía miedo.

—Tomaré lo que usted esté tomando —dijo ella.

Él alzó una ceja.

—Yo tomo agua con gas —dijo él.

—Pues eso.

Desapareció un instante. Harper echó un vistazo alrededor: no había ninguna obra de arte colgada en las paredes; nada que aportara un toque personal.

Cuando volvió, le dio un vaso helado y se sentó en el otro extremo del sofá.

—A ver —dijo entonces—, ¿sería usted tan amable de decirme de qué va todo esto? Porque no suelo recibir llamadas preguntándome por mujeres muertas.

—Estoy investigando el asesinato de Marie Whitney... —empezó a decir.

—¿Y por qué, si no es usted policía?

La había interrumpido de una forma un tanto brusca, pero no necesariamente descortés. Era más bien como si tuviera prisa por saberlo todo. Y Harper decidió responderle con la misma moneda.

—No —dijo—, no soy policía. Pero es que la policía lo está haciendo muy mal, o al menos eso creo yo.

—Yo también lo creo.

Él se reclinó sobre el respaldo del sofá, sin dejar de observarla en ningún momento.

—Y ha decidido usted investigar a los que investigan —aventuró él.

—Sí. —Y antes de que pudiera volver a hablar, Harper le preguntó rápidamente—: ¿Hizo usted que me siguieran?

Él la observó por encima del vaso mientras bebía.

—Soy un hombre cauteloso, señorita McClain —dijo—. De repente, empezaron a llegarme mensajes suyos, así que quería saber más cosas sobre usted antes de tomar una decisión sobre la forma de proceder. Siento si la he asustado.

—Como ya sabrá por el correo electrónico que le envié —dijo ella sin perder la calma—, yo no me asusto con facilidad. Pero es que no me gusta que me vigilen.

—Ni a mí tampoco —dijo él—; y, sin embargo, aquí está usted.

Harper casi esbozó una sonrisa al oír eso.

—Me hago cargo de sus cautelas —dijo ella también con sumo cuidado—. Pero estoy investigando un asesinato.

—Y eso la trae a usted hasta mi salón. —Robinson se cruzó de piernas y volvió a apoyarse en el respaldo—. Trabaja en la sección de sucesos, pero no suele conducir por su cuenta investigaciones monográficas. ¿Por qué ahora sí?

Harper estaba impresionada, porque la había investigado a fondo.

—Porque se trata de un caso diferente —se limitó a decir.

—¿En qué sentido lo es?

Dudó un instante, sin saber muy bien cuánto debía contarle. Porque, por ahora, no era en absoluto como ella lo había imaginado. Se comportaba con toda la calma, con chulería casi; pero, a la vez, mostraba interés y curiosidad en su persona: no parecía culpable de nada.

—Porque la policía no está llevando el caso como es debido —dijo por fin.

Robinson entrecerró los ojos detrás de las gafas: sabía que ella le ocultaba algo.

—¿Por qué no se fía de ellos para la resolución de este caso?

Disparaba las preguntas a gran velocidad y a Harper no le daba tiempo a preparárselas; ni siquiera se había recuperado todavía de la última. Era una técnica magistral que la mantenía en constante fuera de juego y, a la vez, no la dejaba escapatoria. No le quedaba otra que decir la verdad.

—Creo que es posible que Marie Whitney estuviera saliendo con un detective unos meses antes de morir —dijo—. Y estoy intentando averiguar quién la mató: si fue él o fue usted.

Robinson se paró un momento a pensar.

—¿Tiene pruebas de que salía con alguien? —dijo haciendo caso omiso de la acusación que lo incluía a él.

—Las estoy buscando. —Harper bebió un sorbito de agua para ganar tiempo. Las burbujas le hicieron cosquillas en la garganta—. Por ahora, solo tengo las declaraciones de gente que la conocía.

—¿Y cree usted que puede que fuera yo el que la matara?

—Tengo entendido que usted también salió con ella —dijo Harper—. Llevo un tiempo poniéndome en contacto con todas aquellas personas que tuvieron relaciones con ella para averiguar más cosas sobre su persona. Y, por ahora, lo que tengo no ofrece una imagen muy halagüeña de Marie Whitney.

Él torció la boca.

—No me sorprende.

—Hay dos hombres poderosos que me han amenazado porque les entró miedo de mencionar siquiera el nombre de Whitney —le contó Harper—. Necesito saber de qué tienen miedo; y por qué iba nadie a querer matarla.

—Eso se lo puedo decir yo mismo —aseguró Robinson—. Porque era un monstruo.

Harper hizo lo posible por que no se le notara lo nerviosa que estaba. Allí tenía por fin a alguien que se lo iba a contar todo, lo intuía. Más aún: ¡alguien que quería contárselo!

—¿A qué se refiere usted con eso?

Él se tomó un respiro y miró al océano.

—Imagino que ha visto fotos suyas. —Harper asintió—. Pues entonces sabrá que era muy guapa. Solo que las fotos no lo dicen todo. Porque, además, era inteligente, llena de ingenio y encanto. —La miró en ese momento—. Yo nunca he conocido a nadie igual. Tenía un talento especial para averiguar qué necesitabas en cada momento, y te lo daba. A cambio, tú le dabas cosas: dinero, confidencias, información, le abrías las puertas de tu vida. Lo hacías sin darte cuenta; lo hacías y punto. Solo querías que ella tuviera todo eso que le dabas. —Le dio un sorbo al agua con gas y el hielo tintineó dentro del vaso—. Y luego, con todo eso, te hacía chantaje.

Harper se le quedó mirando.

—¿Le hizo chantaje a usted?

—Huy, sí. —Parecía entre divertido y resentido—. A mí y a mucha gente. Pero no solo a los hombres; se lo hizo también a muchas mujeres. Se le daba muy bien.

—Pero... —A Harper la mente le iba a mil por hora: pensó en aquel abogado tan irascible, en el pánico del senador, las cosas que le había contado Rosanna. Y las piezas del rompecabezas empezaron a encajar.

—Hostia puta —susurró.

Robinson le hizo un gesto con el vaso.

—Eso mismo pienso yo.

A Harper le costó un segundo recomponer la figura.

—¿Le molestaría que le preguntase cómo lo chantajeó a usted?

Por primera vez, Robinson se mostró indeciso. Y lo vio debatirse y valorar su posible respuesta.

—Imagino que ha firmado esa declaración jurada —dijo pasados unos instantes. Detrás de las gafas, vio cómo la taladraba con los ojos—. ¿Es consciente de qué sería de su carrera como periodista si publicase usted algo de esto?

—Por supuesto —dijo ella—. Le doy mi palabra.

—Lo que tengo es su firma —la corrigió él—. Una declaración firmada.

Entonces soltó una larga exhalación, como si se preparara para algo que le iba a doler.

—Conocí a Marie en una recaudación de fondos, hace dos años —dijo—. Estoy al frente de una fundación que hace obras de caridad.

—Lo sé —dijo Harper—, y hacen ustedes una buena labor.

Él la miró entonces como si la estuviera evaluando.

—Ha hecho sus deberes sobre mi persona.

—Por supuesto que sí.

Y le dedicó a Harper otra media sonrisa.

—Como le iba diciendo —siguió él—. Trabajé con Marie en un proyecto para recaudar dinero a favor de una investigación científica sobre la malaria y otras enfermedades tropicales, un proyecto que llevan desde la universidad. Marie era... —hizo un significativo gesto con la mano—... pues todo eso que le he dicho: bella, seductora. Y empezamos una relación. —Hizo una pausa—. Lo que pasa es que por aquel entonces yo estaba casado. —Entonces se levantó, de pronto—. ¿Le importaría que saliéramos fuera? Me vendría bien un poco de aire fresco. Tráigase el vaso.

Sin esperar respuesta por su parte, atravesó el salón y fue hasta una puerta de cristal que Harper no había visto antes. Cuando la abrió, entró la brisa cálida. Ella cogió su vaso y lo siguió sin demora a una amplia terraza en la que había un sofá bajo de color oscuro dispuesto alrededor de una mesa de café de cristal. Se sentaron como en el sofá de dentro: cada uno en un extremo. La brisa del océano le revolvía el pelo a Harper. Y allí estaba otra vez aquel aroma a jazmín. Debía de crecer por todas partes. Ojalá pudiera verlo, pensó; pero la luna se había ocultado detrás de una nube y no se veía ni el mar: nadie diría que estaba allí, de no ser por el rumor grave y poderoso que los acompañaba constantemente.

—¿Dónde me quedé? —preguntó Robinson. Pero Harper sabía que no esperaba respuesta por su parte, pues tenía la mirada perdida detrás de ella, más allá de ella—. Pues, el caso es que empezamos una relación, y yo creo que ya adivina usted el final. Amenazó con contárselo a mi mujer; me pidió más de un millón de dólares. Hizo que nos sacaran fotos juntos. —Movió el vaso en el aire—. Eso de tan mal gusto que se suele hacer.

Lo contaba con voz relativamente neutra y, sin embargo,

Harper veía claramente lo mucho que lo afectaba. Porque, pese a ser ducho en ocultar sus emociones, de alguna manera, en este asunto era casi transparente.

—Entonces mi mujer me dijo que estaba embarazada —le contó. Harper contuvo la respiración. Porque tenía la sensación de que sabía cómo acababa la historia—. Lo que Marie no logró entender, a ver cómo iba a saberlo ella, era que a mí no se me podía ya hacer chantaje —explicó—. Porque cuando te han chantajeado una vez, ya no te chantajean más. Aunque amenacen con quitártelo todo. Así que decidí contraatacar, e hice que la investigaran a ella; cada plano de su existencia. Por eso me enteré de que ya lo había hecho antes. Muchas veces; y a mucha gente.

»Obtuve declaraciones juradas de bastantes personas que expusieron sus ofensas. Y la amenacé con hacerlas públicas, con hacer que la despidieran. Así que no tuvo más remedio que recular.

Se quedó callado un instante. En el cielo oscuro, sobre sus cabezas, algo voló, rápido y mortífero: un murciélago, quizá.

—Pero pasó algo —indagó Harper con tacto.

Él asintió y fue a coger el vaso.

—Todo fue bien al principio. Pero pasadas unas semanas, alguien le mandó a mi mujer una serie de fotografías en las que se nos veía a Marie y a mí haciendo el amor. En sitios y posturas diferentes. —Se bebió toda el agua que quedaba de un trago. Cuando volvió a hablar, lo hizo con voz firme, y eso quizá le dio más impacto a sus palabras—. Mi mujer me dejó —dijo—. E interrumpió el embarazo.

Harper estuvo un instante buscando las palabras, pero no encontró ninguna a la altura de las circunstancias.

—Lo siento —fue lo que dijo, al final.

Al parecer, él ni lo oyó.

—Todo apunta a que a Marie ya no le bastaba con el dinero. Ahora quería sangre —dijo—. Y sangre le dieron.

Harper dejó que esa frase quedara suspendida en el aire. Luego, con su tono más amable, dijo:

—Señor Robinson: ¿mató usted a Marie Whitney?

Para su sorpresa, él le dedicó una sonrisa triste.

—Por favor, llámeme Sterling. Me gusta que, cuando me acusan de asesinato, me llamen por el nombre de pila. Y no, yo no la maté. El día que Marie Whitney murió, yo estaba en Nueva York. Me sacaron muchas fotos esa tarde en el Metropolitan Museum of Art. Tengo los billetes de avión que demuestran que volé ese día. Le puedo dar todas las pruebas de mi inocencia que usted quiera.

—¿Mandó usted que la mataran? —insistió Harper.

—¿No ve usted, señorita McClain? —Hizo un gesto de dar la vuelta a sus manos: los dedos largos, de artista, le recordaron a Harper los de su madre—. Yo no trabajo así. Mi mujer me rompió el corazón. Pero eso no fue culpa de Marie. Fue culpa mía; porque yo le había roto el corazón a mi mujer antes.

Tenía la mirada serena, ferviente.

—Marie Whitney era como una araña venenosa; que no tiene la culpa de picar, porque nació para eso. Marie nació para destruir. Y yo tenía que haberme dado cuenta. Porque me jacto de calar a la gente a primera vista. Pero a ella, no la supe ver. Y bien caro lo pagué.

Harper no creía haber conocido nunca a nadie como Sterling Robinson. Era inteligente, y despiadado. Y, para su sorpresa, ella creía lo que le estaba contando.

Él se levantó.

—Me voy a servir otra copa. Algo más fuerte esta vez. ¿Quiere una, señorita McClain?

—¿Tiene *whisky*? —preguntó ella—. Y, por favor, llámeme Harper.

De vuelta a Savannah aquella noche, mientras atravesaba las marismas, Harper fue pensando en lo que le había contado Sterling; en su mujer y en Marie Whitney. No se quitaba de la cabeza aquel símil de la araña venenosa. Pero es que, cuantas más cosas iba averiguando de la víctima, más de acuerdo estaba con aquella comparación.

Al final, estuvo como una hora más en la casa de la playa, bebiendo *whisky* con soda y diseccionando a Marie Whitney. Le contó a Robinson sus teorías, pero dejó fuera todo lo referente a su madre. Cuando ella se lo pidió, él no tuvo problema en sacar los informes de la investigación privada a la que sometió a Marie Whitney. Y allí vio Harper el nombre del senador, y el del abogado, junto a los de muchas otras celebridades de Savannah. Pero ningún Larry Blazer. Ni ningún policía tampoco.

—¿Está segura de que tuvo relaciones con un detective? —preguntó Sterling, al verle la cara de decepción.

—Yo ya no estoy segura de nada —respondió ella.

De rodillas en el suelo, al lado de aquella mesa de café gigante, con las manos llenas de papeles, Harper se quedó mirando los nombres de toda la gente a la que Whitney había hecho daño en su corta y accidentada vida. ¿Y cómo hacerse una idea de cuál de ellos la mató? Además, ¿qué los unía a su madre, si es que guardaban alguna relación? Con cada nuevo día, una de sus teorías salía disparada por la ventana, al parecer. Y se vio a sí misma dando palos de ciego, intentando hacerse una idea de qué había pasado; buscando alguna pista de por qué el asesinato de Whitney se parecía tanto al de su madre.

Sterling agitó el vaso vacío y dejó la mirada perdida en el baile que se traían en el fondo los cubitos traslúcidos de hielo.

—Marie era muy inteligente. Calibraba perfectamente a los hombres que perseguía para satisfacer sus intereses —dijo con aire pensativo—. Y ella se habría dado cuenta de que a un detective le sería más fácil calarla. A lo mejor, pasada la efusión del principio, se dio cuenta de que con él no se iba a ganar la vida. A los agentes de policía no les sobra mucho del sueldo para ir gastándolo por ahí: o sea, que ella no saldría ganando gran cosa de una relación así. Lo más seguro es que lo dejara en cuanto se diera cuenta de eso. Y si él la mató, la clave está en qué tenía que perder ese hombre: ¿con qué podía amenazarlo ella?

Se quitó las gafas, y pasó los dedos varias veces por el puente de la nariz. Harper vio entonces que tenía los ojos de un color gris muy poco común: transparente como el agua.

—Y usted, ¿por qué no intentó destruirla a ella? —preguntó Harper—. Con todo lo que le había hecho.

—Pensé que ya se lo haría algún día —dijo con una franqueza que pasmaba—. Pensé en hacerme amigo del rector de la universidad y convencerlo para que la echaran, que su carrera profesional se fuera al garete. —Ocupó las manos estirando unos papeles—. Pero tenía una hija, y la estaba criando ella sola, y no quise hacerle daño a la niña. No quería rebajarme a su altura. Así que decidí esperar.

»Y, fíjese. —Apoyó la espalda en los cojines del sofá—. Llegó otro y la mató primero.

Al oír que hablaba de la hija de Whitney, Harper recordó la cara de aflicción que tenía Camille en la escena del crimen: sus ojos marrones llenos de lágrimas; agarrada de la mano de Smith.

—Voy a ver a esa niña —le comunicó—. A Camille Whitney. Quiero averiguar lo que sabe.

Él ladeó la cabeza.

—¿Sabe dónde la tienen?

Harper asintió.

—Está con la familia. Viven cerca de Savannah.

—No creo que sepa mucho —le dijo él—. Whitney no solía presentar sus amantes a la niña. Yo la conocí porque fue a un banquete de caridad para niños. Que yo sepa, Camille no se enteró de que su madre estaba conmigo.

A Harper, eso no la pilló de sorpresa.

—No me queda otra alternativa —le confesó Harper en ese punto, y se puso a recoger los papeles—. Es mi última oportunidad.

Si no saco nada de ahí... —le devolvió los papeles a Robinson—, voy a tener problemas.

Pensó entonces en lo que él le dijo: Whitney le había presentado a su hija, pero no como amante suyo, sino como a cualquier otro asistente a la fiesta. Era más bien poco probable que Camille hubiera conocido al novio poli de Marie, si es que había tal. Peor aún: aquella visita le había hecho dudar todavía más de su hipótesis inicial, la relación de Blazer con Whitney. Porque el apartamento que tenía el poli en la zona residencial de Savannah no tenía ni punto de comparación con aquella casa palaciega de Robinson. ¿Qué habría visto Whitney en un sargento de policía? ¿Qué podía tener él que ella quisiera? Sin embargo, no había más remedio que seguir hacia delante. Puede que Camille Whitney supiera algo, y Harper iba a ir a verla. Muy pronto.

CAPÍTULO TREINTA Y CINCO

Vidalia, en el estado de Georgia, es uno de esos pueblos por los que una pasa cientos de veces sin prestar atención. La calle principal era también la carretera nacional 280, que discurría con un traqueteo de coches entre los restaurantes de franquicia, las tiendas de empeño y las grandes superficies tan comunes en las localidades rurales últimamente. Sin embargo, la parte vieja era más bonita: las aceras estaban jalonadas de árboles con las copas convenientemente recortadas, y todavía quedaban escaparates de los años 1940. Pero todo eso, Harper ni lo vio. Porque se había perdido.

—Soy una paleta estúpida, maldita sea —se dijo entre dientes, mientras cambiaba de sentido una vez más. Entonces metió el coche a toda prisa en el aparcamiento de la franquicia de heladerías Dairy Queen, estacionó y tecleó los números en el GPS con grandes aspavientos, sin parar de gruñir. La lluvia fina que caía en esos momentos empañaba los cristales del coche y envolvía la ciudad en un manto gris.

¿Por qué no daba con la casa? Hacía cinco días desde aquella madrugada en la que Luke se despidió de ella. Llevaba cinco días sin trabajar: cinco días de aislamiento y dudas existenciales. Y no había vuelto a saber de él. Imaginaba que estaría en Atlanta, pero a ver a quién le iba a preguntar. Pasaban los días y ella no tenía nada que hacer. Se había convencido a sí misma un millón de veces de que tenía que venir a Vidalia; y otras tantas, de que no tenía que hacerlo. Sin embargo, al final, se dijo a sí misma que no le quedaba más remedio. Porque no podía abandonar el caso Whitney sin intentarlo absolutamente todo antes. Eso sí, con lo que había pasado, no podía presentarse así, sin más, en casa de los Whitney como Harper McClain, actualmente suspendida de empleo y sueldo en sus funciones de reportera. Y cuando llamó a James Whitney para concertar una visita, se presentó como una psicóloga del estado. Le sorprendió lo fácilmente que él aceptó esos términos y accedió a que fuera a ver a su hija. De hecho, casi se alegraba de que fuera.

—Me preocupa muchísimo Camille —dijo al teléfono—. Está como perdida en su propio mundo: no tiene ganas de hacer nada, se queda mirando un punto en el vacío. Ojalá pueda usted ayudarla.

Hablaba con acento de Georgia, bastante suavizado; y debajo, Harper notó que latía el miedo y que un temblor le cortaba el aliento. Y estuvo convencida de que esas serían las únicas señales por las que cabría deducir todo lo que estaba sufriendo, y lo mucho que lo preocupaba su hija.

—Haré lo que pueda —le prometió ella.

Sintió en ese momento un ataque de culpa, pues no tenía ningún tipo de titulación que la facultase para tratar con niños traumatizados. Pero, una vez allí, lo que más la frustraba era su incapacidad para dar con la dirección en la que vivían. Llegaba ya diez minutos tarde y se maldijo por no haberle preguntado si habían escondido la casa entre los árboles o en una túnel, debajo de la carretera.

Llevaba un rato calle arriba y calle abajo, siguiendo el trazado ancho y rectilíneo, y seguía sin encontrar el número que buscaba. Porque todas las casas se parecían como dos gotas de agua: eran edificaciones de postguerra, de una sola planta, rodeadas de amplios jardines sin vallar en los que la hierba se había agostado con la llegada del verano, y un *pickup* ocupaba la entrada desde la acera. A lo mejor no se había alejado lo suficiente del centro; y pensó que volvería a intentarlo y que esta vez llegaría hasta el final de Bromley Street.

Iba a incorporarse de nuevo a la nacional que atravesaba el pueblo, cuando se vio la cara en el espejo retrovisor y dio un pequeño respingo, porque aquella peluca de pelo castaño oscuro, liso y repeinado, que le llegaba casi hasta los hombros, había alterado su apariencia hasta lo irreconocible. Como no podía ser de otra manera, se la había dejado Bonnie. Tenía todo tipo de prendas para disfrazarse, y prefería las pelucas de «pelo real», que solía comprar, para más inri, por eBay. A saber de dónde venían.

—Yo creo que la que te pega es esta —dijo, y le quitó la peluca castaña y reluciente a una cabeza de gomaespuma tan blanca que daba miedo.

Harper se había probado antes una peluca rubia de pelo largo (un desastre), y había rechazado las favoritas de Bonnie (la rosa y la azul). Ya sabía ella que tendría que esconder el pelo cobrizo, que era lo más llamativo que tenía; aunque albergaba sus dudas a la hora de ponerse una peluca, pues todo el mundo se daría cuenta de que no era su pelo de verdad. Pero cuando se plantó la peluca castaña, la transformación fue tal que casi ni se reconoció a sí misma: le hacía la cara más pálida y los ojos, más oscuros.

Era sorprendente comprobar lo mucho que la alteraba a una un cambio tan pequeño; y lo real que parecía su nuevo aspecto. Bonnie —que solo sabía que Harper tenía que cambiar de aspecto para una misión secreta de trabajo, y a la que fascinó esta idea— dio un paso atrás y estudió su obra.

—Pareces una espía —dijo con cara de entendida—. Una espía de piel pálida. Vas a tener que cambiar un poco de maquillaje. Pero mira, afortunadamente... —y blandió un pincel de maquillaje delante de su amiga—, aquí tienes a una que estudió Bellas Artes.

Harper comprobó el efecto causado en el espejo retrovisor: le había marcado un poco el rímel y le resaltó los pómulos con un toque de rosa, con lo que le tapó las pecas que le espolvoreaban el puente de la nariz. Eligió la ropa pensando en cómo se vestiría una psicóloga: una falda conservadora por encima de la rodilla y una chaqueta holgada. Parecía una mezcla entre Baxter y una profesora de instituto. Se parecía a mucha gente, pero en nada a Harper Mc-Clain.

Bonnie tenía por fuerza que enterarse de que no estaba trabajando; y cuando le preguntó qué pasaba, Harper le contó la verdad: se había metido en líos trabajando en una historia que estaba investigando y le habían suspendido dos semanas.

Bonnie sostuvo en alto el pincel de maquillaje y ladeó la cabeza.

—Pero entonces, si estás suspendida, ¿cómo es que estás investigando?

—Pues es ese mismo caso que estaba investigando cuando saltó la liebre —le contó Harper por encima—; que quiero saber cómo acaba.

Bonnie se encogió de hombros con indiferencia y empapó el pincel en los polvos.

—Qué vida más rara llevas —dijo.

—A mí me lo vas a decir —reconoció Harper.

Ahora, con un gesto diestro del pulpejo de la mano en el volante, Harper volvió a incorporarse a Bromley Street con el Ford negro de alquiler. Le pareció que el Camaro cantaría demasiado y no quería correr ningún riesgo de que la reconocieran; así que alquiló el coche más anónimo que pudo y se pasó la primera media hora practicando con los pedales, para no dar tirones al frenar. Ya le tenía cogido el tranquillo. Echaba de menos tener más caballos al pisar el acelerador, pero, a cambio de esa frustración, era una gozada ser invisible.

Pasaban a ambos lados otra vez las casas de una planta, y casi todas eran blancas o grises. Cuando llegó a la manzana de los 1200, de nuevo, desaparecieron: era como si la ciudad acabara allí. Todo eran campos a partir de ese punto: una tierra rica, de color marrón oscuro, roturada hasta formar líneas rectas que desaparecían en pos del horizonte.

Sin embargo, esta vez perseveró en su empeño y siguió por Bromley hasta que la calle se convirtió en una carretera rural. Llevaba cinco minutos de camino entre los campos, cuando respiró aliviada al ver una casa en la distancia: era más vieja que las de la ciudad, tenía dos plantas y parecía la típica granja; no muy distinta de la de su propia abuela, aunque en peor estado de conservación. La hierba estaba bastante crecida en el jardín, y los aperos de labranza y demás utensilios aparecían desperdigados fuera del granero, lo que le afeaba un poco el aspecto.

Harper aminoró la marcha según se acercaba a la entrada, para ver el número en el buzón. 12057. Allí era. Entró con cuidado y aparcó al lado de un *pickup* Chevy muy castigado que tenía un pequeño tractor para cortar el césped en la bañera. Luego tomó aire para serenarse, salió del coche y cerró la puerta. Fue mirando dónde ponía el pie, para no tropezar con las herramientas desperdigadas por el suelo y las ruedas pinchadas, hasta alcanzar los peldaños de madera que llevaban a un porche amplio.

No le vendría mal a toda la casa una mano de pintura, pero era un edificio precioso. Las columnas que sostenían el tejado del porche eran las originales, labradas en roble macizo. Hacía muchos años, tuvo que vivir allí un labrador con su familia de seis o siete hijos y una mujer exhausta; y toda la granja habría vibrado con el ruido y el pulso latente de la vida. Pero ahora estaba sumida en un incómodo silencio.

Harper procuró adoptar una expresión de neutralidad profesional y llamó a la puerta con un golpe seco de los nudillos. Por un instante, nada se movió dentro. Luego oyó una especie de leve suspiro, como si la casa se pusiera en movimiento para avisarla de algo. Un segundo más tarde, reconoció el taconeo de unas botas de vaquero contra los suelos de madera. La puerta se abrió de par en par y la cara que apareció y se la quedó mirando tenía pinta de conocer de sobra los rigores de la intemperie, mas no era vieja: puede que anduviera por la mitad de los treinta. Unos ojos grandes y castaños la saludaron.

—¿Señorita Watson?

Le había tomado el seudónimo prestado a su bisabuela y se lo había plantado encima con la misma soltura que llevaba la chaqueta.

—Sí —dijo ella—. ¿Es usted el señor Whitney?

Lo dijo en voz baja y cálida, intentando que el timbre le diera una especie de bálsamo a sus palabras; porque recordaba a los psicólogos de su niñez, que se dirigían a ella con esa voz.

—El mismo. —Le sostuvo la puerta para que entrara—. Haga el favor de pasar; y llámeme Jim. Estábamos todos esperándola.

Le faltaba aplomo en la voz, pero no amabilidad, y a Harper no le pasó desapercibida la cautela con la que la invitó a que lo siguiera por un pasillo bien iluminado. Dejaron atrás una escalera con una anchura suficiente para que, en su día, cupiera un miriñaque; y una barandilla que estaba pidiendo a gritos a los críos que se tiraran por ella como por un tobogán.

Por dentro, la casa era tal como se la había imaginado Harper: techos altos y suelos de tarima; estaba un poco destartalada, pero seguía siendo un espacio muy acogedor, y no costaba gran cosa imaginarse allí, relajada en el banco encajado en la ventana, con un buen libro entre las manos. Había un ligero olor tostado que Harper llegó a pensar que podría ser inherente a la casa: absorbido por la madera a lo largo de los años. Las alfombras desparramadas por el suelo eran baratas y estaban ya casi raídas, pero limpias, también. Todo era macizo y práctico, una descripción que habría valido para el propio James Whitney; que llevaba vaqueros gastados sujetos con un ancho cinturón de cuero y una camisa de cuadros bien metida por dentro. No le habría venido mal pasar por la barbería del pueblo, pero le quedaba bien el aspecto greñudo a su cara. Había como una tristeza en él: no solo en la expresión de su rostro, sino en toda

369

su persona. Mediría fácilmente uno ochenta, pero iba un poco encorvado, como si encogiera el cuerpo para recibir el próximo golpe que le iba a dar la vida.

—¿Quiere un café? —Jim movió las manos con torpeza—. Quizá convenga que hablemos un rato antes de que vaya a buscar a Cammy.

—Claro, buena idea. —Harper lo siguió por el salón, en el que no le pasó desapercibida un sofá mullido y desvencijado, cubierto con una manta tricotada a mano; luego, a través del comedor, un espacio que, saltaba a la vista, usaban poco, por el despliegue de porcelana que un hombre como Jim no habría tocado en su vida; hasta llegar a la amplia cocina de una casa de campo.

Era esta la mejor pieza de la casa: amueblada con armarios altos de puertas acristaladas, al estilo de los años 1940, y amplios ventanales que ofrecían una vista espléndida de un cielo tenuemente rasgueado de gris y del jardín, lleno de cachivaches.

Jim señaló la mesa de madera desbastada de roble, que tenía toda la pinta de llevar en la casa desde su construcción; y Harper tomó asiento en una silla de madera.

—¿Café? —dijo él, y alzó la cafetera a la vez que lo preguntaba. Ella asintió.

—Con leche y azúcar, por favor.

Lo llevó todo a la mesa, junto a dos tazas, cada una de un padre y una madre, estampadas en amarillo y azul; y se sentó, todo lo grande que era, en una silla enfrente de Harper.

Estuvieron los dos dando unos ensimismados sorbitos al café —que era bueno, recién hecho, quizá con vistas a la llegada de Harper—, y Jim dio muestras evidentes de no sentirse muy cómodo pero, a la vez, de estar a la espera de algo: como si quisiera hablar pero no supiera muy bien qué decir.

—Entonces... Camille —dijo Harper, poniendo voz de falsa psicóloga—. Hábleme de ella: ¿cómo se encuentra?

Él negó con la cabeza.

—Pues, no muy bien, señorita Watson. No hay avances.

—Llámeme Julie, por favor —dijo Harper.

Él sonrió y agachó un poco la cabeza.

—Pues Julie.

A Harper se le agarró la culpa al estómago: porque era tan majo... Y sintió complejo de sociópata al irrumpir así en la vida de ese hombre, solo para buscar información. Y oyó la voz de Luke en su cabeza: «Eres tan destructiva, Harper, ¿no te das cuenta?». Pero enderezó la espalda y desoyó esa voz. Porque había llegado demasiado lejos como para detenerse ahora.

—¿La llama usted Cammy? ¿Es el diminutivo familiar? ¿Cómo quiere que me dirija a ella?

—Bueno, pues... —dijo él sorprendido por aquella pregunta—. La puede llamar Camille. Cammy la llamábamos de bebé. Y yo la sigo llamando así, porque... —Lo dejó ahí y se puso a buscar la razón en su cabeza—. Pues porque la llamo así.

Harper sonrió y dijo:

—Lo comprendo.

Siguió otro incómodo silencio. Ella miró en derredor: había toques femeninos en la cocina y en la casa: la porcelana, los paños de motivos florales que colgaban del asa en la puerta del horno, aquellas tazas estampadas. Sin embargo, Jim no llevaba anillo.

—¿Viven solos en la casa, usted y Camille?

Él movió afirmativamente la cabeza y se puso rojo.

—Eso es. Solos ella y yo. —Le dio un sorbito al café—. Su madre y yo, pues nos conocimos muy jóvenes, y se quedó embarazada sin querer. Luego nos separamos, cuando Camille era todavía un bebé.

Soltó un estertor triste que no llegaba a risa siquiera.

—Lo nuestro no podía funcionar nunca. Y cuando a Marie le salió un trabajo en la ciudad, uf. —Hizo un gesto con la mano, como un avión que despega—: Salió volando de aquí. —Apartó los ojos de los de Harper—. Y no la culpo, qué va. Este no era sitio para una chica como Marie. A ella le gustaban las cosas con clase, cosas que yo no le podía dar.

Harper hizo un esfuerzo para que no se le notara la sorpresa en la cara: o sea, que Marie había vivido nada menos que aquí, ¡en Vidalia! En esta misma casa. Qué lejos quedaba todo esto de la Marie Whitney que ella había ido descubriendo: la chantajista y manipuladora que ponía siempre un toque refinado a sus oscuras maniobras, aquella mujer engalanada que nadaba en seda, champán y millonarios. No había quien se la imaginara en esa cocina, haciendo la cena. Y seguro que odiaba su vida allí; y que no podía soportar a ese hombre tranquilo y de buen corazón. Le dio un sorbo al café.

—¿Se llevó a Camille a Savannah, después de la separación?

Jim negó con la cabeza.

—Al principio, no. —Soltó otra risita triste—. Menuda chica, esa Marie: metió la ropa en una maleta y me dejó una nota diciendo que se iba. Luego llevó a Camille con mi madre, con que para que se la cuidara unas horas, y ya no volvió.

Se tomó todo el café de un trago, sin poder saborearlo, pensó Harper.

—Vaya que sí —dijo, como si hablara consigo mismo—. Fue un par de años más tarde cuando llamó, dijo que lo sentía y que si podía ver a Camille. Y bueno... —Alzó los hombros con gesto de impotencia—. Una niña tiene que estar con su madre. Lo demás ya es historia.

Todo empezaba a encajar: Marie salió huyendo y empezó de cero sin la carga añadida que suponían una niña y un marido. Luego, cuando le fue posible, volvió a por lo único que le había quedado al marido: su hija. La dejaba a una sin aliento tanta crueldad.

—¿Y usted? —preguntó Harper—. ¿Qué fue de usted cuando lo dejaron solo?

La miró un instante, de una forma que ella no supo interpretar.

—¿Que qué fue de mí? —preguntó como si no acabara de entender la pregunta—. Pues, bueno, yo trabajo a jornal en una de esas granjas que ha pasado usted con el coche, y hago chapuzas por ahí. No estoy casado. —Hizo un gesto que abarcó toda la cocina en la que se encontraban—. Como podrá comprobar. Sí que tuve novia antes, pero... —Lo dejó ahí—. La cosa no funcionó.

Esas últimas cuatro palabras las dijo para el cuello de la camisa y, de repente, Harper quiso abrazarlo. Y con tantas ganas, que tuvo que agarrar con ambas manos la taza de café para no salir corriendo hacia el otro lado de la mesa y decirle que no se preocupara, que todo iba a ir bien. Y no lo hizo, no solo porque sería de locos, sino también porque lo más seguro era que no fuera verdad. Porque no todo, ni mucho menos, iba a ir bien: los hombres como él le sobraban al mundo: gente de fuertes brazos, sin estudios. Muchas veces, la sensación que una tenía era la de una fuerza ulterior que los echaba fuera de ese mismo mundo.

—Me hago cargo —dijo en voz baja. Luego dejó el café encima de la mesa—. A ver, hábleme de Camille. ¿Le ha contado a usted algo?

Pisaban ahí terreno más firme, y Jim se sentó derecho en la silla.

—Pues el caso es que está muy callada —dijo—. Y yo voy y le pregunto, y ella me responde, pero solo un poco, ¿sabe? No es que solo diga que sí o que no, pero casi. Tiene pesadillas todas las noches: se despierta a gritos, llamando a su madre. —Desvió la mirada—. Eso es lo peor de todo.

Harper ladeó la cabeza: qué presentes tenía ella en el recuerdo esas pesadillas. Tanto que, de vez en cuando, todavía la asaltaban.

—¿Y qué me dice del colegio? Porque imagino que todavía no ha vuelto.

—Oh, no. —Negó con la cabeza—. Todavía no está para eso. Aquí tengo los libros y los cuadernos, y hago lo que puedo para que, al menos, lea; pero la verdad es que le cuesta concentrarse a la pobre.

—Lo comprendo. —Harper cogió la cucharilla y la hizo girar entre las manos—. ¿Y hay algo que me quiera usted contar, antes de que hable con ella?

—Yo solo... Solo quiero que sea capaz de dormir sin despertarse dando gritos —dijo en voz baja—. Quiero que la ayude a entender que se va a poner bien. Que, algún día, habrá olvidado lo que vio.

«No, señor, nunca lo olvidará», pensó Harper.

Hubo una pequeña pausa.

—Vale. —Jim se levantó—. Me parece que no hay nada más, por mi parte. Voy a buscarla. Usted quédese aquí.

Salió de la cocina con un eco de pesados pasos contra el suelo. Harper lo siguió con el oído por la vieja casa y le fue fácil adivinar el recorrido que lo llevaba por el pasillo y, luego, escaleras arriba. Se imaginó un descansillo en la primera planta, rodeado de sólidas puertas de madera. Y lo oyó llamar a una de ellas, y luego el rumor lejano de su voz de hombre. Un minuto más tarde, volvía a la cocina y traía de la mano a la niña que Harper vio en la escena del crimen.

Estaba más pálida ahora, y más delgada. La madeja de pelo largo y oscuro le envolvía casi todo el cuerpo; no era muy alta para la edad que tenía. Y los enormes ojos castaños, que Harper recordaba de aquella aciaga tarde, se la quedaron mirando con desconfianza. Le sonaba tanto aquello a Harper que, por un segundo, casi no pudo respirar.

Se veía a sí misma a los doce años, agachada detrás de la puerta del comedor; veía las piernas delgaduchas, el pelo revuelto que le tapaba la cara; mientras pegaba un oído a la pared y espiaba la conversación de los adultos, y hacía todo lo posible por entender lo que había pasado en su pequeño mundo. Volvió a sentir, como si le echaran sal en ella, la herida en carne viva de aquellos días.

Harper echó la silla hacia atrás y se puso de pie. Había esperado tanto tiempo, y había arriesgado tantas cosas por este instante.

Tuvo que mantener la compostura. Porque era necesario jugar bien sus cartas. No solo por ella, sino por todos los que estaban en ese momento en la cocina.

—Hola, Camille —dijo con calma—. Me llamo Julie, y tenía muchas ganas de conocerte.

CAPÍTULO TREINTA Y SEIS

Camille no levantó los ojos del gastado suelo de madera.

—Me gustaría que habláramos hoy un rato tú y yo, si no tienes inconveniente —dijo Harper, con su recién estrenada voz balsámica.

Camille se encogió de hombros en un gesto que mostraba escaso compromiso por su parte. Y cuando quedó claro que no pensaba responder, su padre la llevó a una silla al otro lado de la mesa, enfrente de Harper. Bien poco le importaba a la niña dónde la sentaran: se dejó subir al asiento igual que una muñeca.

—Cariño, ¿te pongo un poco de zumo? —le preguntó él.

Camille se quedó mirando las manos, apoyadas en el sufrido tablero de la mesa. Y Harper tuvo un recuerdo repentino de su abuela en la cocina: llevaba el pelo, largo y gris, en un moño muy apretado; y tenía cuello de bailarina, largo y delicado, y los hombros estrechos. En su recuerdo, sostenía en la mano una jarra de limonada recién hecha. «¿Quieres un vaso, Harper?». Caía la condensación por los lados de la jarra, y Harper tenía tanta sed. Pero se negaba a reconocerlo y no decía nada. Llevaba días sin hablar y no pensaba hacerlo ahora. Porque, si ya no tenía madre, ¿para qué iba a andar hablando?

Sin esperar una respuesta que, estaba claro, su hija no le iba a dar, Jim fue hasta la nevera y sacó una botella de zumo de manzana.

Le sirvió un vaso, volvió a llenar de café la taza de Harper y se apartó de la mesa.

—Yo creo que mejor las dejo para que hablen en privado. —Buscó con los ojos el asentimiento de Harper, que respondió con una leve inclinación de la cabeza. Al irse, cerró la puerta de la cocina. Y Harper esperó a oír el ruido de pasos que indicaban que se retiraba al salón.

Camille tenía la mirada perdida en el líquido ambarino del vaso; los hombros encorvados y las manos aferradas con tanta fuerza al borde de la mesa que se le habían puesto los nudillos blancos.

—Camille —dijo Harper con ternura—, ¿sabes a qué he venido? —La niña no reaccionó—. He venido a hablar, nada más. —Seguía sin haber respuesta por su parte—. ¿Ha hablado contigo mucha gente? —aventuró Harper.

Sin dejar de mirar el vaso, la niña asintió y le cayó un mechón de pelo encima de los ojos. Se lo apartó con un gesto de impaciencia, como si la molestara. Tenía el pelo en tal estado de abandono.

Harper sabía que un niño traumatizado sufre muchas veces una especie de regresión en el tiempo. Dejan de lavarse los dientes y de peinarse. Y, a veces, hasta se les olvida cómo tienen que vestirse. Seguro que Jim no sabía cepillarle esa mata de pelo a Camille, ni hacerle una sencilla trenza; ni peinárselo hacia atrás para atarlo en una coleta. Estaría encantado de hacerlo, pero le daría tirones y le haría daño con sus manazas. Como en el guion mental que Harper había preparado para la ocasión, Julie llevaría bolso, pues tenía uno a mano —negro, de los de cierre automático—, que le había dejado Bonnie. Dentro, llevaba un cepillo, por si le hiciera falta para la peluca.

—¿Te molesta el pelo?

Por primera vez desde que entró en la cocina, Camille alzó la vista. Se quedó mirando a Harper como si no la hubiera visto antes, con aquellas cejas finas y oscuras apuntadas en un gesto de extrañeza. Pasó un largo instante y, de forma casi imperceptible, dijo que sí con la cabeza. Como si esperara esa señal, Harper metió la mano en el bolso y sacó el cepillo; estuvo también hurgando hasta que dio con una goma para el pelo; muchas veces, también a ella le molestaba, y llevaba de sobra siempre encima. Entonces sostuvo ambas cosas en alto, para que la niña pudiera verlas.

—¿Te hago una trenza?

Camille no supo qué decir y miró fijamente a Harper, con ojos que reflejaban una perspicacia sorprendente. Harper vio en ello un destello de la inteligencia de su madre: rápida y certera.

—Ya sé que sabes cepillarte tú sola el pelo —dijo Harper—. Pero es que cuesta un montón hacerse una trenza, ¿a que sí? —Esta vez, Camille asintió con más fuerza. Harper sonrió—. Ven, ponte aquí.

Señaló el hueco que quedaba delante de la silla. Siguió entonces una larga pausa y Harper llegó a pensar que la niña había cambiado de opinión. Entonces, con suma cautela, Camille se levantó y fue a donde le indicaba.

—Ahora, date la vuelta. —Muy despacio, Harper le puso las manos en los hombros a la niña, notó los huesos delicados, como las alas de un pájaro, y la fue guiando hasta que le dio la espalda.

Empezó por las puntas y fue cepillando la maraña de pelo espeso y castaño. Sabía cómo hacerlo para que no le doliera. No en vano, Harper también fue un día una niña con el pelo largo enmarañado. Aun así, quiso estar segura.

—¿Te doy tirones?

Camille dijo que no con la cabeza y su pelo se meció de un lado para otro. Harper pensaba que en cualquier momento iba a salir corriendo; que la niña pensaría que aquella señora era muy rara; pero Camille se mostraba conforme con lo que le estaban haciendo, y Harper le deshacía los nudos con el cepillo a base de golpes suaves pero decididos de muñeca. Pasados unos minutos, esperó hasta que la vio relajada y entonces le hizo la primera pregunta.

—Dice tu papá que tienes pesadillas. —Camille no dijo nada—. ¿Pasan cosas muy malas en esas pesadillas? —La niña movió afirmativamente la cabeza una sola vez. Harper levantó el cepillo hasta que dejó de moverse; luego siguió con el lento y meditativo proceso—. ¿Sobre tu mamá? —Otro ligero asentimiento de la cabeza—. ¿Y sobre el día aquel? —La absoluta inmovilidad de Camille fue la elocuente respuesta—. ¿Sabes qué? —Harper le desenredó los últimos nudos que tenía en el pelo—. Pues que yo solía tener pesadillas como esas. —Camille no dijo nada, pero por cómo ladeaba ligeramente la cabeza, y por la respiración entrecortada que le oyó a la niña, Harper supo que la estaba escuchando—. A mí me enseñaron un truco para dejar de tenerlas. —Entonces separó con mimo el pelo de la niña en tres mechones—. Cuando me iba a la cama, pensaba siempre en cosas que quería hacer; y en sitios a los que quería ir. Pensaba en cosas como montar en barco, o jugar en un parque muy bonito. También imaginaba que tenía perro, y que era feroz con todo el mundo, menos conmigo, porque conmigo era fiel. Y me inventaba aventuras todas las noches con el perro, y él me protegía.

Hablaba con tono cantarín, desenfadado, y su voz era como un bálsamo; y con los dedos iba trenzando el pelo de Camille, hasta formar la trenza brillante que llevaba la primera vez que la vio.

—Al cabo de un tiempo, siempre que iba a tener una pesadilla de esas, el perro guardián de mis sueños venía a rescatarme y me llevaba a algún sitio seguro. Él me protegía todas las noches, y nunca estaba sola. —Ya casi había terminado, y la trenza estaba hecha. Camille seguía escuchando—. ¿No quieres hacer eso? ¿Tener un perro guardián de los sueños que te proteja? —Camille asintió con tanta fuerza que Harper tuvo que soltarle la coleta para que no se hiciera daño—. Muy bien.

Pasó la goma tres veces por el extremo de la trenza, y luego le dio unos golpecitos a la niña en el hombro.

—¡Hala, ya está! —dijo alegremente.

Sin previo aviso, la niña se dio la vuelta y le echó los brazos a los hombros a Harper, tan fuerte que pensó que le iba a tirar la peluca.

—Gracias —susurró Camille.

Era la primera vez que abría la boca. Harper, que no le había contado a nadie nunca lo del perro guardián de los sueños que la ayudó a sobrevivir al asesinato de su madre, la abrazó con ternura. Y con un peso en el corazón, pues sabía por todo lo que tendría que pasar esa niña a partir de entonces: todo lo que le pasaría en los años venideros. Todo iría a peor. Las cosas siempre van a peor.

—Yo te prometo —le dijo con reposado fervor— que esto lo vas a superar. Tu madre querría que lo superaras.

Al oír las palabras que Harper se había dicho a sí misma tantas veces, Camille asintió con ganas. Luego se limpió las lágrimas, volvió a su silla y se tomó el zumo, como si todo lo ocurrido fuera de lo más normal.

Harper se tentó la peluca sin que la niña se diera cuenta: las horquillas de Bonnie seguían allí. Todo estaba en su sitio. Cuando volvió a su asiento, Camille ya no se quedó mirando el zumo, sino que mostró más interés por Harper; y le recorrió la cara con la mirada, mostrando franca curiosidad.

—¿Tú de dónde eres? —La voz era firme, como de niña mayor.

—De Augusta —dijo Harper, que estuvo pronta al quite. Porque los trabajadores sociales que acudían a visitarla a ella, muchas veces eran de ahí. Y decidió elegir esa ciudad para Julie.

—Yo nunca he estado allí.

—Es una ciudad muy bonita. —Harper tampoco había estado nunca en Augusta.

Estuvieron las dos sentadas un rato en silencio, como dos camaradas, y Camille le daba sorbitos al zumo. Harper removía, pensativa, el azúcar del café, calculando si ya estaría lista la niña. Porque Camille parecía más tranquila.

—¿Me puedes hablar un poco de tu madre? —Camille dejó el vaso encima de la mesa con tanta fuerza que se derramó un poco de líquido—. No pasa nada. —Harper tomó una servilleta y se inclinó sobre la mesa para limpiarla—. Ya está.

Cuando retiró la mano, Camille seguía con la vista fija en el punto en el que había caído la gota.

—Podemos hablar de ella —dijo.

Harper esperó un momento. Tenía que jugar sus cartas con suma delicadeza: si la presionaba mucho, perdería esa oportunidad. Y si no lo hacía, no lograría nada. Decidió empezar sin apostar muy alto.

—¿Cómo era?

Siguió un largo silencio; tan largo que Harper pensó que a lo mejor la niña había decidido guardar silencio. Pero entonces Camille levantó los ojos de la mesa.

—Era muy guapa —dijo—. Me lo decían todas mis amigas.

Qué curioso, pensó Harper, que lo primero en lo que reparara la niña fuera en el aspecto físico de su madre. Si alguien le hubiera preguntado a ella lo mismo sobre su madre, habría dicho: «Era artista. Y yo la quería».

—He visto fotos suyas —dijo Harper—. Y era muy guapa. ¿Tenía muchos amigos?

A la niña se le iluminó la cara y asintió con tanta fuerza que se le movió la trenza de un lado a otro.

—La querían mucho, y salía mucho con ellos.

Ahí precisamente había querido llegar Harper.

—¿Ah, sí? —Sonrió—. Claro, no me extraña. ¿Y tenía novio?

Camille la miró con aire de confidencia.

—Tenía muchos novios.

Ahora sí que se iban acercando a la Marie Whitney que Harper empezaba a conocer tan bien.

—¿Has vuelto a ver a alguno de los novios de tu mamá desde que te viniste a vivir aquí?

A Camille se le apagó la sonrisa y dijo que no con la cabeza. Y, de repente, se quedó callada. Al novio quizá no lo habría visto, pero

a Blazer, a ese sí: los informes en el archivo del caso Whitney dejaban claro que había interrogado a la niña. Aunque, a lo mejor, había mandado a alguien en su lugar, y él se había limitado a firmar
las notas que tomaran. Tenía que asegurarse. Le dio un sorbo al café
para ganar tiempo. Y cuando volvió a hablar, fingió una total indiferencia.

—¿Viene a verte la policía de vez en cuando?

Camille movió afirmativamente la cabeza.

—Están aquí todos los días. Y los trabajadores sociales también.
—Hizo un vago gesto con la mano—. Todo el mundo viene.

—¿También el detective Blazer? —Harper se la quedó mirando
atentamente.

Camille estuvo pensando un instante, luego asintió.

—Él es el que está buscando al asesino —dijo con un fervor repentino.

—Exacto —corroboró Harper—. ¿Ha hablado contigo, ¿sabe
que estás bien?

—Sí —dijo Camille—. Es muy majo conmigo. Me ha traído
chuches, y libros para que lea.

Se habían visto, por lo tanto, más de una vez; y nada en la actitud de Camille indicaba que para ella fuera otra cosa que un poli
amable. Y Harper seguía como al principio de la investigación: sin
tener ni idea de quién había matado a su madre y a la madre de Camille. Darse cuenta de ello fue un mazazo para ella. Tanto trabajo... Todo lo que había arriesgado... Y, total, para nada.

Camille la miraba ahora sin disimular su curiosidad.

—¿Te puedo preguntar una cosa? —le preguntó la niña.

—Pues claro.

—¿Cogerá la policía a la persona que hizo daño a mi mamá?

En ese instante, Harper recordó de repente a Smith, de pie en
el comedor de su abuela, con un vaso de té helado en la mano. «Lo
vamos a encontrar, Harper, te lo juro». Y recordó también un leve
y cálido atisbo de esperanza que le derretía el hielo en las venas, un

minuto nada más. Porque para un niño, la falsa esperanza vale más que la falta de esperanza. Se echó hacia delante sobre la mesa y extendió la mano para estrechar los dedos de Camille, que no retiró la suya.

—Ya sé que la policía hace todo lo que puede —dijo—. Y estoy segura de que van a encontrar al que sea que lo hizo. No paran de buscarlo, noche y día.

Camille clavó en los suyos aquellos ojos tan grandes.

—A mí sí que me gustaría cogerlo —dijo con una voz grave y afilada como una cuchilla: aparentaba de repente mucho más de doce años—. Quiero cogerlo, ¡y hacer que pague!

Le brilló en los ojos la llama de la ira. Y esa misma ira era lo que le impedía hablar con los adultos que tenía a su alrededor constantemente: su furia era tal que ninguna palabra le bastaba para expresarla. Todo el mundo le decía que todo iría bien, y ella era la única lo suficientemente joven todavía como para mirar a la verdad cara a cara: saber que eso de «bien» ya no existía, que solo existía la venganza.

Hubo un instante en el que Harper habría jurado que la que estaba sentada al otro lado de la mesa era ella misma con doce años, no Camille: una mata de pelo cobrizo, unos ojos castaños llenos de dolor. Unos ojos que buscan, a la desesperada, respuestas. Unas respuestas que nadie podría darle.

Le subió una oleada de pánico a la garganta, como si fuera bilis. Dios santo, ¿qué estaba haciendo allí? Aquello era una locura. Era como si nunca hasta ese momento se hubiera visto de verdad, tal como era: allí estaba ella, fingiendo que le afectaba la tragedia de los otros; vestida con una chaqueta holgada comprada por eBay, haciéndose pasar por alguien que venía a ayudarlos. Pero ¿a quién iba a socorrer ella, si ni siquiera tenía socorro para sí misma? Había engatusado a Bonnie para que la ayudara a hacerse pasar por otra, echó a Luke de su vida, y puede que hubiera perdido para siempre a Smith. Y todo ¿para qué? Allí estaba: sentada en la cocina de una niña con el corazón partido, intentando sonsacarle información para así restañar su propia herida. Curarse a sí misma tanto dolor. Miles y Luke tenían razón: debía dejarlo estar. Al menos por el momento. Y no solo para salvar su puesto de trabajo. Para salvarse a sí misma también.

CAPÍTULO TREINTA Y SIETE

En el largo camino de vuelta, Harper veía continuamente en su cabeza la expresiva cara de Camille. Estuvieron hablando solo un poco más. La conversación le había removido mucho las emociones a la niña, y Harper no veía la hora de salir de allí, antes de que le hiciera todavía más daño. Pero cuando estaba a punto de volver a Savannah, la culpa empezó a corroerla por dentro, con un dolor punzante. Porque no podía irse así, sin más; dejar que aquella niña saliese sola del infierno que iba a ser su vida. Por eso hizo todavía una locura más: anotó su número de teléfono móvil en un pedazo de papel y se lo metió a Camille entre las manitas.

—Si ves que no dejas de tener pesadillas —dijo—, me llamas, ¿vale?

—Vale.

Camille dobló con todo cuidado el papel y se lo guardó en el bolsillo. Y cuando salieron las dos juntas de la cocina, Jim Whitney vino raudo del salón y se topó con ellas en el pasillo. En lo primero que se fijó fue en el pelo recién peinado de Camille.

—Mira qué guapa estás, cariño —le dijo a su hija, antes de mirar a Harper como explicándose—. Es que no se me da nada bien ayudarla en esas cosas.

—Ya aprenderá —le aseguró Harper—. Camille le enseñará a hacerlo.

Cuando se fue, la despidieron los dos desde el porche: Jim le dijo adiós con la mano; Camile, sin apartar los ojos del coche. Y esos ojos le hicieron compañía en la carretera hasta que llegó a su casa. Y fue un viaje largo: pues nada más salir de Vidalia, le tocó ir detrás de un tractor un buen rato, hasta que logró adelantarlo; y luego hubo un accidente entre dos coches y el tráfico se ralentizó mucho; o sea, que tardó más de dos horas en llegar a las afueras de Savannah.

Estaba parada en un semáforo cuando le sonó el teléfono y tuvo que cogerlo rápidamente como pudo, sin mirar quién era.

—Harper —dijo. El disco se puso en verde.

—Harper, soy Billy. —La voz normalmente jovial de su casero sonaba ahora muy seria—. Tienes que venir a casa: han entrado ladrones.

Harper se llevó tal susto que casi estampa el coche contra el que tenía delante cuando este frenó de repente. Le faltó poco para darle, y el frenazo arrancó un chirrido a los neumáticos; y a ella, casi se le sale el corazón del pecho. El conductor le puso mala cara por el espejo retrovisor.

—¿Que han entrado ladrones? ¡¿En mi apartamento?!

—Me temo que sí, cariño. —De lo nervioso que estaba, el acento de Luisiana se le notaba todavía mucho más—. Fueron esos muchachos de arriba, que me llamaron porque, cuando volvieron a casa, vieron tu puerta abierta de par en par. Dijeron que habían llamado a la policía, pero ya sabes cómo son esos: les importa un carajo que esté uno desangrándose en el suelo.

—Sí —dijo Harper con tono sombrío—, ya sé cómo se las gastan. Voy de camino, Billy. —Pero no acababa de procesar lo que le había contado el casero. Solo pensaba en una cosa: ¡en llegar a casa a toda costa y lo antes posible!

Dio un volantazo a la derecha, dirigiéndose a toda velocidad a Jones Street. Pero como eran casi las seis, tardó al menos quince minutos en abrirse paso entre el tráfico de la hora punta, hasta que llegó a los robles centenarios y los edificios con solera de su calle. Cuando aparcó, Billy la estaba esperando en el porche delantero con cara de preocupación. Nada más bajarse del coche, se quedó mirando el Ford.

—Tenemos coche nuevo.

—Es de alquiler —le explicó—. El mío no para de darme problemas.

Llevaba una hora sin la peluca: se la quitó en una gasolinera, cuando paró a repostar y tomar una taza de ese café que resucita a los muertos y que toman los camioneros; o sea, que al menos no tenía que dar explicaciones sobre la pinta que traía.

—¿Es muy grave la cosa? —preguntó mientras subía las escaleras de la entrada.

—Grave es. —Billy le dio unos torpes golpecitos en el hombro—. Pero tú no te preocupes, que se puede arreglar.

Harper entró como pudo por la puerta y una rápida mirada a la cerradura le vino a decir que no la habían forzado.

—¿Cómo entraron? —Miró al casero, que venía detrás de ella.

—Está rota la ventana de la cocina. —Señaló la parte de atrás, donde el sol de la tarde llenaba el pasillo de luz—. Parece ser que la rompieron con una palanqueta.

¡Esa maldita ventana! ¿Por qué no le había insistido al casero para que instalara un cristal blindado? El pasillo de entrada estaba igual que lo había dejado ella; hasta la luz seguía encendida. Pero cuando entró en el salón vio todo el alcance de los destrozos: se habían liado a golpes con la televisión —la pantalla era una telaraña de cristales rotos—, y el equipo de música lo habían arrancado de los altavoces, de tal manera que los cables estaban al aire y rozaban el suelo. Los papeles lo cubrían todo: las páginas de sus libretas estaban arrancadas y desperdigadas por el salón, como si fuera confeti.

Vio en un rincón los trozos de plástico de lo que había sido el detector; y la muesca en la pared mostraba indicios de dónde lo habían estampado con todas sus fuerzas. Aunque estaba conmocionada, una cosa tenía clara: todo apuntaba a una venganza. El sofá y el sillón estaban patas arriba; y los cojines, rajados, con la espuma fuera, igual que si fueran las tripas. El caos era tal que tardó en ver el peor destrozo de todos: el retrato que Bonnie le había pintado hacía siete años lo habían rajado con un cuchillo, y tenía unas profundas incisiones en forma de zeta cruzándole la cara. Al lado, pintadas en la pared con alguna sustancia oscura, aparecían dos palabras: *SAL CORRIENDO*.

A Harper se le escapó un pequeño gemido y se llevó dos dedos a los labios. Lo habían pintado a base de brochazos rápidos, furiosos; y la pintura chorreaba en la pared como si fuera sangre. No eran ladrones normales y corrientes. Harper ya no tenía miedo, había pasado esa fase: ahora la invadía una calma gélida. Tuvo cuidado de no tocar nada y fue con cauteloso paso entre los destrozos hacia la cocina. También allí se habían ensañado: vio los vasos rotos en el suelo; la comida que guardaba en la nevera, desperdigada por toda la cocina; y chorretones de kétchup y mahonesa adornando las paredes que, con tanto esmero, había pintado ella misma hacía un año. Y ni rastro de Zuzu.

Cuando volvió al pasillo, sintió que la separaba un abismo de aquel escenario dantesco desplegado ante sus ojos. Lo que más había ocupado a los asaltantes en su frenesí de destrucción había sido el dormitorio. Allí rajaron las sábanas, vaciaron los cajones de ropa, sajaron el colchón y sacaron fuera el relleno. Los cajones de la mesilla estaban en el suelo; y todo lo que contenían, desperdigado por doquier.

—¿Y dices que ya ha estado aquí la policía? —preguntó con una voz carente de toda emoción.

—Hará algo más de una hora. —Billy hablaba apretando mucho los labios, como aguantándose las ganas de gritar, enfurecido—. El policía casi ni se bajó del coche. Fue hasta los escalones de la entrada, se asomó y dijo: «¡La leche! Vaya si la han liado buena.

Tiene toda la pinta de que la cerradura de esa mujer no era muy allá». Luego volvió al coche y se fue. Dijo que escribiría un parte. —Billy se rascaba la mejilla y miró a Harper con cara de pena—. Lo que yo me pregunto es: ¿cómo sabía ese policía que aquí vivía una mujer? Porque es tan seguro como que hay Dios que yo no le dije nada.

Billy creció en la miseria. Y si algo saben los que nacen pobres es cómo pinta la cosa cuando la poli se mete contigo.

—Los polis me conocen —dijo Harper con humildad.

—¿Y tanto te conocen que ni siquiera se toman la molestia de entrar para ver si estás bien? —Ahora la miraba como calibrándola—. ¿Qué está pasando, Harper? ¿Por qué te escribieron eso en la pared?

Ella lo miró presa de la desolación.

—No lo sé.

Estaba harta de sentirse perdida, confusa. Y menos mal que había subido al desván hacía unos días lo poco que le quedaba de las cosas de su familia. Por lo menos eso no lo tocaron. Billy se cruzó de brazos y frunció la boca como si tuviera un cigarrillo entre los labios.

—Me preocupas, cariño —dijo—. A ver, ahora, ¿qué vas a hacer?

Buena pregunta. Porque el sol se ponía ya, y teñía el apartamento de una luz dorada. Y mientras miraba las ruinas de todo lo que había tenido en el mundo, pensó en Camille Whitney y en su padre.

A lo mejor era su karma: a lo mejor se merecía esto.

Billy seguía esperando respuesta, pero no sabía qué decirle. Tenía motivos para estar preocupado; todos los tenían.

—¿Me esperas un momento, que voy a recoger unas cosas? —dijo con un hilo de voz, aunque con tono firme—. Es que no quiero estar sola.

Billy la miró como si lo ofendiera la duda.

—No pienso dejarte sola para que venga el delincuente que sea a terminar la faena. Tengo una pistola calibre 45 semiautomática que me dice que nadie te va a hacer daño, Harper. —Se palpó la cinturilla de los vaqueros holgados que llevaba puestos—. Tú recoge lo que sea sin prisa, que yo voy a cerrar como pueda esa ventana de ahí atrás. Cualquier cosa, me das una voz.

Harper lo miró, agradecida.

—Gracias, Billy.

Él hizo un gesto quitándole importancia.

—No hay por qué darlas. Los que entran en mi casa y se meten con mi gente es como si se estuvieran metiendo conmigo.

Según salía, Harper exclamó:

—Mira a ver si ves a la gata, ¿vale?

Respondió ya desde la puerta de atrás y casi no se le oía en la distancia:

—La gata habrá salido huyendo de esta locura.

Sin Billy delante, Harper pudo moverse con mayor rapidez. No quería seguir allí ni un minuto más; le decía el instinto a voces que tenía que marcharse. Cruzó el salón, descolgó el deteriorado cuadro de encima de la chimenea, y lo apoyó en la puerta, intentando no mirar las rajas en aquella cara suya de cuando era más joven. Cobró viveza en sus movimientos y recogió también los cuadros de su madre. Luego lo cargó todo en el maletero del coche alquilado. Volvió entonces a la carrera al apartamento y estuvo buscando entre el estropicio hasta que encontró la maleta. La puso encima del desvencijado colchón y recogió del suelo a toda prisa aquella ropa que todavía se podía poner. Fue al meter un top en la maleta cuando se dio cuenta, como a vista de pájaro, de que le temblaban las manos.

Una vez llena la maleta, echó la cremallera y la llevó hasta la puerta. Para entonces, Billy ya había cubierto la ventana con una tabla de contrachapado, que impedía que los últimos rayos del sol entraran en la cocina y sumía el apartamento en la penumbra.

Cuando volvió de la parte de atrás, Billy silbaba una melodía que ella no reconoció.

—Por hoy, valdrá —dijo satisfecho—. Esta noche no entra aquí ni Dios. —Y salió por la puerta a la calle, con el martillo colgando de la mano.

Harper se quedó un momento en el umbral, contemplando la destrucción de su hogar, guardando en un rincón de su memoria lo que le habían hecho. Porque no quería que se le olvidara nunca este momento: lo quería grabado a fuego en la piel. Sabía que no volvería a pasarle nunca más: ella no lo consentiría. Después, se cuadró de hombros y siguió a Bill afuera. Cuando cerraron la puerta con llave, se quedaron un instante los dos solos, sin bajar los escalones, y él le preguntó:

—¿Tienes donde quedarte, cariño? Porque hasta dentro de una semana más o menos no podrás venir por aquí. —A Harper le partió el corazón verlo tan preocupado por ella.

—Me apañaré —lo tranquilizó.

No parecía muy convencido, pero sabía que era mejor no agobiarla.

—Tú no te preocupes por nada, que mandaré al servicio de limpieza para que lo pongan todo en orden. Y esta misma semana, cambio ese cristal. Ya verás como en nada de tiempo volvemos a la normalidad.

Pero Harper sabía bien que ya nunca nada volvería a ser normal. Habían invadido el único rincón en el que se sentía a salvo: un sitio que ella protegió con tanto ahínco, y que ahora estaba hecho una ruina. Se le agolpaba en la cabeza todo lo que no le había contado a Billy. Llevaba ya mucho tiempo trabajando en la sección de sucesos del periódico y sabía que no habían sido ladrones; y que, quienquiera que hubiese hecho esto, la odiaba a muerte. Que querían que supiera que iban a por ella. Que en ningún sitio estaría a salvo ya.

CAPÍTULO TREINTA Y OCHO

Bonnie vivía en un dúplex pequeñito de estilo victoriano, en la Calle 26, al lado de las vías del tren. Era muy mono: tenía pequeñas ventanas en saledizo y un porche con su columpio de época y todo. Solo que el vecindario lindaba con la zona que Harper habría descrito como de alto riesgo: unos años atrás, le había tocado cubrir un tiroteo apenas a cinco manzanas de allí. Pero a Bonnie le encantaba y se negaba a irse de allí.

—Estás obsesionada con la seguridad —le decía a Harper cada vez que la otra insistía—. Estoy aquí perfectamente. —Y se diría que era verdad, porque a la que le habían entrado en casa no era ella.

Y ahora, mientras entraba con la maleta por la puertecilla de la valla y la empujaba escaleras arriba, daba gracias por que Bonnie no se hubiera mudado. Cuando llamó al timbre, oyó que sonaba música dentro. Bonnie salió a abrir la puerta con el pelo rubio ondulado recogido en una coleta de cualquier manera. Llevaba una camisa blanca que le quedaba grande y pantalones cortos a los que ella misma había cortado la pernera. Debía de estar trabajando, porque tenía los dedos llenos de pintura azul, y una mejilla también.

—¡Harper!

La expresión de sorpresa se le mudó a Bonnie en la cara al ver cómo venía su amiga, y la maleta que había dejado en el suelo. Tanto que se le borró en el acto la sonrisa de bienvenida.

—Lo siento, Bonnie —dijo una impotente Harper—. Es que no sabía adónde ir.

Mientras Harper sacaba sus cosas del coche y dejaba la maleta tirada en la habitación de invitados —abarrotada de cosas, con aquellas cortinas rosas de fina tela colgadas en la ventana como Dios le había dado a entender, y con una colcha de lentejuelas que le daba a la cama cierto aire de discoteca—, Bonnie sirvió vino en dos copas.

Más tarde, cuando se ponía el sol, sentadas las dos en el columpio del porche delantero con sendos vasos de chardonnay, matando mosquitos a manotazos, Harper le contó que le habían entrado en casa. Intentó que sonara a cosa de poca monta, pero Bonnie no se lo tragó.

—Primero te suspenden de empleo y sueldo en el trabajo, y ahora esto. —Le buscó la cara a Harper con la mirada—. Algo pasa. —Entonces blandió la copa de vino contra la calle vacía, al otro lado de la valla baja—. Y, por cierto, ¿dónde está ese poli tuyo tan sexi? ¿Qué hace que no te protege?

—Ah, sí. Es que no te he contado eso. —Harper le dio un buen trago al vino blanco, que le dejó la lengua fría y seca—: Luke cortó conmigo.

Bonnie se quedó boquiabierta.

—¡Coño! —dijo—. ¿Qué pasó?

—No tiene la menor importancia —dijo Harper sin creérselo del todo—. Llevábamos poco tiempo saliendo: mejor enterarse ahora, al principio.

Bonnie se la quedó mirando sin pestañear.

—Ya vale, Harper. —No lo dijo enfadada, solo dio a entender que no consentía que la engañara—. Mientes con lo de los ladrones y mientes con lo de tu chico. Estás muerta de miedo y muy triste: te lo noto en la cara. Así que, ¿por qué no sueltas ya lo que no me estás contando?

Harper cogió con fuerza la copa de vino y se la apoyó contra el pecho, luego hundió el cuerpo en el asiento de madera del columpio.

—Perdóname —dijo con cara de pena—. Es que no quería darte la noche con la mierda de vida que llevo.

—No seas idiota —dijo Bonnie—. Y cuéntamelo todo, que puedo con ello.

Y el caso era que Harper no se lo podía contar todo, porque todo era demasiado. Así que le contó una parte. Le habló de Marie Whitney, y de la escena del crimen, tan parecida a la del asesinato de su madre. Le habló de Luke, y de lo obsesionada que la veía él. Y le confesó a su amiga que estaba empezando a creer que tenía razón. Le habló de la ira controlada de Blazer aquella noche en el archivo, y de lo convencida que había llegado a estar de que él era el asesino. Y luego le contó que ahora ya no pensaba así.

—Ya solo me queda volver a la casilla inicial —dijo Harper con un gesto de impotencia—. Y empezar otra vez por todos los novios de Whitney. Hay uno que es abogado y que se puso de los nervios cuando lo llamé, pero no sé cómo investigarlo sin que me denuncie. Y están luego todos los hombres con los que salió. —Alzó las manos y se derramó un poco de vino en la falda—. Puedo tardar semanas en comprobar eso, y para entonces yo creo que ya me habré vuelto loca.

Bonnie no dijo nada en todo ese rato: escuchaba a su amiga, le llenaba la copa de vino y no le soltó en ningún momento la mano mientras ella hablaba y hablaba, hasta que se puso el sol y empezó a soplar una brisa fresca. Y, por fin, bajo los efectos del vino, Harper le contó lo que ni siquiera ella misma se había atrevido a decir hasta ahora.

—Yo creo que los que entraron en mi casa... —dijo con la voz quebrada—. Creo que puede que fueran polis. Y que se vengaron por lo que hice. Porque ha sido algo personal. Las cosas que hicieron... y ese mensaje... eso no es un robo como los demás. Lo que querían era intimidarme.

Bonnie arrugó el entrecejo.

—¿Tú crees que la policía estaría dispuesta a llegar tan lejos?

—A veces pasa.

Costaba explicarle a quien no convivía todos los días con ellos que los policías tardan en cogerle cariño a alguien, pero que se sienten ofendidos a la primera de cambio; que reaccionan de una forma visceral y cruel cuando se sienten traicionados. Ella los había visto reaccionar así cientos de veces; lo que pasa es que jamás pensó que acabaría siendo la víctima de sus venablos. A la comisaría no había vuelto desde la noche que entró en el archivo, pero Luke le había dejado bastante claro que no la recibirían con los brazos abiertos.

—¿Y qué vas a hacer? —Bonnie vació lo que quedaba de la botella en ambas copas y luego la dejó en el suelo del porche, a sus pies—. Porque si han sido los polis los que han entrado por la fuerza en tu apartamento, eso es muy grave; no es como para dejarlo pasar, así, sin más.

—Mañana llamaré a Smith —dijo Harper, aunque no le hacía ninguna gracia.

—Ah, claro, el teniente. —A Bonnie se le iluminó la cara—. Él te ayudará.

—Yo no estoy tan segura —reconoció Harper.

Le contó lo que Smith le había dicho a Luke: que ella no era de fiar.

—He traicionado la confianza que tenía en mí —dijo—; y ahora a él también lo he perdido.

—Venga ya, Harper —dijo Bonnie muy poco convencida de las palabras de su amiga—. Siempre está con sus baladronadas, pero ese hombre te adora. Si le dices que lo sientes, él lo arreglará todo; como ha hecho tantas veces antes. Solo tienes que pedirle perdón.

—Dicho así, parecía muy fácil—. ¿Y qué pasa con Luke? —Bonnie le dio un empujoncito en el hombro—. Tienes que ponerte en contacto con él.

Harper negó con la cabeza.

—No puedo. —Harper hundió el cuerpo más todavía en el asiento del columpio—. Ya no quiere saber nada de mí: se lo noté el otro día. Además, lo han destinado fuera de aquí.

—Ya volverá —le aseguró una confiada Bonnie. Luego, de un salto ágil, plantó los pies descalzos en el porche y dejó el columpio oscilando—. Venga, vamos. —Abrió la puerta y le hizo señas para que pasara—. Basta ya por hoy de penas: estoy borracha. Vamos a comer algo y te acabo de arreglar la vida.

Al día siguiente, Harper despertó y vio, sorprendida, que la rodeaba un mar de rosa. Tardó un segundo en darse cuenta de que lo que entraba a raudales por la ventana era la luz del sol, tamizada por las cortinas fucsias de Bonnie. Volvió a cerrar los ojos. Le dolía la cabeza y tenía la boca seca. Y se moría de ganas de hacer pis. O sea, que no podía darse la vuelta y seguir durmiendo. Así que se zafó de las mantas, mandó la colcha de lentejuelas al suelo con un tintineo y bajó a desayunar.

Como Bonnie no se había levantado todavía, Harper preparó café y pasó revista al contenido del frigorífico: poca cosa halló, solo algo de leche desnatada, yogur y mantequilla de cacahuete. Olisqueó la leche con cierta cautela, echó un poco en el café y decidió no comer nada.

Cuando acabaron con el vino la noche anterior, encontraron una botella de vodka en la parte de atrás de la nevera, pidieron comida china por teléfono y estuvieron hablando hasta las tantas. Acabaron yéndose a la cama a eso de las dos. Harper pensaba que, después del día que había tenido, no lograría conciliar el sueño; pero el alcohol y el cansancio pudieron con ella y, además, no soñó nada, que recordara ahora. Sin embargo, esta mañana se sentía a la deriva: sin trabajo, sin novio y sin casa.

Lo único que tenía era el asesinato de Whitney. Pero ¿quería seguir con eso ahora? Era cierto que le había prometido a Miles que lo dejaría si Camille Whitney no le revelaba nada nuevo. Pero eso fue antes de que le destrozaran el piso; antes de que le rajaran la cara. A Vidalia se llevó las notas y el ordenador portátil: o sea que, aunque pusieron la casa patas arriba, eso no se lo destrozaron. Y si quería, podría sumergirse de nuevo en el caso, justo donde lo había dejado antes. Ahora bien, ¿de verdad quería? Tirada todo lo larga que era en el sofá de Bonnie, soltó un gemido de impotencia.

—Ay, Dios. —La voz rasposa de Bonnie le llegó flotando escaleras abajo—. Así mismo me siento yo. Anda, sé buena, dime que has hecho café.

Bonnie se fue porque tenía que dar un taller en la Escuela de Bellas Artes («Mis alumnos tendrán más resaca todavía que yo», afirmó, y se puso las gafas de sol más oscuras de su repertorio), y Harper intentó no estar sin hacer nada. Primero llamó a un cerrajero y le pidió que viniera a cambiar los cierres baratos que Bonnie tenía en las puertas y en las ventanas. Luego renovó el alquiler del Ford anónimo unos días más. Porque, hasta que no supiera quién había entrado en el apartamento, no podía coger el Camaro, ya que todo el mundo la vería venir desde lejos en ese coche. Todavía le daba algo de pánico haber venido a casa de Bonnie: estaba poniendo a su amiga en peligro. Si bien así nadie sabía dónde estaba. Pero, si todo estaba controlado, ¿por qué a ella no le parecía así?

No era la primera vez que pensaba en llamar a Luke y suplicarle que volviera. Pero él le había dicho una vez, en una de aquellas largas noches de confidencias, que cuando estaba en una operación secreta, no se llevaba el teléfono móvil.

«Hoy en día, lo que más puede servirle a alguien para identificarte es el teléfono móvil», le había dicho. «Solo con echarle un vistazo a tu teléfono, te puedo seguir por todo el país, averiguarlo todo sobre ti, saber en qué trabajas, quién es tu familia, tus amigos».

Por eso siempre dejaba su teléfono en un sitio seguro, a muchos kilómetros de distancia de donde estaba trabajando. A veces iba a ver si habían dejado algún mensaje importante, pero no siempre le era posible acercarse para consultarlo. O sea, que si era cierto todo aquello que le contó, no llevaría el teléfono encima. Y si ella ya no podía más y lo llamaba, a saber cuándo vería el mensaje. Pero, incluso en ese caso, ¿qué le importaba a él lo que le pasara a ella, después de lo sucedido? No, esto tenía que resolverlo ella sola.

Esa tarde estuvo mirando el teléfono móvil en el sofá de Bonnie, en el salón: había telas de colores por todas partes, las paredes estaban llenas de cuadros de ella, con su enérgico estilo; y en la chimenea, en vez de fuego, lo que había era un montón de velas, y todo combinado le daba el aspecto del harén de una artista. Muy despacio, como si le costara mover los dedos, buscó en la agenda el número del móvil de Smith. Porque a lo mejor no estaba tan enfadado como ella se temía y quizá quisiera escucharla. Dio cinco tonos de llamada; y ya iba a colgar, cuando por fin contestó.

—Smith. —Aquella sola palabra, pronunciada con una especie de gruñido seco, no invitaba mucho a pensar en una conversación cordial.

—Teniente —dijo Harper con la voz encogida—. Soy yo.

Hubo una pausa.

—¿Qué quieres, Harper?

Nunca le había parecido tan lejano y distante.

—Pues, solo... Quería pedirle perdón por lo que pasó... en el archivo; no debí entrar ahí.

—No, no debiste.

—Lo siento mucho —dijo ella—. Me siento fatal. Y tengo que decirle que Dwayne no tuvo nada que ver en ello: yo le mentí. Y eso también estuvo muy mal.

No se oía nada al otro lado de la línea: el silencio fue tan denso y duró tanto que llegó a pensar si habría colgado.

—¿Oiga? —dijo tanteando el terreno.

—Se sancionó a Dwayne por lo que hizo —le contó Smith—. Quería dimitir, pero yo no lo dejé. Gracias a ti, este año no recibirá aumento de sueldo.

Harper dejó caer la cabeza entre las manos.

—No castigue a Dwayne —suplicó con un hilo de voz—. Usted sabe que no fue culpa suya.

—No, no fue culpa suya. Ya le he dejado claro que a quien se lo le tiene que agradecer es a ti.

Harper hizo todo lo posible por mantener la calma, porque tenía que arreglar aquello.

—Sé que está usted enfadado conmigo; solo espero que me pueda perdonar algún día —dijo.

Pero cuando él volvió a hablar, lo hizo con un tono mucho más severo, si cabe.

—Lo que hiciste, Harper, es imperdonable. Traicionaste la confianza que tenía depositada en ti. Tu comportamiento fue un escándalo; y por tu culpa, dos de mis hombres han sufrido las consecuencias.

«¿Dos?».

—Luke no tuvo nada que ver en esto —le dijo Harper.

—¿Ah, no? —Smith hablaba ahora con un tono gélido en la voz—. Lo engatusaste con esa obsesión tuya, y ahora lo has dejado en una posición en la que no se puede contar con él como detective. Con tu comportamiento infantil, los pusiste a él y a Dwayne en el disparadero. Y a mí también, por si acaso no lo sabes. Porque el jefe superior de policía está al tanto de la relación de amistad que teníamos tú y yo. Y se me ha notificado que asuntos internos a lo mejor abre una investigación sobre mi persona. Y eso arruinaría mi carrera.

Harper soltó una exhalación.

—De verdad que lo siento mucho —dijo otra vez, y le temblaba la voz—. Yo no quería hacer daño a nadie.

—Con decir que lo sientes no te vale esta vez —dijo él—. Esto no se arregla con un lo siento.

Harper se llevó los dedos a la frente y apretó fuerte. Lo único que quería era acabar con esa conversación tan dolorosa, pero tenía que contarle lo del robo en su casa. Era la única persona a la que podía recurrir.

—Teniente..., ¿sabe usted que entraron en mi apartamento?

Hubo una pausa.

—Algo oí.

—Pero no fue un robo al uso —le contó ella—. Rajaron el cuadro de Bonnie, ya sabe usted cuál. ¡Me rajaron la cara! No se llevaron gran cosa. Teniente... Por favor, dígame que no fueron sus hombres.

Siguió una gélida pausa.

—Harper, hay algo que debes saber. —Hablaba muy despacio; pronunciaba con cuidado cada sílaba—. Has violado algo tan sagrado como era mi confianza, y la confianza de todos los que trabajan aquí, y que te consideraban su amiga. Y ahora te atreves a insinuar que funcionarios públicos, que han jurado lealtad a las leyes, entraron en tu casa por la fuerza y te robaron el televisor. ¿Te das cuenta del sinsentido de tus palabras? —Harper enmudeció—. Me dicen que te han suspendido de empleo y sueldo en el periódico —dijo—. Yo te rogaría que, en ese tiempo, acudieras a algún profesional: necesitas ayuda, Harper.

A Harper se le cayó de las manos el teléfono, que dio en el suelo con un golpe seco.

Smith sabía bien cuáles eran sus puntos débiles, pero nunca antes la había golpeado tan bajo; siempre había estado dispuesto a perdonarla. Y esta vez, Harper había llegado demasiado lejos: hasta para él. Estaba sola por completo.

Esa tarde, Harper volvió en coche a su apartamento. No quería ir, no quería ver el estado en el que había quedado todo. Pero tenía que encontrar a Zuzu. Ya se ponía el sol cuando entró en

Jones Street. El cielo, por encima de las altas casas victorianas, teñía de rojo y ámbar el cielo. Cuando encontró un sitio para aparcar a una manzana de distancia, dejó allí el coche y apagó el motor. Todo estaba igual: allí seguía el Camaro, debajo del roble; justo donde lo había dejado. De tal manera que, quienquiera que viera el apartamento desde fuera, pensaría que ya había vuelto a casa. Y tuvo que hacer un esfuerzo sobrehumano para salir del coche.

Parecía que no iba a llegar nunca; fue calle abajo hasta la puerta, y se le escurrían las llaves de la mano al intentar abrir. Una vez dentro, vio que al apartamento lo envolvían las sombras: la madera de contrachapado seguía tapando la ventana rota; o sea, que Billy no había tenido tiempo todavía de arreglarla. Cerró la puerta con sumo cuidado y fue a dar la luz, instintivamente, pero retiró la mano antes de tocar el interruptor. Tenía los nervios a flor de piel.

Hacía calor; seguro que Billy había apagado el aire acondicionado, y reinaba un silencio que no era normal. Los cautelosos pasos que dio, pasillo adelante, resonaban demasiado en aquella calma que le amplificaba la respiración. Y cuando llegó al salón, se quedó a media zancada: lo habían puesto todo en su sitio.

El sofá y el sillón estaban ya boca arriba, y ocupaban un lugar diferente a aquel en el que habían quedado después del asalto. Se habían llevado los pedazos rotos del detector y de la televisión; y ya no colgaban los cables en los altavoces del equipo de música. Tardó todavía un segundo en comprender que debieron de ser los del servicio de limpieza, que habrían estado allí esa misma mañana. Al tufo avinagrado que había dejado la comida derramada por el suelo, lo había reemplazado el olor astringente de los productos químicos de limpieza. Habían intentado quitar con un cepillo de raíces la amenaza pintada en la pared, pero no lo habían conseguido. La pintura se veía menos ahora, pero seguía allí, y resaltaba con todo su poder intimidatorio: *SAL CORRIENDO*.

Logró apartar la mirada y fue por el apartamento con la sensación de que allí vivía ahora otra persona. De hecho, tenía que ver dónde ponía el pie si no quería toparse con las cosas. Había llegado casi a la cocina, cuando oyó un ruido como de pasos en la alfombra. Harper se quedó petrificada. El ruido venía, al parecer, del dormitorio. Buscó algo que pudiera servirle a modo de arma y encaminó el cuerpo bruscamente en aquella dirección.

Todo volvió a quedar en silencio.

«No será nada», pensó para sus adentros, aunque su corazón sentía de un modo distinto y casi se le salía del pecho. «Seguro que solo son pasos en el piso de arriba, nada más». Entonces oyó un golpe seco en el suelo, a cierta distancia. Y no le cupo ninguna duda de que ese ruido había sido dentro de su apartamento. Había alguien más allí dentro. Y a Harper se le encogió el pecho y le comprimió los pulmones. Dio un paso incierto hacia atrás, presa del pánico: tenía que salir de allí ya mismo. Iba a alcanzar a trompicones la puerta, cuando una pequeña sombra salió al pasillo proveniente del dormitorio.

—Hostia puta, Zuzu —dijo Harper sin aliento, y se dobló sobre sí misma, como si quisiera agarrarse los costados—. Yo creo que me va a dar un infarto por tu culpa.

Su voz retumbó en las paredes vacías. La barcina se restregó contra su tobillo; y Harper se gachó para cogerla y enterró la cara en el pelo cálido y suave, obnubilada por el ronroneo de la gata.

—Qué contenta estoy de que estés viva —susurró.

Cuando recuperó el ritmo cardiaco, fue con ella a la cocina. Allí vio que habían lavado los platos de comida y agua de la gata, y los habían dejado en el secador de platos. Se los volvió a llenar y los puso en el suelo. Y se pasó un rato así, de pie, en silencio, mirando el panel que tapaba la ventana. Luego, muy despacio, como el que pierde el equilibrio, se deslizó por la pared hasta acabar en el suelo. Tenía la espalda apoyada contra uno de los armarios que había hecho Billy en su propio taller; y, desde allí, miró al pasillo en sombra, hacia las ruinas de su apartamento. Estaba sin Luke, sin Smith; sin casa y sin trabajo. Y aun así, quien fuera que hubiera hecho aquello no la entendía. Y es que, al intentar meterle miedo con aquella invasión de su propio espacio, el único rincón a salvo que tenía, habían conseguido justo lo opuesto de lo que buscaban: ahora ya no podía echarse atrás; de una forma o de otra, tenía que llegar hasta el final y averiguar la verdad.

CAPÍTULO TREINTA Y NUEVE

Harper estaba en pie bien pronto a la mañana siguiente: casi no había pegado ojo; y, aun así, se sentía despierta. Pasó casi toda la noche repasando sus notas, una y otra vez, por si veía algo que se le hubiera pasado por alto: comprobó otra vez la lista de amantes de Whitney que le dio Sterling, uno por uno; tachó a aquellos que tenían coartada, buscó los datos básicos de unos y otros. Era ya tarde cuando descubrió unas palabras que había garabateado el día que estuvo con D. J. en la universidad: algo que se le ocurrió entonces, pero que olvidó con todo el caos que vino después. *Averiguar más sobre esa foto de Whitney.* Aquella en blanco y negro, en papel cuché, que había visto en la pared de la oficina de Whitney.

Se había propuesto volver para echarle otro vistazo, y preguntarle a Rosanna si había más como esa. Porque si todo el mundo le decía que tenía que averiguar con quién salía Whitney, pues allí había una foto suya con un hombre: y si eso no era mucho, sí era al menos un comienzo. Se desenredó el pelo y vio la imagen de sí misma que le ofrecía el espejo: tenía demasiado apuntados los pómulos, y también los ojos, en los que no había visto nunca antes una expresión tan dura. Estas últimas semanas habían hecho de ella una mujer distinta. Mejor: si ya pensaba que era dura de roer antes, ahora, lo era todavía más.

404

Bonnie seguía dormida cuando Harper bajó las escaleras, calzada con sus zapatos de suela de goma, sin hacer casi nada de ruido en el suelo de tarima. Agarró las llaves nuevas y relucientes que el cerrajero le había dado el día anterior y fue hacia la puerta. Había llovido por la noche y la mañana estaba húmeda; así que cogió una de las chaquetas menos vistosas que Bonnie guardaba en el armario de la entrada. Luego se montó en el Ford anónimo y puso rumbo a la zona residencial de las afueras.

A diferencia de la otra vez, la universidad le causó una impresión completamente distinta: a aquella hora tan concurrida, no cabía un alma en el aparcamiento y tuvo que dar varias vueltas, unos diez minutos, hasta que encontró un hueco libre. D. J. fue el que la guio aquella tarde; pero ahora era fácil recorrer el mismo camino: había que dejar a un lado el edificio del decanato, rodeado de columnas y pasillos de mármol; ir por la acera entre la librería nueva y un quiosco de bebidas, y enseguida vio delante el edificio de acero y cristal que recordaba de su primera visita.

Acababan de dar las nueve cuando entró en la oficina de recaudación. Y allí estaba Rosanna otra vez, en el mostrador de recepción; solo que ahora no se encontraba sola: toda la sala rezumaba actividad frenética, los teléfonos sonaban en las mesas que había detrás de ella y la gente trabajaba a destajo para recaudar dinero.

Al principio, Rosanna no la reconoció, porque estaba ocupada hablando con una mujer de traje. Pero luego, cuando vio quién era, arrugó el entrecejo. Harper no se acercó a ella inmediatamente, sino que centró toda su atención en la imagen en blanco y negro de Marie Whitney. No había ni rastro en aquella foto de la chica de pueblo nacida en Vidala: todo lo ocupaba una mujer elegante, embutida en un vestido de seda sin mangas, que lucía un collar resplandeciente en torno al cuello esbelto. Se reía de algo que le había dicho el hombre que tenía al lado y que había provocado que Marie echara hacia atrás la cabeza en ese ataque de risa.

Harper sacó el móvil e hizo una rápida foto de aquella imagen, porque quería verla con más detenimiento a solas. Cuando volvió la vista hacia la recepción, la mujer del traje había desaparecido y Rosanna la miraba con cara de preocupación. Harper no se amilanó y fue a saludarla.

—Hola —dijo como si tal cosa—. ¿Se acuerda de mí?

—Trabaja usted con David. —Miró por encima del hombro, con miedo a que la oyera alguien, pero estaba todo el mundo a lo suyo—. ¿Se le ofrece algo?

—Lamento molestarla de nuevo —dijo Harper sin alzar mucho la voz—. Solo quería hacerle una pregunta muy rápida.

—No sé si podré ayudarla. —Rosanna movía un bolígrafo entre las manos con gesto nervioso—. Lo que sabía ya se lo conté a David.

—Es sobre esa fotografía de Marie Whitney. —Rosanna siguió la mirada de Harper y se quedó mirando la foto—. ¿Cuándo la hicieron?

—Fue en la ceremonia de recaudación de la pasada primavera, en mayo, en el ayuntamiento —dijo, y se le notaba menos tensión en los hombros—. Me acuerdo porque asistió el gobernador y fue un día muy especial.

—¿Sabe usted quién la hizo?

—Hay un fotógrafo de la zona que es el que acude siempre a estos eventos. A ver, ¿cómo se llama ese hombre? —Rosanna arrugó la cara mientras hacía por recordarlo—. Aguarde un segundo, que seguro que lo tengo por alguna parte.

Escribió algo en el ordenador y, un instante después, se le iluminó la cara y alzó la vista hacia Harper.

—Sí, aquí lo tengo. Se llama Jackson, Miles Jackson.

Harper se quedó más blanca que la cal de la pared. No podía ser, tenía que haber oído mal.

—¿Está usted...? ¿Ha dicho que Jackson?

Rosanna asintió y una expresión de perplejidad le ensombreció el rostro.

—Sí, él es el que hace los reportajes de casi todos nuestros eventos. Disculpe, pero... ¿va todo bien?

Y ahora que lo decía, Harper pensó que, claro, tenía mucho sentido: a Miles lo contrataban a menudo para hacer las fotos en ese tipo de eventos. Él se ganaba la vida así. Pero entonces, ¿cómo es que nunca le había dicho que llegó a conocer y fotografiar a Marie Whitney? ¿Cómo era posible que, en todas las conversaciones que tuvo con él sobre el asunto, jamás lo mencionara? ¿Para qué iba a esconderlo?

—¿Señorita McClain?

A Harper le costó unos segundos darse cuenta de que Rosanna se dirigía a ella.

—Estoy... estoy bien. Gracias —dijo y se dispuso a salir—. Ya está, no quiero molestarla más.

Salió a toda prisa del edificio y le dio tal empujón a la puerta que la estampó contra la pared de fuera. Le iba la mente a cien por hora. Porque, como sospechoso, Miles no le valía: él no sabía nada del asesinato de su madre, y no había razón alguna para pensar que estaba encubriendo a alguien. Y, sin embargo, ¿por qué nunca le había dicho nada? ¿Cómo era eso posible? Tenía que averiguarlo.

Llegó al coche y vio que, en todo ese rato, no había soltado de la mano el teléfono móvil. Y estaba todavía conmocionada cuando buscó su número en la agenda y lo marcó.

Miles contestó después de la tercera señal de llamada.

—¿Diga? —Por la voz, se diría que no había tenido muy buen despertar. Además, era pronto para él; o sea, que debía de estar todavía en la cama.

—Soy Harper —dijo—. Tengo que hablar contigo. ¿Puedo pasarme por tu casa?

—¿Qué sucede? —Cambió el tono de voz, como si hubiera despertado de repente.

—Nada grave; es solo que tengo que hablar contigo de algo.

—Se la notaba tensa en la voz, y él tuvo que darse cuenta. Hubo una pausa larga.

—Dame quince minutos —dijo Miles.

En cuanto Harper llamó al interfono del apartamento de Miles, él le abrió la puerta sin preguntar quién era. Había ido todo el camino, desde la universidad hasta allí, pensando en una explicación plausible de por qué había sacado esa foto, pero no dio con ninguna. Porque ¿cómo explicar algo así? Era un primer plano: le había plantado el *zoom* en toda la cara. Tenía que haberle pedido permiso para hacer eso. O sea, que tuvo que hablar con Whitney, por poco que fuera. Y, en todas estas semanas, ¿jamás se le ocurrió decirle nada de ello a Harper? Cuantos más pisos subía el ascensor de imitación industrial, más cabreada estaba Harper. Y no dejaba de pensar en todas las veces que Miles le había dicho que dejara el caso, que se equivocaba de pista; dando a entender que se estaba comportando de manera irracional..., y mientras, todo ese tiempo, le estaba ocultando lo de la foto.

Cuando llegó al tercer piso, vio que él había dejado abierta la puerta del apartamento y fue pasillo adelante, aguantándose las ganas de darle un puñetazo a la pared. Al entrar, vio que los ventanales del *loft* dejaban pasar a raudales una luz grisácea. Miles estaba en la cocina, preparando el café. Y se conoce que todo lo que sentía Harper por dentro le salía a la cara; porque, cuando él la miró con sus oscuros ojos marrones, frunció el ceño.

—¿Qué pasa?

—¿Por qué no me dijiste que conocías a Marie Whitney?

La estridencia en la voz de Harper reflejaba bien toda la frustración y la furia que llevaba acumulada esos últimos días.

—¿Cómo? —Miles puso cara de no entender nada—. Pues porque no la conozco.

Ella le enseñó la foto que había sacado en el teléfono móvil, apenas veinte minutos antes.

—¿Sacaste esta foto sí o no, Miles?

Dejó el café con cuidado encima de la mesa, fue hasta donde estaba ella y le tomó el teléfono de la mano, y puso cara de no reconocer la imagen.

—Yo esto no lo recuerdo —dijo, pero no parecía muy convencido.

—Según el Departamento de Desarrollo de la universidad —dijo ella—, tú fuiste quien la sacó. Y tiene toda la pinta de ser tu estilo: obturador abierto y nada de *flash*.

—Yo saco las fotos de muchos eventos. Tú bien lo sabes, Harper. A lo mejor esa también la saqué yo, o a lo mejor no.

Harper le lanzó una mirada incrédula.

—Me he pasado las últimas semanas investigando a esta mujer, y de paso lo he perdido todo por el camino. —Harper hablaba con voz grave y tono amenazador—. ¡¡Y tú no te acuerdas!?

—A ver, espera. —Miles levantó las manos—. Vamos paso a paso. ¿Cuándo se hizo esa foto?

—En mayo. —Le salió la palabra como un escupitajo.

—Pues espérate —dijo él—. Que esto lo vamos a aclarar ahora mismo.

Desapareció detrás de un biombo y volvió al instante con el ordenador portátil. Luego lo plantó en la mesa larga de roble, lo abrió y lo encendió.

—Dame más datos. ¿Dónde fue esa fiesta?

Harper lo miró entrecerrando los ojos.

—Solo sé que fue en el ayuntamiento; una ceremonia de recaudación de fondos. —Intentó recordar lo que le había dicho Rosanna—. Asistió el gobernador.

Él se quedó un momento pensando, con los dedos suspendidos sobre el teclado del ordenador.

—Creo que ya recuerdo esa noche —dijo en voz baja—. Había una fuente con copas de champán; y una banda de *jazz* que tocaba bastante bien. —Escribió algo rápidamente en el teclado y empezó a consultar los archivos—. ¿En mayo, dices?

Ella miró por encima del hombro de él y vio cientos de carpetas, clasificadas por meses. En mayo debió de tener mucho trabajo, porque había un montón de ficheros.

—Espera un segundo —dijo de repente—, que creo que he dado con ello.

Tenía abierta una carpeta con fecha del veintidós de mayo. Contenía cientos de fotografías: cuadraditos de aproximadamente dos centímetros y medio, en blanco y negro, llenos de elegancia y de la luz de las velas. Entonces abrió una al azar y los dos acercaron la cabeza con los ojos entrecerrados: se veía a las claras que era una fiesta por todo lo alto, pero Harper no reconoció a nadie.

—A saber —dijo Miles.

Harper se sentó en la silla que había al lado de la de Miles y acercó la cara a la pantalla. Él fue abriendo una foto detrás de otra; y entonces, en el fondo de una de las imágenes, Harper vio a Marie con aquel vestido blanco inconfundible.

—Ahí está —dijo, y la señaló con el dedo—. Esa es; la del vestido blanco.

Comprendió entonces por qué Miles no había caído en que la vio en la fiesta: había muchísima gente, todos de punta en blanco, todos enjoyados; con copas aflautadas de champán todos en la mano. Había sacado cientos de fotos esa noche a las muchas mujeres glamurosas que poblaban la fiesta.

—Bien —murmuró el fotógrafo, que había centrado su atención en una foto y analizaba el fondo, miraba las caras.

—Quiero ver si está con un hombre. —A Harper se le había pasado el enfado; y ahora centraba toda su atención en las imágenes que veía en la pantalla—. En esa imagen que te he enseñado en el móvil, ella está hablando con un hombre, pero a él no se le ve la cara. Tengo que ver si tienes más fotos en las que aparezcan juntos; o sale ella con otros que puedan ser nuestro hombre.

Miles asintió y empezó a hacer clic en más fotos, abriéndolas y cerrándolas una detrás de otra. Casi todas eran de dignatarios de la zona, gente que Harper recordaba haber visto alguna vez en las noticias o en el periódico. Las sonrisas que mostraban, falsas, fijas; o bien, relajadas y felices, se fundían en una sola. Una y otra vez, Marie entraba y salía de encuadre: a veces ocupaba una esquina del fondo; otras, estaba en el centro de la acción. Y cada vez que aparecía, le daba el corazón un vuelco a Harper. Si bien no había ninguna en la que se viera bien al hombre. Estaban ya a punto de darse por vencidos, cuando Miles abrió una imagen que les sonaba a los dos. Harper apuntó con la mano en el acto.

—Ese es. El hombre que sale con ella en la foto que te enseñé.

Se inclinaron los dos sobre la pantalla. Se veía que la foto la había sacado ya al final de la velada, cuando la fiesta empezaba a estar menos concurrida. Marie bailaba con un hombre ancho de hombros. Por cómo la abrazaba, se diría que había algo íntimo entre los dos: tenía una mano en el costado de ella y casi le rozaba un pecho; la otra, apoyada en la curva de la cadera. Marie lo miraba a los ojos y le sonreía.

—Ese hombre me suena de algo —murmuró Harper mirando la fotografía—. Hay algo en esa postura... No acabo de sacarlo; pero me da la sensación de que lo conozco.

Miles le dio al *zoom* y amplió el centro de la foto.

—No se le ve la cara —dijo—. Pero tienes razón. A mí también me suena de algo. —Entonces cerró esa foto y volvió a mirar en la carpeta—. Me parece que les saqué más fotos bailando. Espera a ver. —Hacía clic a toda velocidad y abría una foto detrás de otra. Tenía toda la pinta de que las había sacado en una secuencia. El hombre giraba despacio abrazado a la cintura de Marie. Y ninguno de los dos se había dado cuenta, al parecer, de que tenían al fotógrafo apenas a un metro. Porque estaban demasiado ocupados mirándose a los ojos.

En la primera imagen que abrió ahora, se le veía al hombre un poco la parte de atrás de la cabeza. Y en la siguiente, ya aparecía más vuelto hacia la cámara; y Harper pudo distinguir una mandíbula cuadrada y una nariz más bien grande, si bien no prominente. En la tercera, estaba de perfil a la cámara y sonreía a Marie. Harper miró, sin poder dar crédito a sus ojos, la cara surcada de arrugas que tan bien conocía: la mandíbula contundente, el tupido pelo canoso. Los anchos hombros en los que siempre se había apoyado.

—Hostia puta —dijo Miles perplejo—. Ese es el teniente Smith.

CAPÍTULO CUARENTA

Harper no acababa de recobrar el aliento. Y Miles, volcado encima del ordenador, con un rictus en la mandíbula y expresión funesta, seguía abriendo una imagen detrás de otra. Pero Harper se había quedado en aquella que incriminaba a Smith. Y empezó a atar cabos a toda velocidad: el día anterior, sin ir más lejos, el teniente la había acusado de traicionarlo; de que le había arruinado la carrera como policía. Y allí estaba ahora, sin embargo: echándose un baile con la víctima en brazos.

No tenía ningún sentido. Aunque, a lo mejor se conocieron esa noche, o eso se dijo a sí misma Harper. Y a lo mejor, también, como le había pasado a Miles, Smith no se acordara de ella. Después de todo, no era más que un baile. O sí lo era: era algo mucho peor que eso.

Estuvieron trabajando en silencio, Miles y ella, buscando imágenes de Smith en esa fiesta tan elegante del mes de mayo. Al final, reunieron tantas fotos que, gracias a la hora grabada en el pie de cada una de ellas, fueron capaces de reconstruir la secuencia de casi toda la noche: Smith aparecía en cámara poco después de las nueve, en el fondo de una fotografía de un dignatario local. Al parecer, acababa de entrar y escudriñaba la sala, buscando algo. Quince minutos más tarde, otra imagen lo había capturado hablando con Whitney en un rincón poco iluminado: se tocaban sus cabezas y daban la espalda a la cámara. Y una hora más tarde, aparecía al fondo de otra foto: le susurraba algo al oído a ella, y los dos sostenían en la mano sendas copas aflautadas de champán. Whitney le sonreía. Buscaban los rincones, el fondo de la sala. Ya entonces, se escondían. Y una foto que Miles sacó veinte minutos más tarde, en la que se veía a un camarero llevando una bandeja con vasos, captó la imagen en penumbra de la pareja: en un rincón, cerca de la cocina, abrazándose apasionadamente.

Miles apretaba fuerte los labios mientras iba copiando todas las fotos incriminatorias en un archivo aparte. Y Harper no acababa de procesar lo que veía. No sentía miedo, ni ira: solo un extraño y devastador vacío. Cuando acabaron de copiarlas todas, Miles se levantó, sin decir palabra. Cogió entonces un montón de papeles que había al borde de la mesa, y los tiró con fuerza a la papelera.

—Maldita sea.

Harper dejó la mirada perdida según iba hacia el ventanal que daba al río. El cielo llevaba todo el día gris: el agua tenía un aspecto oscuro y turbio. Y ella se sentía vacía.

—Esto es una bomba —dijo Miles, y se le notaba preocupado—. Estamos los dos sentados encima de una bomba de relojería, jugando con el mecanismo.

—Ya lo sé —dijo Harper. Sentía que se le habían embarrado las ideas, y eso hacía que le fuera lento el pensamiento, igual que el río. Porque ¿a qué estaban mirando exactamente al ver aquellas fotos?

Harper había visto todos los informes del caso Whitney: no decían ni una sola palabra de que Smith conociera a la víctima. La ley lo obligaba a informar de cualquier relación que pudiera tener con ella; a revelar dicho vínculo y admitir su recusación de las investigaciones si tenía algún tipo de relación, por mínima que fuese, con la víctima o con el sospechoso. Pero no lo había hecho. ¿Por qué no? La respuesta más obvia era pensar que estaba protegiendo a Pat y a sus hijos de aquella infidelidad. Pero si ese era el caso, no tenía más que haber dicho que era amigo de Whitney. Con eso habría valido. Pero ni eso siquiera. Harper se llevó los dedos a la frente y se la presionó.

—Marie Whitney era una chantajista en serie —dijo—. Smith está casado y tiene hijos. Imagínate que Whitney lo estuviera chantajeando.

—Engañar a su mujer, puede que la engañara —la cortó Miles—. Los hombres engañan a la mujer. Pero no matan a la amante. Ni aunque ella le hiciera chantaje; eso no quiere decir necesariamente que la matase.

A Harper se le iban aclarando las ideas: veía ya cómo pudo haber sucedido todo; y no le gustaba nada lo verosímil que resultaba esa posibilidad.

—Esto es lo que sabemos —dijo entonces—: Smith ocultó su relación íntima con la víctima. La víctima les había hecho chantaje al menos a tres de sus amantes previos. Whitney murió doce semanas después de que sacaran estas fotos. Su asesinato se parece horrores al asesinato de mi madre. Smith trabajó en la investigación del asesinato de mi madre. El motivo lo tenía; los medios, también. —Sentía el corazón tan desgarrado que tuvo que hacer un esfuerzo tremendo para decir las tres últimas palabras—: Y la ocasión.

Miles no dijo nada; se quedó mirándola con una especie de desolación dibujada en los ojos. Harper tomó aire, un golpe rápido de oxígeno.

—Por favor, di que me estoy equivocando, Miles. Te lo ruego, por favor: dime que esta teoría es una locura.

Miles se pasó la mano por la coronilla.

—Tu teniente tiene que dar respuesta a muchas preguntas —dijo—. Pero hasta ahí, todo OK.

Harper seguía sin comprender.

—¿Cómo es posible que no nos hayamos dado cuenta hasta ahora, Miles? —El dolor le quebraba la voz—. Primero me dices que no te acuerdas de que viste a Whitney en esa fiesta; ¿y ahora resulta que no te acuerdas tampoco de que viste a Smith? Lo tienes en todas las fotos. Les sacaste fotos besándose, ¿y no lo sabías?

Miles levantó las manos. Estaba lívido.

—A esa fiesta acudió todo el mundo, Harper. El jefe superior de policía estaba allí. El alcalde. El gobernador. Imagino que no vi nada raro en el hecho de que el jefe de la brigada de homicidios también estuviera allí. Y en la única foto en la que se los ve besándose están en un rincón: y yo ni los vi cuando saqué esa foto. Porque al que miraba era al alcalde, que lo tenía justo delante. —Se pasó otra vez la mano por el pelo corto—. No hay nada de especial en esa foto. Nadie conocía a Marie Whitney por aquel entonces. Porque todavía estaba viva.

Se produjo un incómodo silencio.

—Ay, Dios, Miles —susurró Harper—. Yo creo que fue él.

Se miraron a los ojos.

—Y yo también lo creo —dijo él.

Harper sintió que le faltaba el suelo debajo de los pies y que caían los dos al vacío. Porque ¿cómo podía ser Smith? El mismo Smith que la había abrazado cuando Harper lloró a su madre. El mismo que la enseñó a ser sincera e íntegra. Miles se dejó caer en el sofá de cuero y hundió la cabeza entre las manos.

—Lo que tenemos no basta —dijo pasados unos instantes—. Como le lleves esto a Baxter, o al jefe superior de policía, Smith se cubrirá bien las espaldas y les contará que estás loca. Dirá que estás obsesionada y que me has arrastrado a mí en tu locura. Y tú y yo ya podemos darles argumentos para defender nuestra versión de los hechos hasta que las ranas críen pelo, que ellos lo creerán a él.

Harper recordó entonces lo que le había dicho Smith el día de antes: «Te rogaría que, en ese tiempo, acudieras a algún profesional: necesitas ayuda».

—Creo que ese es precisamente el plan que tiene —dijo.

—Vale, pues entonces —dijo Miles levantando la mirada—,

antes de ir con esto a nadie, tenemos que hacernos con más información.

—¿Y cómo, Miles? —preguntó ella con cara de impotencia—; si hemos tardado semanas en conseguir lo que tenemos.

Él la miró con toda la intención.

—La reportera eres tú. Y la forma más sencilla de obtener información es preguntando.

—¿Cómo? —dijo ella, alzando la voz—. ¿¡Quieres que le pregunte a Smith!?

—No es tan descabellado como parece. Tú lo conoces mejor que mucha gente —le recordó Miles—. Después de todo lo que ha pasado, imagínate que lo llamas; que le dices que quieres hablar con él y quedar un día cuando salga del trabajo: yo creo que te diría que sí. Y entonces vas y le enseñas las pruebas, a ver cómo reacciona.

A Harper le ponía literalmente enferma la idea de enfrentarse cara a cara a Smith.

—No querrá verme —dijo—. Hablamos ayer por teléfono y fue un desastre.

—Pues aprovéchate de eso.

Harper dudó un momento; pensó en Smith, en cómo trabajaba: se jactaba de tenerlo todo bajo control, de no dejar ningún detalle al azar. La única vez que lo vio perder los estribos fue cuando ella insinuó que sus hombres podrían estar detrás del robo en su apartamento.

—Quizá podría decirle que tengo pruebas de que sus hombres entraron en mi casa —dijo ella—. Le diré que se le cayó algo a uno, y que sé de quién es. Y lo amenazaré con hacerlo público.

Miles movió afirmativamente la cabeza.

—Eso a lo mejor funciona. —Luego se puso de pie de un salto y fue de un lado a otro del salón, delante de los ventanales—. Queda con él en algún sitio tranquilo —dijo—. Te pondré unos micrófonos para que lo grabes todo. Y entonces le enseñas las fotos. —Hizo un gesto señalando el ordenador portátil, que todavía estaba abierto por la foto en la que Smith y Whitney se miraban a los ojos—. Y miras a ver si le sacas una confesión, a base de amenazarlo con hacerlas públicas.

Era un buen plan. Porque Smith no tendría ni idea de que Harper estaba al tanto de esa relación y lo cogería con la guardia baja. El teniente pensaba que su protegida estaba totalmente indefensa: sin trabajo, sin amigos; sola en el mundo. Jamás sospecharía que pudiera llevar un micrófono oculto. Si bien, Harper tuvo que silenciar la voz interior que le decía que, si Smith había matado a Whitney, también la podía matar a ella. Aunque pensó que no, no lo haría. Porque, al fin y al cabo, se trataba del mismo Smith que la había protegido siempre. Por eso cuando habló, lo hizo con voz serena.

—Venga, ¿cuándo lo hacemos?

—Mejor pronto que tarde, creo yo —dijo Miles—. Pero me parece que no deberíamos hacerlo solos. Nos hace falta algún refuerzo. Ese novio tuyo ¿dónde está? —Harper lo miró con cara de póquer y entonces Miles agitó una mano con gesto impaciente—. Tu Luke ¿dónde se mete? Es el mejor policía secreta que hay, y lo necesitamos para esta operación.

Harper pensó que para qué preguntarle a Miles cómo lo sabía, si todo el mundo a estas alturas ya lo sabía. Por eso no dijo nada más que:

—Smith lo mandó a hacer un trabajo a Atlanta.

—Vale; pues, esté donde esté, y sea lo que sea lo que esté haciendo, tú ponte en contacto con él. —Había cierta tensión en su voz—. Dile que vuelva, que lo necesitamos.

—Pero estará en plena operación secreta —repitió Harper.

—Lo que estamos a punto de hacer es muy peligroso. —Miles la miró a los ojos—. Tú dile que si te quiere ver viva otra vez, que mueva el culo y se venga para acá. Y rápido.

* * *

Pasaron el resto del día ultimando los detalles. Hablaban, tomaban café, y Miles no dejaba quietas las manos, adaptando un micrófono sin cable, dotado de un transmisor, para que tuviera más potencia la señal. Había extendido sobre la mesa una hoja en blanco y encima puso partes diminutas; negras unas, cromadas las otras. Las herramientas y los trozos de cable y de metal asistían mudos a la conversación: hablaban de cómo hacerlo, de qué tenía que decirle a Smith, cómo debía abordar el tema y dónde verse con él. Casi ni se dieron cuenta de que el cielo se oscurecía con un color dorado primero, rosa luego; hasta que, por fin, cayó la noche. Allí seguían, en el apartamento de Miles, abordando el plan desde todos los ángulos posibles; mientras el detector del fotógrafo crujía con un rumor de fondo, y John Lee Hooker se hacía oír por encima de ese zumbido con el rasgueo inquietante de su garganta.

Ya era muy tarde cuando Miles fue a buscar al trastero más componentes que le pudieran valer, y Harper entró en el baño con el teléfono móvil para llamar a Luke. Saltó el contestador y ella cerró los ojos, porque quería que esa voz profunda que le era tan querida la invadiera por completo. Cuando llegó el momento de dejar el mensaje, le salió la voz serena, y eso le dio ánimos para seguir: habló rápido, con un eco que reverberó en los fríos baldosines de las paredes, y le contó lo que estaba pasando. Y lo que tenía pensado hacer junto con Miles: «No creo que podamos hacerlo solos», le confesó. «Por favor, si puedes, vuelve, Luke. Porque tengo mucho miedo».

CAPÍTULO CUARENTA Y UNO

Cuando Harper se despertó en el sofá de Miles a la mañana siguiente, una luz grisácea muy tenue iluminaba el salón. Primero apoyó el culo en el asiento y luego se zafó de las mantas. Oyó entonces que algo se movía ligeramente detrás del sofá; se dio la vuelta y vio a Miles en la mesa de la cocina, justo donde lo había dejado cuando se quedó dormida.

—Probando, probando, probando —decía en voz baja. Tenía un aparato negro de metal delante y apretaba los botones. Pasado un segundo, le respondió lo mismo que acababa de grabar, con una voz nítida y vibrante—: «Probando, probando, probando».

—¿Funciona? —preguntó una enronquecida Harper.

Él la miró por encima de las gafas.

—Por ahora parece que sí —respondió, y ajustó una pieza con un destornillador diminuto. Tenía ojeras, y eso indicaba que, mientras ella conciliaba el sueño unas horas, él había seguido al pie del cañón.

Pasaron el día poniendo a prueba el aparato, cambiando la distancia. Primero, Harper se fue al dormitorio y susurró algo mientras Miles lo grababa. Luego salió al pasillo. Y por último, bajó a la calle. Había que reajustarlo cada vez que se alejaba, pero transmitía y grababa desde bastante lejos. Luego lo sometieron a prueba alejándose todavía más, fuera del *loft*. Harper se puso en un extremo

420

del aparcamiento, a plena lluvia, mientras Miles la grababa desde casa con el receptor, incluso aunque hablase en voz baja.

—Hola, hola. Me estoy calando viva —dijo—. Corto. —Y se grabó perfectamente.

Luego, cuando empeoró el tiempo, probaron el aparato en condiciones de viento; y eso ya salió peor, porque las ráfagas de aire le apagaban la voz de tal manera que no se entendía muy bien lo que decía. Miles ya no daba más de sí como técnico de sonido, así que tendría que ser en una noche tranquila, si es que querían que la grabación mereciera la pena: tan tranquila que el sonido no admitiese ambigüedad alguna a la hora de pasar la dura prueba de un juicio. Estuvieron largo tiempo debatiéndolo y por fin dieron con el sitio ideal: Harper se vería con Smith en La Atalaya. Al principio, Miles se negó en redondo, porque aquello estaba muy aislado. Pero Harper insistió.

—Smith se sentirá seguro allí: no creerá que nadie vaya a oír lo que diga —aseguró Harper. Pero, claro, lo propuso también por razones que no le contó a Miles: conocía La Atalaya y le parecía que estaba a salvo allí arriba.

Estuvo toda la tarde lloviendo y Harper se sentó al lado de las ventanas, con el teléfono en la mano y la mirada perdida en las gotas de agua que resbalaban por el cristal. Estaba previsto que el temporal pasara a primera hora de la tarde; y, aunque no se hacía una a la idea de que eso fuera posible, por cómo llovía, el parte meteorológico anunciaba una noche seca.

—Con tal de que no llueva, se puede hacer. Lo importante es que no haga viento —le dijo Miles en el sofá, cuando estuvieron repasándolo todo una vez más—. Y si hubiera algo de luz, a lo mejor hasta podría filmarlo.

—De eso no estoy tan segura —dijo Harper, que tenía sus dudas—. Porque en La Atalaya está muy oscuro.

—Eso es cierto. —Miles se pasó una mano por el mentón—. Pero, quién sabe, a lo mejor podemos captarlo con la cámara. Me puedo pasar un poco antes y montar entre los árboles una con lente de visión nocturna. Así te sentirás más protegida. Y he estado pensando también en la logística: si aparco debajo de la cornisa, estarás justo encima de mí; y a esa distancia puedo manejar la cámara por control remoto.

Dicho esto, y sin esperar respuesta, se puso en pie de golpe y abrió un armario que tenía lleno de cajas con todo el equipo. Allí estuvo diciendo algo entre dientes, rebuscó entre los contenidos y volvió con gesto triunfante y una caja en las manos.

—Sabía que andaba por ahí, en alguna parte. —Llevó la caja a la mesa y sacó una cámara pequeña—. Ya verás como el plan funciona, Harper —dijo poniéndose las gafas.

Lo dejó cacharreando de nuevo entre sus cosas y miró si tenía algún mensaje en el teléfono, pero no había noticias de Luke. No importa, pensó, puedo hacerlo. Ya sabía que lo más difícil iba a ser llamar a Smith, engatusarlo para que quedara con ella. Porque si lo lograba, con lo demás podía ella sola.

Pasó el día acechada por la idea de esa llamada, como un lobo que espera, pegado contra el suelo, en la próxima curva; y hasta le dio acidez de estómago. Por fin, llegaron las cinco y sintió cierto alivio. Habían calculado que lo llamase a esa hora para que Smith tuviera poco margen de maniobra; a la vez que le daba a Miles tiempo suficiente para prepararlo todo.

Afuera, por fin había dejado de llover y el débil sol de la tarde se abría paso entre las nubes. Fue entonces cuando Miles cogió el teléfono y marcó el número de comisaría. Pensaron que Smith no querría ponerse si sabía que llamaba ella; por eso decidieron que fuera Miles el que llamara preguntando por él.

—Por favor, ¿con el teniente Smith? —le dijo a la recepcionista—. Dígale que soy Miles Jackson.

Harper lo miraba sin pestañear desde el sofá y se mordía las uñas, presa de la angustia. Pasado un momento, él separó la oreja del teléfono y le dijo:

—Me están pasando con él. —En ese preciso instante, Harper

soltó una larga exhalación y tomó el auricular de sus manos. Oyó una música de espera, una versión bastante jovial de una canción pop de hacía quince años. De no haber estado tan nerviosa, seguro que la habría reconocido. Entonces sonó un clic que justamente interrumpió el estribillo.

—Smith. —La voz rasposa del teniente hizo que se le encogiera el estómago. Harper tragó saliva con dificultad.

—Teniente —dijo con un hilo de voz—. Soy Harper.

Silencio. Se imaginó a Smith sentado en su despacho —preciado objeto de su deseo—, con un macizo bolígrafo Montblanc en la mano, al que daba vueltas mientras pensaba qué decir.

—No las tengo todas conmigo sobre la conveniencia de esta conversación —dijo por fin.

—Ni yo tampoco —le respondió Harper—. Pero es que no nos queda más remedio.

—¿Y eso? —De repente, adoptó un tono cauteloso.

—Porque el casero encontró algo en el suelo de mi apartamento: la identificación de un agente de la policía. O sea, que tengo pruebas de que fueron sus hombres los que entraron ilegalmente en mi casa. —Lo dijo con suficientes dosis de indignación, pero sin que sonara a amenaza, lo que quizá lo habría empujado a colgar—. A ver, no se lo quiero llevar directamente a Baxter, porque los dos sabemos lo que haría con ello. No quiero entrar en guerra con ustedes. Quiero ponerle fin a esto. Mejor, vamos a vernos y así estudiamos la manera de solucionarlo.

En el otro extremo del sofá, Miles no movía un músculo ni apartaba los ojos de la cara de Harper.

—No sé de qué estás hablando, Harper —dijo Smith con tono gélido—. Ya te dije que la policía no tenía nada que ver con ese robo. Me parece que esta vez te has pasado de vueltas con esa imaginación tan rica que tienes.

Harper se llevó los dedos a la frente y presionó. Pero esta vez, cuando habló, la emoción que sentía no era fingida.

—Vamos, teniente, ¿es que no podemos vernos y dejarnos de historias?

Sucedió otro largo silencio. Se lo imaginó sentado en el sillón, debajo del chorro del aire acondicionado que entraba en su despacho; y casi oyó las voces en el ajetreado pasillo de afuera.

—Vale. —A Smith le había cambiado la voz de nuevo, y parecía que lo picara la curiosidad ahora y que estaba menos a la defensiva—. ¿Qué es lo que quieres?

—Quiero verle —dijo Harper—. Esta noche, usted y yo solos; para ver si, entre los dos, solucionamos esto.

Al otro lado del hilo telefónico, Harper oyó el crujido del sillón; y supuso que Smith se inclinaba sobre la mesa y que apoyaba los codos en el tablero.

—¿Y cómo va a ser eso?

—Usted quiere que deje de investigar el caso Whitney. Y yo quiero acabar con esto del robo cuanto antes, así podemos los dos volver a nuestra vida diaria —dijo—. Quiero hablar del intercambio entre lo que usted quiere y lo que quiero yo. —Contuvo entonces el aliento. Porque si Smith se iba a negar, sería ahora cuando dijera que no sabía de qué estaba hablando; cuando la acusara de montar un numerito. Pero no hizo ni lo uno ni lo otro.

—¿Dónde quieres que nos veamos? —A Harper le dio un vuelco el corazón: le seguía el envite. Entonces miró a Miles e hizo un movimiento afirmativo con la cabeza. A él se le hundieron los hombros de todo el aire que soltó.

—En La Atalaya —dijo Harper—. A medianoche.

—¿A medianoche? —Cierto tono de irritación le afiló un poco la voz a Smith—. ¿No puede ser antes?

—Tiene que ser a medianoche —dijo ella con firmeza.

Estuvo tanto tiempo callado que ella pensó que iba a decir que no. Y cuando volvió a hablar, lo hizo en un tono cortante y ella dio un respingo.

—Vale —sentenció—. Pues a medianoche. En La Atalaya. Y se acabó, Harper. Una y no más. —El zumbido de la línea se le clavó en el oído a Harper: Smith había colgado el teléfono.

Entonces miró a Miles.

—Lo tenemos.

CAPÍTULO CUARENTA Y DOS

Los partes meteorológicos acertaron, y para cuando Harper llegó con el Ford alquilado a La Atalaya, poco antes de la medianoche, la lluvia era solo un lejano recuerdo. Era una noche fresca y clara: la luna estaba casi llena en todo lo alto y derramaba sobre el parquecillo una capa azulada de luz etérea.

Antes, Miles se había pasado una hora allí: montando la cámara a control remoto en las ramas de un roble que se extendían por todo el mirador con forma de media luna. Al apartamento volvió como a las once, lleno de barro hasta las rodillas, con cara de misión cumplida y evidente preocupación.

—Pase lo que pase —dijo convencido—, lo inmortalizaremos.

Ahora, el Ford de Harper iba dando tumbos por el camino de arena y las ruedas patinaban en el barro que se había formado, después de estar dos días lloviendo. Harper dio las largas y se inclinó sobre el salpicadero para escrutar las sombras. Iba buscando la marca que había dejado Miles; y cuando vio la caja de *pizza* abollada, sujeta al suelo con una piedra del tamaño de un puño, allá fue con el coche.

—Estoy aparcando encima de la caja —le dijo al habitáculo vacío.

Miles había montado las cámaras de tal manera que captaran la zona justo alrededor de la caja de *pizza*: es decir, que siempre que quedara dentro de ese radio, lo que hiciera quedaría grabado. Ella se había puesto otra vez la chaqueta negra de algodón de Bonnie, y olía a aquella colonia floral que su amiga llevaba siempre: de alguna extraña manera, eso hacía que se sintiera menos sola.

Luke no había dado señales de vida. Lo había vuelto a llamar esa misma mañana; y luego, hacía apenas unas horas, le había mandado un mensaje dándole indicaciones de dónde y a qué hora se vería con Smith. Había una parte de ella que sabía que Luke no iba a venir; ya fuera porque no tenía el teléfono o porque ya no le importaba lo que pudiera pasarle. Pues daba igual, porque Miles y ella iban a tener que hacerlo los dos solos de todas formas. El fotógrafo había enganchado un micrófono del tamaño de la punta de un lápiz en el último ojal de su chaqueta; y en el bolsillo de la pechera, metió un transmisor del tamaño de un mazo de cartas. Justo entonces, apagó el motor y le vibró el teléfono. Era un mensaje de texto de Miles: *Se te oye perfectamente*. Menos mal que al menos la tecnología estaba de su parte.

Notó las manos frías y se las frotó para activar la circulación; luego, miró hacia abajo y vio que le temblaban las rodillas. Intentó poner remedio arrancando la llave de contacto de golpe y abriendo la puerta con un aspaviento, para luego bajarse decidida y cerrar con un sonoro portazo. Lo único que quería era acabar con esto: quitárselo de encima.

La lluvia había dejado una pátina cristalina en el relente de la noche: era como si todo brillase a la luz de la luna, las larguísimas ramas del árbol, la curva que trazaba el río, las gráciles velas de metal dibujadas por el puente en la distancia. Era todo más hermoso de lo que lo recordaba. En su fuero interno, pedía al cielo que Smith tuviera una explicación convincente; algo sencillo y sincero como: «Me equivoqué. Fue solo que cuando...». Pero por muchas vueltas que le daba, no le entraba en la cabeza.

En el silencio de la noche, oyó el motor del coche mucho antes de que entrara en la pista de arena. El ronroneo metálico se fue haciendo cada vez más audible, hasta que los faros escarbaron en la espesura del bosque y apareció el todoterreno plateado de Smith, que daba botes entre los baches del camino. Harper se dio cuenta de que el teniente venía a la cita en su coche particular, no en el sedán, propiedad municipal, que llevaban todos los detectives. Es decir, que no había acudido en calidad de jefe de la brigada de homicidios, sino como el ciudadano Robert Smith. Quienquiera que fuese ese Smith.

Harper se cuadró de hombros y anunció al bosque circundante:

—Ya está aquí.

Smith aparcó a su lado y apagó el motor. Y en la calma súbita que se había creado, Harper casi oía los golpes que le daba el corazón contra las paredes de la caja torácica; y el efecto de papel de lija con el que la respiración le raspaba en la garganta. Presa de un pánico irracional, llegó a pensar que Smith también lo oiría, e hizo lo posible por calmarse cuando él abrió la puerta y se bajó del coche.

—Harper —gruñó, y cerró de un portazo que retumbó contra las ramas de los árboles—. Espero que merezca la pena eso que me traes, sea lo que sea.

Se abrió paso con cuidado por el barro; y Harper alcanzó a verle la expresión tan natural que tenía siempre en la cara, y aquellos ojos intuitivos, justo cuando atravesó un trecho iluminado por la luna. Era esa misma luz la que le arrancaba brillos dorados a los gemelos que llevaba en los puños de la camisa cara, blanca, que también brilló. Sus zapatos italianos no estaban hechos para aquel barro, y se paró para sacudirse un terrón de uno de ellos contra la rueda del coche, soltando una maldición. Harper pensó que antes, cuando trabajaba en las calles, un poco de barro no lo habría importunado, porque entonces llevaba calzado barato y creía en lo que hacía. Pero ahora todo era diferente. Cuando llegó a su altura, se puso derecho, se sacudió el polvo de las manos en las perneras del pantalón del traje y la miró a los ojos.

—¿Qué demonios puede ser tan importante para que tenga uno que salir de casa a media noche y venir a este sitio que está en el culo del mundo?

—Ya le dije por teléfono que habíamos encontrado pruebas incriminatorias. —Harper se sorprendió a sí misma entonando las palabras con voz firme y serena. Pero le temblaban mucho las manos, así que no las sacó de los bolsillos—. Lo único es que le mentí sobre a quién incriminaba lo que encontramos.

Smith la fulminó con la mirada.

—Explícate.

—No —dijo Harper en tono cortante—. No soy yo la que tiene que explicarse, es usted: explíqueme qué relación tenía con Marie Whitney.

—¿Con quién? —Smith puso cara de no saber de qué le estaban hablando, como si nunca hubiera oído ese nombre en la vida—. Ah, la mujer a la que mataron. —Alzó un hombro con evidente muestra de falta de interés—. Yo no sé mucho de ese caso, Harper. Habla con Blazer. —Llamaba la atención lo escasamente preocupado que parecía, pero Harper notó los primeros indicios de incertidumbre en su voz; el teniente abrió y cerró los puños a los costados; y respiraba con más dificultad desde el momento en que Harper había pronunciado el nombre de Marie. A la luz de la luna, vio que se le había formado una fina película de sudor en la frente. Posiblemente, aquella cita no le había quitado demasiado el sueño; hasta ahora.

—Pues, es que, antes de hablar con Blazer, pensé que mejor hablaba con usted primero. —A Harper le había costado decirlo de aquella manera tan relajada, pero mantuvo el tono para que no se sintiera intimidado. Entonces dio un paso hacia él, con cuidado de quedar siempre dentro de la zona que cubría la cámara—. Resulta que he ido varias veces a la universidad últimamente, a preguntarles a los compañeros de oficina de Whitney. Todos hablan de un hombre con el que solía salir. Primero pensaron que sería policía secreta; pero, por cómo lo describen, yo creo que es un detective. —Le mantuvo la mirada a Smith—. Dicen que se trata de un hombre alto, ancho de hombros y con el pelo canoso.

—Una descripción bastante vaga, por cierto. —Smith soltó una risa seca y sarcástica, pero no dejaba quietos los ojos, como si buscase algo entre las sombras.

—Eso pensé yo —dijo ella—. Al principio.

En la distancia, se oyó el motor de un coche que iba despacio, no muy lejos, por la carretera que circundaba La Atalaya. Harper se quedó como petrificada y se le dispararon todas las alertas. Porque vio que Smith buscaba ese mismo punto con la mirada. ¿Sería que había pedido a alguien que fuera hasta allí con él? Pero el coche siguió su camino y el ruido del motor desapareció en la noche. Entonces Smith se volvió hacia ella con un rictus en la mandíbula.

—Mira, Harper. El caso Whitney no lo llevo yo —dijo—. Ya sé que a ti te obsesiona; pero, si quieres hablar de ello, tienes que hacerlo con Blazer. —Empleaba un tono entre displicente y divertido.

—No hace más que repetir usted eso —lo atajó ella—. Pero tenga cuidado, a ver si voy a hablar con él. —Smith se quedó quieto un instante.

—¿De qué va todo esto exactamente, Harper?

Ella hizo una pausa e intentó calmarse. Porque si montaba en cólera se pasaría de la raya. Despacito y buena letra, no le quedaba otra baza que esa.

—Pues, como le iba diciendo —continuó sin apresurarse—, que me entró curiosidad por saber más cosas de ese hombre: el detective que salía con Whitney. Porque en el informe, nada se dice de él. —Smith la fulminó con la mirada—. Y, claro —siguió diciendo Harper—, si un detective hubiera estado saliendo con Whitney y no se lo hubiera hecho saber a los agentes al cargo de la investigación, eso iría contra la más mínima ética. Así que no dejaba de preguntarme quién podría ser ese detective. Y, al principio, pensé que sería Blazer, pero qué va. —Entonces sacó el teléfono móvil del bolsillo—. Teniente, quiero que vea algo.

Abrió la foto en blanco y negro en la que se veía a Smith y a Whitney bailando en la fiesta: ella le sonreía a él; y él apoyaba la mano con confianza en la parte baja de la espalda de ella. Sostuvo el teléfono en alto para que él pudiera verlo.

—¿Reconoce usted al hombre de la fotografía? —La luz de la pantalla del teléfono le dio un fantasmal brillo a la cara de Smith cuando se acercó para verse a sí mismo en aquella foto. Se quedó un rato largo mirando la imagen, luego, muy despacio, volvió a ponerse derecho.

—A ver, Harper, dímelo bien clarito: ¿qué insinúas? —No le había cambiado un ápice la expresión de la cara, pero el tono dejaba ver una velada amenaza que le heló la sangre a Harper. Solo que, allí, en caliente, ya no tenía miedo: solo sentía un dolor y un enfado tremendos.

—Insinúo que usted conocía a Marie Whitney —dijo ella—. Que tuvo una relación amorosa con ella. Insinúo que ella lo chantajeó, y usted vio amenazado su trabajo y su matrimonio. Insinúo que la cosió a puñaladas hasta que cayó, ya cadáver, al suelo de la cocina de su casa. Y, de paso, insinúo que cuando me estaba acercando al meollo del asunto, usted se deshizo de mí. —Paró para tomar aire—. Eso, teniente, es lo que insinúo.

Aunque el corazón le iba a cien por hora, no se le quebraba la voz. Y seguía allí, cuadrada de hombros, sin apartar los ojos de los de él. Fue Smith el que parpadeó primero.

—Esto es una locura —gruñó—. Pero ¿tú te has oído lo que dices? ¿Es que has perdido la cabeza? —Si bien lo dijo con muy poca convicción y un pánico remoto que le rondaba en el fondo de los ojos.

Harper se había quedado sin aire. Hasta ahora, había albergado la esperanza de que no fuera verdad. Pero ahora que veía en esos ojos el miedo, comprendió que sí lo era. Y a la ira le sucedió la desolación; y a esta, un vacío interior.

—¿Por qué lo hizo, teniente? —le preguntó estupefacta—. ¿Tanto le iba a arrebatar esa mujer? ¿Tanto que mereciera la pena lo que hizo? Porque le quitó usted la vida, teniente. ¡Le quitó la vida!

Al principio, él no respondió; se quedó inmóvil, encorvado de hombros. Les llegó el golpeteo metálico de una cadena contra la corriente, abajo en el río, de algún barco que se mecía en el agua; y una brisa enfurruñó las hojas altas de los árboles.

De repente, Smith se echó a reír: una risa fría, desesperada, que no tenía ni pizca de gracia.

—Jamás pensé que fueras a caer tan bajo —dijo resentido—, que desconocieras el significado de la palabra lealtad, Harper Mc-Clain, precisamente tú. —Sacó las manos de los bolsillos y en la derecha tenía una pistola semiautomática de 9 milímetros. La apuntó con ella directamente al pecho. Harper dio un paso atrás, se apretó todo lo que pudo contra el Ford alquilado—. Yo que cuidé de ti —dijo alzando la voz—; que te metí en mi casa. ¿Así es como me lo agradeces? ¿Es que quieres destrozar todo lo que yo construí? ¿Todo aquello por lo que tanto luché? Y todo ¿para qué? Dime, Harper, ¿para qué?

Harper no podía apartar los ojos del arma: vio cómo relucía, con un brillo negro, opaco, a la luz de la luna.

—Teniente —lo dijo con un hilo de voz, casi sin poder pronunciar la palabra—. Se lo ruego: aparte esa pistola, que no voy armada.

—Pues es un error imperdonable por tu parte. —Movió mecánicamente la muñeca de la mano que sostenía la pistola, y Harper echó hacia atrás el tronco, horrorizada—. Tú me traicionaste —dijo Smith con un temblor en la voz—. Tenía que haberles hecho caso a los demás: cuánto mejor me habría ido si no hubiese confiado en ti. —Harper casi no lo oía; y no apartaba los ojos del arma.

—Teniente —dijo—, por favor.

—Tú dale que te dale —gruñó—. Con todas las oportunidades que te di para que lo dejaras correr, pero nada, tú no parabas de husmear. Y jamás entenderé por qué.

Harper tenía la boca seca y tuvo que tragar con dificultad antes de poder formar las palabras.

—Porque la escena de ese crimen era exactamente igual que la del asesinato de mi madre. Fue por eso. Solo por eso. Porque tenía que entender por qué. —Entonces lo miró con cara de súplica—. Solo que yo no sabía que sería usted. —La cara de Smith era un poema.

—¿Por qué tuviste que ver la escena de ese crimen, Harper? A los reporteros les está vedada la escena del crimen. ¡Las reglas son esas! Dios santo, ¿por qué no obedeces las reglas? Si aunque solo hubiera sido esta vez hubieras hecho lo que se te mandó, nada de esto habría ocurrido. —Lo dijo con tono de desesperación. Y un hombre desesperado con una pistola en la mano es una fuerza más peligrosa que la de la naturaleza.

Harper sabía que tenía que salir corriendo de allí, gritar... Hacer algo que rompiera aquella ecuación horrenda entre la pistola y su pecho. Pero allí se quedó, con la espalda apoyada contra el metal duro del coche; los ojos, abrasados de las lágrimas que no se atrevía a derramar.

—Pero, teniente —susurró—, usted no la mató, ¿verdad que no? Usted no haría algo así. No lo creo. No. —Esto tuvo el efecto de desequilibrarlo un poco, porque dejó caer la pistola un instante.

—Harper... —Lo dejó ahí; luego se puso derecho y volvió a encañonarla—. Tendrías que haber abandonado el caso, Harper. Haberte ido, y ya está. Pero no, tú seguiste ahí. Y será algo de lo que me arrepienta el resto de mi vida.

Harper sostuvo la mirada al hombre que había tomado por un segundo padre, mientras él le apuntaba al pecho con la pistola. Vio en ese instante el cuerpo de su madre, inmóvil en un charco de sangre que no paraba de crecer en el suelo de la cocina. Vio sus propias manos, embadurnadas de sangre, cuando fue corriendo a coger el teléfono. Vio los atormentados ojos castaños de Camille Whitney. Vio todo lo que había perdido. Le dejó de latir el corazón. Y entonces se irguió y abrió todo lo que pudo los brazos.

—Pues adelante, ¡hágalo! —lo desafió, y su voz resonó en el silencio de la noche—. Dispare y acabemos ya con esto. Ya no lo aguanto más: es demasiado para mí, demasiado, teniente.

Él alzó la pistola. Y fue entonces cuando oyeron una voz detrás de ella.

—Suelte el arma, teniente. —Una voz que Harper conocía bien.

Luke salió a descubierto de detrás de unos árboles, a la derecha del coche. Apuntaba con el arma a Smith, firme, como una roca. A Harper no la miró: tenía la vista fija en su superior.

—Lo digo en serio, teniente —dijo Luke—. Suelte el arma o lo liquido ahora mismo.

Smith dejó de apuntar a Harper para apuntarlo a él, para lo que tuvo que trazar un arco que le impedía tenerlos a los dos en el punto de mira.

—Walker, baje esa pistola —gruñó Smith—. Y entrégueme su placa ahora mismo.

A Luke no le tembló la mano que empuñaba el arma.

—No, señor —dijo—. Entrégueme usted la suya.

A lo lejos, Harper oyó el aullido leve y agudo de las sirenas. Y no eran una o dos, sino docenas de ellas: un coro de emergencia que sonaba lejos, pero que se acercaba por momentos. Y vio que a Smith le cambió la cara por completo cuando lo oyó él también.

—Vienen a por usted, teniente. —Luke dio un paso hacia él—. Baje el arma: todo ha acabado.

Smith estaba blanco como la luna. Miraba desesperado, primero a Harper y luego a Luke, mientras las sirenas se iban acercando con un alarido lastimero y ensordecedor. Harper ya veía las luces azules entre los árboles, los fogonazos de color que derramaban por toda La Atalaya. Al teniente le tembló la mano. Y en la oscuridad, se le marcaron todavía más las arrugas: de repente, parecía una persona mayor. Entonces se volvió hacia Harper.

—Lo siento —dijo—. Yo nunca quise hacerte daño. No era mi intención... —No acabó la frase. A Harper se le escapó una lágrima que le recorrió la mejilla con ese ardor de lo inesperado.

—Teniente... —susurró.

Por un momento, pareció que iba a hacerle caso a Luke: porque la pistola fue bajando con un temblor. Pero luego algo le hizo cambiar de opinión y, con ensayado movimiento, volvió a levantar el brazo y apuntó el arma a su propia cabeza. Algo se partió dentro de Harper, porque no podía permitirse el lujo de perder a otro ser querido. Otro no.

—¡No! —Oyó el grito que salió de sus propios labios, y en el acto echó a correr hacia él, deslizándose por el barro.

—¡Detente, Harper! —gritó Luke detrás de ella.

Pero Harper ya sujetaba el brazo de Smith con todas sus fuerzas. Llegaron los primeros coches de policía, con un rugido que atravesó el bosque; el coro agudo de las sirenas y el enceguecedor brillo de las luces azules. Smith forcejeaba con Harper, y ella olía su *aftershave*, el tufo acre del sudor que suelta el miedo. Y entonces sonó un disparo que dejó un eco tremendo, ensordecedor, y partió en dos la noche igual que un trueno.

Harper notó una abrasión en el hombro: una afilada llama que se hacía insoportable; y perdió pie. Y sintió que no le pesaba el cuerpo de repente, como si volara; como si cayera igual que cae una vela en la nada a través de la noche.

CAPÍTULO CUARENTA Y TRES

Harper estaba tumbada de espaldas en el barro, con la mirada puesta en el cielo oscuro, iluminado por azules fogonazos. Se notaba rara: tenía la mente como fuera de sí, como si le hubieran cortado las amarras.

«¿Qué acaba de pasar?».

Luke se puso de rodillas a su lado, susurró su nombre, le pasó las manos por todo el cuerpo.

—¿Te ha dado? —le preguntaba una y otra vez, sin aliento casi al repetirlo—. Harper, ¡¿te ha dado?! —Ella hacía lo posible por contestarle, pero tenía la boca dormida.

Entonces él encontró la sangre, que le manaba cálida y espesa del hombro, y soltó un improperio que silbó entre sus dientes.

—Su puta madre, Harper —susurró. Y luego, ya en alto, por encima del hombro, con la voz quebrada—. Está herida. Que venga una ambulancia, ¡rápido!

Harper no podía respirar.

—Ayúdame... —acertó a decir, boqueando, mientras alargaba las manos hacia él y las sentía pesadas, reacias a levantarse del suelo.

Luke se rajó la camiseta, formó una bola con ella y la apretó fuerte contra la herida que tenía Harper en la parte interior del hombro izquierdo. Ella vio que venía más gente, sombras oscuras que se congregaban a su alrededor, contra el fondo de las luces

436

azules que inflamaban la noche. Le pareció ver también que se llevaban a Smith de allí; y quiso preguntar si estaba bien, pero no acertaba a formar las palabras.

—La ambulancia está en camino —dijo alguien. Y Luke no miró a ver quién lo decía; no apartó sus ojos de los suyos.

—No me dejes, cariño —decía él una y otra vez, implorando en voz baja—. No me dejes.

A Harper le chocó ver lo mucho que temblaba, el castañetear de dientes que le había entrado; y, aun así, el calor que tenía por dentro. El suelo le ofrecía su lecho mullido y fresco. No le dolía nada; y nada parecía real.

—¿Dónde está esa puta ambulancia? —gritó él. Alguien le dijo algo, pero Harper no lo oyó. Porque estaba tan cansada; muy pero que muy cansada. Le pesaban los párpados. Cuánto le gustaría poder echarse a dormir. Y fue cerrando los ojos.

—¡No! —gritó Luke, y le sacudió los hombros—. No cierres los ojos, Harper McClain: ni se te ocurra rendirte. —El miedo que le embargaba la voz a él fue como un punzón, y le perforó a ella la neblina que le abotargaba la mente. Le costó horrores parpadear, volver a ver ese mundo de resplandores azules y negros. Y la cara decidida de Luke.

—Eso es —susurró él, mientras apretaba fuerte contra la herida— Eso es: así tienes que estar, despierta.

Cuando llegó la ambulancia, segundos más tarde, el primero que saltó fuera fue Toby, quien echó a correr y se arrodilló al lado de Luke. Harper miró esos pelos que llevaba y, debajo, la cara más seria que le había visto nunca.

—Mierda, Harper —dijo con ternura—, pero ¿qué te has hecho? —Ella quiso sonreír, pero no le respondía el cuerpo para nada. Fue Luke el que habló atropelladamente.

—Una bala de 9 milímetros; impacto en el hombro, a quemarropa. —Toby asimiló la información que le daban sin ponerse nervioso y preguntó:

—¿Otras heridas aparte de esa? —Luke negó con la cabeza.

—Que yo le haya encontrado, no. —Ahora que tenía allí mismo la ayuda, era como si le hubiera entrado el pánico de verdad, y apretaba con todas sus fuerzas con la tela que le había puesto contra el hombro.

—Vale, colega. —Toby alargó los dedos hacia la camiseta, hecha una bola, y posó la mano encima de la de Luke—. Lo has hecho muy bien, pero ahora te vas a tener que retirar y dejarnos trabajar a nosotros. —Harper pensó, por una décima de segundo, que Luke diría que no, pues notó cómo se le tensaba todo el cuerpo. Luego, dando muestras evidentes de que le costaba hacerlo, retiró la mano y dio un paso atrás. Su sitio lo ocuparon en el acto dos personas del equipo de ambulancias. Entonces Harper notó un objeto frío de metal que le separaba la camisa del cuerpo. Oyó que daban órdenes en voz baja y que alguien —¿sería Toby?— le enrollaba la manga; luego, algo le punzó el brazo y ella miró hacia abajo, sorprendida.

—No es más que una vía, Harper —le aseguró Toby, y metió la aguja en su sitio.

—No dejes que muera, Toby. —Oyó que le decía Luke, desde algún punto que no alcanzaba a ver. La emoción le embargaba la voz.

—Tú no te preocupes —Toby se agachó sobre ella y con las manos enfundadas en guantes azules, le puso una mascarilla de oxígeno en la cara. Una corriente de aire fresco y dulce le colmó los pulmones—, que Harper no se nos muere hoy —lo dijo tan convencido.

Y eso fue lo último que recordaba.

CAPÍTULO CUARENTA Y CUATRO

El juicio al teniente Robert Smith duró solo quince días. Podría haber sido más largo, pero se negó a ejercer su propia defensa. Y sin su cooperación, el abogado no pudo hacer gran cosa: el proceso fue breve y no hubo piedad para él. El caso lo siguió, sin perder detalle, el reportero del *Daily News* que llevaba la sección de tribunales, Ed Lasterson; quien hizo —y en eso estuvo todo el mundo de acuerdo— un trabajo meritorio, teniendo en cuenta que el propio periódico estaba implicado en el caso.

En el banquillo de los acusados, Smith parecía más pequeño y como si hubiera encanecido más: al parecer, la cárcel lo consumía por momentos. Pat, su mujer, con aspecto demacrado y rabia contenida, estaba en la sala del juicio el primer día, con Kyle. Se sentaron en la primera fila: Pat lloraba en silencio; Kyle, no. Estaba bien derecho, con los hombros rígidos y erguidos, preparándose para recibir el mazazo cuando los fiscales acusaron a su padre de crímenes nefandos. Después de ese día, ya no volvieron. O sea, que no estaban presentes el día que Harper subió al estrado, con un brazo en cabestrillo aplastado contra el pecho. Ella prefería que no estuvieran, así sufriría menos.

Entonces contó al tribunal cómo había ido desenredando la madeja del caso: lo que le llevó a pensar que el asesino era un detective, y el hallazgo casi fortuito de esa foto; y, en todo momento,

439

llevó perfectamente el control de la situación. Solo se le quebró la voz cuando describió lo que recordaba de La Atalaya.

—No creo que quisiera dispararme a mí —dijo mirando a Smith—. Yo creo que lo que quería era matarse. —Sentado entre sus abogados, él no levantó la cabeza en todo el rato que Harper estuvo declarando; pero en ese momento en concreto, sus ojos se cruzaron, y ella no vio nada más que vacío en los ojos de él.

El vídeo que había grabado Miles lo pusieron en el juicio, aunque el juez no aceptó como prueba el audio. Así que el jurado vio el metraje en silencio: aparecían discutiendo Harper y Smith, a quien la lente de visión nocturna daba un aire verduzco de otro planeta. Vieron a Smith apuntarla con el arma y cómo Harper lo hacía frente; y luego, la aparición de Luke, el héroe vengador, sacado de una película del Oeste, pistola en mano.

La cámara estaba detrás de Smith en el momento en que se llevó la pistola a la cabeza, por lo que no se le veía la expresión de la cara; solo a Harper, cuando, atravesando el barro, se abalanzó sobre él y desvió la pistola de su certera trayectoria. Hasta que no vio ese vídeo, Harper no pudo apreciar la expresión de puro pánico en la cara de Luke según salía ella corriendo hacia Smith. Vio también que había echado a correr detrás. Y se vio agarrando del brazo a Smith; y cómo el retroceso del arma le zarandeó la mano: su propio cuerpo, que caía retorcido; y el puñetazo que le dio Luke al teniente y que acabó con él en el suelo, ya sin la pistola, pues había salido despedida. Luego, cuando llegaron los primeros policías de uniforme, se veía a Luke esposando al teniente. Y ahí acababa la película.

Pero Harper sí sabía qué había pasado después: la ambulancia la llevó a toda prisa al hospital y la operaron en el acto. Y cuando despertó de la anestesia, Luke estaba dormido en el sillón que había al lado de la cama, vestido con un pijama verde turquesa que, a buen seguro, le tuvieron que dejar al ver cómo tenía la ropa, empapada de sangre. Y, aunque estaba dormido, tenía la cara fruncida en una tensa mueca. Ella estaba grogui, por toda la medicación que le habían puesto; y se quedó quieta, mirándolo, un buen rato, esperando a que despertara para darle las gracias. Hasta que, en un momento dado, volvió a quedarse dormida.

Cuando despertó, esa misma tarde, el sillón de al lado de la cama estaba vacío. Quiso incorporarse, ir a buscarlo; pero el más mínimo movimiento le provocaba un dolor lacerante en el lado izquierdo del cuerpo. Así que volvió a echarse, empapada en sudor. Y fue entonces cuando apareció el cirujano por la puerta, acompañado de un grupo de estudiantes de medicina que la miraban con indisimulado interés.

—Qué bien que esté despierta —dijo el cirujano, y tomó la gráfica del pie de la cama—. ¿Qué tal se encuentra?

—Como si me hubieran dado un tiro en el hombro. —Harper tenía la voz ronca.

—Pues, al parecer, eso fue exactamente lo que pasó —dijo el cirujano alegremente. Luego le miró el vendaje y se fijó con sumo interés en los números que salían en el monitor; y, a todo esto, no dejó en ningún momento de darles palique a sus alumnos. Cuando acabó, dejó la gráfica en su sitio—. ¿Sabe, señorita McClain?, me lo puso usted bien difícil: la bala no le dio en el corazón por apenas unos centímetros. —Entonces miró sonriente a sus alumnos—. Afortunadamente, eso nos da mucho margen de maniobra.

Cuando se fueron, Harper vio que tenía su teléfono móvil encima de la mesilla. Apretó los dientes al sentir el dolor y extendió la mano para cogerlo. Pero, cuando llamó a Luke, saltó directamente el contestador. Y lo mismo ocurrió por la noche. Y al día siguiente. Hasta que dejó de llamarlo. Creía que sabía bien por qué no quería hablar: había comprendido que, aunque le salvó la vida, y realmente ella le importaba, no por eso se habían acabado, así, de un plumazo, los problemas entre ellos. Porque Luke seguiría pensando que lo había traicionado al desoír su aviso y entrar sin permiso en el archivo: él le pidió que no traspasara esa línea roja, y ella lo hizo, por sus santas narices. O sea, que seguía pendiente de un hilo el tema de la confianza entre los dos. Ella no sabía trabajar de otra cosa; ni él tampoco. Y eran trabajos que parecían inventados para entrar en conflicto. Es decir, que Luke había tomado aquella decisión por los dos. Aun así, Harper tenía que solucionar aquello. Fuera como fuera. Y las cosas les irían mejor. Porque, en lo más hondo de sí, seguía escuchando la voz de él aquella noche en La Atalaya: «Ni se te ocurra rendirte».

Fue el último día que pasó en el hospital cuando recibió un mensaje de Sterling Robinson que decía simplemente: *Tiene usted lo que hay que tener. Haré todo lo que esté en mi mano para que sobreviva. S.*

Luego, ese mismo día, la llevaron al departamento correspondiente para que abonara la factura, y la mujer que atendía el mostrador le dijo:

—Vino alguien y pagó todos sus gastos médicos; y al contado.
—Y Harper supo que había sido él.

Los abogados de Smith lucharon a brazo partido por él: intentaron que se librara, arguyendo desequilibrios mentales; como si por el mero hecho de declararse culpable, uno ya estuviera loco de remate. Pero Smith minó este argumento con su actitud, e insistió en declarar en su contra. Hubo un debate legal entre las partes y, por fin, él subió al estrado y le dijo al tribunal que sí, que había sido amante de Marie Whitney. Que se conocieron a raíz de un atraco sufrido por ella —cuyo parte Harper tuvo ocasión de ver en los archivos de la policía—, y que a las pocas semanas, ya dormían juntos. Él le daba dinero y le hacía regalos caros, pero ella era muy acaparadora, y la cosa acabó mal. Después de eso, ella lo chantajeó: tenía fotos de ambos en posturas comprometedoras, y las pruebas que constituían todo lo que él le había regalado. Lo amenazó con enseñárselas al jefe superior de policía y a la mujer del propio Smith. Y como tenía miedo del daño que eso podía hacerle a su familia y a su carrera, Smith siguió pagando religiosamente varios meses después de que la relación ya hubiera acabado, hasta que el dinero que tenía para la jubilación brilló por su ausencia. Ni siquiera entonces desistió Whitney, según declaró el acusado; al contrario: se creció, y cada vez le pedía más. Fue entonces cuando Smith perdió los papeles completamente, en un intento desesperado por protegerse de ella: robó dinero del Departamento de Policía y desvió partidas de fondos públicos para pagarla; hasta que, en la comisaría, alguien empezó a preguntarse qué estaba pasando. Pero Whitney volvió a la carga con sus amenazas y le dijo que lo revelaría todo si no pagaba, y a él le entró el pánico.

—Ahí me derrumbé —le contó al jurado, con la cabeza gacha y los hombros hundidos—. Porque no sé, si no, cómo pude llegar a hacer lo que hice. —Y se miró las manos, aferradas a la madera pulida del estrado—. Casi no me acuerdo de nada de ese día: lo he borrado de la memoria. —A partir de ese momento, el resultado del juicio estaba cantado y todo acabó siendo un mero trámite legal.

Cuando el jurado se retiró a deliberar, Harper le dio veinte dólares por lo bajinis a Ed para que la avisara cuando volvieran. Y pasadas cuatro horas de absoluto mutismo, la llamó, a las seis de esa misma tarde.

—Ya salen.

Y allí estaba ella, sentada en la última fila, con la mano buena bien agarrada al respaldo de madera del banco que tenía delante, cuando a Smith lo declararon culpable del asesinato de Marie Whitney y lo condenaron a cadena perpetua. Y solo en el momento en que lo esposaron y se lo llevaron de la sala, se permitió Harper echarse a llorar: sentada en el banco de madera, con la cara entre las manos. Lloraba por Camille Whitney. Por las madres de ambas. Y por ella misma también lloraba.

CAPÍTULO CUARENTA Y CINCO

Una vez dictada la sentencia, a Smith lo llevaron a la cárcel; y después, fue trasladado a la prisión del estado, en las afueras de Reidsville, un poblacho en mitad de la nada, a una hora en coche de Savannah. No le dejaron recibir visitas en un mes. El portavoz de la prisión le dijo a Harper que era para que se instalara sin agobios. Pero el primer día que las autorizaron, allí estaba ella, sentada en una silla de plástico en una sala que tenía algo de búnker; después de dejar el teléfono, las llaves y el detector en una bandeja de plástico, en recepción. Había estado en otras cárceles antes, para entrevistar a algún preso; pero jamás en ese plan: no había ido nunca a visitar a alguien a quien consideraba de la familia. Alguien que había traicionado la confianza que había depositado en él.

El edificio de la prisión era enorme e intimidaba con las medidas de seguridad: lo rodeaba una valla de acero de seis metros de altura coronada con alambre de espino. Y cuando dejó el coche a la puerta, vio francotiradores apostados en todas las torretas, armados con prismáticos y rifles. El guardia de la entrada comprobó su identidad, contrastándola con una lista que tenía en una carpeta, y luego le indicó que pasara, con un gesto de la mano y las palabras: «Que tenga usted un buen día». Una vez dentro, en la zona de visitas, la envolvió un infierno de voces entre aquellas paredes de cemento: llantos de niños, anuncios por megafonía que prevenían con voz gélida contra el uso de drogas y armas, y que proferían amenazas de arresto. Olía a lejía, a sudor y al poso amargo que deja el miedo.

Harper se sentó con la espalda rígida en la silla, pendiente de todo el mundo que la rodeaba, la mirada fija en la puerta por la que salían los presos de uno en uno. Y cuando por fin le tocó el turno a Smith, se le encogió el corazón: tenía las manos esposadas a una cadena que le bajaba hasta los tobillos y, como el resto de los presidiarios, llevaba un mono blanco muy sencillo con un número a la espalda. Estaba más delgado y parecía mucho más viejo, pero no tenía mala cara. Siguió al guardia, arrastrando los pies, mientras recorría la sala con una mirada angustiosa. Sus ojos se toparon entonces con los de Harper y dejó caer con desánimo los hombros. Entonces se dirigió hacia ella despacio, pasito a pasito; y el eco sombrío de la cadena iba anunciando su avance. Cuando se acercó a la mesa, salió un guardia armado hasta los dientes y le quitó las esposas. Smith se frotó las muñecas con gesto distraído. Y el guardia recitó la cantinela que ya había repetido docenas de veces esa misma mañana:

—Nada de tocarse, ni darse cosas. Quiero ver las manos en la mesa en todo momento, y no hagan que tenga que gritarles. Que ustedes lo pasen bien con la visita. —Dicho esto, se alejó de la mesa y los dejó solos.

Smith se agachó para sentarse y le costó meter todo el lío de cadenas debajo de la mesa. Harper llevaba meses esperando ese momento; y ahora que lo tenía delante, se quedó en blanco y no recordó ninguna de las palabras que había pensado decirle. No le había contado a nadie que vendría a verlo, ni siquiera a Bonnie. Porque nadie lo entendería. Pero es que había cosas que tenía que saber; cosas que solo Smith podría contarle. Y se había dicho a sí misma que sería duro, pero que lo superaría. Pensó que le darían ganas de llorar, de gritar. Pero una vez delante de él, lo único que sentía era un vacío extraño: como si el caudal de emociones que todo aquello le provocaba quedara muy lejos de allí.

Smith la miró con curiosidad. Y como ella no decía nada, soltó un largo suspiro.

—Maldita sea, McClain —gruñó—, ¿es que tú nunca te das por vencida?

—No, señor —dijo ella—. Nunca. —Harper dejó las manos encima de la mesa, pues no sabía por dónde empezar ni qué decir—. Está usted más delgado. ¿Qué pasa, que no le dan de comer aquí?

—Me dan, pero la comida es pésima.

—Pues entonces será que le viene bien perder peso.

—Eso dicen ellos. —Le miró el hombro, embutido en un top suelto de color gris marengo—. Ya te quitaron eso. —Harper movió de un lado a otro el hombro y sintió el tirón que le daban los músculos dañados y los tejidos cauterizados.

—Hace un mes que me lo quitaron —dijo—. Y con un poco de rehabilitación, ya estoy lista para darle otra vez un puñetazo a cualquiera. —De repente, a él se le ensombreció la expresión de la cara.

—Lo siento mucho, Harper. —Había perdido aquella firmeza en la voz—. Tú sabes bien que esa bala no era para ti, ¿a que sí?

—Ya lo sé. —Y bien que lo sabía, lo había sabido siempre. Porque notó cómo se resistía él cuando le cogió del brazo para apartárselo de la sien, sin dejar de apuntarse. Sin embargo, le hizo bien oírselo decir. Entonces tomó aire para seguir—. Teniente...

Él negó con la cabeza y puso cara de no creer lo que estaba oyendo.

—Pero ¿me vas a seguir llamando así? —Ella ladeó un hombro.

—Para mí, usted es el teniente. ¿Qué otra cosa quiere que le llame? ¿Robert? ¿Señor Smith?

—Imagino que me suena raro eso, viniendo de ti —admitió con tono seco.

—Pues teniente —empezó otra vez—. Siento muchísimo que haya acabado todo así. Y creo que jamás pensé, en lo más hondo, que fuera verdad.

—Yo también lo siento, Harper. —Lo dijo con más sentimiento del que había mostrado en el juicio—. Nunca podrás llegar a imaginarte cuánto.

Alguien se echó a llorar al otro lado de la sala. Y los guardias acudieron en manada, como si presintieran que se podía liar. Harper se preparó para lo que tenía que decir.

—Hay cosas que me gustaría preguntarle. —Smith casi se echó a reír.

—¿Y por qué será que no me pilla desprevenido? —Se removió en la silla de plástico y eso hizo que sonaran las cadenas de los tobillos—. Pues nada, pregunta todo lo que quieras, que si algo me sobra es tiempo.

—Pues —Harper carraspeó—, el caso Whitney lo tengo claro, no en vano asistí a todas las sesiones del juicio; y usted no negó los cargos. Lo que sigo sin entender es por qué se parecía tanto al asesinato de mi madre. —Se inclinó hacia él y lo miró a los ojos—. Tengo que saber la verdad: ¿mató usted a mi madre? —La mezcla de horror y sorpresa que se le reflejó a él en la cara le dieron la respuesta, aun antes de que Smith abriera la boca.

—Dios santo, Harper. No. —Inclinó medio cuerpo sobre la mesa con un repiqueteo de cadenas—. Por favor, no pienses eso. Yo no soy el hombre que buscas. A Marie Whitney sí que la maté: soy un asesino confeso y acato el veredicto del jurado. Pero a tu madre no, te lo juro. —Harper le sostuvo la mirada un largo instante; luego, al no ver señal alguna de engaño en sus ojos, volvió a reclinar la espalda en el asiento.

Quería decirle tantas cosas: decirle todo lo que había destruido; hablarle de Pat, de Kyle, de Scott, cuyas vidas quedarían marcadas para siempre por sus acciones. Y quería contarle también que se había llevado consigo el último atisbo de toda la confianza que ella había depositado en él a lo largo de los años. Y hablarle, además, de Camille Whitney. Pero no había ido hasta allí para decirle cosas que él ya sabía. Había venido buscando respuestas.

—Si usted no mató a mi madre, entonces, ¿por qué utilizó exactamente el mismo método? —le preguntó. En ese momento entró una nueva visita y Smith miró al otro lado de la sala, hacia la puerta de salida de la cárcel; un umbral que él ya nunca cruzaría.

—¿Sabías que resolví casi todos los asesinatos que investigué? —preguntó él—. He trabajado treinta años como detective, y se cuentan con los dedos de una mano los casos que quedaron archivados porque no encontramos al culpable. Y unos cuantos de esos pocos me hicieron verdadera pupa. El asesinato de tu madre —dijo fijando otra vez sus acerados ojos en ella—, ese fue uno de esos casos. —La sala volvió a quedar en calma en torno a ellos. Y los olores, las pistolas que llevaban los guardias, todo eso quedó en un segundo plano. Porque Harper solo oía la voz de barítono de Smith, que tan conocida le era—. Yo creo que cada nuevo caso que escapa a su resolución te arranca un trocito del alma —dijo—. No es nada, fragmentos muy pequeños que se te caen y de los que casi ni te das cuenta. Pero en el caso de tu madre... Eso fue distinto. Eso fue como si me arrancaran de cuajo algo muy íntimo. Porque estabas tú. —Le recorrió la cara a Harper con los ojos—. Yo te había prometido que lo cogeríamos. Y cada día que pasaba sin dar con el asesino, yo no hacía más que pensar en aquella mirada tuya cuando me acerqué a ti esa tarde. —Harper se mordió el labio, pero no lo interrumpió—. A veces pienso que mi vida habría sido completamente distinta de no habérseme asignado ese caso aquel día. Y habría tomado otro camino, en vez de tomar el camino que tomé cuando te hice una promesa que no puede cumplir.

Pasó un guardia cerca de la mesa que ocupaban; se le balanceaba la defensa en una cadera y, en la otra, la pistola ofrecía un sólido aspecto. Smith se fijó en la postura del hombre, y en el arma. Fue un acto reflejo, y Harper llegó a pensar que él ni se había dado cuenta de aquella mirada que lanzó a la cartuchera del guardia. Cuando volvió a hablar, lo hizo con voz cansada.

—Trabajé tanto en ese caso... todos nosotros. Noche y día; sin descanso. El que fuera que lo hiciese era bueno de verdad, un profesional. Porque no hallamos nada con lo que armar el caso. ¡Nada! Lo llamábamos «el hombre invisible». —Hizo una pausa, con la mente perdida en aquellos tiempos—. La última vez que me amenazó Marie... —Smith mostró las palmas, ásperas y arrugadas, encima de la mesa—, yo no tenía planeado matarla. Me dijo que se lo enseñaría todo a Pat; que iba a hacer que mis hijos me odiaran. Que me dejaría sin trabajo, sin familia. Fue todo tan rápido, reaccioné como un animal, algo horrible. —Su voz rezumaba un profundo desprecio hacia sí mismo—. Pero cuando todo acabó, me acordé del hombre invisible. Y pensé en cómo lo hizo. Fue entonces cuando decidí que me convertiría en él. —Asintió con un pequeño gesto de la cabeza y la mirada triste—. Por eso la escena del crimen se parece tanto. Porque me inspiré en el primer asesinato para llevar a cabo el segundo, como una réplica exacta. Pensé que si él había salido impune, yo también. Y resulta que no ha sido así.

Harper no esperaba esa respuesta, pero le quedó como una especie de satisfacción hueca en la mente cuando la última pieza que faltaba acabó por encajar. Seguro que a Smith le costó bien poco hacerlo, ya que todos los detectives llevan en el coche el equipo necesario para ocultar las pruebas de cualquier asesinato. No en vano es lo mismo que utilizan para desvelarlas: los guantes, las toallitas empapadas en alcohol, las bolsas de las pruebas, las calzas para los zapatos.

—Siento tanto que tengas que seguir buscando a tu asesino —acabó de decir Smith, y se veía que de verdad lo sentía—. Ojalá pudiera darte al menos eso. —Pero Smith había dicho algo que le disparó el recuerdo a Harper, y que le trajo a la mente la mirada furibunda de unos ojos castaños, al otro lado de una mesa castigada por el paso de los años, en la cocina de una casa de campo: «¡Y hacer que pague!».

—Camille Whitney —dijo Harper de repente—. Ella pasó por lo mismo que yo, y no entiendo cómo pudo usted tener la sangre fría de someterla a ese suplicio. —Smith había mantenido el tipo hasta entonces. Pero ahora se derrumbó: hundió la cara entre las manos y pasó un largo instante hasta que pudo volver a hablar.

—A veces creo que eso fue cosa de Dios, que me venía a decir que me estaba vigilando. —Se limpió la mejilla con el dorso de la mano—. Yo pensaba que lo tenía todo controlado. Sabía que ese día la recogería su padre del colegio, como cada miércoles, sin fallar ni uno. Por eso elegí ese día. Además, era cuando Marie y yo solíamos vernos. Pero lo llamaron del trabajo en el último minuto, y yo... no contaba con ello. —La miró a los ojos y, de repente, Harper pensó que tenía delante a un anciano—. Lo que le hice a esa pobre niña me perseguirá el resto de mi vida. Le quité la vida a su madre y eso ya es imperdonable. Pero también le arruiné el futuro a la niña. Y, por cómo te vi crecer a ti, sé bien lo que eso significa.

A Harper no se le ocurría nada que decir al respecto. Porque si lo que buscaba era absolución, no sería ella la que se la diera. Eso sí, al menos, ahora lo comprendía todo. Solo había una cosa más que quería que le explicara; y después, su visita a la cárcel ya podría darse por concluida.

—Teniente —dijo—: ese robo en mi casa, ¿por qué lo ordenó usted? —Al oírla, a la tristeza que le había embargado el rostro le sucedió otra cosa, una especie de apremio.

—Harper —dijo él—. Tienes que creerme: yo no tuve nada que ver con ese robo. —Se inclinó hacia ella y extendió las manos como si quisiera tomarle las suyas a Harper. Uno de los guardias le ladró un aviso desde el otro lado de la sala y Smith echó el cuerpo hacia atrás. Pero Harper le vio en la cara ese mismo fervor que había provocado el gesto hacia ella—. Tienes que creerme —insistió—. No fue la policía. Te juro que no salió de nosotros.

Harper pensó en las palabras que le habían dejado como recado; en las letras que tan bien se destacaban contra la pintura en la pared, chorreantes como la misma sangre: *SAL CORRIENDO*. Y un miedo repentino le perforó el corazón.

—Si no fueron ustedes —dijo—. Entonces, ¿quién fue?

—No lo sé, pero no me gusta nada —reconoció él—. Por lo que me contaste, eso de que le rajaran la cara a tu retrato, el mensaje que dejaron en la pared... eso es algo personal: alguien cercano a ti. Quienquiera que sea, si están dispuestos a arriesgarse de esa manera es que son muy peligrosos. —La miró a los ojos—. Tienes que tener cuidado.

De repente, Harper notó el aire de la sala pegajoso y húmedo. A raíz del robo había puesto cristales antibala en las ventanas, y mandó que instalaran un sistema de alarma. Ya habían pintado la amenaza de la pared, pero seguía sin sentirse a salvo allí. Pensó que sería la sensación de ver invadida su privacidad; pero ahora, después de esto, llegó a preguntarse si no sería el instinto lo que la avisaba de que no todo había pasado. La invadió una ola de soledad e impotencia. ¿Qué podía hacer? Necesitaba ayuda. Pero el problema era que el hombre al que siempre había recurrido para recabar consejo estaba sentado al otro lado de la mesa: preso y encadenado. ¿A quién podía acudir Harper ahora? Había ido allí a obtener respuesta a sus preguntas; y con la intención de no volver a traspasar aquellos muros nunca más. Pero, de repente, ya no le entraba en la cabeza un mundo en el que Smith no estuviera para protegerla. Había perdido tantas cosas; y tenía tan pocas y valiosas personas a las que aferrarse. Era cierto que no podía perdonarle lo que había hecho; pero también lo era que lo necesitaba desesperadamente. Hubo una vez, hacía de ello mucho tiempo, en la que él la salvó de caer en la locura. En cierto sentido, era lo que había hecho siempre: y ahora, sin él, ¿qué sería de ella? La invadió una pena muy honda y se quedó sin fuelle. ¿Cómo podía haberle hecho eso a ella? Él, que estaba allí para protegerla; que la había protegido.

Le escocían las lágrimas en los ojos y parpadeó un par de veces para no echarse a llorar. Porque no pensaba caer en un llanto desconsolado, como aquella mujer en el otro extremo de esa misma sala. Así no llegaría a ninguna parte. Lo que iba a hacer era obligarlo a que la ayudara. Se cuadró de hombros, respiró hondo y lo miró a los ojos.

—Entonces —dijo—, ¿a qué tipo de persona nos enfrentamos? ¿Puede ser alguien que esté obsesionado? ¿A lo mejor, alguien de quien yo escribí en su día? —Por un instante, creyó ver una luz en esos ojos que le decían que la comprendía, que sabía exactamente qué estaba pensando. Pero luego, Smith enmascaró toda expresión debajo de una mirada fría y profesional; y Harper llegó a pensar que aquel instante de mutua comprensión no había sido real, sino solo producto de su imaginación.

—No te sabría decir. —Por el tono de voz, Harper creyó que lo había estado pensando antes—. Yo no creo que sea ningún obseso, es más grave que todo eso. Es alguien con el que te has relacionado personalmente; alguien que te conoce. A lo mejor tú no te acuerdas de haber tenido ese encuentro, pero él le debe de atribuir mucha importancia a esa vez que os visteis. A ver, dime otra vez todo lo que recuerdes de ese robo, desde el principio.

Y los dos juntos, ajenos a la sala abarrotada y a los guardias que patrullaban entre los presos y sus familias, desmenuzaron el caso hasta los más ínfimos detalles; de manera que Smith tuviera ocasión de analizar cada uno de ellos, como cuando estaba en el despacho de su enorme casa en la zona residencial de las afueras, rodeado del humo de un buen puro. En el transcurso de aquel día, el sol otoñal surcó el cielo azul de Georgia, y Harper casi estuvo tentada de pensar que todo volvía a ser como antes.

Y que no era cierto que estaba un poco más sola en el mundo de lo que había estado antes.

AGRADECIMIENTOS

Quiero empezar por dar las gracias a la ciudad de Savannah, Georgia, con todo mi corazón; y por pedirle perdón, también, por haberme tomado algunas libertades con ella. Entre otras cosas, por haberme inventado un periódico que no existe y por haber creado un departamento de policía hecho a mi medida. Casi todos los restaurantes y bares que aparecen en el libro son inventados. No existe ningún bar que se llame La Biblioteca en Savannah. Ni hay ningún sitio allí que responda al nombre de La Atalaya, al menos que yo sepa.

Por último, todas las personas que salen en este libro son una invención, de pies a cabeza. Y los agentes de policía y los asesinos también.

Aun así, me he esmerado por serle fiel al espíritu de la ciudad, y por tratarla con sumo respeto. Tengo magníficos recuerdos de los años que pasé allí trabajando como reportera, y de la gente que conocí. Fue el primer trabajo que tuve, y no se me ocurre ningún otro mejor para una chica como yo.

Muchísimas gracias a mi editora, Sarah Hodgson, por su brillante trabajo, y a todo el equipo de Harper Collins. De verdad que estoy emocionada por trabajar con gente tan alucinante y talentosa. Y espero que podamos crear entre todos muchos y muy hermosos crímenes.

En muchos aspectos, este libro ha sido para mí un acto de fe como escritora. Mi maravillosa agente y amiga, Madelaine Milburn, sabía que este era el libro de mis amores; y, a pesar de todas mis dudas (¿Lo escribo ahora, o mejor más tarde? ¿Escribo mejor otra cosa antes? ¿Escribo...?), me dijo con toda la calma que me dejara de historias y me pusiera a escribirlo. Le estoy tan agradecida por haber confiado en mí. A ella, a Hayley Steed, a Alice Sutherland-Hawes y a Giles Milburn: a toda la agencia que lo ha hecho posible.

Muchísimas gracias también a mis magníficas cómplices en este y otros crímenes, que leyeron el primer borrador de este libro y me ayudaron a mejorarlo: Ruth Ware, Lee Weatherly, Sam Smith, Holly Bourne, Melinda Salisbury, Alexia Casale... ¿Qué sería del mundo sin vosotras?

Por último, gracias a mi marido, Jack, que llevaba insistiéndome desde que le conozco con que escribiera este libro. Lo que pasa es que he estado siempre muy atareada, y tenía muchas otras cosas que escribir, y no estaba preparada, no estaba preparada, no estaba preparada.

Ahora ya lo estoy. Y te quiero.